ULLSTEIN

Das Buch

An der Westküste Schottlands wird die superschnelle Rennyacht des Staranwalts Harry Frazer bei Nacht und Nebel von einem Phantomsegler gerammt. Frazer rettet seinen Kollisionsgegner vor dem Ertrinken – und wird in einen mörderischen Kampf gegen Öko-Gangster verwickelt. Dabei wollte er nichts anderes, als mit seinem neuen Boot in Schottlands härtester Regatta segeln. Doch ehe der Startschuß fällt, gibt es zwei Tote. Und immer wieder tauchen Giftfässer auf, deren Inhalt Mensch, Tier und Pflanze verbrennt: illegale Verklappung von Sondermüll in Schottlands tiefen Gewässern? Frazer ermittelt unter Lebensgefahr ...

Der Autor

Sam Llewellyn hatte sich bereits mit mehreren maritimen Sachbüchern in England einen Namen gemacht, als 1987 mit *Laß das Riff ihn töten* sein erster Roman erschien. Er ist selbst ein erfahrener, leidenschaftlicher Segler und nahm an zahlreichen Hochseeregatten teil. Auf den rauhen Scilly-Inseln geboren, lebt Llewellyn jetzt mit seiner Familie in Herefordshire, Südwestengland, und teilt seine Zeit auf zwischen dem Segeln und der maritimen Publizistik.

In unserem Hause sind von Sam Llewellyn bereits erschienen:
Als Requiem ein Shanty
Den Fischen zum Fraß
Im Sog des Verderbens
Laß das Riff ihn töten
Ein Leichentuch aus Gischt
Roulette mit dem Teufel
Ein Sarg mit Segeln
Schuß in die Sonne
Tödliches Watt

Sam Llewellyn

Ohne Limit

= In Neptuns tiefem Keller

Roman

Aus dem Englischen
von Eckhard Kiehl

Ullstein

Für Barend Wolf

Ullstein Taschenbuchverlag
Der Ullstein Taschenbuchverlag ist ein Unternehmen der Econ Ullstein List Verlag GmbH & Co. KG, München
1. Auflage 2002

Die deutsche Originalausgabe erschien ursprünglich unter dem Titel
In Neptuns tiefstem Keller.

Titel der englischen Originalausgabe: Deadeye
Übersetzung: Eckhard Kiehl
Umschlaggestaltung: Hansbernd Lindemann, Grafikdesign, Berlin
Titelabbildung: Image Bank / Paolo Curto
Druck und Bindearbeiten: Ebner & Spiegel, Ulm
Printed in Germany
3-548-25444-6

1

Es herrschte Nebel in jener Nacht. Ein übler, gelblicher Nebel, der schwer auf den Rücken der großen Wellen lag, die sich unter dem Boot hindurchschoben. Diese Wellen waren den ganzen Weg von Amerika herübergekommen. Sie hatten sich durch die Granitbastion der Hebriden gedrängt, waren kleiner geworden und hatten sich in der westlichen Brise wieder aufgebaut.

Jetzt würde sie nichts mehr aufhalten, bis sie auf die felsige Küste Schottlands stießen, sieben Meilen an Steuerbord.

Zumindest hoffte ich, daß es sieben Meilen waren. Es ist nicht leicht, sich über die eigene Situation im klaren zu sein, wenn die Augen schmerzen, weil es Mittwoch vier Uhr morgens ist und man seit Montag nicht mehr geschlafen hat und auch keine Aussicht besteht, daß man innerhalb der nächsten fünf Stunden dazu kommt.

Irgendwie schien der Nebel in meinen Schädel gesickert zu sein. Die Kompaßrose war ein verschwommener, gespenstisch grüner Lichtfleck und schwang, wie mir schien, allzu unruhig hin und her. Ich kam mit dem Ruder auf, korrigierte den Kurs und fühlte, wie sich die *Green Dolphin* überlegte, als Druck auf das Ruder kam und das Großsegel sich füllte. Ich sog die dicke Nebelsuppe in meine Lungen und gestand mir ein, daß ich nicht mehr wußte, wo ich mich befand.

Langsam wie ein Betrunkener streckte ich meinen Daumen vor und drückte auf den Schaltknopf der Selbststeueranlage. Der Motor lief an, und der Kompaß kam langsam zur

Ruhe. Ich durchquerte das Cockpit auf Beinen, die so müde waren, daß ich sie kaum mehr spürte, und schwang mich mühsam durchs Kajütluk.

Der Kartentisch war an Steuerbord. Ich hielt meine Lider mit Daumen und Zeigefingern offen und versuchte, mich auf die Seekarte zu konzentrieren: Imray C65, Westküste von Schottland. Zuversichtliche Kreuzchen bestätigten die Decca-Standorte vor der Huk von Kintyre und in dem engen Sund zwischen den Inseln Islay und Jura. Als sie dann aber das südliche Ende von Mull passierten und um Tiree herum auf die Landspitze von Ardnamurchan zuliefen, begannen sie krakelig auszusehen und glichen eher vierfüßigen grauen Spinnen. Blöderweise hatte ich mich für die lange seewärtige Route entschieden.

Irgendwo zwischen den Leuchttürmen von Dubh Artach und Skerryvore, als die *Dolphin* gegen einen frischen Nordwest anlief, war die Nacht hereingebrochen. Die Leute hatten mir erzählt, daß es im Juli in Schottland kaum jemals richtig dunkel würde. Während der letzten Stunden hatte ich mir oft gewünscht, sie wären mit an Bord und rollten wie ich in einem kuttergetakelten, 14 Meter langen Ultraleichtverdränger durch eine Nacht so dick, daß man sie schneiden konnte.

Die Ziffern der Flüssigkeitskristallanzeige schimmerten grün auf dem Bildschirm des Navstar. Das rote Auge der Signalfeststellung leuchtete stetig. Ich notierte die Zahlen und plottete meine Position auf der Karte. So schlecht sah es gar nicht aus. Ich stand vor der Nordostspitze von Coll mit Kurs auf das Festland und die Sommerferien. Andererseits gab es dort draußen in der Dunkelheit eine Menge großer Felsen, und Felsen können Deccastrahlen knicken wie Spaghetti.

Mir wurde übel.

Ich schob mich aus dem Stuhl und geriet ins Taumeln, als eine große Welle das Boot hob. Die Übelkeit stieg mir in die

Kehle. Die Kajüte hatte den unangenehmen Geruch von frischem Polyesterharz und lackiertem Ahornfurnier. Oben an Deck, in der frischen Luft, würde es mir wieder besser gehen. Hier unten war es immer schwer auszuhalten. Ich dachte kurz daran, meine Position durch eine Funkpeilung zu kontrollieren, aber die Seekrankheit verdrängte diese Regung.

Ich taumelte ins Cockpit, pickte die Sicherheitsleine ein und saugte den Nebel in die Lungen. Die Selbststeueranlage tickte geschäftig vor sich hin, das Großsegel ragte gespenstisch in die Dunkelheit empor, und die Wellen krachten gegen den scharfen Steven, glitten unter dem platten Boden am Kiel entlang und unter dem Spiegel hervor. Ich atmete mehrmals tief aus und ein. Das Gefühl der Übelkeit wich einem gewissen Optimismus. Es würde bald Tag werden, der Nebel würde sich lichten, und ich würde eine gute Sichtpeilung von einer der großen Landmarken nehmen können, die in diesem Teil Schottlands so zahlreich sind.

Der Winddruck auf meinem Gesicht begann so plötzlich zu schwanken und schwächer zu werden, als habe sich etwas zwischen den Wind und das Boot geschoben. Dann war es auch schon wieder vorüber.

Mir brach der Schweiß aus. In Windrichtung durfte es eigentlich bis Barra überhaupt nichts geben, und das lag dreißig Meilen weit weg. Ich rannte nach achtern, kuppelte die Selbststeueranlage aus und legte das Ruder hart Steuerbord. Das Boot fiel ab, wobei es sich auf die Seite legte und, während die Wellen grollend in Lee vorbeirauschten, schnell an Geschwindigkeit gewann. Ich fierte die Großschot auf und bückte mich nach der Kiste, in der ich die Handfackeln aufbewahrte. Mit steifen Fingern zerrte ich an der Plastikumhüllung.

Der Wind kam jetzt von achtern. Es war ruhiger geworden wie immer, wenn man vor dem Wind läuft. Aber der Geruch der Luft hatte sich geändert. Vorher hatte sie nach Salz und Wasser gerochen, jetzt roch sie nach Kohlenrauch.

Ich riß den Stopfen aus dem Boden der Fackel, hielt sie von mir weg und schlug hart gegen die Kappe. Es zischte, die Fackel entzündete sich, und die Nacht war plötzlich von blendend weißem Licht erfüllt. Ich sah den großen weißen Flügel des Großsegels, den Kajütaufbau und den scharfgeschnittenen Bug, der wie eine Pfeilspitze über das dunkle Wasser in die schimmernde Nebelwand hineinragte.

Ein Brüllen drang durch die Nacht, ein langes, tieftrauriges Heulen. Ich fühlte, wie mich erneut Übelkeit packte; diesmal war sie von der Art, die einen erfaßt, wenn einem die Furcht den Magen wie mit einer Riesenfaust zusammenpreßt.

Ein Nebelhorn.

Der Ton schien gleichzeitig aus allen Richtungen zu kommen. Hastig wandte ich den Kopf nach allen Seiten. Die Fackel, die ich emporhielt, wurde heiß in meiner Hand und brannte spuckend und zischend aus. Mein eigenes Nebelhorn hing unter Deck. Ich hatte jetzt keine Zeit, es zu holen. Während ich nach einer neuen Fackel tastete, bohrte sich mein Blick in die blutrot leuchtende Wattewand, die mein Nachtsehvermögen mir in diesem Augenblick vorgaukelte.

Da war nichts.

Backbord voraus verdichtete sich die Nacht und gewann Substanz, wurde zu einer hohen schwarzen Wand, die kleine gekräuselte Wellen vor sich herschob und darüber, wie einen Schemen, ein dunkles Segel erkennen ließ. Ich hatte den Mund aufgerissen und schrie – ein kläglicher, dünner Laut. Alles geschah jetzt mit der schrecklichen Langsamkeit, wie wir sie manchmal im Traum erleben.

Als die *Green Dolphin* abdrehte, konnte ich sehen, daß die Wand einen Bug und ein Heck hatte. Ein Mann in Ölzeug stand an der Reling. In der Bugsee hob sich mein Boot, und es gab einen gewaltigen Schlag, als wir zusammenprallten und unter Deck alles, was nicht niet und nagelfest war, mit Scheppern und Krachen durcheinanderflog.

Die Fackel glitt mir aus der schweißfeuchten Hand und segelte in weitem Bogen ins schwarze Wasser. Ich wurde quer durchs Cockpit geschleudert und knallte so hart mit dem Kopf gegen eine Backskiste, daß ich meinte, Glocken läuten zu hören. Keine Lichter, dachte ich. Keine Lichter.

Ich rollte auf die Knie und stützte mich breit mit den Händen ab. Mein Kopf dröhnte wie ein Gong. Ich wußte nicht mehr, wo ich war.

Eine gewaltige Welle hob das Deck unter meinen Händen. Der Nebel färbte sich plötzlich rot, ein Rot, das nichts mit dem Nachleuchten der Fackel zu tun hatte. Ich sah, wie der Mann drüben ins Taumeln geriet, als die Welle sein Boot packte. Er griff nach einem Want, verfehlte es, klappte wie ein Taschenmesser über der Reling zusammen und fiel wie ein Sack über Bord, zwischen unsere beiden Boote.

Sein Mund öffnete sich im Fallen zu einem schwarzen O. Sein Kopf schlug mit einem dumpfen Krachen gegen die Seite der *Green Dolphin*. Dann war er mit einem seltsam gedämpften Platschen im Wasser verschwunden.

Es war das Platschen, das mich zu mir kommen ließ. Ich krabbelte instinktiv zum Heckkorb, wo der Rettungsring in seiner Halterung hing, zerrte ihn heraus und warf ihn dorthin, wo der Mann ins Wasser gefallen war.

Das andere Boot hatte abgedreht. An Deck drüben ging plötzlich die Sonne auf: ein Suchscheinwerfer. Er beleuchtete die schwarze See und erfaßte das gelbe, reflektierende Klebeband am Rettungsring. Mein Verstand arbeitete mit schrecklicher Langsamkeit. Ein blau-weißes Licht blitzte im Nebel auf, die Stroboskopleuchte am Rettungsring. In ihrem Lichtschein erhaschte ich einen kurzen Blick auf etwas, das sich wie ein Walrücken an der Oberfläche wölbte: Ölkleidung. Einen Kopf konnte ich nicht erkennen.

Mein Mund war trocken, und in meinem Schädel dröhnte es wie in einem Hammerwerk. Der Mann trieb also im Wasser, mit dem Gesicht nach unten. Er mußte bewußtlos sein. Er würde sterben, wenn ihm nicht jemand zu Hilfe kam. Das andere Boot hatte sich inzwischen zu weit entfernt und war im Nebel nur noch ein verschwommener Lichtschein. Ich zerrte das Kletternetz aus der Backskiste, in der sich die Sicherheitsausrüstung befand, und legte das Ende der Mann-über-Bord-Leine um meine Taille. Der Motor sprang sofort an. Wir trieben schon vom Blitzen der Stroboskopleuchte weg. Ich wirbelte das Rad herum. Der Bug drehte in den Wind. Als das Blitzen nach Backbord wanderte, schaltete ich den Motor auf Leerlauf, beförderte das Kletternetz mit einem Fußtritt über die Seite und sprang.

Das Wasser schlug mir ins Gesicht wie eisiges Metall. Einen Augenblick dachte ich, es würde mir den Kopf abreißen. Als ich auftauchte, sah ich das Blitzen hoch über mir, auf dem Kamm einer Welle. Davor blinkte, das Licht reflektierend, der schwarze Buckel des Ölzeugs. In diesem Augenblick kam ich erst richtig zu Bewußtsein. Du verdammter Idiot! schrie eine Stimme in meinem Kopf, du schwimmst irgendwo im Atlantik - im Nebel. Du wirst umkommen. Ich fing an zu schwimmen.

Er war ganz nahe. Mein Hände stießen gegen eine glatte Ölhaut. Sie gab nach, eingeschlossene Luft entwich. Diese Luft hatte ihn nicht untergehen lassen. Das Salzwasser brannte mir im Mund, als ich fluchte. Das Ölzeug rutschte mir aus den Händen. Verzweifelt packte ich erneut zu und erwischte den Kragen. Mit der anderen Hand geriet ich in seine Haare, die wie Seetang hin und herschwangen. Jetzt hab' ich dich, dachte ich. Jetzt hab' ich dich. Mehr und mehr Luft strömte in großen Blasen aus dem Ölzeug. Ich fühlte, wie der Körper in meinen Armen schwer wurde. Wir begannen zu sinken.

Ich machte energische Beinstöße, aber der andere hing wie

leblos mit seinem ganzen Gewicht an mir und zog mich nach unten. Panik schnürte mir den Brustkorb zusammen. Laß ihn los! riefen die Stimmen in meinem Kopf. Ich hörte sie nicht zum ersten Mal. Das machte es nicht unbedingt leichter, sie zu ignorieren, aber ich tat es trotzdem. Die Hand, die den Mann am Kragen hielt, ließ los. Die andere Hand hatte nach wie vor das Haar gepackt. Es ist aus, dachte ich. Wir sind erledigt.

Aber die Hand, die den Kragen losgelassen hatte, war instinktiv weitergewandert, nach Regeln, die mir vor langer Zeit in Fleisch und Blut übergegangen waren. In einer anderen See. Sie tastete an meiner Brust herum. Plötzlich gab es da ein brausendes Zischen und einen Widerstand unter den Armen, als die CO_2-Patrone Gas in meine Rettungsweste blies. Ich stieg an die Oberfläche. Ich dümpelte, immer noch Schwimmbewegungen ausführend, im Schein der Positionslichter der *Dolphin* und hievte den Kopf des Mannes auf meine Schulter. Er hustete. Ich hörte ihn keuchen und atmen.

Die Leine unter meinen Achseln straffte sich. Ich bugsierte den Mann mit in die Bucht der Leine hinein und begann, sie Hand über Hand einzuholen, hin zum weißglänzenden Rumpf der *Green Dolphin.*

Der Mann schien verwirrt, fluchte und schlug um sich. Seine Stiefel malträtierten meine Beine. Ich war zu erschöpft, um zurückzuschlagen, weil mich im Augenblick nichts anderes beschäftigte als die gemarterten Muskeln meiner Arme und der harte Biß der Leine in meinen vom Salzwasser aufgeweichten Händen.

Eine halbe Ewigkeit später erreichten wir mein Boot, und ich hing erschöpft am Kletternetz. »Ich geh' rauf«, sagte ich, »und hieve dich mit 'ner Winsch an Bord. Festhalten.«

Der Mann grunzte; sein Gesicht war nur ein dunkler Klumpen vor dem Weiß der Bordwand. Jeder Atemzug schmerzte, als ich hinaufkletterte. Trocken und verläßlich bewegte sich das Deck unter meinen Füßen. Vor Kälte zitternd nahm ich das Großsegel weg, machte die Großschot los und drückte den Baum nach vorn, bis der Block am Ende der Schot wie der Haken eines Krans herunterhing. Ich fürchtete schon, ich müßte wieder über Bord springen, aber der Mann im Wasser wußte, was er zu tun hatte. Ich wartete, bis er eine Bucht des Kletternetzes an den Schotblock geschäkelt hatte. Dann nahm ich die Schot um die große Winsch und kurbelte.

Als seine äußere Kante nach oben stieg, rundete sich das Netz zu einer Hängematte, in deren Bauch der Mann lag wie ein gestrandeter Wal. Er plumpste auf den Boden des Cockpits und blieb liegen, wobei das Wasser nur so aus ihm herausquoll.

Ich war völlig erledigt. Auf der Sitzbank liegend, tastete ich nach einer Fackel und riß den Klebestreifen ab. Der Nebel leuchtete plötzlich blutrot. Irgendwo in der Nacht blökte wieder das Nebelhorn. Es kümmerte mich nicht. Ich hörte es nur schwach, weil mein Puls so laut in den Ohren dröhnte.

Irgendwo am Rand meines Bewußtseins versuchte sich ein Geräusch bemerkbar zu machen. Irgendjemand rief etwas. Ich sah auf. Der Nebel war inzwischen grau geworden. Ein Steuerbordlicht tauchte jetzt darin auf, sein Grün blendete meine Augen, füllte meinen Kopf mit Glasscherben, den Scherben von Weinflaschen. Ich konnte die Weinflaschen sehen. Das Rufen ließ sie in meinem Kopf zusammenstoßen und leise klirren.

»Arright?« röhrte die Stimme. »Are you arrrrright?«

Ich hatte keine Ahnung, ob ich ›allright‹ war, aber ich rief: »Hab' ihn! Ich hab' ihn!« Dann fiel mir mein Boot ein, und bei aller Verwirrung, die mich gefangenhielt, empfand ich eine neue Furcht. Mit Fingern, die mir wie Bananen vorkamen, riß ich die Stablampe aus ihrer Halterung und richtete den Strahl nach vorn.

Die Seitendecks der *Green Dolphin* umrahmen den Kajütaufbau mit der eleganten Linienführung von Kavalleriesäbeln. Mit der geschwungenen Linie an Backbord stimmte jetzt etwas nicht mehr. Ihre äußere Kante war eingedrückt. Erschöpft vor mich hin fluchend, kroch ich nach vorn. Meine Finger stießen auf Splitter.

An der Fußleiste und der satten Wölbung, wo der Bootsrumpf ins Deck überging, gab es noch mehr Splitter. Als ich versuchte, den Kopf zwischen die Durchzüge der Seereling zu zwängen, um nachzusehen, stieg eine Welle von Übelkeit in mir hoch. Die Seekrankheit kam wieder, und diesmal konnte ich sie nicht zurückdrängen.

Drüben auf dem anderen Boot wurde das Suchlicht wieder eingeschaltet. Ich sah meine Hände, weiß und schwammig vom Salzwasser, und die gezackten schwarzen Schatten der Splitter auf dem weißen Bootskörper. Leck, dachte ich. Das Boot ist leckgeschlagen. Da ist er das erste Mal in seinem teuren neuen Spielzeug unterwegs, und Harry Frazer, der ausgefuchsteste Anwalt westlich von Reading, macht es gleich kaputt. »Ich werf' dir 'ne Leine rüber«, brüllte die Stimme von drüben. »Komme längsseits. Fender!«

Ich kroch nach achtern und hängte an Backbord Fender raus. Das Scheinwerferlicht machte die Nacht strahlend hell, und mein Kopf schmerzte fürchterlich. Die Bordwand des Fremden kam näher, schwarz und glänzend und mit alten Reifen behängt, die wie runde Augen starrten. Eine Leine flog zu mir herüber. Mein Verstand arbeitete so mühsam wie ein Getriebe voller Sand. Wenn er eine eigene Leine bei mir an Bord hatte, konnte er Bergungslohn beanspruchen. Seine Leine war schon an Bord. Ich fühlte mich zu schwach, um mir deswegen Gedanken zu machen.

»Ihre Schuld«, sagte ich.

»Schon in Ordnung.« Er sprang an Deck und machte die *Green Dolphin* fest, hob dann den Mann in Ölzeug auf sein

Boot hinüber, drehte sich um und zog mich mit starker Hand hoch. Ich fiel über ein hohes Schanzkleid auf ein Holzdeck. Vor mir war eine Tür in einem Ruderhaus. Die Tür öffnete sich, und ich stolperte hinein.

2

Es war heiß hier drin, der Gestank brennender Kohle hing in der Luft. Die gesamte Inneneinrichtung bestand aus Holz, dessen gelackte Oberfläche von den kleinen Lichtern der Maschine und des Deccageräts zum Glänzen gebracht wurde. Kohlenofen, dachte ich. Das war der Geruch gewesen, der mir im Nebel plötzlich in die Nase gekommen war.

Die Stimme sagte: »Und was ist mit meiner verdammten Farbe?«

Ich öffnete den Mund, um ihm zu sagen, daß seine verdammte Farbe nicht mein Problem war, wenn er sich mitten in der Nacht ohne Lichter im Nebel herumtrieb, und was er im übrigen mit meinem Boot zu tun gedächte, das er wie eine Eierschale eingedrückt hatte, und ob er sich nicht Gedanken um seinen Mitsegler machte, der fast ersoffen wäre. Das wäre sicher eine schöne Rede geworden, aber irgendwelche Verbindungen in meinem Kopf funktionierten nicht so recht, und alles, was herauskam, war ein Grunzen. Das dumpfe Wummern des Diesels wuchs zu einem helleren Grollen an. Im fahlen Licht der Ruderhausfenster wirkte die Gestalt des Skippers groß und kräftig. Kleine grüne Zahlen blinkten auf dem Deccaschirm, und ein Echolot surrte. Ein Radargerät gab es nicht. Hätte er eins an Bord gehabt, hätte er mich nicht gerammt.

»Scheißnacht«, sagte der Skipper. Seine Stimme war sanft

und der Dialekt nicht stark genug für einen Fischer. Mir klang es so, als habe er sich eines Besseren besonnen und wolle sich nicht mehr über seine verdammte Farbe beklagen. »Vielen Dank, daß Sie Hector rausgefischt haben«, fügte er hinzu. »Der Wind hat mich abgetrieben. Dachte schon, ich hätte ihn verloren.«

Hector war demnach der Mann im Ölzeug. Ich gab keine Antwort, denn ich dachte an die *Green Dolphin*, bruchstückhaft wie in einem bösen Traum. Ich wußte, daß ich den Fremden dazu bringen mußte, sich mit mir über den Bergungslohn zu einigen. Aber ich sah alles nur verschwommen, hatte einen ekelhaften Geschmack im Mund, und mein Verstand gehorchte mir nicht. »Sie haben keine Lichter geführt«, sagte ich.

»Hab' ich nicht?«

»Wir sollten einen Bergungsvertrag schließen«, sagte ich.

Er lachte. »In Ordnung. Aber nur, weil Sie Hector aus dem Bach geholt haben.« Er griff in das Bücherbord über dem Kartentisch, zog den nautischen Almanach von Reed's hervor und riß das eingeheftete Formblatt heraus. »Als Bergelohn beanspruche ich null Pfund«, sagte er und unterschrieb. »Zufrieden?«

Ich faltete das Stück Papier und schob es in die Hemdtasche. »Danke«, sagte ich. Ich fühlte mich benommen und irgendwie unbeteiligt, jedenfalls zu elend, um nach unserem Bestimmungsort zu fragen.

»Dieser verdammte Nebel«, sagte er. Seine Stimme klang jetzt gereizt und erschöpft. »Wir nehmen Sie mit zu uns nach Hause.«

Ich fragte mich, wo dieses Zuhause wohl sein mochte, aber meine Gedanken schweiften immer wieder ab. Um den Bergelohn war ich zwar herumgekommen, aber wir hatten ein ganzes Jahr Arbeit in die *Green Dolphin* gesteckt, ihr Konstrukteur Charlie Agutter und ich. Was war, wenn sich ein

Rüsteisen losarbeitete und der Mast herunterkam? Was, wenn sie neben uns einfach wegsackte? »Wo kommen Sie her?« fragte der Skipper.

»Isle of Man«, antwortete ich.

Zusammen mit Charlie Agutter und Scotto Scott war ich von Pulteney in Devonshire zur Isle of Man hinauf gesegelt. Die *Green Dolphin* war nagelneu, direkt aus der Bootswerft von Neville Spearman in Pulteney. Charlie Agutter hatte sie gezeichnet, und ich hatte das Geld aufgebracht, wobei ich nicht genau wußte, ob ich es aus Spaß an der Sache oder als Geldanlage machte.

Sie war eine auch unterbemannt zu segelnde, 14 Meter lange Touren- und Regattayacht, deren Wasserballast durch eine elektrische Pumpe reguliert werden konnte, mit einem hydraulisch aufholbaren, drei Meter tiefgehenden Kielschwert, einem Lattengroß und drei Rollvorsegeln. Nach alledem hätte man sie für ein ziemlich ungebärdiges Monster halten können, aber Charlie hatte daraus ein gutmütiges und verläßliches Boot geschaffen, so leicht zu segeln wie ein behäbiger Seekreuzer und doch verblüffend schnell, wenn es darauf ankam.

Wir wollten sie in den Norden schaffen, um sie dort einigen Leuten vorzuführen, wobei wir soviel Interesse zu wekken hofften, daß wir mit dem Boot in Serie gehen konnten.

Aber ihre guten Segeleigenschaften hatten mich eingelullt. Charlie und Scotto waren von Ramsey aus nach Hause zurückgekehrt, weil die *Green Dolphin* überhaupt keine Zicken machte und ich glaubte, allein mit ihr fertigwerden zu können. Überall sonst auf der Welt hätte das wohl auch gestimmt, aber hier an der Westküste Schottlands stimmte es nicht.

Als Einhandsegler hatte ich nur wenig Erfahrung. Ursprünglich hatte ich gegen Abend ankern wollen. Aber ich hatte die Suche nach einem geeigneten Ankerplatz immer weiter hinausgeschoben und war schließlich auf See von der

Dunkelheit überrascht worden. Mir war ziemlich schnell klar geworden, daß ich mir zuviel zugemutet hatte, aber zu dem Zeitpunkt war es schon zu spät; jetzt steckte ich hier in finsterer Nacht in der Klemme und wünschte, ich säße in meinem Büro in Bristol und hörte das selbstgefällige Brausen der Orchard Street durch die Fenster.

Es sah so aus, als wären alle unsere Pläne zunichte geworden.

»Einhand unterwegs, wie?« fragte der Mann am Ruder. Er war groß und roch nach Whisky.

»Stimmt.«

Die dunkle Silhouette seines Kopfes wiegte sich vor den roten und grünen Spiegelungen in den Fenstern des Ruderhauses. »Harter Bursche«, sagte er. In seiner Stimme schwang ein Unterton von Erbitterung mit.

Mein Kopf dröhnte. Die dreißig schlaflosen Stunden begruben mich wie eine Lawine. Ich setzte mich an den Kartentisch und trank die Tasse Tee, die mir eingeschenkt wurde. Dann mußte ich eingeschlafen sein.

Ich träumte - nicht den üblichen Traum, aber schlimm genug. Ich saß im »Lampedusa« in der King's Road und war zwölf Jahre alt. Wie üblich saß meine Schwester Vi am Kopfende des Tisches. Eingerahmt von einem Schauspieler und einem Filmregisseur, erzählte sie irgendeine Geschichte, wobei sie ihre riesigen Wimpern, die mich immer an eine Venusfliegenfalle erinnerten, dramatisch auf- und zuklappte. Die King's Road draußen war keine Asphaltstraße, sondern hatte sich in einen Wasserweg verwandelt, in dessen Mitte ein Mann in Ölzeug um sich schlug. Er war im Begriff unterzugehen und schrie um Hilfe. Ich wollte raus, um ihm zu helfen, aber Vi hielt mich mit ihren langen roten Fingernägeln zurück. Neben mir erklärte Davina Leyland beharrlich, daß es völlig unsinnig sei, einen Ertrinkenden zu retten, solange es noch genug Arbeit mit ihrer Scheidung gebe. Und die gesamte Tischrunde, die ganze einfältige Bande, nickte dazu und drohte mir mit den Fingern.

Ich wachte auf. Ich lag in einer Holzkoje in einer wunderschön lackierten, schmalen Kajüte; ein Bullauge aus poliertem Messing mit einem verblichenen Chintzvorhang ließ Tageslicht herein. Wir waren in glattem Wasser, und der Motor lief ruhig und schnell.

Ich stolperte den Niedergang hinauf und durch das Ruderhaus in die kühle Morgenluft und blickte durch den Schleier meiner Kopfschmerzen auf das einer langen weißen Speerspitze gleichende Deck der *Green Dolphin.*

Der Mast stand noch. Drei Fuß unterhalb des Decks an Backbord war eine häßliche, eingedrückte Stelle mit einem Loch in der Mitte. Es sah jedoch so aus, als ließe sich das reparieren. Hätte schlimmer kommen können; noch mal Schwein gehabt, Frazer, dachte ich. Vor lauter Erleichterung brach mir der Schweiß aus, und ich wurde fähig, auch andere Dinge um mich herum wahrzunehmen.

Das Boot, auf dem ich stand, hätte einer Seemotiv-Postkarte der 30er Jahre als Vorbild dienen können. Es war ungefähr 22 Meter lang, mit einem hohen geraden Bug und einem runden Heck. Es hatte einen kurzen, dicken Großmast, einen Besan und ein niedriges Ruderhaus achtern. Vorne, wo sich bei einer Yacht der Kajütaufbau befunden hätte, war ein großer Lukendeckel. Der hölzerne Rumpf war geteert, und das Kiefernholzdeck zeigte verwobene Muster von Fischblut und Schuppen. Es war ein prächtiges Exemplar eines ziemlich mitgenommenen, über Gebühr beanspruchten, unverwüstlichen Trawlers.

Im Augenblick zog er das lange V seines Kielwassers über die spiegelglatte Fläche einer Bucht, an deren Ufer grüne Berghänge hinter einem steinigen Strand in den strahlend blauen Himmel ragten. Wo sich die Berge spiegelten, sah das Wasser leuchtend grün aus.

Vor uns wurde die Bucht schmaler und machte eine Biegung. Dort hatte sich der Nebel in den Bodenfalten der Berghänge noch gehalten. Weitere Berge dahinter waren bis zur halben Höhe nebelverhangen, so daß ihre schroffen Kämme frei in der Luft zu schweben schienen und an die Bergspitzen auf chinesischen Gemälden erinnerten.

Der Mann am Ruder war trotz der morgendlichen Kühle nur mit einem ursprünglich weißen T-Shirt und einem schmuddeligen blauen Overall bekleidet. Seine Nase war offensichtlich mal gebrochen gewesen. Er hatte krauses rotes Haar, das so aussah, als sei es seit einem Monat nicht mehr gebürstet worden, trug einen Bart und hatte blaßblaue Augen.

Der hohe Bug des alten Trawlers rundete die scharfe Biegung. Ein kleiner, fjordartiger Meeresarm lag vor uns, ungefähr vierhundert Meter lang und zweihundert Meter breit. Zwischen dem Boot und dem Ende des Meeresarms, wo das Geröll einer Flußmündung zu erkennen war, zogen Nebelstreifen über das Wasser; es war Flut. Der Mann mit dem Bart brachte das Ruder in Hartlage, um einigen Unterwasserfelsen auszuweichen.

»Loch Beag«, sagte er. »Der beste Liegeplatz, den man hier finden kann.« Er nahm das Gas zurück. Das Geräusch der Maschine erstarb zu einem dumpfen Tuckern, so daß jetzt das Anbranden unseres Kielwassers an den muschelbedeckten Felswänden laut herüberschallte. An Backbord voraus stieg ein Wald grau-grüner Eukalyptusbäume die Berghänge hinauf. Steile viktorianische Giebel ragten über die Baumwipfel; längs der Hochwassermarke, wo der grüne Grasboden in den steinigen Strand überging, stand ein Schuppen neben einer solide aussehenden Granitpier.

Wir schoben uns langsam an eine rotgesprenkelte Muringboje heran. Der Bärtige trottete nach vorn, nahm den Bojenstander auf und belegte die Vorleine. Als er nach achtern zurückkam, sagte er unvermittelt: »Ich bin froh, daß Sie Hector nachgesprungen sind.« Er hielt inne und sah mich von der Seite an. »Aus was ist Ihr Boot?«

»Der Kern ist aus Holz und Epoxy«, erwiderte ich. »Glasfaser innen und außen.«

»Zwischen hier und Oban bringt Ihnen das niemand in Ordnung«, sagte er. »Aber ich hab' das Zeug da. Wir wohnen hier ziemlich abgelegen.« Er deutete landeinwärts. »Da lang geht's 21 Meilen weit nur auf einer schmalen Straße. Über See ist es fast einen ganzen Tag bis Arisaig, und das ist kaum eine Ortschaft zu nennen. Noch ein ganzes Stück weiter liegt Mallaig. Würden uns freuen, wenn Sie blieben.«

Er hatte eine seltsam abgehackte Art zu reden, als wäre er mit den gesellschaftlichen Konventionen nicht vertraut. Ich hatte schon so lange in der Orchard Street gearbeitet, daß ich es beunruhigend fand, wenn ein völlig Fremder so direkt sagte, was er meinte.

»Wir würden uns über einen Gast freuen«, wiederholte er, »Fiona und ich.«

Das letzte Mal, als ich solch ein Angebot von jemandem angenommen hatte, den ich nicht kannte, war ich mit einer Dame, die ich von ihrem ehebrecherischen Mann befreit hatte, auf ein Wochenende nach Somerset eingeladen worden. Die treffliche Dame, eine Börsenmaklerin, war um Mitternacht in meinem Schlafzimmer aufgetaucht und hatte versucht, mich mit der ältesten Methode der Welt zur Minderung meiner Honorarforderung zu bewegen. Sie war sehr ärgerlich geworden, als ich ihr so freundlich wie möglich erklärte, daß ich ein Anwaltsbüro und eine kranke Schwester zu unterhalten hätte, und daß mir zur Begleichung meiner Forderung Bargeld am liebsten wäre, und zwar in voller Höhe.

Diesmal lagen die Dinge anders. Ich verfügte über kein Auto, hatte ein Loch im Boot und so fürchterliche Kopfschmerzen, daß es eine Erleichterung war, nicht selbst denken zu müssen. Daher sagte ich: »Danke, das wäre nett«, und streckte ihm meine Hand entgegen. Er sah so aus, als legte er Wert auf einen Händedruck. »Harry Frazer«, fügte ich hinzu.

Es war, als schüttelte ich einem Schraubstock die Hand.

»Ewan Buchan«, sagte er. »Gehen wir frühstücken.«

3

Die Pier roch nach Torf und nassen Kiefernnadeln. Verbissen trottete ich hinter Ewans breitschultriger Gestalt einen Pfad hinauf, vorbei an einer Reihe von Häuschen ohne Dach, durch ein Gatter in einem Wildzaun und einen Tunnel durch ein Rhododendrondickicht hinunter.

Der Pfad weitete sich zu einem Weg. Der Weg führte über einen binsenbestandenen Rasen zur Vorderseite des Hauses, dessen Giebel wir vom Wasser aus gesehen hatten. Mit zusammengekniffenen Augen, die sich anfühlten, als seien sie mit heißem Blei gefüllt, blinzelte ich zu den schiefergedeckten Dächern hinauf.

Während meiner Referendarzeit hatte ich für den alten Arthur Somers sehr viele Adressen überprüfen müssen und dabei schnell herausgefunden, daß Häuser eine Menge über ihre Besitzer verraten. Dieses machte einen seltsamen Eindruck. Von den Fensterrahmen im linken Giebel blätterte die Farbe ab, und ihr Holz sah so aus, als würde es nicht mehr lange halten. Die Fenster im rechten Giebel hingegen waren frisch gestrichen und sahen gepflegt aus. Rechts von der Tür war ein Blumenbeet mit einer großen Fuchsie und einigen Küchenkräutern, auf dem kein einziges Unkraut wuchs. Links von der Tür überwucherten Quecken und Giersch einen Haufen Steinplatten.

Ewan trat die Haustür krachend auf. Ich sah eine holzgetäfelte Diele mit einem präparierten Hirschkopf an der Wand und einem Bucharateppich, der durch die Salzluft und die Abnutzung zu einer bräunlichen Matte verkommen war, die an eine große Straßenkarte erinnerte.

»Legen Sie die Jacke ab«, sagte er. Die Dielentür ging auf, und eine Frau kam herein.

»Fiona«, sagte Ewan.

»Würde es dir was ausmachen, die Tür heil zu lassen?« fragte sie. Ihre Stimme - Westküste USA - war schneidend.

»Wir haben einen Verletzten«, sagte Ewan. Die Frau sah mich an. Sie hatte dunkle Haare, die sie in einem strengen Pagenschnitt trug, ein wettergebräuntes Gesicht mit hohen Backenknochen und Sommersprossen auf der Nase. Bekleidet war sie mit Jeans und einem Pullover in vielen Naturfarben, die meinen schmerzenden Augen wohltaten. Der Buchhalter in meinem Kopf rechnete Pullover und Haarschnitt zusammen und fand, daß das Ergebnis nach Geld aussah. »Oh?« machte sie in einem Tonfall, den jemand anschlägt, wenn ihm ein zugelaufener Hund präsentiert wird.

»Ich hab' mir den Kopf angeschlagen«, sagte ich unbeholfen. Nichts lief so, wie es laufen sollte. Ich fühlte mich sehr schwach, und ein scheußlicher kalter Schweiß stand mir auf der Stirn.

»Wir hatten eine kleine Kollision«, sagte Buchan. »Hector fiel über Bord. Mr. Frazer sprang ihm nach und holte ihn aus dem Wasser.«

»Wo?« fragte sie. Ihre Stimme klang jetzt interessiert.

»Nördlich von Ardnamurchan«, antwortete er.

Ihre Augen waren graugrün. Sie sah mich eindringlich an, vielleicht zehn Sekunden lang. Hätte jemand anderer mich auf diese Weise angesehen, hätte ich das als feindselig empfunden. Bei ihr war es so, als versuche sie, hinter mein Gesicht zu blicken. Schließlich sagte sie: »Das war außerordentlich hilfsbereit von Ihnen.« Ihr Gesicht wurde durch ein plötzliches Lächeln erhellt. »Erhellt« ist der einzig richtige Ausdruck dafür. Das Lächeln veränderte sie völlig. Es brachte ihr Gesicht zum Strahlen, zog mich in ihren Bann und machte mich zu ihrem Komplizen.

»Setzen Sie sich«, sagte sie.

Ich setzte mich.

Sie tastete meinen Kopf mit kompetenten Fingern ab. Ich fragte: »Sind Sie Krankenschwester?«

»Ich bin Strickerin«, antwortete sie kurz. »Reden Sie jetzt nicht.«

Dazu brauchte ich nun wirklich nicht ermuntert zu werden. Sie fand die Beule hinter meinem linken Ohr. Das tat weh, trotz des Lächelns. Ich fühlte mich unbehaglich. Dort, wo ich herkam, riefen Fremde, die einen Verletzten vor sich hatten, nach einem Arzt.

»Sie werden's überstehen«, sagte sie. Ihre Stimme war von einer unpersönlichen Freundlichkeit. »Das Frühstück steht auf dem Tisch.«

Wir gingen in ein holzgetäfeltes Eßzimmer, von dessen Fenstern man einen schönen Blick über das Wasser hatte. Ewan erzählte Fiona, was geschehen war. Sie gingen so vertraut miteinander um wie ein lange verheiratetes Paar. Einen Ring konnte ich an Fionas Händen allerdings nicht entdekken. Ich fühlte mich deplaciert, als Almosenempfänger, wenn auch nicht durch eigene Schuld. Vielleicht war auch nur mein Stolz verletzt.

»So«, sagte Fiona, nachdem sie eine Portion Eier und Schinken auf meinen Teller gehäuft hatte. »Was hatten Sie eigentlich vor, als Sie mitten in der Nacht so allein durch die Gegend segelten?«

Ich kaute auf einem Stück Schinken herum, das ich eigentlich gar nicht mochte. »Ich wollte hier einen Freund besuchen«, sagte ich.

»Wen?« fragte Ewan abrupt. Überrascht sah ich, wie sich seine Augen über dem rötlichen Bart verengten; ihr Ausdruck war keineswegs freundlich.

»Prosper Duplessis. Er wohnt ein Stück weiter die Küste hinauf.«

»Das ist doch der mit den vielen Parties«, sagte Fiona.

Ich nickte. Das war es, was den Leuten bei Prosper gewöhnlich einfiel. Der Schinken bekam mir nicht. Ich wollte nur noch ins Bett.

»Was machen Sie denn beruflich?« fragte Fiona.

»Ich bin Rechtsanwalt«, sagte ich.

»Und was für eine Art Anwalt?« Sie sah aus dem Fenster auf die kleinen Wellen, die der Kopf eines Seehunds auf der spiegelglatten Wasserfläche der Bucht verursachte. Jetzt war ich kein Held mehr, sie machte nur noch höfliche Konversation.

»Ich hab' meist mit Scheidungen zu tun«, sagte ich.

Sie sah mich an und nickte, als ob ihr Verdacht sich bestätigt hätte. Ich fühlte den Drang, mich zu rechtfertigen, aber mir war fürchterlich übel. Ich stand auf, taumelte durch die Haustür ins Freie und übergab mich in einen Rhododendronstrauch.

Fiona war mir nachgegangen. »Sie haben eine Gehirnerschütterung«, sagte sie. Ihre Stimme war wieder sanfter geworden. Der streunende Hund war krank. Ich stand gebückt auf dem feuchten Gras und war mir bewußt, daß ich mich nicht von meiner besten Seite zeigte. »Sie legen sich besser hin.« Sie geleitete mich eine Treppe hinauf in ein verblichenes Schlafzimmer, das nach alten Teppichen roch. Ich ließ mich auf das alte Eisenbett fallen und sagte ihr, daß es mir schon wieder gutginge, und daß ich mir den Schaden an meinem Boot ansehen wolle. Aber ich schlief ein, bevor ich den Satz beendet hatte.

Als ich aufwachte, schien mein Verstand wieder zu arbeiten.

Meine Rolex zeigte elf Uhr. Draußen vor der Tür wartete mein Urlaub auf mich, und ich hatte hart und lange genug in einem dumpfen Büro gearbeitet, um ihn mir zu verdienen. Im Badezimmer fand ich einen Rasierapparat und einen Pinsel. Mein Gesicht ist ziemlich lang und schmal und vermittelt selten den Eindruck strahlender Gesundheit. An diesem Morgen aber sah es schlimmer aus als sonst: blaß, mit Säcken unter den Augen und langen Bartstoppeln. Die Augen selbst waren dunkel und lagen tief in den Höhlen. Der Gesamteindruck war der eines zweitrangigen spanischen Straßenräubers. Mit Hilfe des Rasierapparats machte ich mich ein klein wenig ansehnlicher und ging nach unten. Ich fand Fiona in einer großen feuchten Küche, in der überall graubraune Wollstränge herumhingen.

»Wie ich höre, ist Ihr Boot kaputt«, sagte sie. Ich zuckte die Achseln. »Hector wird das in Ordnung bringen.« Sie schwieg einen Moment. Wie bei unserer ersten Begegnung war ihr Blick scharf und direkt. »Frühstücken Sie erst mal. Dann können Sie Ihre Freunde anrufen.«

Ich öffnete den Mund, um ihr zu sagen, daß ich Prosper bitten würde, mich abzuholen. Doch dann dachte ich an die *Green Dolphin* und die Reparatur. Auf der Werft von Neville Spearman in New Pulteney gab es geheizte Hallen und gut ausgebildete Bootsbauer, die sich mit dem Handauflegeverfahren auskannten. Außerdem war Charlie Agutter ständig dort zugange und hatte seine Augen überall. Hier oben gab es das alles nicht. Meine Ferienstimmung schwand. Die Reparatur würde problematisch werden.

Diesmal kam mir das Frühstück nicht wieder hoch. Danach rief ich Prosper an.

»Arry«, kam es aus dem Hörer. Seine Familie stammte aus Martinique. Jetzt war er schon fünf Jahre in Europa, hörte sich jedoch immer noch so an, als gurgle er jeden Tag mit Rum. »Wo zum Teufel steckst du?«

Fiona stopfte ein großes Wollknäuel in einen dampfenden Kochtopf. Ich fragte sie. Sie strich sich die schwarzen Haare aus der Stirn.

»Kinlochbeag Lodge«, sagte sie.

»Kinlochbeag Lodge«, wiederholte ich ins Telefon.

»Bon Dieu«, sagte Prosper. »Haben sie dir schon Seetang aufgetischt?«

»Nein, Eier mit Schinken«, sagte ich.

»Paß bloß auf, sag' ich dir. Sie tragen Gesundheitssandalen.« Ich warf einen schnellen Blick auf Fionas Füße. Sie hatte Wanderstiefel an.

Ich berichtete ihm von der Kollision.

»Hast Glück gehabt, daß du nicht draufgegangen bist«, sagte er. »Aber wenn du gewinnen willst, mußt du vorsichtiger sein.«

Prosper übte einen schlechten Einfluß auf mich aus. Dabei war er mein ältester Freund. Vor sechs Wochen, als er nach Bristol gekommen war, um bei Avery Wein zu kaufen, hatten wir eine Wette abgeschlossen. Fünftausend Pfund sollte derjenige bekommen, der die schottische Drei-Berge-Regatta gewann. Hierbei mußten die Teilnehmer zunächst ein Wettsegeln bestreiten und dann nacheinander die drei höchsten Berge Westschottlands erklimmen, deren Namen alle mit Ben begannen.

»Ich mein's ernst«, sagte er. »Es gibt dort nur Naturreis, den Guardian und Rettet die Wale. Ewan ist verrückt und Fiona eine Pfadfinderin. Sie haben mal zusammengelebt, und jetzt wohnen sie nur noch zusammen, wenn du verstehst, was ich meine.«

»Oh«, sagte ich. Die Sache mit den unterschiedlichen Giebeln ergab jetzt einen Sinn.

»Bohnensalat«, sagte Prosper, »und Gemüsefrikadellen. Du wirst deinen Biß verlieren.«

»Damit hab' ich keine Probleme«, sagte ich.

»Natürlich nicht«, sagte Prosper ironisch. »Wie wär's mit einer kleinen Wettfahrt?«

»Mein Boot hat was abgekriegt«, antwortete ich. »Aber das bringe ich schon in Ordnung.« Wenn ich ihm erzählte, daß die Backbordseite eingedrückt war, würde das sein Siegesbewußtsein nur noch stärken.

»Nichts Schlimmes, hoffe ich?« sagte er. »Ich segle jetzt mal zur Probe rund St. Kilda. Vier Tage. Ich hoffte, wir könnten ein bißchen trainieren und sehen, wie die Boote laufen.«

»Tut mir wirklich leid«, sagte ich.

»Übrigens sucht dich dein Büro.«

Damit beendeten wir das Gespräch.

Ich hatte Prosper gleich an seinem ersten Tag im Internat kennengelernt. Seine Eltern lebten viertausend Meilen weit weg. Ich selbst hatte meine Eltern zu dieser Zeit schon verloren. Er war ein dickes Kind mit einer Haut, die in der tropischen Sonne die Farbe von Milchschokolade angenommen hatte; dazu verfügte er über die Gabe, die Leute zum Lachen zu bringen.

Ich war damals dünn und sportlich. Wir freundeten uns an, und meine Schwester Vi pflegte uns in der kurzen Zeitspanne, in der sie ein begehrtes Filmsternchen war, in den »Red Lion« von Salisbury zum Tee einzuladen.

Später war jeder von uns auf eine andere Schule gegangen. Ich hatte mich für Leichtathletik, er sich für das Segeln interessiert, und wir hatten uns nur mehr gelegentlich geschrieben. Nachdem er die Universität hinter sich gebracht und ich mein Juraexamen bestanden hatte, waren wir zusammen in der Karibik herumzigeunert. Dann war sein Vater gestorben, er hatte eine Menge geerbt und sich ein Haus hier an der Westküste Schottlands gekauft, was zu seinem Haus bei Cap Ferrat, dem Apartment in New York und seinem ganzen übrigen Lebensstil paßte.

»Sie werden also noch eine Weile bleiben«, sagte Fiona.

»Es ist etwas eintönig bei uns, wenn Sie es mit dem Leben bei Prosper vergleichen.« Sie lachte und ging in ihr Studio.

Ich dachte einen Moment daran, mein Büro anzurufen. Cyril, mein Sekretär, hielt gar nichts davon, daß sein Brötchengeber Urlaub machte. Er saß jetzt gewiß an seinem Stahlschreibtisch, jederzeit bereit, mit kleinen spitzen Bemerkungen den Unmut eines Klienten zu schüren und diesen dann genüßlich an mich weiterzureichen. Im Moment war mir nicht danach, ihm dieses Vergnügen zu bereiten. Ich ging daher zum Wasser hinunter und suchte mir einen Weg über das steiniger Ufer zur Pier.

Der hohe, schlanke Mast der *Green Dolphin* ragte am Kopf der Pier in die Luft. Es war Ebbe, sie lag aufrecht auf dunkelgrauem Sand, gestützt von ihrem Doppelruder und dem aufgeholten Kielschwert. Nasse Kissen, Kleider und Karten waren am Relingsdurchzug angeklammert und flatterten in der leichten, auflandigen Brise. Ewan hockte im Heck und drehte sich eine Zigarette. Hector spülte die weißen Bordwände mit einem Wasserschlauch ab.

Er sah auf, als er mich kommen hörte. An einem guten Tag hätte man sein Gesicht wohl als fleischig bezeichnen können. Heute war es aufgedunsen, und er trug einen Verband um den Kopf. »Spüle gerade das Salz ab«, sagte er. Dann verstummte er eine Weile, und man konnte ihm ansehen, daß er mit akuter Schüchternheit kämpfte. »Die Frau ist Ihnen sehr dankbar.«

Beim Anblick des Lochs in der Bordwand war mir das Blut wieder zu Kopf gestiegen. »Wenn Sie Lichter geführt hätten«, sagte ich, »wäre das alles nicht passiert.«

»Schlechte Nacht, was Lichter betrifft«, sagte Ewan hastig. »Es ging alles daneben. Der verdammte Wind hatte mich abgetrieben, bevor ich überhaupt merkte, daß Hector über Bord gegangen war. Aber Hector versteht 'ne Menge vom Bootsbau. Sagen Sie ihm, was Sie gemacht haben wollen.«

Ich hatte einen Haufen Geld ausgegeben, um die *Dolphin* so hinzukriegen, daß sie meinen Vorstellungen entsprach, und das gleiche galt für Charlie Agutter. Um unser Geld einigermaßen wieder herauszubekommen, mußten wir bei der Regatta einen guten Eindruck hinterlassen, und mit einem ramponierten Boot würde das schwerfallen.

Hector räusperte sich und sagte schüchtern: »Wir legen erst mal den Holzkern frei. Das ist doch Zedernholz, oder?«

Ich nickte.

»Dann trocknen wir sie aus, schneiden Bahnen zurecht und kleben neue Streifen mit Epoxidharz ein. Schleifen sie glatt. Danach wird das Ganze innen und außen beschichtet. Die Spanten sind in Ordnung, ich hab's überprüft.«

Seine Stimme war zaghaft, aber ruhig. Immerhin schien er zu wissen, wovon er sprach. Plötzlich wurde mir klar, daß er mir dankbar war und sich bemühte, mir einen Gefallen zu tun. Es war so lange her, seit ich jemanden wie ihn getroffen hatte, daß ich kaum mehr wußte, wie ich mich verhalten sollte.

»Wenn Sie mal mit unter Deck kommen würden«, sagte er. Eine halbe Stunde lang erläuterte er mir in allen Einzelheiten, wie er sich die Reparatur vorstellte. Als er fertig war, wußte ich, daß er mehr vom West-System verstand als ich und wahrscheinlich genausoviel wie James Dixon, der den Bau bei Spearman geleitet hatte.

»Wollen wir's so machen?« fragte er.

»In Ordnung«, sagte ich. »Prima.«

»Alles klar?« fragte Ewan, als wir wieder an Deck standen. »Ich hab' Ihnen ja gesagt, daß Hector seine Sache versteht. Ich muß jetzt in die Bucht hinaus fahren. Kommen Sie mit, dann zeig' ich Ihnen die Gegend. Fiona ist jetzt sicher beim Wollefärben. Scheußlicher Gestank.«

Na schön, dachte ich, dein Boot ist also kaputt, aber es wird wieder repariert, gratis. Unterdessen sitzt du hier fest. Aber an einem Ort, wo die Berge bis in den Himmel ragen, wo es keine Autoabgase und keine Hektik gibt und auch keinen Sekretär Cyril, der dir mit einem Gesicht wie ein Leichenbestatter bei einem Eisenbahnunglück berichtet, daß Mr. Smith seine Frau verlassen hat und mit einer Stripteasetänzerin durchgebrannt ist, weshalb Mr. Frazer ihm doch bitte das Sorgerecht für seine Kinder verschaffen möchte.

»Gute Idee«, sagte ich also.

Seegras schwang rhythmisch im klaren braunen Wasser der Bucht, als Ewan uns hinausruderte. Auf dem breiten Heckspiegel des Trawlers stand in goldenen Lettern und schön verziert der Name *Flora.* »Das hat Fiona gemacht«, sagte Ewan. »Sehr künstlerisch.« Wir gingen an Bord und begaben uns in das tadellos lackierte Ruderhaus.

Der Diesel startete und stieß eine schwarze Rauchwolke aus. Ewan sagte mir, ich solle das Ruder übernehmen, und ging nach vorn, um von der Boje loszuwerfen. Ich schob den schweren Messinghebel auf VORAUS. Schwerfällig begann der große hölzerne Rumpf Fahrt aufzunehmen.

Ewan kam herein, klopfte an den Skalen herum und runzelte die Stirn. »Verdammte Maschine«, sagte er. »Spare schon auf eine neue.« Ich legte Ruder, um nicht in eine Tanginsel hineinzulaufen. Ewan griff nach oben in das Netz über dem Sicherungskasten und zog eine Flasche Glenmorangie und zwei Gläser hervor.

»An der Kollision bin ich schuld«, sagte er. »Wir werden Ihr Boot so reparieren, daß es wieder wie neu aussieht. Wären Sie damit zufrieden?«

Das war ein großzügiges Angebot, zumal ich bedenken mußte, daß Versicherungsgesellschaften für Einhandsegler wenig übrighaben. »Ja«, erwiderte ich.

»Schön«, sagte er. »Kleinen Schluck?«

»Ja, bitte.«

Er schenkte ein und reichte mir ein Glas. »Tragen Sie's mir nicht länger nach. Slàinte.«

Die Luft war kristallklar an jenem Tag. Felsen und Berge schienen im Licht förmlich zu leuchten: ein Licht so hell, daß ich auf 300 Meter Entfernung die Barthaare eines Seehunds erkennen konnte. Ewan wies mich auf Peilungen und Bojen hin, die Durchfahrten und blinde Klippen markierten. Am Ausgang der Bucht packte uns die Dünung und ließ den Bug in die Höhe steigen, als wir auf Nordkurs gingen.

»Skye«, sagte Ewan und zeigte nach Nordwesten. Die gezackte Bergkette der Cuillins ragte indigoblau über den Horizont. »Rhum, Eigg, Muck.« Weiter im Westen hockten die drei Inseln wie riesige grüne Sphinxe im harten Gleißen der See. »Und das ist Dunmurry.«

Er drückte mir ein ziemlich mitgenommenes Zeissglas in die Hand. Ich klemmte das Steuerrad mit den Knien fest und fokussierte das Glas auf einen grauen Punkt im Nordosten, wo eine Landspitze ins Meer hineinstieß.

Ich hatte schon von Dunmurry gehört und auch die Zeitungsberichte darüber in den Sonntagsmagazinen gesehen. Aber die Fotos waren dem Ort nicht gerecht geworden. Wenn man Dunmurry einfach nur ein Schloß nannte, war das so, als bezeichnete man den Eiffelturm als Radioantenne. Es war ein Gebilde von der Art, wie es einem alten Festungsbaumeister nach einem schweren Dinner im Traum erschienen sein könnte: ein phantastischer Wald von Türmen, Türmchen und Zinnen, von Balustraden und Giebeln an der Spitze einer felsigen Halbinsel. An einem seitlich gelegenen Ankerplatz, der von einer niedrigen Felszunge umschlossen war, ragten die Masten verschiedener Yachten in die Höhe. Es waren hohe Masten, und sie trugen eine Menge Rigg. Ernstzunehmende Masten.

»Inzwischen hat man ein Hotel daraus gemacht«, sagte Ewan. »Haben Sie je von David Lundgren gehört?«

Wenn man sich für Boote oder Rechtsstreite – oder beides – interessierte, konnte einem dieser Name nicht unbekannt sein. Lundgren träumte von einer Welt, in der jede halbwegs geeignete Meeresbucht und Flußmündung Marinas besaß, die alle ihm gehörten. In letzter Zeit hatte er Interesse an der Herstellung einer neuen Generation superschneller Tourenyachten erkennen lassen. Charlie Agutter und ich glaubten, daß die *Green Dolphin* genau richtig für ihn sein müßte. Er war enorm reich, unglaublich rechthaberisch und ziemlich norwegisch. Die Presse liebte ihn; Leute, mit denen er Geschäfte machte, waren gewöhnlich weniger enthusiastisch.

»Lundgren hat Dunmurry vor ein paar Jahren gekauft«, sagte Ewan. »Hat dann ein Hotel daraus gemacht und läßt Freunde und Bekannte darin wohnen. Sind auch die einzigen, die sich das leisten können.«

»Er ist einer von den Leuten, die ich hier oben aufsuchen will«, sagte ich.

Einen Augenblick wirkte Ewan etwas verunsichert. »Ich bin gern mal da, um ein Glas zu trinken. Das Bier ist teuer, aber das Schloß ist überwältigend.«

»Wer hat es gebaut?« fragte ich.

»Ein Typ namens Wright. Hohes Tier aus England, Freund von Königin Victoria. Wollte hier ein Ferienhaus haben.«

»Dann muß es ja um dieselbe Zeit gebaut worden sein wie Ihr Kinlochbeag«, sagte ich.

Er nickte. »Die Wrights wohnten lange auf Dunmurry.«

»Und was ist mit den Buchans auf Kinlochbeag?«

Er schüttelte den Kopf. »Mein Alter kaufte es erst 1934. Er machte 'ne Menge Geld in der Fischerei mit einem Dampflogger, der in Aberdeen registriert war. Er fing Fische, kaufte Fische, verkaufte Fische und stellte schließlich auch noch Fischkonserven her. Er machte eine Million in den dreißiger Jahren: billigen Hering für die von der Wirtschaftskrise Gebeutelten. Aber Million hin, Million her, keiner von diesen kilttragenden Armleuchtern wollte was von ihm wissen, weil er ja nur Jocko Buchan vom Albert Quay war.« Ewan verzog das Gesicht. »Schottland ist nach wie vor ein feudalistisches Land, und damals war es noch wesentlich schlimmer. Sie pflegten sich die Nase zuzuhalten, wenn sie ihn kommen sahen. Zum Totlachen.« Er rollte sich mit großer Sorgfalt eine Zigarette. »Auch eine?« fragte er.

»Ich hab's aufgegeben«, sagte ich. »Da ist er also hierher gezogen, um allem zu entgehen?«

»Schwer zu sagen«, erwiderte Ewan. »Er war ein komischer Kerl, mein Alter. Er liebte das Fischen. Die *Flora* hatte er eigentlich als Yacht bauen lassen, aber im letzten Moment ordnete er an, die vorgesehene große Kajüte durch einen Fischladeraum zu ersetzen. Dann kaufte er das Haus und zehntausend Morgen Land, weil er der Meinung war, daß er mit einem Grundbesitz dieser Größe nie jemandem begegnen mußte, der nicht für ihn arbeitete. Und nur für den Fall, daß er einmal Langeweile kriegen sollte, verlegte er sich auf den Fang von Riesenhaien. Deswegen hat er auch die Pier gebaut.« Er fuhr mit der Zunge über das Papier, drehte die Zigarette zusammen und steckte sie an. Der Rauch hing in seinem Bart, bevor ihn der Wind aus dem Ruderhausfenster zog. »Als er zwei Jahre hier gewohnt hatte, faßte er sich ein Herz und fuhr los, um Wright, dem Enkel des ursprünglichen Schloßherrn, einen Besuch abzustatten, sozusagen von Nachbar zu Nachbar. Der Kerl hatte eine Menge Gäste im Haus: Fred Astaire, Oswald Mosley, na ja, Sie wissen schon, all die Typen aus den dreißiger Jahren. Wright kam zur Pier runter, um meinen Vater zu begrüßen – alle Gäste gingen wie bei einer Prozession hinter ihm her. Der Alte freute sich wie ein Schneekönig. Er brachte die *Flora* längsseits und machte an der Pier fest. Als er den Fuß an Land setzte, streckten Wright und seine feinen Gäste die Hände aus – und hielten sich dann alle gleichzeitig die Nasen zu.«

Man konnte das Schloß jetzt mit bloßem Auge erkennen. Plötzlich gefiel es mir nicht mehr.

»Mein Alter ist auf Wright zugegangen und hat ihn mit einem Schlag von der Pier ins Wasser befördert«, sagte Ewan leise. »Dann segelte er nach Hause zurück und hat sich nie wieder von dort weggerührt.« Er hielt inne und beobachtete den schwarz-roten Schlangenhals eines Eistauchers, der am Bug vorbeischwamm. »Ich hatte manchmal schrecklichen Streit mit dem alten Knochen«, sagte er. »Ob es lief, flog oder schwamm - kein Tier war vor ihm sicher. Mich hielt er für einen Trotzkisten. Aber seit er tot ist, gehe ich gern mal in den Speisesaal von Dunmurry und spucke dort ein bißchen aufs Parkett, in memoriam.«

Die Masten der Schiffe auf dem Ankerplatz hinter dem grünen Steinwall wuchsen langsam in die Höhe. »Und was meint Mr. Lundgren dazu?« Nach allem, was ich gehört hatte, mußte Mr. Lundgren ziemlich sauer werden, wenn jemand auf sein Parkett spuckte.

Ewan zeigte beim Grinsen gelbliche Zähne im Dickicht seines Bartes. »Mr. Lundgren hat seine Gründe, sich mit den Einheimischen gut zu stellen. Besonders mit mir.« Hinter den undeutlichen Silhouetten der Inseln am Horizont lief ein großer Massengutfrachter nach Norden, hochbordig, in Ballast. »Der da ist unterwegs zu seinem Steinbruch, um Ladung zu nehmen. Inzwischen geht ein anderer vollbeladen auf Südkurs.«

»Wieso das?«

Ewan warf die Zigarettenkippe aus dem Fenster. »Lundgren hat auch einen ganzen Berg gekauft«, sagte er. »Den Ben Dubh. Eine Kubikmeile Granit. Er baut seine Marinas mit dem Zeug, verschifft es überall hin . . . Ich leite hier die ›Sea Watch‹, eine Organisation, die sich um Wasserverschmutzung, tote Seehunde und den ganzen Dreck kümmert, der von den vielen Leuten in dieser Gegend erzeugt wird, die versuchen, aus Salzwasser Kapital zu schlagen - und zum Teufel mit der Umwelt. Lundgren kennt sich in der Politik sehr gut aus. Er weiß genau, daß er in Schwierigkeiten kommen könnte, wenn ich wegen des ganzen Unrats aus seinem Steinbruch das Maul aufreißen würde. Andererseits hat er dort Arbeitsplätze für dreißig Leute geschaffen, und ich weiß verdammt gut, daß niemand sich drum scheren würde, wenn ich Krach schlüge. Also mache ich nicht allzuviel Aufhebens davon. Er sorgt dafür, daß einem der Unrat nicht allzu sehr in die Nase steigt, und ich ziehe ihn gelegentlich ein bißchen damit auf. Eine Situation, die man ein kaledonisches Patt nennen könnte.«

Wir liefen jetzt am Ende des Hafendamms vorbei, einem horizontalen Finger aus grauem Fels. Die Boote, die hier ankerten, sahen nach Geld aus. Das größte war ein schwarzer Kutter mit langen Überhängen und einem Löffelbug.

»*Asteroid*«, sagte Ewan. »Lundgrens bescheidenes Bötchen. Instandhaltungskosten so hoch wie die der Brücke über den Firth of Forth. Sehen wir mal nach, ob der Mann zu Hause ist.«

Wir machten am Kai fest und gingen an Land.

4

Ein festgetretener Kiespfad führte um das westliche Ufer des Ankerplatzes herum und zu einem Doppeltor aus vergoldetem Schmiedeeisen in einer hohen Granitmauer. Wir folgten ihm, vorbei an verschiedenen Arten von Rhododendron und feuerfarbenen Watsonien, bis zu einer Terrasse, wo zwei Gärtner Unkraut jäteten. Die Art, wie sie Ewan begrüßten, zeigte, daß sie ihn gut kannten und leiden mochten. Am Ende der Terrasse standen Tische mit großen Schirmen, deren Fransen in der kalten Brise flatterten. Durch die Glastür sah man einen langen Mahagonitresen und einen Barkeeper in weißer Jacke. »Die Bar haben sie von der Rennbahn in Aintree mitgehen lassen«, sagte Ewan.

Der Barkeeper sah auf, als wir hereinkamen. »Guten Morgen, Mr. Buchan«, sagte er. Das kaum merkliche Engerwerden der Augen in seinem großflächigen, ausdruckslos höflichen Gesicht legte die Vermutung nahe, daß er die Sympathie der Gärtner nicht teilte.

Ewan bestellte zwei Halbe. Der Raum war charakteristisch für das Zeitalter Eduards des Siebten, mit großen dunklen Seestücken holländischer Maler auf den roten Seidentapeten und gekreuzten Schwertern über den Türen.

»Es wurde zum Hotel umgebaut, nachdem Wright pleite gegangen war«, sagte Ewan, während er sich zurücklehnte und die Ellbogen auf die Bar stützte. »Dann kam die Kommandotruppe. Dann kam irgendein Deutscher, der sich bald darauf erschoß. Dann Lundgren.«

Die Glastüren öffneten sich, und ein kleiner rundlicher Mann mit rötlichem Haar kam herein. Seine gedrungene Figur vermittelte den Eindruck von Härte. Er trug einen dicken Pullover und ausgebleichte, rote Seglerhosen von O.M.Watts. »Wenn man vom Teufel spricht . . .« sagte Ewan. »Harry Frazer, David Lundgren.«

Wir gaben uns die Hand. Lundgrens Hand war klein, heiß und trocken. In seinem von der Sonne geröteten Gesicht saßen wache hellgraue Augen und eine Stupsnase. Er sah aus wie ein Wikinger en miniature.

»Bin mal auf ein Gläschen vorbeigekommen«, sagte Ewan. »Trinken Sie doch eins mit.«

»Danke«, sagte Lundgren. Der Barkeeper gab ihm irgendetwas Wasserklares mit einer Scheibe Zitrone darin. Wahrscheinlich Tonicwasser; Lundgren sah nicht so aus, als finge er schon morgens mit Alkohol an. »Sie haben sich also in Kinlochbeag einquartiert?« fragte er mich.

»Sein Boot wird von Hector regattaklar gemacht.« Ewan kippte den letzten Schluck hinter seinen Bart. »Entschuldigen Sie mich bitte.« Er zwinkerte mir so zu, daß Lundgren es nicht sehen konnte, und verließ die Bar.

Lundgren beugte sich vor und griff nach einem Kästchen mit grauen Zigaretten, die ein langes Pappmundstück hatten. »Mein Laster«, sagte er. »Ich hatte das Glück, ein Geschäft mit Gorbatschow zu machen, und er läßt mir jetzt immer diese Papirossi zukommen.« Er lächelte. Das Ganze hatte den Anstrich einer geschickt eingeflochtenen, vertraulichen Bemerkung. Lundgren verstand sich darauf, einem die Befangenheit zu nehmen und gleichzeitig seine eigene Bedeutung herauszustreichen. »Was für ein Boot haben Sie?«

Das war ein guter Anknüpfungspunkt. Ich erzählte ihm von der *Green Dolphin.* Er atmete Rauch aus und nickte. »Dieser Charlie Agutter ist keine Schlafmütze«, sagte er. »Wir werden sehen, wie Sie sich schlagen. Sie segeln doch die Drei-Berge-Regatta mit?«

»Natürlich.«

»Ich auch«, sagte er. »Ich habe einige Freunde eingeladen, die mir helfen, die *Asteroid* zu segeln; und dazu ein paar Marineinfanteristen, die das Laufen übernehmen, falls ich mich müde fühle.« Er blies mir Rauch ins Gesicht. »Ist inzwischen eine Sache für Profis geworden, die Drei-Berge-Regatta. Mehr eine Ausdauerprüfung als eine Segelwettfahrt.« Er lächelte wieder, ein frostiges skandinavisches Lächeln. »Ich glaube, gerade deswegen mag ich sie.«

Ich nickte um anzudeuten, daß ich zuhörte. Offensichtlich liebte er den Klang seiner Stimme.

»Ein beharrlicher Mann kann in dieser Gegend eine Menge erreichen. Man braucht nur an die Bauherren von Kinlochbeag und dieses Schlosses hier zu denken.« Er schwenkte seine Zigarette in Richtung Glastür. »An den Geist, der eine Sonnenterrasse baute, die den vorherrschenden Winden im schlechtesten Klima Europas genau zugekehrt ist.« Er wartete auf mein Lachen.

»Oder einen Steinbruch«, sagte ich, um ihn zu provozieren.

Er zuckte die Schultern. »Verbindung von Geschäft und Vergnügen«, sagte er. »Ich habe hier oben viel gesegelt und brauche eine Menge Steine. Daher hab' ich mich nach einem Granitberg umgesehen, an dessen Fuß auch Hochseeschiffe ankern können. Wie Sie wissen, hab' ich ihn gefunden. Und jetzt verschiffen wir schottisches Urgestein in die ganze Welt.«

»Ist das nicht ziemlich teuer?«

Er nippte versonnen an seinem Drink, aber seine Augen blickten etwa so verträumt wie die Ziffernanzeige eines Taschenrechners. »Hohe Investitionen, das stimmt schon. Doch die Nachfrage ist groß und der Seetransport pro Meile immer noch am billigsten.«

Inzwischen waren zwei große Männer hereingekommen. Beide hatten militärisch kurze Haare, schmale Oberlippenbärte und trugen Trainingsanzüge. Er sah auf die Uhr. »Kommen Sie doch eines Tages vorbei und schauen Sie sich um.«

»Gern«, sagte ich.

»Ich freue mich schon darauf, Ihr Boot segeln zu sehen«, sagte er. Dann gingen sie. Lundgren, überragt von den beiden anderen, stolzierte vorneweg, die Zigarette zwischen die Zähne geklemmt.

Ich trank mein Glas aus. Als der Barkeeper mir die Rechnung reichte, sah ich, daß Lundgrens Tonicwasser mit fünf Pfund berechnet war.

»Haben Sie sich da nicht geirrt?« fragte ich.

Sein blasses Gesicht blieb unbewegt, blasiert. »Keineswegs, Sir.«

»Immer am Ball, Ihr Boss«, sagte ich. Er geruhte, nicht zu antworten.

Ich zahlte und ging hinaus auf die kalte Terrasse. Die Aussicht über den Garten, auf den Ankerplatz und die violetten Gipfel des Ardnamurchan war überwältigend. Es war nicht schwer zu verstehen, wie Lundgren so weit gekommen war. Und es wäre auch nicht schwer zu verstehen gewesen, wenn seine Freunde, die Hotelrechnungen zahlen mußten, wenn sie zu Besuch kamen, und seine Bekannten, die für ihr Schweppes Preise wie in einem Nepplokal akzeptieren mußten, ihn in Wahrheit viel weniger leiden mochten, als sie vorgaben.

Ich ging die Terrassentreppe hinunter, die rechts und links von roten Terrakottatöpfen mit Pelargonien und Agapanthus flankiert war, und folgte dem Weg. Die beiden Gärtner waren immer noch mit Jäten beschäftigt. Ich fragte den einen, ob er Ewan gesehen hatte.

»Er ist runter zur Fischfarm«, sagte der Mann. Er deutete auf einen Weg, der in einen Föhrenwald führte. Auf dem kleinen, holzgeschnitzten Schild an der Pforte, die ihn versperrte, stand PRIVAT. Ich zögerte.

»Geh'n Sie nur weiter«, ermunterte mich der Mann.

Ich drückte die Pforte auf.

Statt des sorgfältig geharkten Kiesbelags hatte ich plötzlich schwarzen, torfigen Schlamm, von Traktorenreifen tief zerfurcht, unter den Füßen. Der Rücken der Halbinsel erhob sich zu meiner Rechten. Kurz darauf lief ich am schattigen Südufer einer engen schwarzen Meeresbucht entlang und passierte eine Ansammlung von unordentlichen, aus Asbest und Zement errichteten Farmhäusern und einen schwelenden Haufen leerer Konservendosen, Flaschen und alter Dieselkanister.

Der Weg rundete dann eine Landzunge, die nahe an die gegenüberliegende Küste heranreichte. Hinter der Landzunge weitete sich die Bucht zu einer großen Wasserfläche. Das Wasser sah tief aus. Dort, wo die Flut durch die Enge hereinströmte, bildeten sich große brodelnde Strudel und Wirbel, als stemmten sich ihr Unterwasserriffe entgegen. Etwa fünfzig Meter vor mir schwamm ein großer quadratischer Plankenrahmen, weiß gestrichen, nahe dem Ufer im Wasser. Es war so eine Art offenes Floß, wie man es in nahezu jeder Bucht an der schottischen Westküste sehen kann: ein Laufgang um einen Unterwasserbehälter voll junger Lachse. Eine Fischfarm.

Ich sah Ewan draußen auf dem Laufgang stehen. Es war noch ein anderer Mann bei ihm, viel kleiner als er, dunkelhaarig, von gedrungener Gestalt. Sie schienen miteinander zu reden, und ich hörte Ewans Gelächter über das glatte schwarze Wasser dröhnen. Der andere schüttelte den Kopf. Ewan sagte noch etwas. Er war nahe an den anderen, den er um Haupteslänge überragte, herangetreten.

Unvermittelt schlug der kleinere Mann zu.

Ich sah noch, wie er den Ellbogen zurückzog und die Schulter etwas senkte. Dann rammte er seine Faust in Ewans Magen. Als Ewan sich krümmte, packte ihn der Mann vorn am Pullover und knallte ihm ein Knie voll ins Gesicht. Ewans Beine gaben nach, er prallte mit der Hüfte gegen das Geländer des Laufstegs und stürzte mit einem Überschlag ins Wasser. Von der Stelle, wo er in die Bucht geklatscht war, breiteten sich kleine Wellen aus und liefen mir entgegen. Die Stiefel des kleinen Mannes polterten über den Laufgang, als er aufs Ufer zulief. Ein zweiter Mann kam aus einem Schuppen und rief etwas.

Ich stand einen Moment wie angewurzelt. Körperverletzung, dachte der Jurist in mir, der Mann hat eben Ewan tätlich angegriffen.

Ein Dieselmotor begann zu tuckern. Hinter der schwimmenden Fischfarm kam ein ziemlich mitgenommenes Arbeitsboot in Sicht. Der kleine Mann befand sich darin, auch der andere aus dem Schuppen. Dieser Mann hatte so kurze blonde Haare, daß die Kopfhaut im Sonnenlicht rosig durchschimmerte.

»He!« brüllte ich.

Keiner von beiden blickte sich um. Das Motorengeräusch steigerte sich zu einem lauten Rattern, und das Arbeitsboot nahm schnell Kurs auf die offene See, wobei es das auflaufende Wasser in einer hohen Bugwelle zur Seite warf. Ich suchte Ewans Kopf, aber der war nicht zu sehen. Inzwischen hätte er längst wieder auftauchen müssen. Meine Handflächen waren plötzlich schweißnaß. Ich rutschte den felsigen Hang hinunter und rannte auf dem Schwimmsteg bis zu der Stelle, wo Ewan abgestürzt war. Hunderte von Fischschwänzen peitschten das Wasser, und wie der Schatten eines Torpedos schoß eine geschlossene Schule junger Lachse zum anderen Ende des Fischbehälters. Ich beugte mich hinunter, aber vor mir lag nur schwarzes klares Wasser; von Ewan keine Spur.

Irgendetwas klopfte gegen den Laufgang. Eine Hand tauchte aus dem Wasser auf und versuchte, sich an der Innenseite, wo sich der Fischkäfig befand, festzukrallen. Ich bückte mich hinunter und packte sie. Die Hand packte meine wie im Krampf. Ich zog mit aller Kraft.

Die Hand blieb, wo sie war.

Das kann doch nicht wahr sein, dachte ich. Ich habe eben noch mit einem Millionär, einem Lieblingskind der Sonntagsbeilagen, in seinem Luxushotel einen Drink genommen. Da kann doch jetzt nicht sechs Zoll unter meinen Füßen einfach ein Mann ertrinken. Ich bin sicher irgendwo anders und schlafe, und dies ist ein Alptraum wie alle anderen Alpträume, die ich habe. Aber die Möwen schrien, das Rattern des Arbeitsbootes wurde schwächer, und heiße Schweißtropfen rannen mir aus dem Haar; die Hand war kalt und naß und preßte meine eigene so stark, daß es schmerzte. Der Schmerz war wirklich und alles andere auch. Ich hörte, wie die Flut gurgelnd an den Festmachern des Fischkäfigs vorbeiströmte.

Ich riß meine Hand los, steckte den Arm an der Außenseite des Laufstegs ins Wasser und tastete herum. Ich berührte nasses Zeug, einen Pullover. Da packte ich zu und zog so stark ich konnte.

Einen Augenblick spürte ich Widerstand. Auf der anderen Seite des Laufstegs versuchte die Hand immer noch, Halt zu finden. Ich gab ihr einen Fußtritt. Die Hand rutschte ins Wasser zurück. Erneut zog ich mit Macht am Pullover. Der Widerstand ließ nach, und der Körper kam frei, löste sich von der Netzwand des Käfigs, gegen den ihn die Tide gepreßt hatte. Ich fand einen Arm und ergriff ihn. Ewans Kopf erschien. Seine Finger packten die Planken. Eine Weile hing er am Steg und hustete. Blut floß ihm aus der Nase und lief über die Bohlen. Das Wasser des Fischkäfigs schien zu schäumen, als die Lachse um die Blutstropfen kämpften.

Die kreisenden Möwen schrien immer noch. Ich atmete fast so heftig wie Ewan. Als er endlich reden konnte, sagte er: »Ich bin ein verdammter Idiot.«

»Alles in Ordnung?« fragte ich.

»Ich hab' meinen Arm durch das Netz gesteckt. Ich hätte draufgehen können.«

»Das wäre dann Mord gewesen oder zumindest Totschlag.«

Mit Mühe gelang es ihm, sich auf den Steg zu stemmen und hinzusetzen. »Dieser Scheißkerl«, sagte er. »Ich wußte, daß er es macht.«

Ich war durchnäßt, hatte einen Mordsschrecken erlitten, und meine Geduld war ziemlich am Ende. »Wovon reden Sie überhaupt? Was macht wer, verdammt noch mal?«

»Der Scheißkerl kümmert sich im Auftrag von Jerry Fine um die Fischzucht«, sagte er. »Er haßt Seehunde. Daher füttert er sie mit Fischen, die er mit Strychnin präpariert hat.« Er deutete die Küste hinunter. Ein graues, gedunsenes Etwas dümpelte dort in den kleinen Wellen: ein toter Seehund.

»Angus hat's mir erzählt«, fuhr Ewan fort, »der Gärtner. Ich hab' dem kleinen Halunken gesagt, daß ich einen Blick in den Schuppen werfen wollte.« Sein Gesicht war bläulichweiß, abgesehen von dem roten Blutrinnsal, das ihm aus der Nase floß. Seine Zähne klapperten, woran der Schock genausoviel Anteil hatte wie die Kälte. »Ich muß mich im Schuppen umsehen. Herausfinden, wo er das verdammte Gift aufbewahrt.«

Wir humpelten zurück ans Ufer. Die Schuppentüren waren geschlossen und mit einem großen Vorhängeschloß gesichert.

»Geben Sie mir einen Stein«, sagte Ewan. »Ich schlag' das Schloß auf.«

»Ich denke gar nicht daran, mich der Beihilfe zu einem Einbruch schuldig zu machen«, sagte ich. Seit der Schreck nachließ, wurde ich langsam ärgerlich. »Wenn Sie Probleme haben, erzählen Sie's der Polizei«, sagte ich. »Los, wir gehen.«

Er kam mit. Wir stapften den Weg hinauf und durch das Gatter, auf dem PRIVAT stand. Der kleine Spaziergang hatte etwas Farbe in Ewans Gesicht zurückgebracht. Am Doppeltor trafen wir Lundgren mit den beiden Männern in Trainingsanzügen und einer blonden Frau. Die Frau war groß und sah so aus, wie sich der Herausgeber eines Männermagazins eine nordische Schönheit vorstellen mochte.

»Lisbeth«, sagte Ewan. »Was machst du hier?«

Ihre leuchtend blauen Augen weiteten sich, als sie das Blut auf seiner Oberlippe bemerkte.

»Haben Sie sich verletzt?« fragte Lundgren.

Ich mischte mich ein: »Ich bin gerade Zeuge geworden, wie Mr. Buchan tätlich angegriffen wurde . . .«

»Ich kann nicht dafür verantwortlich gemacht werden, was auf dem Teil meines Besitzes geschieht, der für die Öffentlichkeit gesperrt ist«, sagte Lundgren.

»Ich hoffe nur«, sagte Ewan, »Sie wissen nicht, was Ihre Leute in dem Schuppen da unten treiben.«

»Dafür ist Jerry Fine zuständig«, sagte Lundgren. »Wir sehen uns bei der Regatta.«

Wir gingen schweigend den Kai hinunter.

Als wir wieder an Bord waren, wischte Ewan sich das Blut aus dem Gesicht und sagte: »Tut mir leid, das Ganze.«

Ich zuckte die Schultern.

»Lundgren hat mich schon einmal verwarnt«, fuhr Ewan fort. »Am Steinbruch. Aber er langweilt sich hier oben. Daher läßt er all diese kleinen Dummköpfe von der Armee kommen. Und die zeigen dann allen, was für harte Burschen sie sind.« Sein langer Arm reckte sich nach der Whiskyflasche, und er nahm einen herzhaften Schluck. »Wahrscheinlich hat er deswegen auch Lisbeth kommen lassen. Sie ist die stellvertretende Managerin im Steinbruch, aber er ist nicht hinter ihr persönlich her, wie das jeder vernünftige Mann wäre. Er hat sie nur in seiner Nähe, weil sie eine gute Bergsteigerin ist.«

»Was ist mit dem Mann, der Sie geschlagen hat?« fragte ich. »Werden Sie die Angelegenheit weiterverfolgen?«

Ewans Augen verengten sich und verhießen nichts Gutes. »Er kommt schon noch dran«, sagte er. »Irgendwann nach Dienstag.«

»Was ist denn Dienstag los?«

»Das ist der zweite Tag nach der Kinlochbeag-Regatta«, sagte er und grinste mit gelben Zähnen. »An der Sie teilnehmen werden, wie ich hoffe.«

Er leerte die Flasche, warf sie aus dem Ruderhausfenster und drückte auf den Starterknopf der Maschine. *Floras* Diesel begann zu grummeln. »Schmeißen Sie los«, sagte er.

Ich warf die Leinen los, etwas verärgert, daß er mich so abgewimmelt hatte. Das füllige Heck der *Flora* entfernte sich vom Kai, und ihre kurzen dicken Masten schwangen vor dem Hintergrund der lockeren weißen Wolken hin und her.

Als die Wellen unter dem Achterschiff durchliefen, begann sich das Heck zu heben und zu senken und fing gleichzeitig an zu geigen. Die Luft im Ruderhaus war muffig und roch nach Dieselöl, gemischt mit kaltem Kohlenrauch vom Kajütofen. Ich machte ein Fenster auf und bemühte mich, jeden Gedanken an Seekrankheit zu verdrängen. Ewan ging nach unten, sich umziehen. Als er zurückkam, in der Hand eine neue Flasche Whisky, machte er schon einen viel besseren Eindruck.

»Noch was«, sagte er. »Erzählen Sie bitte Fiona nichts von alledem.«

»Ganz wie Sie wollen.«

»Wir waren früher mal - zusammen. Jetzt natürlich nicht mehr.« Seine blaßblauen Augen hatten einen glasigen Schimmer. Das war nicht weiter verwunderlich, denn in den siebzehn Stunden, die ich ihn jetzt kannte, hatte er fast eine ganze Flasche Whisky getrunken. »Aber sie nimmt immer alles so ernst.«

Er ging mit schlurfenden Schritten hinaus an Deck und zog die Segel hoch: Groß und Besan, Fock und Klüver, alle hatten sie die Farbe von getrocknetem Blut. Der Winddruck ließ die Bewegungen des Bootes ruhiger werden. Meine Übelkeit ging zurück, allerdings nicht so weit, daß ich noch mehr Fragen stellen mochte.

Um neun Uhr nahmen wir den Muringstander auf und machten fest. Es herrschte noch nicht jenes Dämmerlicht, das im Juli in diesen Breiten als Nacht gilt. »Kommen Sie mit zum Abendessen«, sagte Ewan.

Ich begann die Stelle an meinem Kopf wieder zu spüren, die gestern so unsanft mit der Backskiste in Berührung gekommen war. »Ich denke, ich gehe lieber ins Bett. Trotzdem vielen Dank.«

»Bis morgen dann«, sagte er. »Auf Ihrem Boot können Sie nicht schlafen, so wie's da jetzt aussieht. Pennen Sie doch auf der *Flora*, wenn Sie wollen. Zu essen ist genug an Bord.«

Ich dankte ihm. Dann ruderte ich ihn an Land und ging anschließend los, um einen Blick auf die *Green Dolphin* zu werfen.

5

Große Erwartungen hegte ich nicht. Prosper hatte mir etwas über die Arbeitsgewohnheiten im Westen Schottlands erzählt, die seiner Ansicht nach von Trägheit gekennzeichnet waren - selbst wenn man den Maßstab von Martinique anlegte. Das Spantwerk, das Hector freigelegt hatte, würde in diesem Klima mehrere Tage zum Trocknen brauchen, und eine Reparatur war erst möglich, wenn es völlig trocken war.

Ich wedelte die Mücken beiseite, die sich davon wenig beeindruckt zeigten, und ging den Kai entlang. Elektrische Kabel führten aus dem Schuppen quer über den Kai unter eine graue Persenninghütte an der Bordwand, die über dem Loch angebracht war. Ich ging an Bord. Die Plastikplane fühlte sich warm an; darunter befanden sich ein Heizgerät und ein Lufttrockner. Dies mochte West-Schottland sein, aber der Service war so, wie er einem sonst nur in Newport, R. I. oder im Solent geboten wurde.

Außerordentlich erleichtert ruderte ich zur *Flora* zurück. Ich machte Feuer im Ofen, denn der Abend wurde kühl, und wärmte mir eine Büchse gebackene Bohnen. Anschließend ging ich mit einem Glas Whisky an Deck und beobachtete, wie ein Schwarm Seeforellen über Jungfische herfiel, die vergeblich im Flachwasser Schutz suchten.

Die Mücken trieben mich wieder ins Ruderhaus. Das UKW-Funkgerät meldete sich. »Harry, hier spricht Ewan. Ihr Büro hat angerufen. Over.«

»Danke«, sagte ich.

»Und Fiona wünscht Ihnen eine gute Nacht.« Ich ließ ihr auch eine gute Nacht wünschen und ging unter Deck. Die Kajüte der *Flora* war tadellos lackiert; sicherlich Hectors Werk, dachte ich. Ich zündete die Petroleumlampe an. An einer Wand hingen zwei Regale mit Büchern über Navigation und Vogelkunde, beides keine Gebiete, die mich vom Hocker rissen. Ich sah mich weiter um und betrat eine Kammer, die mit den an einem Haken hängenden Jeans und dem Kompaß über der Koje ganz so aussah, als schliefe Ewan darin, wenn er an Bord war. In einem Regal über der Koje sah ich eine Ausgabe von »Small is Beautiful« von Schumacher, verschiedene wissenschaftliche Zeitschriften, die mit Meeresbiologie zu tun hatten, eine Bibel und einen Band namens »Green Sea« von einem gewissen Gottfried Weber.

Ich zog »Green Sea« heraus. Es schien sich um ein Buch über Meeresverschmutzung zu handeln, anscheinend von einem Journalisten geschrieben. Auf der Titelseite stand eine handschriftliche Widmung des Autors für seinen »Freund und Korrespondenten Ewan Buchan«. Hinten im Buch steckten einige Briefe. Sie gingen mich natürlich nichts an, aber mein Beruf nötigte mich fortwährend, meine Nase in Dinge zu stecken, die mich nicht das geringste angingen.

Die Mühe hätte ich mir sparen können. In einem Brief stand etwas über die von Fischfarmen verursachte Verschmutzung, in einem anderen etwas über verschiedene auf die Wasserverschmutzung zurückzuführende Geschwüre, und ein dritter berichtete über das Wachstum von Algen und Seegras in Gewässern, die durch das Ausbaggern von Schlick belastet waren. Sie enthielten eine Menge Verweise auf wissenschaftliche Fachartikel, aber herzlich wenig, was die menschliche Seite berührte. Munition für Ewans »kaledonisches Patt«? Ich nahm das Buch mit, verzog mich in meinen Schlafsack und fing an, ein Kapitel über Kohlendioxid zu lesen. Drei Minuten später war ich eingeschlafen.

Am nächsten Morgen ruderte ich zur *Green Dolphin* hinüber. Hector war schon da und arbeitete angestrengt mit dem Stechbeitel. Wir schnitten, laschten und verleimten neue Zedernstreifen und hobelten sie glatt. Hector arbeitete methodisch und mit einer Geschwindigkeit, die den Profi von einem kompetenten Amateur unterscheidet. Ich reichte ihm nur das erforderliche Werkzeug zu und machte ihm die Epoxidharzmischung zurecht.

Gegen Abend hatten wir zwei Schichten Glasfasermatte um den neuen Holzkern laminiert. »Morgen wird's abgeschliffen«, sagte Hector. »Dann, wenn Sie wollen, kommt ein bißchen Farbe drauf.«

»Gut«, sagte ich. Aber es war mehr als gut, es war ausgezeichnet. »Wenn Sie irgendwann mal Arbeit unten im Süden suchen, fragen Sie mich nur.«

Er machte ein besorgtes Gesicht, bis ihm dämmerte, daß ich das nicht ganz ernst gemeint hatte. »Ich bin hier zufrieden«, sagte er.

Wir saßen im Cockpit und tranken Tee in einer Atmosphäre gegenseitigen Vertrauens. Daher fragte ich ihn: »Warum, zum Teufel, seid ihr da draußen rumgesegelt, ohne Lichter zu führen?«

Er nahm einen bedächtigen Schluck aus seiner Tasse. »Es war Dienstag nacht«, sagte er.

»Was heißt das?«

»Dienstag nacht sind wir rausgefahren und haben uns hinter Ardnamurchan rumgetrieben. Genau wie am Dienstag davor.«

»Aber was habt ihr dort gemacht?«

»Ich habe schon für Mr. Jock Buchan gearbeitet«, sagte Hector. »Und jetzt arbeite ich für Ewan Buchan. Aber keiner von beiden hat mir je die kleinste verdammte Kleinigkeit von dem erklärt, was er vorhatte.«

»Haben Sie nie gefragt?«

»Niemand bezahlt mich dafür, daß ich Fragen stelle«, sagte Hector. Er sah auf die billige Uhr an seinem dicken Handgelenk. »Sie werden sicher zum Essen gehen wollen.« Er stand auf, stapfte an Land und verschwand zwischen den Rhododendronbüschen.

Ich ging unter Deck und nahm mir aus dem vorderen, mit Zedernholz ausgekleideten Schrank eine saubere Khakihose, ein rotes Hemd und einen Blazer heraus.

Fiona kam mir in der Diele entgegen. Sie trug eine weitgeschnittene, halblange schwarze Hose und einen lose sitzenden, grauen Pullover mit Querstreifen, die aussahen wie Quarzadern in einem Felsblock. Sie warf einen etwas erstaunten Blick auf meine Bekleidung und sagte: »Ihr Büro hat noch mal angerufen. Man hat mir eine Telefonnummer hinterlassen.« Das Büro schien unendlich weit entfernt. In diesem Zusammenhang fiel mir wieder ein, was Prosper gesagt hatte, und ich sah auf ihre Füße. Sie trug elegante grüne Lederpumps. »Sie können in meinem Studio telefonieren«, sagte sie.

So setzte ich mich an den weißen Schreibtisch in der Ecke eines Zimmers, dessen Wände mit Wollsträngen in allen Farben des Regenbogens behängt waren, und wählte die Nummer.

Es war nicht die Nummer meines Büros. Die hohe, atemlose Stimme, die aus dem Hörer drang, war viel mehr Teil meines Lebens als das Büro. Es war die Stimme meiner Schwester.

»Darling«, sagte sie, »die Karten haben mir verraten, daß

du in schrecklicher Gefahr geschwebt hast.« Vi schwärmte für das Übersinnliche. Wahrscheinlicher war allerdings, daß sie einen etwas wirren Bericht über die Kollision von Prosper umdichtete, mit dem sie schon geflirtet hatte, als sie uns einmal von der Schule abgeholt und zum Essen eingeladen hatte; wir waren damals zehn Jahre alt gewesen.

»Ich hab' auch gehört, daß dein Boot kaputt ist. Gleich, als ich das Boot zum ersten Mal sah, hatte ich ein ungutes Gefühl. Ich mach' mir Sorgen.«

Ich konnte mir genau vorstellen, wie sie jetzt mit ihren teuren weißen Zähnen einen langen roten Fingernagel benagte, seufzend ihr Spiegelbild im Fenster betrachtete und dabei kontrollierte, ob sie auch wirklich sorgenvoll aussah.

»Kein Grund zur Sorge«, sagte ich. »Wir haben alles schon wieder in Ordnung gebracht.« Ihre Stimmung konnte von einem Moment zum anderen umschlagen und ins Bodenlose fallen. Wenn niemand ihr in einem solchen Zustand Mut machte, würde sie es selber tun, mit bunten kleinen Kapseln, die Tuinal, Phenobarbiton oder Seconal enthielten. »Was gibt's denn?« fragte ich munter.

Wie üblich gab es eine ganze Menge. Ich starrte auf eine gerahmte Stickerei von der Halbinsel Yukatan und wartete darauf, daß Vis Redefluß zu einem Rinnsal wurde. Sie hatte eine Menge Freunde, aber alle konnten nur hervorragend reden und schlecht zuhören. Schließlich kam sie zum Kernpunkt. »Davina«, sagte sie. »Davina Leyland. Also, sie hat Gerald – du weißt doch, ihren neuen Mann – letzte Nacht bei Annabel mit irgendeinem Flittchen gesehen. Giulio ist ihnen dann bis zur Haustür nachgegangen, und es besteht überhaupt kein Zweifel, daß sie was miteinander haben.«

»Wer ist Giulio?« fragte ich.

»Davinas Freund. Er ist Friseur bei Raphael, hat aber unheimlich viel Kraft. Jedenfalls gingen sie dann wieder in Giulios Wohnung zurück und trafen da auf diesen fiesen Typ, der sich in der Nähe des Hauses herumdrückte. Es stellte sich heraus, daß er ein Privatdetektiv war, worauf Giulio ihm eine Tracht Prügel verpaßte. Aber anscheinend hat er sie schon eine ganze Weile beschattet, weil Gerald jetzt sagt, daß er die Scheidung wegen Davinas Ehebruch einreichen will. Das ist alles so unfair. Aber ich hab' ihr gesagt, daß du helfen würdest.«

Ich holte tief Luft. Menschen wie Davina Leyland machten sich aus den Scheidungsgesetzen Englands ungefähr so viel wie Lamborghinifahrer aus Polizisten auf Fahrrädern. »Sieht nicht besonders gut aus«, sagte ich.

»Aber ich hab's versprochen.« Vi hielt absolut nichts von Leuten, die die von ihr gegebenen Versprechen nicht einlösen wollten. »Mit Liz der Lesbe hast du jedenfalls keine Schwierigkeiten gehabt, nicht wahr?«

Ich widerstand der Versuchung, den Hörer aufzulegen. Als ich mich damals wieder der Juristerei zugewandt und meine Prüfungen bei Arthur Somers in der Orchard Street abgelegt hatte, war mir von Vi die Scheidung ihrer Freundin Liz zugeschustert worden, und der Zufall hatte es gewollt, daß ich die Angelegenheit zur Zufriedenheit aller Beteiligten regeln konnte.

Liz die Lesbe war für mich wie eine Tür in die Welt von Vis Freunden und Bekannten gewesen, die für einen Scheidungsanwalt ungefähr dasselbe bedeutete wie der Nahe Osten für einen Ölmakler. Arthur hatte sich nach einem Jahr langsam aus dem Geschäft zurückgezogen, machte mich zum Teilhaber und überließ mir die eichengetäfelte Kanzlei nebst Cyril dem Sekretär. Vi ließ mich weder diese Tatsache noch irgendeinen anderen Dienst, den sie mir ihrer Ansicht nach erwiesen hatte, jemals vergessen.

»In Ordnung«, sagte ich. »Wenn ich zurück bin.«

»Für Mammi Vi«, sagte sie.

Unsere Eltern waren gestorben, als ich ein neunjähriger

Schüler und Vi ein neunzehnjähriges Filmsternchen gewesen war. Sie sonnte sich in der Vorstellung, daß sie mich großgezogen hatte, indem sie mich von der Schule aus in irgendwelche Nepplokale in der King's Road schleppte. Irgendwie stimmte das wohl auch. »Für Vi«, sagte ich.

Wenn man nach einem Telefongespräch mit Vi den Hörer auflegt, sagte Prosper immer, ist das so, als knalle man die Tür eines Friseursalons hinter sich zu. Dieses Gefühl, das auch ich teilte, wurde noch intensiver, als ich ins Eßzimmer kam. Ewan und Fiona saßen sich an den Tischenden gegenüber. Ein paar Kerzen schufen im Halbdunkel eine Insel warmen gelben Lichts. Es betonte die feingemeißelten Wangenknochen Fionas und gab ihr etwas Indianerhaftes. »Essen Sie einen Happen mit«, sagte sie. Ich sah eine Platte mit dem Schwanzstück eines Lachses auf der Anrichte. Auf dem Tisch stand eine Flasche Glenmorangie und eine schwere Glaskaraffe mit Wasser. Ewan schob mir die Flasche zu. Fiona trank nur Wasser.

»Wie lange sind Sie schon Rechtsanwalt?« fragte sie.

»Zehn Jahre. Fünf davon als praktizierender Anwalt.«

Sie nickte und sah zu Ewan hinüber. »Vielleicht könnte er Morag Sullivan helfen«, sagte sie.

Ewan zuckte die Schultern. Den ungeschickten Bewegungen seiner Hände beim Entgräten des Lachses sah man an, daß er schon viel getrunken hatte. ›Erzählen Sie bitte Fiona nichts von alledem‹, hatte er gesagt. Ich beobachtete sie: Fionas scharfgeschnittenes, vogelartiges Profil; Ewan, der ein weiteres Glas in sich hinein schüttete. Fiona war ohne Zweifel die stärkere von beiden. Sie strahlte eine Ruhe aus, die ihr etwas Unerschütterliches verlieh. Ewan dagegen hatte etwas Wildes und Ruheloses an sich, das ihn irgendwie kleiner machte.

»Wer ist Morag Sullivan?« fragte ich.

»Eine von den Frauen, die Pullover für mich stricken. Sie wohnt weiter unten an der Küste. Sie ist mit Jimmy Sullivan verheiratet, der sich mit Fischfang durchbringt. Jimmy ist verschwunden.«

»Wann hat er sie verlassen?« fragte ich. Der Lachs war ausgezeichnet.

»Er hat sie nicht verlassen«, erwiderte sie. »Er ist verschwunden.«

Ich nickte. Nach fünf Jahren Praxis als Scheidungsanwalt wußte ich recht gut, daß dieser Unterschied gewöhnlich nur formaljuristische Bedeutung hatte.

Fionas braune Hand begann, kleine Stücke von der auf ihrem Teller liegenden Scheibe Brot abzubrechen und sie in exakte Würfel zu kneten. »Jimmy und Morag haben fünf Kinder«, sagte sie. »Jimmy besitzt ein Boot. Ein Fischerboot, die *Minnie Sullivan.* Er hat einige Korbreusen gestellt; aber es sind eine Menge Leute hinter den Hummern her. Nicht gerade die leichteste Art, seinen Lebensunterhalt zu verdienen.« Ihre Worte kamen so präzise, als hielte sie einen Vortrag. »Jimmy erzählte Morag, daß er über eine lukrative Sache gestolpert wäre, wollte ihr aber nicht sagen, worum es sich handelte. Sie fragte auch nicht weiter. Eines Abends lief er dann mit der Flut aus und kam nicht mehr zurück.«

»Das tut mir leid«, sagte ich und steckte das letzte Stückchen Lachs in den Mund. Eine Weile sagte niemand etwas. Die ungeheure Stille der Berge erfüllte den Raum. Die Flammen der Kerzen spiegelten sich, ohne zu flackern, in Fionas graugrünen Augen.

»Morag und den fünf Kindern tut es auch leid«, sagte sie schließlich.

Ich reagierte nicht. Einige Leute werden Rechtsanwälte, weil sie den brennenden Wunsch haben, der Gerechtigkeit zum Sieg zu verhelfen. Ich hatte diesen Beruf ergriffen, weil er mir eine gute Möglichkeit bot, Vi zu unterstützen.

»Können Sie nicht mal hinfahren und mit ihr reden?« fragte Fiona.

Ich hob den Blick nicht vom Goldrand meines Tellers. »Ich glaube kaum, daß ich da viel tun könnte.«

»Sie könnten Morag sagen, wie man einen Anspruch geltend macht«, sagte Fiona.

»Gegen wen?«

»Versuchen Sie's doch mal mit der Kriegsmarine«, meinte Ewan. Seine Stimme klang belegt. »Die ganze Gegend hier wimmelt von U-Booten. Murdo Kennedy zum Beispiel war ganz friedlich beim Makrelenfang, die See war spiegelglatt, als ihm plötzlich diese verfluchte große Welle entgegenkam, mindestens fünf Fuß hoch und so schnell wie ein D-Zug. Danach fand sich Murdo in seiner verdammten Rettungsinsel wieder, sein Boot war weg, und die Marine sagte, es habe sich um eine abnorme Flutwelle gehandelt. Aber wenn es eine abnorme Welle gewesen wäre, meint Murdo, hätte sie vorn bestimmt nicht die Flagge der Royal Navy aufgemalt gehabt.«

»Wenn es wirklich unsere Marine war, werde ich mir daran genauso die Zähne ausbeißen wie alle anderen«, sagte ich.

»Morag hat große Schwierigkeiten«, sagte Fiona. »Wir alle versuchen, ihr nach Kräften zu helfen.« Sie hatte das Kinn aufgestützt und blickte mich unverwandt an. »Bitte«, sagte sie.

Meine Gedanken waren plötzlich bei Ewan, der seinen Bergelohnanspruch nicht geltend gemacht hatte; bei Hector, der eineinhalb Tage für mich gearbeitet hatte, ohne auch nur einen Penny zu verlangen. Und ich dachte auch daran, daß Fiona und Ewan mich aufgenommen hatten, als stünde eine andere Möglichkeit überhaupt nicht zur Diskussion.

»Wann ist es passiert?« fragte ich.

»Vor über einer Woche«, antwortete sie.

Unvermittelt hatte ich wieder Hectors Worte im Ohr: ›Dienstag nacht sind wir da rausgefahren. Haben uns draußen hinter Ardnamurchan rumgetrieben. Genau wie am Dienstag davor‹. Eine Vorahnung sträubte mir die Nackenhaare.

»Dienstag vor einer Woche«, sagte sie.

6

Diese Nacht schlief ich auf der *Green Dolphin* in der Achterkajüte, ein gutes Stück entfernt vom Gestank des Lösungsmittels. Am Morgen rollte ich mich um sieben Uhr aus der Koje. Der Blick durchs Bullauge zeigte graues Wasser und grauen Himmel; die Luft war schneidend kalt. Ich zog mir zwei Pullover über und löffelte mit schwerer Hand Lapsang Souchong in die Teekanne. Dann trug ich einen zweiten Farbanstrich auf die reparierte Stelle der Bordwand auf.

Um acht Uhr dreißig hörte ich, wie ein schwerer Diesel gestartet wurde. Auf der anderen Seite der Bucht spuckte das Heck der *Flora* schwarze Rauchwolken aus.

Vierzig Minuten später klopfte es an *Dolphins* Rumpf. Es war Hector im Beiboot. »Wir sind soweit«, sagte er.

Die *Flora* entfernte sich von einer kleinen Hütte am anderen Ufer und lief langsam in die Mitte der Bucht. Hector ruderte ihr mit den schnellen kurzen Schlägen der Fischer entgegen. Wir gingen längsseits, und ich kletterte mit der Vorleine des Dingis an Bord. Hector folgte mir.

Ewan sah verkatert aus. Er brummte mir ein »Guten Morgen« entgegen, und ich brummte zurück. Es dauerte nicht lange, bis wir die Engstelle passierten, wo die ablaufende Tide über die algenbewachsenen Felsen strömte. Als wir sie hinter uns gelassen hatten, steckte Ewan den Kopf aus dem Ruderhausfenster und sagte: »Übernehmen Sie jetzt.«

Der Wind wurde achterlicher, als wir die zweite Biegung der Bucht hinter uns und den scharfgezeichneten Ausschnitt des Horizonts vor uns hatten. Ich machte das Fenster auf. Der Geruch der geteerten Decksnähte stieg mir in die Nase, und die Sonne zeichnete die Silhouetten der Berge auf das spiegelglatte Wasser an der Küste.

Der Ebbstrom lief schnell, ich spürte, wie seine kleinen

Wirbel am Ruder zerrten. Der Wind hatte auf Ost gedreht und kam jetzt von Land her. Es ging nur eine schwache Dünung, was die Fahrt angenehm machte. Evan kam ins Ruderhaus zurück und nannte mir einen Kurs etwas südlicher als West, dicht am Horngate entlang, der langen Reihe Felsen vor dem südlichsten Punkt der Bucht.

»Große Lust mitzukommen hatten Sie nicht, was? Schon ärgerlich, wenn einen der Beruf bis in die Ferien verfolgt.«

Ich zuckte die Schultern. Für jemanden, der soviel trank wie er, besaß er ein erstaunlich feines Gespür. Sein Arm reckte sich wieder nach oben zum Staunetz, wo die Flasche wohnte. »Es ist das Amerikanische in ihr«, sagte er. »Fiona denkt immer daran, wie man am besten etwas durchsetzt oder Probleme erledigt.« Er hielt mir ein volles Glas entgegen. Es war eine Art Friedensangebot, und so schlug ich es nicht aus. »Das hat mich immer verrückt gemacht, als wir noch zusammenlebten. Slàinte.« Wir tranken.

Morgens um neun mag ich eigentlich keinen Whisky, aber diesmal hatte ich meine Gründe. »Was geschieht an Dienstagen nachts vor Ardnamurchan?«

Er sah mich mit zusammengekniffenen, belustigten Augen an. »Na so was«, sagte er. »Ich wette, Sie verstehen Ihr Geschäft. Warum kommen Sie nächsten Dienstag nicht mit und sehen sich's an?«

»Was denn?«

»Alles, was es dort vielleicht zu sehen gibt.« Mehr war nicht aus ihm herauszukriegen.

Wir entfernten uns von der Küste. Vor dem Hintergrund der düsteren, im Wolkenschatten liegenden Landspitze jenseits von Dunmurry waren zwei kleine weiße Dreiecke zu erkennen, über die ein Sonnenstrahl hinwanderte. Ein Massengutfrachter, so schwer beladen, daß sein Deck fast überspült wurde, marschierte schwerfällig gen Süden.

Wir gingen, schwer rollend, ebenfalls auf Südkurs. Am Nachmittag standen wir vor einem Kap, das sich aus einer Höhe von achthundert Metern ins Meer hineinschob. Das anbrandende Wasser war blau, sah tief aus und war in der Uferzone dick mit dem Schaum der großen Brecher bedeckt, die von den Hebriden herübergewandert kamen. Als wir jedoch um die Spitze herum waren und Kurs Ost anlag, sah ich, daß sich das Kap dort gewissermaßen zurückzog und eine kleine Bucht, ja fast eine Lagune bildete.

Am Ende der Lagune, nach Süden hin, lag ein kleiner braungrauer Sandstrand. In diesem Moment kam die Sonne hervor und schien auf ein einstöckiges Haus mit einer blauen Tür und je einem Fenster rechts und links davon. Hinter dem Haus lagen verschiedene rechteckige Felder, die in dem starken Licht smaragdgrün leuchteten und bei denen es sich wohl um Getreide handelte. Direkt vor dem Haus, in der Mitte der kleinen, ungefähr hundert Meter breiten Bucht, schwamm eine große orangefarbene Muringboje.

»Das ist Camas Bealach«, sagte Ewan.

Eine Gestalt war ums Haus herum nach vorn gekommen. Einen Augenblick starrte sie zu uns herüber, dann hob sie einen Arm zum Gruß.

Wir tuckerten durch eine schräge Einfahrt in einem halb überspülten Steindamm, der die Lagune vor der offenen See schützte, und Hector fischte die Muringboje mit dem Bootshaken aus dem Wasser.

Aus der Nähe betrachtet war das Haus der Sullivans kaum idyllisch zu nennen. Maschinenteile lagen in dem hohen Gras neben einem Schuppen. Am Berghang schwelte neben einem verunkrauteten Kartoffelfeld ein verglühendes Feuer in einem Haufen alter Konservendosen mit durchnäßtem, halbverbranntem Papier.

Morag Sullivan hatte eine schneeweiße Haut und ziegelrote Haare, die ihr immer wieder über die Augen fielen. Sie war dauernd damit beschäftigt, sie mit einer nicht allzu sauberen Hand zurückzustreichen, und hinterließ dabei dunkle Schmutzflecken auf ihren blassen Backenknochen. Diese Flecken vereinigten sich mit den dunklen Schatten unter ihren Augen, die mit Schmutz nichts zu tun hatten. »Ewan«, sagte sie mit müder Stimme.

Ewan überquerte mit langen Schritten den Strand und legte ihr den Arm um die Schultern. »Wie geht's denn meinem Mädchen?« fragte er.

Ihr Versuch zu lächeln mißlang kläglich. Ewan stellte mich vor. Ich spürte eine Veränderung in ihm; er war plötzlich ernsthaft und solide, strahlte Autorität und Tatkraft aus.

Die Augen der Frau waren gerötet und verrieten Nervosität, blickten mich jedoch offen an. Hinter dem Schuppen ertönte das Geschrei heller Stimmen. Nacheinander kam eine Schar Kinder zum Vorschein, die mit durchdringenden Vogelstimmen um die Wette kreischten. Morag wandte sich um und schrie: »Seid still!«

Die Kinder gehorchten sofort und stellten sich in einer Reihe auf, das größte links, das kleinste rechts.

»So ist's besser«, sagte sie, und ich sah, wie sie sich zusammennahm und den Kindern zulächelte. Meine sonstigen Klienten waren sicherlich reicher als Morag, aber längst nicht so rücksichtsvoll.

»Kommen Sie herein«, sagte sie, »und trinken Sie eine Tasse Tee.«

Das Haus hatte vier Zimmer. Wir gingen in die Küche. Auf einem Trockner hing ziemlich verschlissene Wäsche. Wir setzten uns. Die Kinder blieben zusammengedrängt in der Tür stehen und warteten dort. Ewan wandte sich an den Ältesten, einen Jungen von ungefähr zehn Jahren, der die helle Gesichtsfarbe seiner Mutter hatte.

»Alles klar, Jockie?« fragte er.

Jockie grinste und starrte auf seine Füße.

»Geh doch mal mit den Kleinen nach draußen; ich muß mit deiner Mutter reden.«

Jockie zögerte und hörte auf zu grinsen. »Was ist mit unserem Daddy?«

»Noch nichts Neues.« Jockies Gesicht war plötzlich voller Enttäuschung und Angst. »Aber dieser Herr hier ist Rechtsanwalt.«

»Ein Rechtsanwalt«, sagte Jockie. »Oh.« Alle Blicke hingen an mir mit der Intensität Ertrinkender, die ein Rettungsboot auf sich zukommen sehen. Mir trat der Schweiß auf die Stirn. Ich lächelte und versuchte Zuversicht auszustrahlen.

Mrs. Sullivan lächelte mir ihrerseits besorgt zu und schickte die Kinder nach draußen. Sie stellte eine braune Teekanne auf den Tisch und schüttete aus einer zerbeulten Blechdose, die ein Bild von Stirling Castle auf der Vorderseite trug, Butterkekse auf einen Teller. Dann setzte sie sich und sah mich an, als erwarte sie meine Fragen. Da ich ihr nicht schweigend gegenübersitzen konnte, begann ich also: »Ewan sagt, Ihr Mann ist - verschwunden.«

Sie nickte.

»Wann war das?«

»Vor über einer Woche«, sagte sie. »Vorvorigen Dienstag fuhr er mit seinem Boot raus, um ein paar Korbreusen zu beködern, Hummerkörbe, Sie wissen schon. Er ist nicht mehr nach Hause gekommen.«

»Wenn er früher rausfuhr, wie lange blieb er dann weg?«

Sie hob die Schultern, ihre langen Brüste bewegten sich frei unter dem geblümten Overall. »Einen Tag, zwei Tage. Bei Jimmy weiß man das nie so genau.«

»Aber nie so lange wie jetzt?«

Sie schüttelte den Kopf. »Bevor er ging, sagte er noch, daß er in vierundzwanzig Stunden zurück sein würde.«

Ich nickte, nahm einen Schluck Tee und fragte mich, was zum Teufel ein Anwalt wohl in bezug auf jemanden unternehmen sollte, der infolge eines Schiffbruchs, einer unglücklichen Begegnung mit einem U-Boot oder höherer Gewalt vom Antlitz der Erde verschwunden sein mochte, wahrscheinlich aber in einer Bar von Glasgow durchgekentert war. So schonend wie nur möglich suchte ich ihr diesen Gedanken nahezubringen, als sie mich unterbrach. »Er hatte etwas gefunden«, sagte sie.

»Gefunden?«

Sie warf einen Blick zu Ewan hinüber.

»Jimmy hält die Augen offen«, sagte dieser. »Hilft mir ein bißchen bei meinen Sea-Watch-Aufgaben. Alles, was da so an merkwürdigem Zeug im Wasser treibt, Ölflecken, na ja, Sie wissen schon.«

Ich biß eine Ecke von meinem Butterkeks ab und betrachtete einen großen Fettfleck an der Küchenwand hinter Moragş welligem rotem Haar. »Was war das denn?« fragte ich.

»Vielleicht so eine Art Altmaterial.« Sie sah auf ihre roten Hände nieder. »Für diese Dinge hat Jimmy eine Nase. Und uns ist jede Kleinigkeit eine Hilfe.«

Ich sah Ewan an. »Hat er Ihnen davon erzählt?«

Ewans Augen starrten unter schweren Lidern ausdruckslos zurück. »Nicht das geringste«, sagte er.

»Jimmy hat kaum den Mund aufgemacht«, sagte sie. »Hat nur seinen Tee getrunken, die Köder aus dem Schuppen geholt und ist dann zum Boot gegangen; und das war das letzte, was wir von ihm gesehen haben.« Ihre Selbstbeherrschung war fast dahin. Die ersten Tränen begannen, die tiefen Furchen neben ihrer Nase herunterzulaufen.

Ewan forderte mich durch einen Blick zum Weitermachen auf. »Hatte sich etwas Ungewöhnliches ereignet?« fragte ich also.

Sie runzelte die Stirn. »Na ja«, sagte sie, »an dem Montag kam Donald rüber.« Besucher waren hier oben selten. »Sie haben sich wie verrückt gestritten. Donald schrie und tobte . . .«

»Worum ging's denn?« fragte Ewan.

»Ach, du kennst doch Donald«, antwortete sie. »Jimmy hatte irgendwas aus der See gefischt, und Donald kam vorbei, um's ihm abzukaufen. Vielleicht hat er nicht genug geboten, ich weiß es nicht. Jedenfalls ist Donald mit leeren Händen wieder gegangen.«

»Was könnte es denn gewesen sein?« fragte ich.

Ewan antwortete für sie: »Da draußen schwimmt doch alles mögliche rum. Letztes Jahr hat er siebzig Tonnen zugeschnittene Eiche von einem Holzfrachter geborgen. Bei einer anderen Gelegenheit waren's dreißig Fässer Dieselöl, die über tausend Pfund wert waren.«

»Es wird sicher noch im Schuppen sein«, sagte Morag.

Wir verließen das Haus und stapften durch das verwilderte Gras. Die Doppeltür des Schuppens war durch ein Vorhängeschloß gesichert. Morag schloß auf. »Unser Museum«, sagte sie mit einem fast geglückten Versuch zu lächeln.

Der dunkle, fensterlose Raum war bis zum Dach vollgestopft mit Treibgut: Stöße von Treibholz, Hummerkörbe, mindestens zwei hölzerne Ruderboote mit Löchern im Rumpf und Ölfässer in allen Farben, volle und leere.

»Schöne Sammlung«, sagte Ewan.

Ich starrte auf diesen Berg aus Ölfässern und fühlte mich völlig nutzlos. »Sehen Sie hier irgend etwas, das Ihnen fremd vorkommt?« fragte ich.

»Ich komme nicht sehr oft hier herein«, erwiderte sie.

Ich nickte so ermutigend ich konnte. Als wir draußen waren, verschloß sie die Tür wieder.

»Wir müssen los«, sagte Ewan. Seine große Hand fuhr in die Tasche seiner weiten Jeans. Er hatte mir den Rücken zugedreht, doch ich erhaschte einen Blick auf hellbraunes Papier. Es sah aus wie ein Bündel Zehnpfundnoten, ein dickes Bündel.

Ich hörte, wie er leise auf sie einredete. Schließlich zuckte

Morag die Schultern, nahm das Bündel und wandte sich ab, das Gesicht hinter ihren roten Locken verborgen.

»Wir werden tun, was wir können, nicht wahr, Harry?« brummte Ewan.

»Natürlich«, sagte ich.

Morag begleitete uns bis zum Strand, als wolle sie uns nicht gehen lassen.

»Na?« fragte Ewan, als wir zur Boje ruderten, wo die *Flora* über ihrem Spiegelbild im glatten blauen Wasser der Lagune lag.

»Ich bin nur auf Vermutungen angewiesen«, sagte ich. »Zunächst einmal möchte ich herausfinden, worum der Streit mit diesem Donald ging. Wer ist das?«

»Donald Stewart«, sagte Ewan. »Das ist dieser kleine Stinker, der mich gestern vom Laufsteg des Fischkäfigs ins Wasser befördert hat.«

Ich starrte ihn verblüfft an. »Und was hatte er hier zu suchen?« fragte ich.

»Oh, wir von Sea Watch haben häufig mit Donald zu tun«, sagte Ewan. »Gewöhnlich weil wir irgendwie zwischen ihn und ein Bündel Pfundnoten geraten, nach denen er gerade die Hand ausstreckt. Würden Sie Hector mal mit den Segeln helfen?«

Ich setzte die Fock, während Hector das Großsegel hochzog; dann verließen wir unseren Liegeplatz unter Zuhilfenahme des Motors, wobei wir den kleinen Gestalten am steinigen Strand zuwinkten. Als wir aus dem Hafen waren, kam Druck auf die Segel. Die *Flora* legte sich auf ihre runde Seite und pflügte durch die lange blaue Dünung nach Nordwesten.

Es sah nach einem schönen Abend aus. Schönwetterwolken trieben wie am Himmel schwebende Quallen gegen die grünen Riffe der Berge im Osten. Ich saß auf dem Lukendeckel, weit genug weg von dem Übelkeit erregenden Mief im

Ruderhaus, und machte mir Gedanken über Donald Stewart, der Ewan ins Wasser gestoßen und den Ertrinkenden sich selbst überlassen hatte; über das dicke Geldscheinpaket, das Morag von Ewan bekommen hatte – und auch über Dienstag nacht.

Und in mir kam ein Gefühl auf, wie ich es gewöhnlich nur in meinem Büro verspürte, wenn ich einer spitzknochigen Schickimickifigur mit ihrem Jüngelchen gegenübersaß, die mir eine eidesstattliche Erklärung über den Ehebruch ihres Mannes präsentierte, die ihre Zofe geschrieben hatte.

Es war das Gefühl, daß hier eine faule Sache gewaltig stank.

7

Eine halbe Stunde später war Camas Bealach nur noch ein grüner Kegel, der am östlichen Horizont versank. Ewan winkte mir aus dem Ruderhaus zu und schwenkte einladend eine Tasse Tee.

Ich fragte ihn: »Waren Sie und Jimmy Sullivan Partner?«

»Wie kommen Sie darauf?«

»Sie gaben Morag Geld und sagten, es handle sich um Jimmys Anteil.«

Er grinste. »Das hab' ich nur so gesagt. In Wirklichkeit haben wir den Hut rumgehen lassen.« Er zog eine Flasche Glenmorangie aus der Tasche seiner gefütterten Jacke. »Kleinen Schluck?«

Ich schüttelte den Kopf.

Das Geldbündel hatte aus ordentlich zusammengelegten Zehn-Pfund-Noten bestanden. Sie hatten so neu ausgesehen, als wären sie gerade von der Bank geholt worden. Ließ man dagegen den Hut herumgehen, bestand das Ergebnis aus kleineren Banknoten der Royal Bank of Scotland, aus alten französischen Francs, die von irgendeinem Geschäft mit einem Fischer übrig geblieben waren, und anderem.

»Haben Sie mit Sullivan Geschäfte gemacht?«

Er zog ein überraschtes Gesicht. »Wenn es sich ergab.«

»Was für Geschäfte?«

»Alles, was Geld brachte.«

»Altmaterial?« fragte ich. »Bergungsgut?«

»Genau das«, sagte er.

»Und Donald Stewart ist im gleichen Geschäft?«

Ewan lachte, ein hartes, böses Lachen. »Donald ist die Konkurrenz.« Er schaltete die Fischlupe ein. Der Bildschirm wurde hell und zeigte einen glatten, ebenen Boden. Da zog er den Gashebel zurück. »Entschuldigen Sie«, sagte er, »das Geschäft ruft.« Er band das Ruder fest und ging an Deck.

Ich nahm die Teetassen mit nach unten, wusch sie im Nirosta-Spülbecken und trocknete sie sorgfältig ab. Mir wurde langsam bewußt, daß Ewan für Rechtsanwälte nicht soviel übrig hatte wie Fiona.

Von Deck drangen polternde und schiebende Geräusche herunter. Als ich den steilen Niedergang zum Ruderhaus erklomm, stand Hector am Ruder und starrte gleichmütig in das gleißende Licht, das über dem Meer lag. Oben an Deck gähnte ein großes Loch, wo sich vorher der Lukendeckel befunden hatte. Ewan hatte das Großsegel geborgen und seinen Baum als Ladebaum geriggt.

»Verrückt«, sagte Hector und nahm das Gas zurück, während ich rätselte, was er damit meinte. »Halten Sie sie im Wind.« Damit ging er an Deck.

Die Speichen waren warm von seinen Händen. Ich lehnte mich gegen das Regal unterhalb der Fenster und stützte mich ab gegen das stetige Steigen und Fallen des Horizonts.

Ewans Kopf tauchte aus dem Laderaum auf. Die Sonne

spiegelte sich auf seiner schweißnassen Stirn. »Hec«, rief er, »komm mal her!«

Hector verschwand im Laderaum. Die See war glatter geworden; eine halbe Meile voraus brach ein Felsen die Kraft der anlaufenden Dünung und schlug das Wasser zu Schaum. Abgesehen von einem leichten Stampfen lag die *Flora* jetzt ruhig. Hector kam an Deck zurück und fierte die nun zur Lasttalje gewordene Großschot in den Laderaum ab. Neben dem Tuckern des Diesels war jetzt noch ein anderes Geräusch zu hören: das Klappern einer Sperrklinke. Ewan betätigte die Winde.

Hector starrte mit ausdruckslosem Gesicht in die Ladeluke. Einmal warf er mir einen Blick zu, nickte geistesabwesend und lächelte. Es war ein zerstreutes Lächeln, hinter dem ich eine große Anspannung spürte. In dem Augenblick wurde mir klar, daß irgend etwas Außergewöhnliches vor sich ging.

Die Winde im Laderaum klapperte weiter. Ein Haken wurde sichtbar, an dem ein Netz hing. Sie wollen fischen, dachte ich, und bringen jetzt die Netze aus. Schließlich war ich auf einem Trawler, was hätte da natürlicher sein können als das?

Doch die Maschen des Netzes waren ganz eng zusammengezogen. Einen Moment fragte ich mich, warum. Aber als ich die Last erblickte, wußte ich es und mußte vor Erregung schlucken; plötzlich waren meine Handflächen feucht.

Das Ding im Netz war mir nur zu vertraut. Ich hatte es als Abfallkorb auf Strandpromenaden und als Sammelbehälter in Marinemuseen gesehen: ein vier Fuß großes eisernes Ei, so rostig, als habe es schon lange im Wasser gelegen. Auf den Promenaden ist das Ding gewöhnlich leer. Nach Hectors Gesichtsausdruck zu schließen, war dieses hier jedoch gefüllt: eine Seemine aus dem Zweiten Weltkrieg, die genügend Sprengstoff enthielt, um die *Queen Elizabeth II* ins Jenseits zu befördern.

Als die Mine fast über dem Deck schwebte, wurden wir von einer Kreuzsee erfaßt, und sie begann schrecklich hin und her zu schwingen. Hector stemmte den umgedrehten Bootshaken mit ganzer Kraft gegen die Mine und konnte sie abfangen, bevor sie gegen den Lukenrand stieß. »Boot ruhig halten!« brüllte Ewan aus dem Laderaum.

Ich tat mein Bestes.

»Los!« schrie Ewan. Er schoß aus dem Laderaum wie ein zottiger Affe, griff nach einer Führungsleine, die von der Baumnock herabhing, und holte den Baum herum. Schwerfällig schwang die ins Netz gehüllte Mine aus ihrer Stellung über dem offenen Schlund nach außen, bis sie sechs Fuß über der Steuerbordreling schwebte, zur Hälfte schon außenbords.

Hector rannte zur Winde. Langsam begann sich der Baum zu senken. Je näher er der Horizontalen kam, desto weiter ragte er über die Bordwand hinaus. In dem Maß, wie sich das Gewicht der schweren Mine nach außen verlagerte, legte sich die *Flora* auf die Seite. Das kann doch nicht wahr sein, sagte ich mir immer wieder. Das passiert doch nicht wirklich ...

Und doch war es so.

Sehr behutsam brachten sie die Mine zu Wasser. Dann kam Ewan mit flatterndem Bart nach achtern gestürmt und fragte, als segelten wir eine Regatta während der Cowes Week: »Darf ich mal?«

Ich übergab ihm das Ruder, ohne ein Wort zu sagen. Mit ihm reden würde ich später.

Er schmiß den Rückwärtsgang rein und wirbelte das Rad lässig nach Steuerbord. Als der Trawler Fahrt über den Achtersteven aufnahm und der Bug nach Backbord drehte, warf Hector die Mine vom Baum los.

Mein Gesicht fühlte sich wie versteinert an, als die *Flora* und die Mine rollend Seite an Seite lagen. Dann drehte Ewan das Rad zurück nach Backbord, bis die mit einer Messingkappe versehene Königspeiche nach oben zeigte. Die *Flora* trieb jetzt vor dem Wind. Hector fierte die Leine, und die Mine versank in ihrem Netz langsam und elegant im Wasser. Ich öffnete den Mund, um etwas zu sagen.

»Moment«, sagte Ewan, ging zum Kartentisch und nahm das Mikrophon des Funksprechgeräts vom Haken. Er stellte die Skala auf Kanal 16 für einen Notfall und rief die Küstenwache. Von Knacken und Knistern unterbrochen, kam eine dünne Stimme aus dem Lautsprecher: »*Flora*, hier ist die Küstenwache in Oban. Wie können wir helfen? Over.«

»Oban Coast Guard, hier *Flora.* Wir trawlern bei Bees Rock und haben uns eine kleine Mine eingefangen. Können Sie die beseitigen? Over.«

Hector war nach achtern gekommen. Er fing meinen Blick auf und zwinkerte mir bedächtig zu. Die Küstenwache sagte: »*Flora,* hier Oban Coast Guard. Minensuchboot der Royal Navy ist in der Nähe. Wird benachrichtigt. Bleiben Sie auf Empfang. Ende.«

»Na fein«, sagte Ewan und langte nach dem Glenmorangie. »Hilfe naht. Da haben wir doch Glück gehabt, was?« Er nahm ein paar kräftige Schlucke. »Diese widerliche Mine hat uns für dieses Mal den ganzen Fischfang verdorben. Daher wird uns das Ministerium eine Entschädigung für die verlorenen Netze und den entgangenen Fang zahlen.«

»Sie hatten sie irgendwo zu Hause rumliegen und haben sie mitgebracht.«

»Stimmt«, sagte Ewan. »In einem Tank im Laderaum. Wenn man richtig mit ihnen umgeht, tun sie einem nichts.«

Er sah so selbstgefällig aus wie ein großer Schuljunge, und ich bezweifelte, daß er mehr Vernunft hatte. »Die Dinger stecken voller Schießbaumwolle«, sagte ich. »Nach fünfzig Jahren ist das Minengefäß nicht viel besser als ein Sieb. Aus den Löchern tritt Nitroglyzerin aus. Und Sie gehen damit in Camas Bealach an die Boje. Ein kleiner Stoß, ein Schlag, ein brennendes Streichholz – und für Morag und ihre fünf Kinder wäre es endgültig aus gewesen.«

»Was, zum Teufel, verstehen Sie denn davon?« schnaubte Ewan. Plötzlich standen wir uns dicht gegenüber, und ich roch den Whisky in seinem Atem.

»Nach dem zu urteilen, was ich da eben erlebt habe, eine ganze Menge mehr als Sie.« Er starrte mich verblüfft an. Mir wurde klar, daß ich den alten Frazer hatte durchscheinen lassen, den Frazer, der auf dem Bauch am Boden der Nordsee herumgekrochen war.

Ewan schüttelte den Kopf. »Ach, dummes Zeug«, sagte er. »Wir haben sie mit dem Netz eingeholt und für schlechte Zeiten nur eine Weile aufgehoben. Das ist alles.«

»Warum erzähle ich das alles nicht der Royal Navy?«

»Ursprünglich kam sie ja aus der See«, sagte er. »Wir fanden sie am Strand. Ich hab' die Position nur ein klein wenig korrigiert. Und das Geld hab' ich Jimmys Frau gegeben, denn niemand sonst zahlt ihr auch nur einen Penny.« Sein Bart reckte sich mir kampflustig entgegen, seine Augen waren schmal und blitzten gefährlich. »Und Sie werden der Navy kein Wort davon erzählen, weil Sie vielleicht ein selbstgefälliger Armleuchter, aber kein Schuft sind.«

Ich redete mir ein, daß mich seine Worte kalt ließen, und hielt den Mund.

Eine Stunde später kam ein niedrigbordiges graues Fahrzeug aus der Sonne, die über den blauen Gipfeln von Skye versank. Ein Schlauchboot wurde zu Wasser gelassen und brummte, gegen die schwarzen Grundseen klatschend, zu uns herüber. Die Taucher kamen an Bord.

Der Offizier war ein ziemlich junger Oberleutnant. Hätte er nicht goldbetreßte Schulterstücke getragen, hätte man ihn genausogut für einen kürzlich approbierten Arzt halten können. Wir gaben unsere Erklärungen ab. Ewan behauptete, daß das verlorengegangene Schleppnetz neuwertig gewesen sei und wir zwei Tiden lang mit dem Fischen hatten aussetzen müssen. Ich dachte einen Augenblick daran zu protestieren, ließ es aber bleiben. Die Gelegenheit war vorbei. Der Oberleutnant quittierte den Bericht mit einem Nicken wie ein Arzt, der die Krankmeldung eines Hypochonders unterschreibt.

Sie fierten die Mine sehr vorsichtig bis auf den Grund ab. Zwei Taucher gingen hinunter, kamen nach einer Weile wieder rauf und standen tropfend an Deck, während sie in einer Sprache, die voll seltsamer Kürzel war, ihre Meldung machten. Es war eine Sprache, die ich nur zu gut kannte. Sie sagten, daß es sich um eine Magnet/Akustik-/Mine mit blockiertem Zünder handelte, weswegen sie fünfzig Jahre lang auf dem Meeresboden hatte herumrollen können, ohne zu detonieren. Deshalb war es Ewan auch gelungen, sie bei sich unten im Garten aufzubewahren, ohne daß sie ihn, zusammen mit dem größten Teil des Gartens, von der Oberfläche Schottlands weggepustet hatte.

»Danke«, sagte der Offizier und schob seine Mütze ins Genick.

Einer der auf dem Lukendeckel sitzenden Taucher hatte mich schon eine Weile gemustert. Ich wandte mich ab. Ich wußte, was kommen würde.

»Ich heiße Wally Evans«, sagte er. »Und du bist doch Harry Frazer.«

Er hatte dicke schwarze Augenbrauen und rote Backen, die durch die strammsitzende schwarze Gummikappe vorgepreßt wurden. Das letzte Mal waren wir uns in der Nordsee begegnet, auf dem Stahldeck der Bohrinsel *Curlew Gamma,* eingehüllt in den Gestank eines startenden Hubschraubers.

»Hallo«, sagte ich, und mir war, als hätte ich plötzlich einen Klumpen Blei im Magen.

Wir schüttelten uns die Hand, und ich fragte ihn, wieso er nicht mehr auf der Bohrinsel, sondern wieder bei der Marine sei.

»Es wurde mir einfach zu gefährlich«, sagte er. »Jetzt arbeite ich nur noch für die Pension.« Er wirkte etwas verlegen, weil er vermutlich an einige Kumpels von der Bohrinsel dachte, die nie mehr in den Besitz einer Rente oder Pension gelangen würden. Ich stand da mit einem höflichen Lächeln und fühlte mich sechs Jahre zurückversetzt, als ich dieses höfliche Lächeln noch nicht gehabt hatte. Die Erinnerung an den kleinen Raum mit stählernen Wänden, eintausend Fuß unter der Oberfläche, dessen Boden nur aus schwarzem Wasser bestand und aus dem zwei Schlauchbündel in die eisige Dunkelheit hinausführten, bewirkte, daß mir der Schweiß in Bächen unter meinem T-Shirt ausbrach.

»Frazer?« sagte der Oberleutnant und zog eine Augenbraue hoch. »Sie sind doch der Taucherglocken-Mann.«

Mühsam hielt ich das Lächeln aufrecht. »Ist schon lange her«, sagte ich.

Der Oberleutnant sah mich scharf an. Ihm konnte meine plötzliche Blässe nicht entgangen sein. Er schnalzte mit der Zunge, und die Mißbilligung war deutlich herauszuhören. »Okay, Leute«, sagte er. »Machen wir uns davon.«

»Paß auf dich auf, Wally«, sagte ich.

Die schwarzen Falten in seinem Nacken bewegten sich, als er mir zunickte. »Du auch.«

Ich fühlte, wie Ewan mich beobachtete, als sie von Bord gingen. »Ich dachte, Sie wären Rechtsanwalt?« sagte er.

»Ja, aber nicht von Geburt an«, antwortete ich kurz und wandte mich ab. Er war nicht der einzige, der Fragen auszuweichen verstand.

Das Minensuchboot hievte das Biest mit der Winde hoch und entfernte sich mit Kurs auf flaches Wasser. Wir setzten die Segel. Die *Flora* nahm Fahrt auf und stampfte bedächtig nach Norden.

Im Ruderhaus war es warm und ruhig. Es roch nach Kohlenrauch, aber ich hatte zuviel im Kopf, um an Seekrankheit auch nur zu denken. Ich holte mir die Whiskyflasche aus dem Schapp. Die Sonne ging am rosafarbenen Himmel schon unter, als wir das dumpfe ›Wumm‹ der detonierenden Mine hörten.

»Da geht sie hoch«, sagte Ewan. »Sie sind also Taucher?«

»Jetzt nicht mehr.«

»Könnten Sie Ihre Meinung ändern?«

»Keine Chance.« Ich nahm die Flasche mit nach unten und machte es mir neben dem Ofen gemütlich.

Hector war mir nachgekommen. »Ärgern Sie sich nicht über Ewan«, sagte er. »Er ist vielen Leuten immer ein guter Freund gewesen.«

Ich nickte und trank Whisky. Dann gab ich ihm die Flasche, ging in die winzige Kajüte, durch deren Wand das Klopfen der Maschine zu hören war, und kroch in die Koje.

Der Traum begann in der üblichen Weise. Die Stahlwände schwitzten Wasser, und die Telefone schnatterten; die Stimmen von Bruno und John, die durch das Helium in ihrem Blut einen quäkenden Ton angenommen hatten, kamen, von knackenden Geräuschen begleitet, über die Leitungen, die draußen auf dem schlammigen Boden der See zum Pipeline-Ventil führten. Dann waren die Stimmen plötzlich weg, und es wurde still. Ich begann zu schwitzen. Die Stille fing an zu dröhnen, lauter und lauter, als ob ein riesiger Gong angeschlagen würde, bis es in den Ohren schmerzte. Im Hintergrund waren jetzt Stimmen zu vernehmen, andere Stimmen, aus der Zentrale an der Oberfläche, die mir Anweisungen gaben. Aber die Anweisungen kamen zu spät. Die Wände waren aus Metall, schwitzwasserbedeckt, teilnahmslos. Ich konnte nicht atmen. Über mir stand das Wasser eintausend Fuß hoch. Ich war in der zylinderförmigen Glocke mit dem Dröhnen allein. Ich mußte hier raus. Aber es gab keinen Ausgang.

Wahnwitzige Panik erfaßte mich. Ich begann zu schreien

und gegen die Wand zu hämmern, zu hämmern und zu hämmern . . .

»Sind Sie okay?« Ewans Stimme holte mich in die Wirklichkeit zurück. Das Licht der Petroleumlampe, die sacht im Takt der Bootsbewegungen hin und her schwang, fiel auf sein Gesicht und setzte Glanzlichter auf seine Backenknochen. Das fürchterliche Dröhnen war weg, statt dessen hörte ich das beruhigende Knarren eines hölzernen Bootes, das sich bei mäßiger Brise durch eine niedrige Dünung schob.

»Alles in Ordnung«, sagte ich benommen. Ich lag auf dem Boden vor der Koje. Wahrscheinlich hatte ich während meines Alptraums gegen das Schott gehämmert. Ewan ging hinaus und schloß die Tür. Ich legte mich wieder in die Koje und fiel in einen tiefen, schweren Schlaf.

8

Ich erwachte langsam, immer noch gefangen in den Nachwehen des Traums. Der Trawler lag inzwischen an seiner Boje im Loch Beag; das leere, am Heck festgemachte Beiboot dümpelte in der Tide. Meine Uhr zeigte sechs; die Luft roch nach Kiefern, Heidekraut und der See. Den Himmel verhüllte eine niedrige Wolkendecke, aber die Luft war warm. Als ich mich über die Reling beugte, erschien im Wasser das Spiegelbild eines alten Mannes mit grauem Gesicht und schwarzen, fettigen Locken. Es zitterte, als sich das Wasser kräuselte. Genauso zittrig fühlte ich mich auch. Ich ging ins Ruderhaus, setzte den Wasserkessel auf und machte mir einen starken schwarzen Tee. Dann zog ich mich aus und hechtete über die Seite. Das Wasser war wie flüssiges grünes Eis.

Auf dem Grund drehte ich mich auf den Rücken, ließ

kleine Luftblasen aufsteigen, die nach einer Reise von dreißig Fuß den dunklen Bauch der *Flora* im Silberspiegel der Oberfläche erreichten, und fühlte, wie ich wieder einen klaren Kopf bekam, als die Kälte das Blut durch meine Adern hetzte.

Ich kletterte die Fallreepsleiter hoch, zog Jeans und Pullover an, trank Tee und ruderte zur *Green Dolphin* hinüber. Hector tauchte aus der Luke auf, klopfte sich die Hände ab und sagte: »Gestern abend, als wir festgemacht hatten, hab' ich noch mal drübergemalt. Wenn Sie wollen, sehen wir's uns gleich an.«

Wir entfernten die Plastikabdeckung und rollten die Kabel auf. Die Wölbung der Bordwand war völlig ebenmäßig, die Oberfläche makellos wie eine Eierschale. »Hervorragend«, sagte ich.

Hector nickte. Sein rundes Gesicht war ernst. »Sie haben mir geholfen, ich helfe Ihnen«, sagte er. »Jetzt gehe ich frühstücken.«

Ich holte die Werkzeugkiste raus und verbrachte zwei Stunden damit, den Motor zu reinigen und einzustellen. Gegen zehn Uhr hörte ich eine Frauenstimme an Land singen. Es war Fiona in weiten, bequemen Jeans und einem alten Tweedjakkett; sie trug ein Sträußchen Wicken im Knopfloch und einen alten Matchbeutel über der Schulter und wirkte beneidenswert frisch. »Du lieber Himmel«, sagte sie munter, »Sie sehen aber verkatert aus. Wie war's denn bei den Sullivans?«

»Morag Sullivan braucht keinen Anwalt«, sagte ich. »Das ist eher eine Sache für die Polizei.«

»Wenn die Polizei bei ihr aufkreuzt, muß sie den Schuppen ausräumen«, sagte Fiona. »Aber in diesem Schuppen steckt praktisch ihr ganzer Besitz. Man würde ihr eine Menge dummer Fragen stellen, und geschehen würde nichts.«

»Dann sollte sich die Polizei mal mit Donald Stewart unterhalten.«

Sie lachte. »Donald hat ein Jahr in Barlinnie eingesessen, weil er einen Burschen, der seine illegalen Lachsnetze zerschnitt, um ein Haar umgebracht hätte. Er würde einen Polizisten nicht um einen Eimer Wasser bitten, wenn sein Haus in Flammen stünde.«

Ich zuckte die Schultern. »Ein Jammer.«

Sie sah mich mit ihren ruhigen Augen unverwandt an. Diese Augen sagten: ›Na schön, Frazer, dann gehen Sie eben hin und suchen selbst Donald Stewart auf.‹ Aber vom Anstarren verstand auch ich eine ganze Menge, und so erwiderte ich ihren Blick, ohne die Lider zu senken.

Nach einer Weile zuckte sie die Schultern. »Ich schätze, Sie haben alles getan, was man erwarten konnte«, sagte sie.

Aus dieser Bemerkung konnte man schließen, daß sie nicht allzuviel erwartet hatte. Das ging mir gegen den Strich. »Warten Sie einen Moment«, sagte ich.

»Wozu?« fragte sie. Ihr Gesicht hatte jetzt einen kalten und verächtlichen Ausdruck. »Sie haben genug getan. Das war's dann. Schluß.«

Diese Kälte konnte ich nicht ertragen. »Ich werde Stewart besuchen«, sagte ich.

Ihre Augen leuchteten auf. »Wollen Sie das wirklich tun?«

Die Erregung in ihrer Stimme war ansteckend. Frazer, du blöder Hund, dachte ich. Aber jetzt war es zu spät.

»Wenn er mir den Grund seines Streits mit Jimmy Sullivan nicht sagt, werde ich ihm mit einer Anzeige wegen des tätlichen Angriffs auf Ewan drohen.«

»Auf Ewan?« fragte sie stirnrunzelnd. »Wovon reden Sie?«

Ich ging nicht darauf ein. »Wo finden wir Stewart?«

»Am Sonnabend«, überlegte sie, »wird er bei der Fischzuchtanlage sein.« Sie runzelte wieder die Stirn. »Aber sind Sie auch sicher? Er kann wirklich sehr unangenehm werden.«

»Ach ja?« sagte ich. Der kurze brutale Haken, der Ewan ins Fischbecken befördert hatte, war mir noch gut im Gedächtnis.

Sie lächelte mich an und berührte meine Hand leicht mit den Fingerspitzen. Ich hatte mich von ihr herausfordern lassen, statt die Lage zu durchdenken. Fiona wickelte mich um den Finger, und ich ließ es geschehen. Prosper hatte es schon am Telefon gesagt: ›Du wirst deinen Biß verlieren.‹ Aber das war nur die eine Erklärung. Die andere hing mit der Vorstellung zusammen, daß sie hier draußen in der Einöde lebte und vielleicht einsam war.

Diese Erklärung gefiel mir besser.

Eine Landbrise wehte hinaus auf die Bucht; es herrschten zwei bis drei Windstärken, so daß die Wasserfläche nur gekräuselt war. Ich setzte die große leichte Genua, die am vordersten der drei Rollstage angeschlagen war. Die Brise füllte sie mit einem sanften Plop. Mit der mir so vertrauten Beschleunigung, die meinen Puls jedesmal in die Höhe trieb, ließ die *Dolphin* die Pier hinter sich.

»Sie ist schnell«, sagte Fiona. Der Wind blies ihr die Haare in die Augen. Ihr braunes Gesicht war erregt.

Ich übergab ihr das Ruder, trottete über das Seitendeck zum Mast und kurbelte das Großsegel hoch. Die *Dolphin* legte sich auf die Seite, und das Blubbern des Kielwassers wurde zu einem dünnen Zischen. Fiona lachte - ein Laut reinen Vergnügens. »Was ist denn das bloß für ein Boot?« fragte sie.

»Ein Ultraleichtverdränger«, sagte ich. »Segelt übers, nicht durchs Wasser.«

»Wunderschön«, sagte Fiona.

Die steilen Klippen der Enge kamen schnell näher, während die Küste stetig an uns vorbeiglitt. Acht Knoten* zeigte das Log, zuzüglich der Geschwindigkeit von vier Knoten, mit der uns die Tide schob.

* 1 Knoten = 1,852 km/h

Wir schossen durch die Enge in die Weite der Bucht hinaus. Vor uns segelte die *Flora,* elegant schrägliegend und mit einem Schnurrbart weißen Wassers unter ihrem Bugspriet, gemächlich auf die Landspitze des Horngate zu. Wir zischten an ihr vorbei, als läge sie ohne Fahrt im Wasser. Fiona ging auf Nordwestkurs, so daß wir jetzt raumen Wind hatten. Ich spielte mit den dicken Schotwinschen und trimmte die Segel, bis ich das letzte bißchen Vortrieb herausgeholt hatte und das Kielwasser mit dem harten Zischen hoher Geschwindigkeit weiß unter dem Heck hervorschoß.

Nicht viele schafften es, soviel Fahrt aus *Dolphin* herauszuholen. »Sie machen das nicht zum ersten Mal«, sagte ich. Fiona stand seitlich am Ruder und steuerte die Landspitze am nördlichen Ende der Bucht an. Das Haar wehte ihr übers Gesicht, als sie sich umdrehte und mich mit weißen Zähnen anlächelte. »San Francisco Bay«, sagte sie. »Daddy hatte einen Eintonner.«

Ich hatte keine Zeit, meine Überraschung zu äußern, selbst wenn ich gewollt hätte. Eine kleine Bö fegte über die Bucht. Die *Dolphin* legte sich auf die Seite und hämmerte mit dem Bug einen Gischtschwall aus einer schwarzen Welle.

Die Huk war wie ein verwitterter Rammbock aus Fels, der die anrennende Dünung zu weißer Gischt zerschlug. Fiona ließ sie zweihundert Meter an Steuerbord; nach dem Echolot hatten wir sechzig Meter Wasser unter dem Kiel.

Steuerbord voraus lag eine Gruppe niedriger Inseln verstreut in einer See, deren Farbe von Dunkelblau zu karibischem Türkis wechselte. An der Küste leuchtete ein Stückchen silberweißer Strand in der Sonne.

»Zwischen der Insel da und den Felsen durch«, sagte sie. »Es ist Ihr Boot, gehen Sie wieder ans Ruder.«

Das Echolot zeigte plötzlich nur noch sieben Meter und weiter abnehmende Wassertiefe. Wir segelten hart am Wind, schoben mächtig Lage und waren viel zu schnell für das

Gewässer, in dem wir uns befanden. Fionas Wangen waren vom Wind gerötet. »Ist das nicht herrlich?« rief sie.

»Reffen Sie die Genua etwas ein«, sagte ich. Ich hatte genug damit zu tun, auf die Fahrwasserzeichen zu achten, das Echolot und die Unterwasserklippen im Auge zu behalten, die jetzt an beiden Seiten das klare Wasser verdunkelten. ›Herrlich‹ war nicht gerade das Wort, das mir in unserer Lage zuerst eingefallen wäre. Aber wir segelten weiter.

Schließlich glitten wir zwischen zwei Inseln hindurch in ein kleines Halbrund glänzenden weißen Sandes.

Ich legte Ruder, und wir schossen in den Wind. Das Großsegel killte und nahm die Fahrt aus dem Boot. Der Anker fiel.

Ein Dory lag am Ufer, Fußspuren führten über den Sand zu einem grauen Betonschuppen in den Felsen oberhalb der Hochwassermarke. Neben dem Schuppen stand ein Sattelschlepper mit der Aufschrift TRANSPORT DRENEC – ST. MALO an der Seitenwand und einer Reihe Möwen auf dem Dach.

»Donald ist zu Hause«, sagte Fiona. »Bleiben Sie hier«, sagte ich. Ich schob das Schlauchboot über die Reling und ruderte an Land.

Der Sand war weich unter meinen Füßen. Der Lastwagen stand auf einer Art Straße, einem schmalen Asphaltband mit vielen Schlaglöchern. Aus dem Schuppen waren Stimmen zu hören. Ich steckte den Kopf durch die Tür.

In den Boden des Schuppens waren drei große Zementbekken eingelassen. Diese Tanks wimmelten von blauschwarzen Hummern, nach Größe sortiert, die Scheren mit Gummibändern zusammengebunden. Donald war da und beobachtete einen Mann in blauem Overall, wahrscheinlich den Lastwagenfahrer, der irgendein Papier unterschrieb.

»Bon«, sagte der Fahrer. »Au revoir.« Er ging mit einem Nicken an mir vorbei und kletterte in die Fahrerkabine. Die Maschine erwachte stotternd zum Leben und stieß schwarze Abgaswolken aus.

Donald kam jetzt ebenfalls heraus. »Morgen«, sagte ich. Er hatte kalte braune Augen, in denen das Weiß gelblich schimmerte. Seine Nase war lang und scharfgeschnitten, der Mund klein und ohne Lippen.

»Ab in die Bretagne, was?« fragte ich freundlich.

»So steht's auf dem Laster«, sagte er.

»Alles selbst gefangen, nehme ich an.«

»Kann schon sein«, sagte Stewart. »Was wollen Sie?«

»Sie haben Jimmy Sullivan aufgesucht - einen Tag, bevor er verschwunden ist«, sagte ich. Unter gerunzelten Brauen taxierte er mich wie ein Boxer, der seinen Gegner abschätzt. Mein Mund war wie ausgetrocknet, denn Donald stank förmlich nach Gewalttätigkeit. »Sie hatten einen Streit mit Jimmy. Worum ging es?«

»Wer sind Sie?« fragte er gedehnt.

»Ich bin ein Anwalt, der im Auftrag von Jimmys Freunden handelt. Ich möchte wissen, was Sie letzten Montag mit ihm besprochen haben.«

Er gab keine Antwort. Seine genagelten Schuhsohlen knirschten auf den Steinen, als er sich umdrehte, die großen Riegel der Schuppentür vorschob und mit einem Vorhängeschloß sicherte. Die Berge um uns herum schienen bis in den Himmel zu ragen, und kleine Wellen klatschten auf den Strand. Ich hatte ein flaues Gefühl im Magen bei dem Gedanken, daß es hier sehr viel Natur und kaum Menschen gab. Das erste Mal seit Jahren schien mir die Justiz klein und unbedeutend.

»Sie erzählen mir was über Jimmy«, sagte ich, »und ich werde Ewan Buchan überreden, Sie nicht wegen tätlichen Angriffs zu verklagen.«

Er runzelte die Stirn und sah mich mit zusammengekniffenen Augen an, als wäre er kurzsichtig. »Stimmt«, sagte er. »Bei der Gelegenheit habe ich Sie gesehen. Sie sind dieser Engländer, der Ewan an dem Tag begleitet hat.«

Sein Blick wanderte zu meinen Füßen hinunter. Ich trug Bootsschuhe, die leicht, bequem und sehr teuer waren. Er selbst hatte große schwarze Armeestiefel an. »Sie können Ihrem Freund Buchan ausrichten, daß es hier noch ein paar Leute gibt, die für ihren Lebensunterhalt arbeiten müssen, ob das nun Seiner verdammten Hoheit paßt oder nicht. Und wenn er uns nicht in Ruhe läßt, kann es gut passieren, daß er in die Mangel gerät.«

Dann stellte er sich auf meinen Fuß.

Es ging so schnell, daß ich nicht mehr reagieren konnte. Sein Hacken stieß herab und drehte sich mit seinem vollen Gewicht auf der Spitze meines rechten Schuhs. Vor Schmerz schossen mir die Tränen in die Augen, so daß ich Strand und Himmel nur noch verschwommen sah. »Kommen Sie mir nie mehr zu nahe«, sagte er. Dann war sein Gesicht weg; ich saß im Sand, und er saß in seinem Dory auf dem Weg aus der Bucht.

Es dauerte gut zwei Minuten, ehe ich wieder einigermaßen klar sehen konnte. Ich humpelte den Strand hinunter, ruderte zum Boot und kletterte auf die Heckplattform.

»Was war los?« fragte Fiona.

Ich zog meinen Schuh aus, ließ den Fuß ins Wasser baumeln und hörte dem Pfeifen der Austernfischer zu, während der Schmerz quasi vom Kochpunkt auf den Siedepunkt zurückging. Dann erzählte ich ihr alles.

»Gehören diese Schuppen eigentlich ihm?« fragte ich zuletzt.

»Keine Spur«, sagte sie.

»Wem dann?«

»Jerry Fine. Er hat Lundgrens Fischfarm und den Großhandelsbetrieb unter sich. Donald arbeitet für jeden, der ihm genug zahlt, aber meistens für Lundgren. Dem hilft er bei der Verwirklichung seines Traums.«

»Welches Traums?«

»Ich kam vor sieben Jahren aus den Staaten herüber«, sagte sie, »weil ich das Pech gehabt hatte, mich in Ewan zu verlieben, als er Bekannte von mir in Oregon besuchte. Die Gegend hier war so unberührt, wie man es sich nur vorstellen kann. Ich sprach ein paar Frauen an, die stricken konnten, gab ihnen einige Muster, und alle verdienten, soviel sie nötig hatten. Niemand wurde geschädigt, und nichts wurde verbraucht außer Wolle. Dann kam Lundgren. Er hat diesen Traum. Jedes kleine Bauernhaus soll eine Tiefkühltruhe und einen Teppichboden haben, und alle Leute hier werden ihm dann zutiefst dankbar sein. Er setzte eine Fischfarm in jede Bucht, so daß jetzt alles voller Fischscheiße und starker Chemikalien ist. Er nahm den Steinbruch in Betrieb, und alle riefen Hurra, Arbeit. Aber die meisten Leute kamen von außerhalb, und die wenigen Einheimischen waren wie Donald. Für ihn ist es eine Art Spiel, denke ich mir, und jeder, der mitspielt, hält sich an seine Regeln. Außer Ewan. Ewan reizt ihn. Lundgren haßt es, gereizt zu werden.«

»Und wie reagiert er?«

Sie zuckte die Schultern. »Vor einiger Zeit war hier ein Stück Land zu verkaufen. Ewan wollte eine Seetang-Sammelstelle einrichten und darauf einen oder mehrere Schuppen bauen. Lundgren bekam Wind von der Geschichte und kaufte das Land selbst. Keine Schuppen, kein Seetang. Wie ich ihn einschätze, freut ihn das. Für Ewan ist es das wirkliche Leben, für Lundgren ein Spiel. Ich könnte Ihnen noch ein Dutzend Beispiele nennen.«

»Würde er Donald Stewart Geld geben, damit er Ewan zusammenschlägt?«

»Er würde alles tun, um Ewan Angst einzujagen, solange er glaubt, daß er damit durchkommt. Ach, zum Teufel damit, gehen wir lieber schwimmen.«

Sie bückte sich nach dem Beutel, den sie mitgebracht hatte, und zog zwei Tauchermasken heraus.

»Ich hab' gesehen, wie Sie heute morgen von der *Flora* aus getaucht sind«, sagte sie. »Sie sind drei Minuten lang unten geblieben.«

Ich spürte, wie sich die Muskeln über meinen Schultern spannten. »Nein«, sagte ich.

»Los, kommen Sie schon«, sagte sie.

Ich betrachtete die Masken, als wären sie Giftschlangen.

»Ist mit Ihnen alles in Ordnung?« fragte Fiona.

Ich nickte.

Sie zog sich den Pullover über den Kopf. Darunter trug sie einen einteiligen Badeanzug aus irgendeinem glänzenden Material. Sie war sehr gut gebaut - gerader Rücken, lange Beine, schöne, wohlgerundete Kurven dort, wo sie hingehörten. Die Kleider, die sie trug, verbargen ihre Figur. Angezogen sah sie gut aus; ausgezogen war sie eine Schönheit.

Fiona warf mir eine Maske zu, aber ich versuchte gar nicht erst, sie aufzufangen. Sie fiel auf den Cockpitboden und rutschte in eine Ecke.

Sie sah mich einen Augenblick an. Dann zuckte sie die seidig braunen Schultern, rieb das Glas der Maske mit Spucke ein, spülte sie kurz aus, setzte sie auf und ließ sich mit einer Rückwärtsrolle ins Wasser fallen.

Ich warf einen Blick über die Seite. Ihre Gestalt, schwarz und braun, wurde durch die Spiegelung des Wassers gebrochen. Es war so klar, daß ich die erhabenen Buchstaben auf dem Anker lesen konnte. Ich fühlte mich beschmutzt durch die Erinnerung an ein Ereignis, das sechs Jahre zurücklag. Unfug, sagte ich mir. Dir geht's doch gut. Du lebst. Du hast das alles vergessen . . .

Aber ich hatte es nicht vergessen. Ich stieg über die Reling und begab mich mit meinem schmerzenden Fuß auf den Meeresboden. Das Wasser war gut für den Fuß, aber nicht für die Erinnerung. Als ich herauskam, saß Fiona im Cockpit und kämmte ihre Haare, den Kopf leicht schief gelegt, die

Knie geschlossen, die Haut vom Wasser gestrafft. »Sie sind ja doch getaucht«, sagte sie.

»Das war kein Tauchen«, erwiderte ich, »das war Schwimmen.«

Wir segelten mit vollem Einsatz zurück, ohne miteinander zu reden. Ich machte einen langen Schlag, fast bis nach Eigg hinaus, und kreuzte dann mit einer Reihe kurzer Schläge nach Hause zurück, wobei die kleinen, von Land reflektierten Wellen wie Gewehrfeuer gegen das Vorschiff trommelten.

»Morgen ist Regatta«, sagte sie schließlich. »Kann ich mit Ihnen segeln?«

»Selbstverständlich«, sagte ich mit einem höflichen Lächeln.

Als wir die Enge durchsegelten, hatte ich die Schande begraben; lebendig begraben, aber immerhin begraben.

Ersatzhandlung nennen es die Ärzte: Bankrotteure kochen Kaffee, um den Anruf bei der Bank hinauszuzögern. Harry Frazer arbeitet, um nicht ins Grübeln zu verfallen. Folglich ging ich ins Haus, setzte mich in Fionas Studio und rief mein Büro an.

Cyril gab mir die Liste der Anrufer durch, und ich rief sie zurück. Spiro Kallikratides sagte mir, ich sei sein einziger Freund außer seinem Kokain-Dealer. Davina Leyland erzählte mir von einer Party bei Annabel, wobei sie wie nebenher erwähnte, daß ihr Freund Giulio, der Friseur, einhunderttausend Pfund vom Geld ihres Mannes gleich danach bei Aspinall verspielt habe. Andere Klienten folgten: die Hinkenden, die Lahmen, die völlig Hilflosen. Ich sagte ihnen, was sie tun sollten, ganz der clevere, energische Frazer, der weiß, wie der Hase läuft. Dann wählte ich die letzte Nummer auf der Liste. Cyril setzte sie immer ans Ende, weil es die Nummer von Vi war.

»Darling«, kam ihre vertraute Stimme durch den Hörer,

etwas atemlos, als habe sie schon auf meinen Anruf gewartet. Sie saß jetzt sicher im Wohnzimmer ihres Hauses in der Quay Street in Pulteney, dessen Wände vollhingen mit Bildern, auf denen Fotografen wie David Bailey und Richard Avedon sie in Starposen verewigt hatten. Die Luft würde erfüllt sein vom Duft eines schweren Parfüms, und die Heizung war bestimmt voll aufgedreht. Ich horchte sorgfältig auf die nervöse Schärfe in ihrer Stimme.

An diesem Morgen war davon nichts zu hören, sie klang unbeschwert und mädchenhaft. »Ich hab' eine Rolle bekommen«, sagte sie.

Ich versicherte ihr, daß mich das sehr freue.

»Aber paß mal auf.« Die Stimme verriet jetzt doch etwas nervöse Spannung, aber es klang mehr nach Verärgerung als nach Verfolgungswahn. »Es gibt da ein Problem mit Maurice.« Maurice war ihr Agent, ein ältlicher Angeber mit dünnem Schnurrbart und feuchten Trinkeraugen, der mit den Namen von Berühmtheiten um sich warf. »Es geht um diese Fernsehgeschichte, einen Werbespot, aber immerhin. Da sind diese beiden Frauen, eine Mutter und ihre Tochter, und Maurice ist überhaupt nicht kooperativ.«

Die nervöse Schärfe war wieder da. Ich holte tief Luft und fragte: »Wo liegt das Problem?«

»Na ja, die Rolle der Tochter ist für mich natürlich genau das Richtige, aber dieser Blödmann Maurice erzählt mir, daß sie mich für die Rolle der Mutter wollen. Kannst du dir das vorstellen? Willst du nicht mal mit ihm reden?«

Ich stützte die Stirn in die Hand. Vi sah weiß Gott nicht wie irgend jemandes Tochter aus, dafür hatten dreißig Jahre durchzechter und durchkiffter Nächte gesorgt.

Sie faßte mein Schweigen falsch auf. »Nur dieses eine Mal«, schmeichelte sie.

»Nur dieses eine Mal« war ich aus der Karibik zurückgekommen und hatte begonnen, als Offshore-Taucher in der kalten Nordsee zu arbeiten, damit sie nach ihrer ersten Barbiturat-Entwöhnungskur eine Hypothek aufnehmen konnte. »Nur dieses eine Mal« hatte ich die Klapsmühle verlassen und mich in die Jauchegrube einer Scheidungsanwaltspraxis gestürzt, damit ich Vi so unterstützen konnte, daß sie ihren gewohnten Lebensstandard nicht aufzugeben brauchte.

»Für Mammi Vi«, sagte sie.

Da war es wieder. Harry Frazer, der Junge in den grauen Flanellshorts, der jetzt Mammi Vi dafür entschädigen mußte, daß sie ihn erzogen hatte.

»Übrigens, der Regisseur ist Tom Finn.«

»Sollte ich ihn kennen?«

»Er hat ›Charly Running‹ gemacht.«

»Toll.«

»Ich freu' mich darauf, wieder mit ihm zu arbeiten.«

Ich grunzte nur.

Während meines dritten und letzten Jahres in der Karibik hatte Vi eine Rolle in einem Film gehabt, der auf Tortola, einer von den Jungferninseln, gedreht wurde. Dank ihrer Vermittlung konnten Prosper und ich als Komparsen mitwirken. Ich hatte keine Ahnung, was aus dem Film geworden war, aber soweit es Vi betraf, war er ein Glanzlicht in ihrer Karriere. »Ich telefoniere mit Maurice«, verprach ich. »Mach' dir aber nicht allzuviel Hoffnung.«

Dann rief ich Maurice an. Er war ein verzweifelter kleiner Agent, der meist in einer Pinte in der Gerrard Street herumhing und die Reste aus den Gläsern seiner Klienten in sich hineinkippte. Ich redete ihm ein, daß die Mutter doch vielleicht schon als ganz junges Mädchen geheiratet haben könnte, und die Idee schien ihm zu gefallen. Dann ließ ich die schäbige Welt da unten hinter mir und ging wieder hinaus zur Pier, der frischen Luft und meinem Boot.

9

Die *Flora* befand sich wieder an ihrem alten Liegeplatz, als ich an Deck der *Green Dolphin* herumging und die Wantenspanner festzog. Die Mücken traten schon zum Angriff an. Draußen in der Bucht peitschte ein Lachs das Wasser mit seiner Schwanzflosse.

Der Wind war eingeschlafen. Die Bucht lag da wie ein polierter Schild, und die einzigen Laute waren das ferne Murmeln der Dünung im Horngate und das Rasseln der Kiesel an der Bachmündung.

Dann kam von See her das Brummen eines Diesels. Ich sah auf. Eine elegante rote Yacht erschien in der Enge und näherte sich schnell. Sie war etwa fünfzig Fuß lang, mit unverstagten Karbonmasten; die Segel waren an Spreizbäumen aufgetucht, und ein ausfahrbarer Bugspriet verbarg sich im Rohrstutzen am Bug. Mit lautem Kettenrasseln fiel der Anker. Auf dem Heck stand in goldenen Lettern der Name *Bonefish.* Der Mann im Cockpit hob grüßend beide Arme. Er war klein und gedrungen, trug eine rote Henri-Lloyd-Jacke und eine wollene Mütze in Grün-Orange-Gold, den Nationalfarben der Rastafari. Er hatte mandelförmige braune Augen und so weiße Zähne, wie man sie bei einem Menschen erwartet, der aus Martinique stammt. In der schlichten keltischen Umgebung von Loch Beag sah er so exotisch aus wie ein Pirol in einer Schar Spatzen.

»Harrieee!« brüllte er.

Prosper Duplessis war da. Ich nahm eine meiner Flaschen mit ins Beiboot und ruderte hinüber.

Prosper warf ein paar Schotleinen in eine Backskiste und schlug mir auf die Schulter. »Willkommen in Schottland. Darf ich dich mit meiner Crew bekanntmachen?« Er steckte den Kopf in die Kajütsluke. »Lisbeth!«

Eine Frau kam herauf. Sie trug eine Ölzeug-Latzhose, ein himmelblaues T-Shirt, das genau der Farbe ihrer Augen entsprach, und ein großes, weißes Lächeln.

»Harry Frazer«, sagte Prosper. »Lisbeth Vandekaa.«

»Wir sind uns schon begegnet«, sagte ich. »Bei David Lundgren.«

»Stimmt«, sagte sie. Ihr Lächeln veränderte sich nicht.

Prospers kurze, kräftige Daumen machten sich bereits am Korken einer Flasche Krug zu schaffen. »Gläser, Baby?«

Lisbeth reichte die Gläser herauf. Das Knallen des Korkens hallte von den Felswänden wider. »Ich bin gestern abend von der See-Erprobung zurückgekommen«, sagte er. »Hab' im Loch na Keal auf Mull geankert. Die *Asteroid* war auch da. David lud mich zum Abendessen ein. Lisbeth war da. Sie kam mit mir zurück.«

»Ich war zum Klettern auf dem Ben More«, sagte Lisbeth. »David war ja sehr freundlich. Aber einige seiner Freunde . . .« Sie zuckte die Schultern und lächelte.

»Große haarige Faschisten«, warf Prosper ein. »David füttert sie vor der Drei-Berge-Regatta mit rohem Fleisch. Zwei von ihnen wollten sich an Lisbeth ranmachen.«

Die Röte auf Lisbeths Wangen vertiefte sich.

»Sie ist praktisch meine Nachbarin, und da bin ich ihr natürlich zu Hilfe gekommen.«

»Prosper war sehr nett«, sagte sie. »Ich glaube, David ist vielleicht doch ein ziemlich rücksichtsloser Mann.«

»Er ist sehr klein«, sagte Prosper. »Das ist sein Problem.«

Lisbeth kicherte und hielt sich verschämt die Hand vor den Mund. Prosper tätschelte ihr Knie. So wie ich ihn kannte, hatte er mit ihr längst bestimmte Pläne. »Und wie geht es Ewan und der reizenden Fiona?« fragte er.

»Sie sind auch sehr nett«, sagte ich.

»Gewiß«, meinte er. »Aber der alte Ewan beginnt David gewaltig auf den Wecker zu fallen, wußtest du das?«

»Wer hat es dir erzählt?«

»Alle. Die Jungs, die das rohe Fleisch kriegen. Bellen nach seinem Blut - natürlich so nett sie können.«

»In diesem Fall«, sagte Lisbeth unerwartet, »trinke ich auf das Wohl von Ewan.«

»Ich denke, da halten wir alle mit«, sagte Prosper.

Für den Rest des Abends fühlte ich mich wie im Urlaub.

Es war spät, als ich zur *Green Dolphin* zurückruderte. Weitere Boote waren inzwischen hereingekommen, und ihre Ankerlichter brannten im Mittelpunkt kugelförmiger Wirbel von Nachtfaltern. Alles sah recht gemütlich aus, aber ich mußte immer wieder an Morag Sullivan und ihre Kinder denken, da draußen am Rand der dunklen See. Und ich kam mir irgendwie schäbig vor, weil ich immer noch nicht richtig mit Donald Stewart geredet hatte.

Am nächsten Morgen wurde ich durch das Fallen eines Ankers und das Rasseln einer Ankerkette aus unruhigen Träumen geweckt. Ich war rechtzeitig an Deck um zu sehen, wie die *Asteroid* in der Mitte der Bucht langsam an ihrer Kette achteraus trieb. Sechs hart aussehende Burschen waren dabei, das Großsegel herunterzuholen und aufzutuchen.

Ich kochte Tee und setzte mich trotz der morgendlichen Kühle damit auf den Kajütaufbau. Während der nächsten zwei Stunden, in denen es langsam wärmer wurde, die Wolken höher stiegen und die Berge freigaben, trudelte noch ein Dutzend weiterer Yachten ein. Die meisten waren schwere, altmodische Seekreuzer oder zum Tourensegeln eingerichtete Hochsee-Regattayachten. Bis zum Drei-Berge-Rennen waren es noch drei Wochen, und die wirklich schnellen Konkurrenten befanden sich noch im Süden und arbeiteten für ihre Geldgeber.

Die *Green Dolphin* zog viel Aufmerksamkeit auf sich. Neben den anderen wirkten ihre drei Rollvorstage und der hohe Peitschenmast aggressiv und gefährlich.

Die Besatzungen gingen an Land. Das waren keine ausgebufften Regattafüchse, sondern rotgesichtige, freundliche Fahrtensegler, die gekommen waren, um gemeinsam einen schönen Tag auf dem Wasser zu verbringen und hinterher die Gastlichkeit des schottischen Hochlands zu genießen.

Gegen halb elf kreisten auf der Pier schon die Whiskyflaschen. Ich ging ebenfalls an Land. Fiona kam mir durch die Menge entgegen und sagte: »Ich möchte Sie gern mit Jerry Fine bekannt machen.« Sie ergriff meinen Arm, drückte ihn verschwörerisch und führte mich zu einem Mann, der einen blauen Pullover und altes schwarzes Ölzeug trug. Sein schwarzes krauses Haar war mit Pomade aus dem blassen Gesicht zurückgestrichen, das unter den Augen und Backen Kummersäcke gebildet hatte. »Und mit seiner Frau Alice«, fügte sie hinzu. Alice Fine hatte ein gerötetes Gesicht und eine spitze Nase. Während ihr Mann einem Bluthund ähnelte, sah sie aus wie ein kleiner, übellauniger Terrier.

»Sie leiten also die Fischfarmen«, sagte ich nach der Vorstellung.

»Damit büße ich meine Sünden ab«, sagte Fine. Er hatte tatsächlich etwas von einem reuigen Sünder an sich.

»Kein übles Leben«, meinte ich höflich.

»Ich wäre lieber Kanalarbeiter«, sagte er und lachte; es klang gar nicht ironisch.

»Ich versuche, einen Typ namens Donald Stewart zu erwischen«, sagte ich. »Soviel ich gehört habe, arbeitet er für Sie.«

»Da haben Sie kein Glück«, sagte Fine, zum ersten Mal wirklich vergnügt. »Er ist für eine Woche nach Blackpool gefahren. David Lundgren hat ihm Urlaub gegeben, einfach so. Und das in der arbeitsreichsten Zeit des Jahres - man braucht nur an Henley und Wimbledon zu denken. Alle Welt schreit jetzt nach Lachsmayonnaise.«

»Ach«, sagte ich, »das ist aber wirklich sehr ärgerlich. Was für ein unpassender Zeitpunkt.«

Seine Frau sah mich aus geröteten Augen bissig an. »Was wollen Sie von ihm?« fragte sie. »Er arbeitet gar nicht für Jerry, sondern für David.«

»Wir arbeiten alle für David«, sagte Fine. Wenn er das ironisch gemeint hatte, war es auch jetzt nicht herauszuhören.

»Und zwar verdammt hart«, sagte Alice heftig. »Nicht daß er's zu schätzen wüßte.«

»Alice, bitte hör' auf«, sagte Fine gequält.

»Nein«, sagte Alice. Sie hielt ein Glas Whisky in der Hand, offensichtlich nicht ihr erstes. »Wie sich dieser kleine Bastard aufführt, könnte man glauben . . .«

Am anderen Ende der Pier rief Ewan: »Arriiight! Alle mal herhören!« und stieg auf einen Poller. Alice beruhigte sich. »Hier sind die Regeln«, sagte Ewan. Auch er hielt ein Glas in der Hand und grinste von einem Ohr zum anderen. »Es ist ein Yardstickrennen. Wir starten in der Reihenfolge der jeweiligen Handicaps, so daß wir das Rennen nahezu gleichzeitig beenden. Startzeiten sind hier in den Umschlägen, die ich gleich verteile. Start vom Anker wie in den guten alten Zeiten. Der Kurs geht um die South-Ferris-Tonne und zurück. Ziel ist an der Enge dort, Kurs freigestellt. Aber bitte keine Rammings und keine Schießereien.«

Er sprang vom Poller herunter und begann, die Umschläge zu verteilen.

»Hier, Jerry«, sagte Ewan und gab Fine einen Umschlag. Dann war er bei uns, Whiskydunst verbreitend, und schob mir einen Umschlag in die Hand. »Ich rechne mit Ihnen«, zischte er so laut, daß Fine es hören mußte. »Zerfetzen Sie diesen Bastard Lundgren.«

Er verteilte die übrigen Umschläge und fuhr zur *Flora* hinaus. Die Fines paddelten zu einer behäbigen Westerly hinüber, die den Stander eines Fahrtenseglerklubs vom Clyde führte, und begannen, die Segel zu setzen. Meine Startzeit war 13.45 Uhr. Prosper war zwanzig Minuten früher dran.

»Ich bin der Letzte«, sagte eine Stimme an meiner Seite: David Lundgren. »Verdammt lange Wartezeit. Na ja, Ewan macht es Spaß.« Sein Lächeln war so einnehmend wie das Zähnefletschen eines Hais. »Wie gefällt Ihnen Schottland, Mr. Frazer?«

»Nette Gegend«, sagte ich.

»Sie interessieren sich für die lokalen Verhältnisse, wie ich höre.« Er steckte sich eine seiner russischen Zigaretten zwischen die Zähne.

»Ich verstehe nicht ganz.»

»Stellen eine Menge Fragen.«

Seine Augen waren grau und zeigten so viel Gefühl wie ein Kieselstein. »Ja, ich vertrete Morag Sullivan«, antwortete ich.

»Ach ja«, sagte Lundgren. »Ihr Mann hat sich aus dem Staub gemacht, höre ich. Und Sie sind dieser Modeanwalt für Scheidungsfälle.«

»Ich übernehme auch andere Sachen.«

Er zeigte mir lächelnd die Zähne, ohne die Zigarette aus dem Mund zu nehmen.

»Wie schade, daß Donald Stewart Urlaub hat«, meinte ich. »Es gibt da einige Dinge, die ich ihn gern fragen würde.«

Er legte den Kopf in den Nacken und lachte, ein hohes, dünnes Lachen. »Donald braucht etwas Ruhe«, sagte er. Und ich wußte, daß ich in dieser morgendlichen Runde des Lundgren-Spiels nichts weiter erfahren würde.

Prosper war neben uns aufgetaucht. »Warum machen wir diese Wettfahrt eigentlich?«

»Aus reinem Vergnügen«, sagte ich.

Aber Prospers Augen waren leicht zusammengekniffen, und er grinste breit. Ich wußte, was das bedeutete. »Langweilig«, sagte er. »Wie wär's mit einer kleinen Wette?«

»Ah«, sagte Lundgren, »das klingt schon besser.« Ich hielt mich zurück, denn ich hatte schon eine Menge Wetten mit

Prosper abgeschlossen. Aber Lundgren hatte seine eigenen Ideen.

»Gut«, sagte er. »Gemeinsamer Topf. Sieger bekommt alles. Wieviel tun wir rein?«

»Fünf Riesen«, sagte Prosper.

»Jeder«, kam es von Lundgren.

Ich öffnete den Mund, um ihnen zu sagen, daß ich da nicht mitmachen würde.

Lundgren sah mich an und grinste hinterhältig. »Wenn ich von Ihrem Apparat da geschlagen werde, können Sie und Charlie Agutter vielleicht damit in Serie gehen.«

Sachte, sagte ich mir. Fünftausend Pfund sind drei Monate Unterhalt für Vi, eine Summe, die du sowieso noch nicht beisammen hast. Lundgren gab in drei Monaten wahrscheinlich etwa so viel für seine Zigaretten aus.

Über Lundgrens großen runden Kopf hinweg sah ich die *Green Dolphin* an der Pier liegen, elegant und tödlich wie eine Raubkatze. Kümmere dich nicht um den gesunden Menschenverstand, sagte eine Stimme in meinem Inneren. Glaube.

»Schön«, sagte ich. »Dann mal ran.«

Lundgrens Grinsen änderte sich nicht. Prosper lachte und sagte: »Braver Junge.«

»Also gut«, sagte Lundgren, »dann will ich mal los und meine Crew auf Vordermann bringen.«

Prosper sah ihm nach. »Das ist ein knallharter Bursche«, sagte er. »Ich kannte mal einen Typ in Antigua, der ihn daran hindern wollte, eine Reihe von Marinas zu bauen. Es dauerte nicht lange, und der Typ ging pleite. Und das ist nur ein Fall von vielen.«

»Verstehe«, sagte ich.

»Er verliert nicht gern«, sagte Prosper. »Diese Schwäche teilt er mit den meisten.« Er sah mich von der Seite an. »Übrigens – du hast wieder angefangen zu tauchen?«

Ich fühlte, wie ich mich innerlich verkrampfte.

»Nein. Warum fragst du?«

»Ich hab' mich mit Fiona unterhalten. Sie meinte, du hättest doch mal als Taucher gearbeitet. Das sei wohl richtig, hab' ich ihr gesagt, aber schon lange her. Worum geht's denn?«

»Keine Ahnung«, sagte ich.

»Sie hat was mit dir vor, alter Junge. Ich hab' dich gewarnt, du wirst deinen Biß verlieren.«

»Ich bin ganz gut in Schuß«, sagte ich.

»Hoffentlich«, sagte Prosper. »Schließlich geht's um fünfzehn Riesen. Möge der Beste gewinnen, solange es nur nicht Klein-David ist.«

10

Zwei Stunden später befanden sich nur noch drei Boote in der Bucht: die *Bonefish*, die *Asteroid* und die *Dolphin*.

Prosper startete pünktlich. Seine Freedom war schnell, hatte aber ein ungünstiges Handicap. Ich machte eine Kanne Lapsang Souchon und Krabbensandwiches und schob eine Kassette mit Pergolesis Stabat Mater in die Stereoanlage. Dann saßen wir nur noch so rum und achteten auf die Uhr, während die *Dolphin*, rund hundert Meter von dem langen schwarzen Rumpf der *Asteroid* entfernt, langsam vor Anker schwojte.

Die Uhr auf dem Rudersockel zeigte 13.25. Das Spill der *Asteroid* klapperte, als ihre Ankerkette langsam eingeholt wurde; sie sollte zwanzig Minuten nach uns starten.

Ich zog das Großsegel hoch und drückte auf den Schalter der Kielhydraulik. Die Pumpen summten und fierten das acht Fuß lange Blatt aus Stahl, Kevlar und Blei aus seinem Gehäuse.

»Los«, sagte Fiona, »starten wir.«

»Es sind noch fünf Minuten«, sagte ich. »Lundgren beobachtet uns.«

»Lundgren kann uns mal. Ewan würd's machen und hinterher diskutieren.«

»Ich bin nicht Ewan.« Von der Wette hatte ich ihr nichts erzählt.

Sie lächelte mich an, als sei sie froh, daß ich nicht Ewan war. Ich empfand dieses Lächeln wie einen Sonnenaufgang, der nur für mich allein stattfand.

Ich beugte mich vor und stellte den über der Luke angebrachten Nullzeitgeber ein. Dann holte ich die Lose der Großschot durch und zog die Fock etwas heraus. Sie schlug in der sanften Brise langsam hin und her. Die *Dolphin* legte sich ein paar Grad auf die Seite und schob ihren scharfen Bug zuversichtlich in die kleinen Wellen. Das elektrische Spill hievte den Anker kurzstag.

»Null!« rief Fiona.

Ich holte die Großschot dicht, und wir waren im Rennen.

Bei einem Yardstickrennen starten die sehr unterschiedlichen Boote in bestimmten Zeitabständen, welche durch die nach dem Handikapsystem gewährten Vergütungen festgesetzt werden. Wenn die Regattaleitung alles richtig macht, gehen alle Boote mehr oder weniger gleichzeitig durchs Ziel. Solche Wettfahrten sind natürlich sehr angenehm für diejenigen, die den Wunsch haben, möglichst alle zur selben Zeit bei der nach dem Rennen stattfindenden großen Sauferei aufzukreuzen. Aber die sonst mit dem Start verbundene Spannung bleibt weitgehend aus.

Die *Green Dolphin* hatte jedoch so lange Beine, daß selbst dieses Rennen interessant werden mußte.

Der Wind kam aus Nordwest. Durch die Enge blies er uns

wie durch einen Trichter genau ins Gesicht, aber der Ebbstrom setzte sehr stark, und wir kamen mit zwei kurzen Schlägen hinaus. Fiona steuerte mit viel Gefühl und hielt das Boot hoch am Wind, wenn auch nie so hart, daß die Strömung am Segel abriß. Hinter dem Felsentor weitete sich jetzt der Horizont, und ich warf einen Blick auf die Karte.

Von der südlichen Landspitze der Bucht zog sich das Horngate als sichelförmige Kette trockenfallender Felsen ins Meer hinaus. Beim derzeitigen Wasserstand wurden die Felsen überspült und schlugen die Dünung zu Schaum. Um sie zu runden, mußten wir noch eine Weile hoch am Wind bleiben, bevor wir abfallen und Kurs auf die zehn Meilen südwestlich liegende South-Ferris-Tonne nehmen konnten.

An Steuerbord kam eine Bö übers Wasser gehuscht. Der Mast der *Dolphin* verneigte sich, als sie uns packte, und das bisherige Glucksen ihres Kielwassers wurde zum Rauschen, während die Loganzeige auf acht Knoten hochschoß.

»Lundgren ist eben gestartet«, sagte Fiona.

Ich blickte zurück. Die große Kutteryacht hing, durch einen Sonnenstrahl fixiert, wie ein Bild im felsigen Rahmen der Enge. Schlick glänzte auf ihrem Anker, der unter den vergoldeten Schnörkeln des Vorschiffs hing. Dann füllte ein kleiner Windstoß ihre cremefarbenen Kevlarsegel, und sie begann sich zu bewegen, wobei sie zunächst, als die Ebbe ihr langes Unterwasserschiff erfaßte, dwars wegtrieb.

Wir mußten uns jetzt mit anderen Problemen beschäftigen.

Die See voraus wurde verdunkelt von einander jagenden Böenstrichen. Im Westen begannen die Wolken aufzureißen, und die durchdringenden Sonnenstrahlen malten grüne und blaue Flecken auf die schiefergraue See. Ardnamurchan verschwand hinter einer Regenwand, einem schweren, blauschwarzen Hintergrund für die Kette weißer Dreiecke, die sich zum Horizont hin entfernten.

Dolphins Bug hob sich, klatschte mit dumpfem Schlag in

ein Wellental und warf eine Gischtwolke auf. Wassertropfen rannen glitzernd über Fionas Gesicht. Ich richtete das Glas auf unsere Konkurrenten.

Draußen an der Spitze des Horngate verbreiterte sich plötzlich die schlanke Silhouette von Prospers Boot, als er abfiel und die Schoten für den Raumschotskurs zur Wendetonne auffierte. Die anderen waren nur anonyme weiße Keile. Die Segel der *Flora* waren nicht zu sehen, aber sie hatte ja auch zwei Stunden Vorsprung, bei diesem Wind eine Entfernung von vielleicht acht Meilen; sie mußte hinter dem dichten Dunstvorhang stecken, der die triefenden Hügel von Ardnamurchan verhüllte.

Jetzt brauchten wir die anderen nur noch einzuholen.

Ich setzte mich an die Reling, sah zu den Bergen des Festlands hinüber und suchte nach den beiden Felsspitzen, die man in Deckung bringen mußte, um sicher an den Klippen vorbei zu kommen. »Ewan ist sicher innen langgesegelt«, sagte Fiona.

»Was heißt innen?«

Sie deutete auf eine Stelle ungefähr zweihundert Meter an Backbord voraus, wo die Dünung im Horngate mit dumpfem Rollen weißmähnige Brecher aufwarf.

»Dann muß er verrückt sein«, sagte ich.

Sie lachte. Einen Augenblick schien sie fast stolz auf ihn.

Die *Green Dolphin* arbeitete sich, Gischt aufwerfend, durch die lange Dünung, und ich konzentrierte mich darauf, das Log bei acht Knoten zu halten. Unter Deck wäre mir sicher schlecht geworden. Hier oben war ich vom Trimmen des Bootes voll in Anspruch genommen und vergaß die Seekrankheit. Soweit ich es im Moment beurteilen konnte, war die Situation durchaus ermutigend. Wir behaupteten uns gegen Prosper, das Boot direkt vor uns. Während der letzten fünf Minuten hatte Prosper den Abstand zu dem vor ihm liegenden Boot ganz entschieden verringert.

Wir brauchten zwanzig Minuten, um uns stampfend zur Spitze des Horngate durchzuboxen. Fiona legte das Ruder nach Lee, und die große Landmasse von Eigg schwang wie auf einem Riesenkarussell am Vorstag vorbei. Ich jonglierte mit Groß- und Fockschot, holte und fierte, bis die Windfäden auf beiden Seiten der hohen weißen Segelflächen gerade auswehten.

Auf diesem Kurs zum Wind zeigte sich die *Green Dolphin* von ihrer besten Seite. Das Deck schoß mit einem Ruck vorwärts. Der Bug hob sich, und der Steven warf zischend den weißen Fächer der Bugwelle zur Seite, wie wenn man den Daumen auf das herausströmende Wasser eines Gartenschlauchs setzt. Gleichzeitig beruhigten sich die Turbulenzen des Kielwassers und wurden zu dem glatten Schaumstreifen, der bedeutete, daß das Log über die Zehn-Knoten-Marke hinaus war. Die kleinen Dreiecke voraus begannen auf uns zuzukommen, als holten wir sie an einem Gummifaden ein.

Der Wind kam jetzt mit Stärke fünf aus den dunklen Bergen von Skye. Es gab nur noch Fiona und mich und das Boot, das jetzt mit Kurs auf die Tonne über die runden Wellenkämme schoß.

Eine Stunde nach dem Start hatten wir die gelb-schwarze South-Ferris-Tonne an Backbord voraus. Prosper kam uns entgegen. Er hatte sie bereits gerundet und war jetzt mit dichtgeholten Spreizbäumen auf dem Schenkel zum Horngate.

»Wir packen ihn«, sagte ich.

Fiona nickte. Der Wind hatte ihre Wangen gerötet.

»Wir gehen mehr vor den Wind«, sagte ich. »Kurs genau Süd.«

Fiona fiel langsam mit dem Ruder ab. Ich fierte die Großschot entsprechend und vergrößerte die Genua um zwei Umdrehungen. Eine Bö zischte übers Wasser. Dann hob sich der Bug, und der Rumpf trommelte, ein langes, dröhnendes Vibrieren; *Dolphin* machte förmlich einen Satz und stürmte mit fast fünfzehn Knoten zwischen zwei Gischtwolken am westlichen Rand der South Ferris entlang, als wolle sie das höckrige Rückgrat der Ardnamurchan-Halbinsel hinauflaufen, die recht voraus in leuchtendem Grün aus den Wolken auftauchte.

Am Ende der Klippen legte Fiona das Ruder nach Luv, ich bediente die Schoten; der Baum schwang elegant herum. Wir lagen jetzt auf Steuerbordbug, mit den South Ferris an Backbord achteraus, und segelten raumschots dem inzwischen näher beieinander liegenden Pulk hinterher.

Und begannen ihn einzuholen.

Noch bevor wir den halben Schenkel hinter uns hatten, passierten wir zwei ketschgetakelte Westerly-Fahrtenkreuzer, die wegen ihrer Kimmkiele stärker seitlich wegdrifteten und gezwungen waren zu kneifen, um die Spitze des Horngate anliegen zu können. Ein kalter Regenschauer strich über uns hinweg. Im nachfolgenden Sonnenschein schüttelten wir die kleinen Rinnsale ab, die uns in den Kragen gedrungen waren. Die hinter uns segelnde *Asteroid* lag weit nach Steuerbord über, ihr riesiges cremefarbenes Großsegel war so elegant wie eine Möwenschwinge. Auf einer vor uns liegenden großen Rival rannten Leute aufs Vordeck. Sie richtete sich plötzlich auf und ging über Stag, mit Kurs auf die offene See.

Ich fing sie im Fernglas ein, als ihre Genua sich füllte.

»Warum haben sie gewendet?« fragte Fiona.

»Der Wind schralt«, sagte ich. »Wir werden's gleich merken.«

Kurz darauf war es soweit. Die Winsch schnarrte, als ich die Kurbel drehte und die Genua dichtholte. Die Geschwindigkeit ging zurück, aber nicht lange, dann boxten wir uns durch die Wellen mit siebeneinhalb Knoten und hatten keine Möglichkeit, das Ende des Horngate anzuliegen.

»Jetzt wenden?« fragte Fiona.

Ich schüttelte den Kopf. Da die Luftströmung durch die Berge gebrochen und verwirbelt wurde, ließ sich der Wind kaum beurteilen. Durch das Glas sah ich, daß schon drei Boote über Stag gegangen waren. Prosper blieb auf seinem Kurs, anscheinend in der Hoffnung auf eine günstige Privatbrise. Das war ganz der alte Prosper: Geld auf den Tisch – und dann das Glück strapazieren, bis es schreit. Im Augenblick war es jedoch nicht Prosper, dem mein Interesse galt.

Weit vor uns, dicht unter der Küste, konnte ich die rotbraunen Segel der *Flora* ausmachen. Ewan war ungefähr auf halbem Weg zwischen uns und dem landseitigen Ende des Horngate, und er machte nicht die geringsten Anstalten, über Stag zu gehen.

Der Abstand zwischen Ewan und uns verringerte sich ständig. Wir liefen konstant sieben Knoten, während er schätzungsweise dreieinhalb bis vier machte.

Wir kamen ihm schnell näher, aber Prosper folgte Ewan ebenfalls, und zu ihm verringerten wir den Abstand nur sehr, sehr langsam. Die Freedom war gut am Wind. Raumschots war die *Dolphin* kaum zu schlagen, aber sie war zu breit und zu flachbodig, um am Wind besser als gut zu sein.

»Sehen Sie mal achteraus«, sagte Fiona. Ich blickte über die Schulter zurück. Die *Asteroid* hatte aufgeholt. Ihr Vorschiff war vielleicht dreihundert Meter hinter uns und nahe genug, daß man den vergoldeten Kometen auf ihrem Löffelbug und sogar die Hand des vorn auf dem Bugspriet sitzenden Mannes sehen konnte, die mit dem Hals des Vorsegels kämpfte. Eine Wasserlinie von einundzwanzig Metern verleiht einem Boot eine theoretische Höchstgeschwindigkeit von über zehn Knoten, und soviel lief sie auch.

»Ich übernehme das Ruder«, sagte ich. Sollten wir verlieren, wollte ich die Verantwortung dafür selbst tragen. Der Kutter würde uns passieren und wenden, um das Horngate luvwärts zu umsegeln. Prosper würde ebenfalls mit dem Bug durch den Wind gehen. Sie würden Ewan weit abgeschlagen zurücklassen. Und wir selbst würden unter »ferner liefen« enden.

»Vielleicht will Ewan so wenden, daß er sie abdecken kann«, sagte ich. Wenn er die Spitze des Feldes an Steuerbord passierte, hatte er Wegerecht. Aber ich wußte schon im Moment, als ich es sagte, daß die *Flora* hierfür viel zu langsam war.

»Er wendet bestimmt nicht«, sagte Fiona.

Seine Segel waren ungefähr vierhundert Meter vor uns und standen rotbraun gegen die weiße Gischt des Horngate. »Er muß aber«, sagte ich.

»Seit Niedrigwasser sind zwei Stunden vergangen«, erwiderte sie. »Er tut es nicht.« Plötzlich verstand ich, was sie meinte.

Wenn Lundgren oder Prosper als Sieger durchs Ziel gingen, verlor ich fünftausend Pfund und die theoretische Möglichkeit, mit dem Boot in Serie zu gehen. Aber im Augenblick dachte ich gar nicht an das Geld.

Meine Schwester Vi brachte etwas Pep in ihr Leben durch gewisse Pillen und Alkohol. Ich stimulierte mich durch Wettsegeln - und Gewinnen.

Kurs freigestellt. Keine Rammings, keine Schießereien, hatte Ewan gesagt.

Ich holte tief Luft.

Die *Flora* lag jetzt noch dreihundert Meter voraus, gerade am Rand der Brandungszone. Noch während ich sie im Blickfeld hatte, wurde ihre Silhouette immer spitzer, und ihre Segel versteckten sich eins hinter dem anderen. Aber sie änderte den Kurs in der falschen Richtung: nicht seewärts, um das äußere Ende des Horngate zu runden, sondern auf Land zu, wo die Küste ins Meer tauchte.

Hinter mir konnte ich das Knattern von *Asteroids* Großsegel hören, als sie anluvte. Schnell, ohne mir Zeit zum Nachdenken zu lassen, fierte ich Großschot und Genua auf und legte das Ruder nach Lee. Die *Dolphin* drehte den Wellen ihr Heck zu und nahm so schnell Fahrt auf, daß es uns fast die Beine wegriß.

Mein Daumen drückte den Knopf für die Kielhydraulik. Ächzend setzte sich der Hubmechanismus in Bewegung, als protestiere er dagegen, die acht Fuß lange Kompositplatte aufzuholen. Das Boot reagierte nervös und begann, seitlich wegzurutschen und gleichzeitig vorwärts zu gleiten. Vorsichtig manövrierte ich den Bug etwas an den Wind und nahm den Druck ein wenig aus dem Segel, um die Fahrt zu reduzieren. Bei raum einkommender See schossen wir vorwärts.

Ewan war fünfzig Meter vor uns. Er hatte nach Backbord gedreht und steuerte geradewegs auf die donnernde Brandungslinie zu. Ich sah zu Fiona hinüber. Sie starrte mich an. »Einhaken«, sagte ich. »Rettungsweste.«

Gierend kamen wir in Schräglage herein; meine schweißfeuchten Hände konnten das Steuerrad kaum halten. Eine steile Welle hob uns empor, Licht schien durch ihren Kamm. Sie brach unter dem Bug. Vor uns in dem weißen, schaumigen Wasser sah ich einen dunklen Streifen - den Kanal. Die *Flora* befand sich ungefähr in der Mitte. Er war mit Schaum bedeckt, dieser Kanal, und mit Öl, das die Tide mitgebracht hatte, aber er führte direkt in das Herz des Horngate. Brecher umgaben uns jetzt auf allen Seiten. Die Welle, die eben noch unter unserem Heck durchgegangen war, sank zehn Meter an Backbord donnernd in sich zusammen. Dahinter, immer noch nach See hin ablaufend, sah ich Prospers Freedom - zwei schmucke weiße Dreiecke -, und die *Asteroid*, ein Anblick wie aus dem Bilderbuch, die gerade mit schlagenden Segeln durch den Wind ging. Verdammter Idiot, sagte ich zu mir, in zwei Minuten sind wir nur noch ein Haufen Strandgut.

Floras Heck tanzte plötzlich nach Steuerbord, ihr Bug

drehte nach Backbord. Ewan blickte zurück, sein Bart hing ihm wie nasser roter Seetang im Gesicht. Ich warf das Ruder herum und drehte in sein Kielwasser ein. Der Wind kam jetzt von Backbord achteraus. Vor uns lag eine Wand schäumenden Wassers, in der sich nichts Gutes verheißende Felsblöcke zeigten. Warte ab, sagte ich mir. Warte ab und folge seinem Kurs.

Aber die *Green Dolphin* war eine Rennyacht, und die *Flora* war ein Trawler. Der Wind kam zu weit von achtern ein, als daß ich die Segel hätte killen lassen können. Die *Dolphin* schaffte es deshalb nicht, langsam genug zu laufen.

Ich spürte einen Windstoß im Nacken. Mit einem Knall füllte sich das Großsegel. Eine Welle schob sich unter das Achterschiff und stemmte es hoch. Der Wellenkamm kräuselte sich, und ich fühlte die atemberaubende Leichtigkeit, als das Boot ins Gleiten kam. Wir surfen, dachte ich. Das ist das Ende.

Wir flogen an der *Flora* vorbei, als läge sie ohne Fahrt im Wasser. Ewan und Hector starrten uns offenen Mundes an. Weiß der Teufel, was ich für ein Gesicht machte; alles, was ich sehen konnte, war das Ufer, ein brauner Strand voll großer Felsblöcke, gegen die wir jeden Moment prallen würden – sieben Tonnen Boot und wer weiß wie viele Tonnen Wasser, die mit einer Geschwindigkeit von mehr als zwanzig Knoten vorwärts rasten.

Jetzt hob Ewan den Arm und winkte uns energisch nach Backbord. Ich wirbelte das Rad herum, die *Dolphin* rollte beängstigend, und das Doppelruder fetzte einen Wasserschwall aus der See. Dann schossen wir quer vor der nächsten heranaahenden Welle, parallel zu dem scheußlichen Strand, auf eine kleine Stelle schwarzen Wassers zu. Sie schien mir selbst für ein Dingi zu schmal, diese Lücke. Aber ich hatte überhaupt keine Wahl. Die Welle, auf der wir geritten waren, schlug donnernd gegen den Strand. Ich hielt genau auf die

Lücke zu. Sie weitete sich vor unserem Bug, aber nicht genug. Zwei Felsblöcke standen wie Torwächter an der Einfahrt, zwölf Fuß auseinander. Die *Dolphin* aber war dreizehn Fuß breit. Wir hatten jedoch viel zuviel Fahrt, um die Situation noch beeinflussen zu können.

»Festhalten!« brüllte ich.

Das Deck schien sich unter meinen Füßen zu wölben, als die nächste Welle das Boot hochstemmte. Ich streckte die Hand aus und holte die Großschot dichter. Die *Dolphin* legte sich auf die Seite und steigerte ihre Geschwindigkeit noch; ich zog den Kopf zwischen die Schultern und wartete auf das splitternde Krachen, als wir, auf der Welle reitend, in die Lücke hineinschossen, die für das Boot zu schmal war.

Das Krachen kam nicht. Plötzlich waren wir in schwarzem Wasser. In ruhigem, schwarzem Wasser innerhalb des Horngate an der Mündung des Loch Beag. Ich blickte zurück. Unser Kielwasser führte genau durch die Lücke.

Dann lagen wir uns plötzlich mit einem befreiten Lachen in den Armen und kicherten, als wären wir einer Anstalt entsprungen.

Wir glitten mit der Flut als erste durch die Enge und in die leere Bucht hinein. Meine Knie zitterten so stark, daß ich mich kaum auf den Beinen halten konnte. Als wir an die Pier gingen, sagte Fiona: »Das hat mir gefallen.«

»Was wir da gemacht haben, war eine verdammte Dummheit«, sagte ich.

»Mit solchen Dummheiten hab' ich keine Probleme«, sagte sie und küßte mich auf den Mund. Dann rannte sie nach vorn, ergriff die Vorleine und sprang an Land.

Prosper kam herüber. »Sehr nett«, sagte er. »Du verdammter Idiot.« Er hatte schon immer ein Talent, das auszusprechen, was ich gerade dachte. Ich machte uns Tee. Nachdem er gegangen war und ich unter Deck aufklarte, klopfte jemand gegen die Bordwand. Kurz darauf kam Ewan den

Niedergang herunter. Seine Augen waren etwas glasig, aber nicht mehr als sonst.

»Danke, daß Sie mir die Durchfahrt gezeigt haben«, sagte ich.

Er grinste. »Zeigen ist eine Sache, Tun eine andere. Hector meint, Sie hätten Mut.«

Ich zuckte die Schultern, holte eine Flasche Famous Grouse aus der Backskiste und schenkte uns zwei Gläser ein. Ich war überzeugt, daß Ewan nicht gekommen war, um mit mir über die Regatta zu reden.

So war es auch.

»Ich hab' mit Fiona gesprochen«, sagte er. »Sie haben ganz schön Eindruck auf sie gemacht. Sie versteht nur nicht, warum Sie nicht tauchen gehen wollen.«

Ich öffnete den Mund, um ihm zu sagen, er solle sich um seinen eigenen Kram kümmern, aber er stoppte mich mit einer Handbewegung.

»Ich hab' mich mit Ihrem Freund Prosper unterhalten«, sagte er. »Er hat mir alles erzählt.«

Ich blickte in die goldenen Tiefen des Whisky in meinem Glas.

»Sie sind auf einer Welle durch das Horngate geritten«, sagte er. »Also sind Sie kein Feigling.«

»O doch«, sagte ich. »Soweit es Tauchen betrifft.«

Er starrte mich an. »Es ist nicht das Tauchen, vor dem Sie Angst haben«, sagte er. »Es ist Harry Frazer. Wenn's sein muß, werden Sie's machen. Also werde ich Sie, verdammt noch mal, dazu bringen.« Er sah auf die Uhr. »Kommen Sie morgen vormittag zum Schuppen hinüber, ich will Ihnen was zeigen. Dienstag nacht gehen wir dann mit dem Boot raus.«

Damit verschwand er. Ich trank meinen Whisky aus, lauschte dem Toben der Wellen im Horngate und versuchte mir vorzustellen, was mich veranlassen könnte, noch einmal tauchen zu gehen.

Mir fiel nichts ein.

Um halb sieben zog ich meine Khakihose und den Blazer an, ruderte an Land und ging durch den Sprühregen zum Haus hinauf.

Das Wohnzimmer war gedrängt voll wettergegerbter Segler, die Whisky tranken und laut redeten. Fionas Gesicht hellte sich auf, als sie mich erblickte. Ich sah, wie Ewan sie beobachtete. Er hob einen Arm, in dessen Hand ein Glas Whisky schwappte. »Der Sieger!« sagte er mit leicht spöttischem Unterton. Ob er dabei an das Rennen oder an Fiona dachte, konnte ich nicht sagen.

Auch Prosper war schon da; er stand in einer Ecke mit Lisbeth und einigen anderen, die ich nicht kannte. Sie kamen zu mir herüber.

»Sie haben eine Abkürzung genommen«, sagte Lisbeth. »Das war nicht fair.« Ihr Lächeln war immer noch so breit wie die Tastatur eines Pianos, doch ihre Unterlippe verriet Gereiztheit.

»Aber im Einklang mit den Regeln«, sagte Prosper. »Der alte Harry hält sich immer an die Regeln.«

Plötzlich umgab uns eine Wolke scharfen Tabakrauchs. Lundgren war zu uns getreten, die unvermeidliche Papirossa im Mund. »Höchst eindrucksvoll«, sagte er. »Ganz besonders der Hubkiel. Sie können Mr. Agutter ausrichten, daß meine Leute bei ihm vorbeikommen werden, um sich die Konstruktionszeichnungen anzusehen.«

»Er akzeptiert auch einen Scheck«, sagte Prosper.

Lundgren sah ihn starr an, mit Augen, die so freundlich blickten wie Kieselsteine. »Natürlich«, sagte er dann, zog seine Brieftasche und schrieb meinen Wettgewinn aus.

Ich lächelte ihm zu und sagte danke.

»Keine Ursache«, erwiderte er. »Sie müssen irgendwann mal nach Dunmurry raufkommen. Dort können wir Ihnen Spiele zeigen, die etwas für gestandene Männer sind. Vielleicht haben Sie ja Lust mitzumachen.« Damit wandte er sich um und ging zu den schnurrbärtigen Typen zurück, die auf der anderen Seite des Raums zusammenstanden und allesamt hart und durchtrainiert wirkten.

»Abstoßend«, sagte Prosper.

Ich verstand genau, was er meinte.

Beim Essen saß ich neben Fiona und hatte das Gefühl, daß wir uns schon ein halbes Leben lang kannten. Ich fühlte mich wie auf einer rosaroten Wolke, nur kamen ab und zu Leute vorbei und zogen mich auf, weil ich durch die Felsen gesegelt war. Das Ganze war überaus erfreulich. Ich konnte mir fast vorstellen, daß ich in Urlaub sei.

Aber nur fast.

Fiona legte ihre Hand auf meine. »Sie müssen morgen nicht weg«, sagte sie.

Ich sah ihr in die Augen und dachte: Es sind dieselben alten Möglichkeiten, Frazer. Entweder will sie dich - oder einen unentgeltlichen Rechtsbeistand.

Oder beides.

»Dann werde ich also noch ein Weilchen bleiben«, sagte ich.

Du verlierst deinen Biß, sagte Prospers Stimme in meinem Kopf. Ich ignorierte sie.

11

Später ruderte ich zur *Green Dolphin* zurück und machte mir eine Kanne Earl Grey. Der Himmel war immer weiter heruntergesackt, und ein sanfter warmer Regen zog jetzt über die Bucht. Die Ankerlichter der Yachten spiegelten sich wie große gelbe Sterne in dem spiegelglatten Wasser. Es gab eine Menge Kommen und Gehen – Stimmen, die murmelnd übers Wasser drangen, ruhig und gelassen, dazu das Knarren der Riemen.

Ich ging nach unten in die aufgeklarte Kajüte, hängte Blazer und Hose in den mit Zedernholz ausgekleideten Spind, putzte mir die Zähne und kroch in den Schlafsack.

Als ich erwachte, sah ich einen trüben grauen Morgen vor den Bullaugen und hörte das stetige Rauschen des Regens. Auf den anderen Booten waren schon Leute zugange und machten klar zum Auslaufen. Einige Boote waren sogar schon fort.

Mein Kopf schmerzte von all dem Whisky, den ich letzte Nacht getrunken hatte. Ich aß schnell eine Kleinigkeit zum Frühstück, zog einen Trainingsanzug und Laufschuhe an und ruderte an Land. Es war noch zu früh, um zu Ewans Schuppen zu gehen, jedoch nicht zu früh für das, was Prosper die Katerkur des Herkules nannte.

Ich fand einen Pfad, der zu den Bergen über der Bucht hinauf führte, und folgte dann in einer Höhe von ungefähr tausend Fuß der Kammlinie. Es war eine strapaziöse Kletterei über schroffes Gestein in der Randzone der tiefhängenden Wolken, aber sie brachte das Blut in Wallung und machte den Kopf frei.

Von hier oben wirkte der Meeresarm wie ein Metallband, das sich zwischen den Berghängen hindurchwand. Ich legte an die fünf Meilen auf dem Kamm zurück, in Richtung des grauen Schleiers, hinter dem sich das offene Meer verbarg, trottete den Gipfel eines ziemlich hohen Berges hinauf und kehrte auf demselben Weg zurück.

Gegen neun Uhr kam ich zu einem kanzelartigen Felsvorsprung, der senkrecht hundert Fuß tief zu einem steilen Hang abfiel, welcher sich bis zum Ufer der Bucht hinunterzog.

Ich blieb einen Moment stehen und betrachtete die grauen

Regenvorhänge, die von dem in der letzten Stunde aufgekommenen Wind übers Wasser getrieben wurden. Die Regattateilnehmer waren jetzt alle fort. Ein paar Möwen schossen im Gleitflug unter mir vorbei, wobei sie jede Veränderung der Luftströmung mit Schaukelbewegungen ausglichen.

Unten auf dem Pfad, der am Ufer entlangführte, ging ein Mann. Er kam vom seewärtigen Ende der Bucht. Obwohl er nahezu dreihundert Meter unter mir war, erkannte ich Ewan sofort. Der Schuppen stand nur ein paar Schritte neben dem Pfad: ein kleines Gebäude, vielleicht zehn Fuß im Quadrat, mit einem schrägen Dach, wo man normalerweise Netze und Hummerkörbe aufbewahrte. Es sah so aus, als wäre der Schuppen über das felsige Ufer hinausgebaut; ins Wasser ragte ein kleiner Steg, wo ein Boot anlegen konnte.

Ewan zog den Türriegel zurück und ging hinein. Ein Vorhängeschloß war offensichtlich nicht vorhanden. Ich wandte mich ab und suchte einen Pfad, auf dem ich nach unten gelangen konnte.

Die Bucht explodierte.

Eine Hitzewelle schlug mir ins Gesicht und schleuderte mich zurück. Ich hatte den Gestank von versengtem Haar in der Nase, und Gesicht und Hände schmerzten, als ich über den Boden rutschte. Dann fand ich mich auf dem Rücken liegen, den schmutziggrauen Himmel vor Augen und das Dröhnen einer ungeheuren Explosion in den Ohren.

Ein scharfer Geruch hing in der Luft. Ich erkannte ihn sofort aus der Zeit meiner Taucherausbildung: verbranntes Nitroglyzerin.

Ich kroch zum Rand des Abhangs und sah hinunter. Ätzende gelbe Rauchschwaden wirbelten empor und drangen mir in die Lunge, so daß ich von Husten geschüttelt wurde – einem schweren, würgenden Husten. Dann erfaßte der Wind die Wolke und trieb sie weg; was sie enthüllte, war so schlimm, wie ich befürchtet hatte.

Nämlich nichts.

Es war, als wäre ein Riesenhai aus der Bucht gekommen, ein Hai mit dreißig Meter breitem Rachen, und hätte einen halbkreisförmigen Brocken aus der Küste gebissen, wo der Schuppen gestanden hatte. Der Pfad war mit rauchenden Trümmern bedeckt.

Den Schuppen gab es nicht mehr.

Nach Atem ringend, begann ich den Hang hinunter zu rutschen.

Es war auf einmal gespenstisch still und roch wie in einer Deponie für chemische Abfälle. Ich stolperte über den torfigen Boden und hielt Ausschau nach Dingen, die ich eigentlich gar nicht finden wollte. Die Möwen kehrten jetzt zurück und hatten schärfere Augen als ich. Ich scheuchte sie auf, als sie sich gierig niederließen, scheuchte sie, noch halb benommen, mit wildem Geschrei davon. Aber sie erhoben sich nur widerwillig in die stinkende Luft, um sich gleich darauf woanders niederzulassen, außer Reichweite. Dann hörte ich eine Stimme und sah auf. Am Ende des Pfades, zwischen den zersplitterten Bäumen, stand eine schmale Gestalt in braunem Regenmantel, der im Wind flatterte: Fiona.

Wenn man nicht direkt nach unten auf die frische Narbe im Ufer blickte, hätte man sich vorstellen können, daß nichts geschehen sei und daß der Wind, der durch die Eukalyptusbäume oberhalb von Loch Beag fuhr, über das gleiche alte Gewässer und die gleichen alten Felsen hinwegstrich.

Aber in Wirklichkeit war alles anders geworden.

Ich stolperte ihr entgegen. »Das war Ewans Schuppen«, sagte sie. Sie sah einfach nur erstaunt aus, nichts weiter.

Eben geht da noch jemand. Aber im nächsten Moment gibt es nur noch ein großes Loch im Ufer, und er ist weg. Einfach nicht mehr da.

Fiona sagte noch etwas. Meine Ohren dröhnten von der Explosion, aber das war nicht der Grund, warum ich es nicht mitbekam. Ich dachte fieberhaft darüber nach, wie ich es ihr beibringen sollte.

»Ja«, sagte ich.

Sie sah nicht auf die frische Narbe am Ufer; sie sah mir ins Gesicht. Was immer sie darin auch erkannte, es ließ sie abrupt erstarren.

»Er war doch nicht da drin?« fragte sie. Ich ergriff ihren Arm. Die Muskeln unter dem dünnen Stoff des Regenmantels hatten sich verhärtet.

Wie bringt man jemandem so etwas bei? Wie, um alles in der Welt, sollte ich es ihr sagen?

Man sagt's einfach, das ist alles.

Also sagte ich's.

Die Farbe wich aus ihrem Gesicht, es wurde gelblich weiß wie Pergament; die Augen lagen plötzlich so tief in den Höhlen, daß ihr Gesicht wie ein Totenkopf wirkte. »Das Gelatinedynamit«, sagte sie, wandte sich der Unglücksstelle zu und versuchte sich loszureißen. Die Möwen kreischten aufgeregt.

Ich hielt sie fest. Sie wollte sich wieder losreißen, dann gab sie es auf. Eine Ewigkeit später, vielleicht waren es auch nur zehn Minuten, gingen wir mit kleinen Schritten wie ein ältliches Paar zum Haus zurück.

Auf halbem Weg kam uns Hector entgegen. Sein Gesicht war verquollen und sein Haar so verfilzt, als käme er geradewegs aus dem Bett. »Was, zum Teufel, war das?« fragte er.

Ich erzählte es ihm mit einer Stimme, die mir ständig außer Kontrolle geriet. Er starrte mich mit glasigen Augen an, als verstünde er kein Wort. Dann rannte er mit schweren Schritten den Pfad hinunter zu der Stelle, wo einst der Schuppen gestanden hatte. Die Schreie der Möwen klangen schrill und ärgerlich, als sie sich in die Luft schwangen.

Wir kehrten ins Haus zurück. Ewans Schuhe standen auf dem Teppich im Flur. Fiona betrachtete sie stumm. Schließlich sagte sie: »Ich kann es nicht glauben. Noch heute morgen ... Er hat wieder die Tür zugeknallt. Immer diese verdammte Tür!« Sie setzte sich auf eine Truhe.

Ich stand ziemlich hilflos dabei. Harry Frazer war sonst nie um eine Bemerkung verlegen, aber diesmal wußte ich wirklich nicht, was ich sagen sollte.

»Sieben Jahre«, sagte sie gepreßt und starrte weiterhin auf die Schuhe. »Fiona Campbell auf einer Yacht. Ewan Buchan, der gutaussehende Barbar. Sein Anblick ging mir durch und durch. Er war für mich wie eine Naturgewalt. Vier Jahre lang lebten wir zusammen. Armer Ewan. Er weinte, als ich ihm sagte, daß ich ihn verlassen würde.« Sie hob den Kopf und sah mir in die Augen. »Aber ich zog nur auf die andere Seite des Hauses. Naturgewalten lassen einem nicht allzuviel Zeit, ein eigenes Leben zu führen. Danach waren wir nur noch Freunde.« Ihr Blick wanderte wieder zu den Schuhen hinunter. »Gute Freunde.«

Sie hob die Schuhe auf und ging in die Küche. Ich hörte den Deckel des Abfalleimers klappern. Als sie zurückkam, liefen ihr die Tränen übers Gesicht.

Bald danach traf die Polizei ein.

Es war ein Sergeant mit einem Polizisten - untersetzte, hart aussehende Männer. Der Sergeant sprach mit starkem Glasgower Akzent und hatte einen schmallippigen, zynischen Mund.

»Hier hat es also eine Explosion gegeben«, sagte er.

Hector war noch dort, wo einmal der Schuppen gestanden hatte. Fiona befand sich oben in ihrem Zimmer. Folglich fiel mir die Rolle des Sprechers zu. »Stimmt«, sagte ich.

Wir gingen los, um uns die Stelle anzusehen. Der Sergeant schnüffelte. »Übler Geruch«, sagte er. »Hatte wohl ein bißchen Dynamit gehamstert, was?«

Sollte er ruhig glauben, es sei Dynamit gewesen. Genau wie Fiona. Wenn ich ihnen erzählte, daß Ewan die Angewohnheit hatte, alte Seeminen zu sammeln, würde das der Sache kaum dienlich sein.

Er nickte und kritzelte etwas in sein Notizbuch. »Schrecklich«, sagte er. »Buchan hatte natürlich eine offizielle Genehmigung, oder?«

»Ich habe nicht die leiseste Idee«, sagte ich. »Er ist tot. Wollen Sie ihn strafrechtlich belangen, wenn er keine hatte?« Beruhige dich, sagte ich mir, fahr' bloß nicht aus der Haut.

Der Sergeant sah mich nachdenklich an und fragte, ob ich mich vielleicht hinsetzen wolle. Ich hörte kaum hin. Ich hatte eigentlich bei Ewan im Schuppen sein sollen, als er hochging. Ich sah ihn vor mir, wie er die Zigarette ansteckte und das brennende Streichholz ins Wasser warf, wo die dünnen Fäden des Nitroglyzerins an der Oberfläche schwebten . . .

»So was kann vorkommen«, sagte der Sergeant.

Ich mußte ihnen genau berichten, was ich gesehen hatte. Danach befragten sie auch Hector. Dann aßen sie auf dem Rücksitz ihres Panda, was sie sich zum Mittagessen mitgebracht hatten, und suchten anschließend wieder auf der Unglücksstelle herum. Ich atmete ein paarmal tief durch, ging nach oben und klopfte an Fionas Tür. Sie sagte mir, ich solle weggehen. Also stieg ich wieder nach unten und machte ihr einen Tee. Die ganze Zeit versuchte ich, nicht an die Möwen zu denken. Dann ging ich nach draußen, um Hector zu suchen.

Er kam mir schon entgegen, in Öljacke und mit einer Wollmütze auf dem Kopf. Sein Gesicht war grau und angespannt. Er erkundigte sich nach Fiona. »Ich wollte eigentlich zu ihr«, sagte er. »Aber vielleicht warte ich lieber noch.«

Ich nickte. Er machte kehrt, und wir gingen zusammen zur Pier.

»Sie und Ewan«, sagte ich, »ihr beide habt Seeminen gefischt und sie für einen Notgroschen im Schuppen aufgehoben. Das war es nämlich, was heute morgen hochgegangen ist.«

Hectors Gesicht sah aus wie aus grauem Schlamm geformt. »Nein«, sagte er.

Um uns herum herrschte plötzlich eine schreckliche Stille. Selbst die Möwen hatten aufgehört zu kreischen. »Was war es dann?« fragte ich.

Wir waren jetzt aus dem Rhododendron heraus und kamen auf den kurzen grünen Rasen des Vorlandes. Hector starrte in den grauen Nieselregen und sprach mit einer Stimme, als sage er sich selbst eine Lektion auf: »Sicher, wir hatten mal eine Mine. Im Wasser unter dem Boden der Hütte versteckt.« Die Möwen segelten weiß vor der schwarzen Wunde im Fels: fünfzig Meter lang, vierzig hoch. »Aber die Mine, die wir neulich der Marine gaben, war die einzige, die wir jemals hatten.«

Wieder gab es eine längere Pause. Draußen in der Bucht drehte sich tiefes Wasser in trägen Strudeln. Wie meine Gedanken.

»Wenn es keine Mine war, was ist dann explodiert?«

»Gute Frage«, sagte Hector mit kalter Stimme. Der Sprühregen wehte uns ins Gesicht. »Kommen Sie mit aufs Boot.«

Er ruderte geistesabwesend über das feine Tupfenmuster, das der Sprühregen auf die Wasseroberfläche zeichnete. Der Wind hatte sich gelegt, und das Eintauchen der Riemen war das einzig vernehmbare Geräusch. Hätten mir nicht immer noch von der Explosion die Ohren geklungen, wäre ich nicht überrascht gewesen, wenn Ewans zottiger Kopf über dem hohen schwarzen Schanzkleid der *Flora* aufgetaucht wäre.

Im Ruderhaus roch es nach frischem Lack; ein Pinsel stand in einem Glas Terpentinersatz. Hector goß Whisky in zwei Gläser, und wir tranken. »Hatte er Dynamit im Schuppen?« fragte ich.

Hectors Mund war ein trockener, lippenloser Schlitz. »Ein

paar kleine Stangen«, sagte er und deutete mit dem Daumen auf die schwarze Stelle am Ufer. »Aber für so was brauchen Sie eine ganze Kiste.« Die große Faust krachte auf den Kartentisch. Das Glas mit dem Terpentinersatz sprang hoch, fiel herunter und zersplitterte. »Irgendein verdammter Bastard hat es da hingeschafft«, knurrte er, »damit es den armen Ewan über den ganzen Hang verteilt, wie Butter auf einem Stück Brot.« Einen Augenblick waren seine sanften blauen Augen von schrecklichem Zorn erfüllt. Dann bückte er sich und begann, die Glasscherben aufzuklauben.

Ich beobachtete ihn, während sich das Schweigen zwischen uns aufbaute wie eine Mauer. Schließlich fragte ich: »Welcher Bastard?«

Hector kehrte die letzten Glassplitter in eine Müllschaufel und richtete sich wieder auf. »Ewan war hinter jemand her«, sagte er.

Das war nur allzu wahr.

»Nächste Nacht wollten wir wieder auslaufen«, fuhr Hector fort. »Er war heute morgen schon ganz früh an Bord, um das Gerät zu programmieren.«

Ich sah auf. Das rote Licht des Navstar leuchtete über dem Kartentisch hinten im Ruderhaus. Ich hob die Hand und drückte auf die Schalter.

Ein Navstar 2000D empfängt Signale von Decca-Sendern, die auf Landspitzen und Inseln längs einer Küste stehen. Er mißt die Unterschiede in ihren Phasen und stellt seine Ergebnisse als kleine grüne Zahlen auf einem netten kleinen Bildschirm dar. So kann er einem sagen, wo man sich gerade befindet und wie man dahin kommt, wo man hin will.

Meine Finger drückten also auf die Schalter, und die Wegpunkte erschienen auf dem Schirm. Es waren drei. Ich zog die Karte zu mir heran und schaltete die schwenkbare Kartentischlampe ein.

Der erste Wegpunkt lag draußen in der Bucht, wo die Signale die Bordantenne frei von Störungen durch die umliegenden Berge erreichen konnten. Von hier aus ließ sich dann ein Kurs zum nächsten Punkt absetzen, der sich genau nördlich vom Horngate befand. Der dritte lag hinter Ardnamurchan, irgendwo mitten in der See, am Rand der 40-m-Tiefenlinie, wo der Meeresboden steil abfiel.

Ich starrte die Zahlen auf dem Bildschirm an wie ein Kaninchen die Scheinwerfer eines Autos.

Ich habe ein ausgezeichnetes Zahlengedächtnis, und diese Zahlen hatte ich schon gesehen. Bis auf eine halbe Meile genau entsprachen sie den Werten, die mein eigenes Deccagerät angezeigt hatte, als die *Green Dolphin* von der *Flora* gerammt worden war.

»Was gibt's da draußen?« fragte ich.

»Das weiß ich nicht«, sagte Hector.

»Was hatte Ewan vor?«

Er sah mir direkt ins Gesicht. Der Whisky hatte seine blauen Augen etwas glasig gemacht, aber ich las in ihnen auch leidenschaftliche Entschlossenheit. »Wir waren noch einmal dort draußen«, sagte er. »Vorgestern. Er hat die Stelle mit der Fischlupe abgesucht. Morgen wollten wir wieder raus und abwarten, was geschehen würde. Und danach, meinte Ewan, würden wir einen Taucher brauchen. Er sagte, Sie wären Taucher.«

Danach schwieg er. Nur das Geschrei der Möwen unterbrach die Stille. Ewan Buchan war tot. Ewan Buchan hatte sich wie ein Freund verhalten.

Ich kletterte ins Beiboot und ruderte an Land.

Als ich wieder im Haus war, kam ein Arzt die Treppe herunter. »Ich habe ihr ein Beruhigungsmittel gegeben«, sagte er. »Sie schläft jetzt. Kann jemand bei ihr bleiben?«

Ich sagte ihm, daß ich das übernehmen würde. Dann ging ich in die Küche. Der Herd mußte versorgt und Feuer gemacht werden. Kohlenstaub spuckend und mit dem feuchten

Anmachholz hantierend, konnte ich mir kaum vorstellen, daß Ewan heute morgen noch die Hausarbeiten erledigt hatte; es war erst sechs Stunden her.

Es blieb ruhig im Haus, ruhig wie in einer Gruft. Ich setzte, mehr zur Gesellschaft, den Kessel auf, kam zur Überzeugung, daß dies nicht die richtige Zeit für Tee sei, und holte eine Flasche Glenmorangie aus dem Schrank. Ich zweifelte nicht an Hectors Worten, daß keine weiteren Minen im Schuppen gewesen seien. Ich glaubte ihm auch, daß Ewan nur ein paar Stangen Dynamit gehabt hatte, keineswegs so viele, um damit den halben Berg wegzusprengen. Aber das bedeutete auch, daß irgend jemandem sehr daran gelegen war, Ewan aus dem Weg zu räumen.

Ein kalter Schauer lief mir den Rücken herunter. Der Whisky brannte in meiner Kehle, konnte jedoch die Kälte nicht vertreiben. Ich goß mir das Glas noch einmal vier Finger hoch voll. Was mich frösteln machte war, was Ewan mir hatte zeigen wollen, an diesem Morgen im Schuppen.

Jetzt konnte er keinem Menschen mehr irgend etwas zeigen.

Ein Windstoß ließ die Blätter der Eukalyptusbäume draußen metallisch rascheln. Dann schlief der Wind wieder ein, und das Haus wurde still, erfüllt von der Stille, die vom Meeresarm und den tiefen Schluchten hereinströmte. Doch hinter der Stille wurde ein Laut vernehmbar wie eine Art Pulsschlag, unregelmäßig, animalisch: das Schluchzen Fionas.

Ich griff nach dem Telefon, wählte Prospers Nummer und erzählte ihm, was geschehen war. »Es kann eine Weile dauern, bis ich komme«, sagte ich. »Ich glaube, daß ich hier noch gebraucht werde.«

»Komm, wann du kannst«, sagte er.

Dann ging ich hinauf zu Fiona.

Die Vorhänge waren zugezogen, ihr Schlafzimmer lag im Halbdunkel. Sie hatte aufgehört zu weinen. Ich setzte mich auf den Rand des Bettes und legte ihr eine Hand auf die Schulter. Die Muskeln waren immer noch verkrampft und hart wie Eisen. »Das Tauchen, von dem Ewan gesprochen hat«, sagte ich. »Ich mach's, wann immer Sie wollen.«

Sie drehte sich weg. Ich ging nach unten und rief mein Büro an. Es war schon nach Dienstschluß, aber Cyril war noch da, wie üblich. Er berichtete mir, was los war, und wir besprachen ein paar Einzelheiten. Aber die Verwicklungen und Schwierigkeiten meiner Praxis in der Orchard Street schienen unbedeutend und irgendwie unwirklich, verglichen mit der elementaren, einfachen Realität des Todes. Zum Schluß wies ich Cyril an, eine Akte für Morag Sullivan anzulegen.

»Ehescheidung?« fragte er.

»Entschädigungsforderung«, sagte ich.

»Gegen wen?«

Ich zögerte. »Gegen Unbekannt«, sagte ich dann. »Kein Honorar.«

Cyrils sonore Stimme wurde erregt. Ich legte einfach auf und verbrachte den Rest des Abends damit, in der Küche Whisky zu trinken.

Der nächste Tag war ein Dienstag. Wir verließen Loch Beag mit der Tide, stampften zum Horngate hinaus und setzten dann einen Kurs zu Ewans drittem Wegpunkt ab. Es regnete. Die *Flora* arbeitete schwer in einer zementgrauen See; die Klarsichtscheibe im Ruderhausfenster rotierte jaulend, und der Kohleofen miefte vor sich hin. Hector war unter Deck und überprüfte die Tauchausrüstung. Ich stand am Ruder und sah zu, wie sich der Bugspriet im Rhythmus der großen grauen Seen hob, gen Himmel reckte und dann, eine Gischtwolke aufwerfend, wieder schwer ins nächste Wellental krachte.

Der Wind nahm zu, das Wetter verschlechterte sich. Es war jetzt zu stürmisch zum Tauchen, selbst wenn das Gerät klar gewesen wäre. Nachmittags erreichten wir den dritten Wegpunkt, und Hector schaltete die Fischlupe ein. Ich sah kaum auf den Bildschirm, sondern beobachtete über die Schaumkronen hinweg den Horizont. Ich wußte nicht, wonach ich eigentlich Ausschau hielt. Nur eines wußte ich genau: daß ich sofort seekrank werden würde, wenn ich den Blick vom Horizont abwandte.

»Sehen Sie, hier«, sagte Hector.

Die Fischlupe zeigte den abfallenden Meeresboden vierzig Meter unter uns. Unschwer ließen sich einige Felsbrocken ausmachen. Einer von ihnen war wesentlich größer als die anderen.

»Den sollten Sie sich genauer betrachten«, sagte Hector.

Ich nickte und sah wieder zum Horizont. Ein leerer Massengutfrachter hatte Kurs auf Lundgrens Steinbruch genommen; seine hoch aus dem Wasser ragende Bordwand war gischtübersprüht.

»Jetzt werden wir es sehen«, sagte Hector.

Ja, jetzt würden wir's sehen. Würden erfahren, was hier immer in der Dienstagnacht geschah.

Doch erst einmal wurde mir schlecht.

Ich ging hinaus in den beißenden Wind und kotzte über die Reling. Hector machte Tee, Schinken, Eier und Bohnen. Davon wurde mir erneut übel. Die Dunkelheit brach herein. Der Wind frischte noch weiter auf und fegte den Himmel blank. Das Hyskeir-Leuchtfeuer blinkte weiß, die West-Ferris-Tonne blinkte rot. Hector schaltete unsere Positionslichter aus.

Vor einer Woche war ich hier völlig erschöpft gesegelt, und es hatte Nebel geherrscht. In dieser Nacht war es völlig klar. Weit draußen auf See sah ich die Lichter von Fischerbooten. Aber im Umkreis von fünf Meilen rührte sich nichts – außer dem steilen schwarzen Seegang unter dem hohen Sternenhimmel.

Kurz nach Tagesanbruch machten wir uns auf den Heimweg.

Den ganzen Tag und auch den nächsten verbrachte ich im Haus, beschäftigte mich mit der Tauchausrüstung, wehrte Anrufer ab und versorgte Fiona. Am Abend des zweiten Tages, um zehn vor sechs, hörte ich, wie sie ihr Radio einschaltete. Zehn nach sechs kam sie die Treppe herunter. Ihre Haut hatte die Farbe von Elfenbein, und ihre Augen waren tief umschattet. Sie ging geradewegs zu dem Getränketablett im Wohnzimmer, goß sich vier Finger hoch Whisky in ein schweres Glas und trank es aus. Dann sagte sie: »Die Wettervorhersage ist gut. Wir machen es morgen.«

Die Finger, die das schwere Glas hielten, waren dünn und nervös. Sie erinnerten mich ein wenig an Vis Finger, wenn diese in eine ihrer schlechten Phasen abglitt. Es waren Vis schlechte Phasen, die mich dazu gebracht hatten, mit der Taucherei ernst zu machen.

Ich lächelte etwas krampfhaft, was mein Angstgefühl in der Magengegend nicht verdrängen konnte.

»Fein«, sagte ich.

Wieder trieb eine Frau Harry Frazer unter Wasser.

12

Als ich mit dem Studium fertig war, hatte ich von Vi und ihren Freunden mehr als genug. Daher war ich nach Bristol gegangen und hatte dort Arthur Somers aufgesucht.

Somers war ein wohlmeinender Freund der Familie, der einer Anwaltssozietät in der Orchard Street vorstand. Er war ein großer, rotgesichtiger Mann, der gestärkte Kragen trug, Madeira zum zweiten Frühstück trank und die Arbeit verabscheute, weil sie ungebührlich in sein Dasein als Gentleman eingriff. Nachdem ich ihn drei Jahre lang vertreten und mich mit fetten Börsenmaklern und Unternehmern aus Bristol herumgeärgert hatte, reichte es mir. Ich hatte begonnen, vor Bristol zu segeln, und nährte eine durch keinerlei praktische Erfahrung getrübte Vorstellung von der Romantik des Hochseesegelns. Nachdem ich meine juristische Ausbildung abgeschlossen hatte, verließ ich daher die Kanzlei in der Orchard Street, heuerte als Deckshand auf einer behäbigen Stahlbetonketsch an, die zum Verchartern nach den Jungferninseln überführt werden sollte, und schipperte mit dem Passat über den Atlantik.

In der Karibik setzte ich mich mit Prosper in Verbindung, der gerade sein Studium in Princeton abgeschlossen hatte und mich mit genau den unpassenden Leuten zusammenbrachte, nach denen mir der Sinn stand. Drei Jahre lang trug ich nur Shorts und vervollkommnete mich in der Kunst, ein Boot zu steuern und mit dem Preßluftgerät in den warmen Gewässern vor Virgin Gorda zu tauchen. Daneben betrieb ich eine Strandbar und vercharterte Segelyachten ohne Skipper. Wenn ich an die Zeiten in der King's Road und der Orchard Street zurückdachte, schien mir mein neues Leben paradiesisch.

Dann aber begann es Schlangen zu hageln. Vi kam auf die Jungferninseln, zusammen mit Davina Leyland, um eine Rolle in »Charlie Running« zu übernehmen. Als ich sie auf dem Flughafen abholte, sah sie aus wie ein überbelichtetes Foto ihrer selbst. Sie verschaffte mir in dem Film einen Job als Komparse, dafür hielt ich sie aus allen möglichen Schwierigkeiten heraus und sorgte dafür, daß sie sich in der richtigen Gesellschaft eine schöne Bräune zulegte. Als sie wieder abreiste, schien sie mir gut erholt. Zwei Wochen später bekam ich einen Anruf von Jack Vincent, ihrem Freund, der in Ascot eine Bentley-Niederlassung hatte. Er teilte mir mit, daß sie sterbend im Krankenhaus liege, und daß er nichts mehr mit ihr zu tun haben wolle, weil ihr Benehmen ihm keineswegs helfe, Bentleys zu verkaufen.

Ich legte mir also eine lange Hose zu und flog zurück, um nach Mammi Vi zu sehen.

Sie lag in einem Privatzimmer in der Hampstead-Klinik – auf Kredit. Sie hatte eine Überdosis Schlafmittel genommen. Eine nette Ärztin erzählte mir, daß sie mindestens seit fünf Jahren von Barbituraten abhängig sei. Was sie brauche, sei Hilfe von der Art, wie sie im Portway House für tausend Pfund die Woche zur Verfügung stehe. Außerdem wollte die Verwaltung gern wissen, welche Vorkehrungen ich getroffen hätte, um ihre Rechnung zu begleichen.

Vi hatte das ganze Geld, welches unsere Eltern uns hinterlassen hatten, durchgebracht; deswegen verkaufte ich mein Rückflugticket nach Tortola und bezahlte damit die Krankenhausrechnung, zumindest teilweise. Es gelang mir, Vi im Portway House unterzubringen. Dann mußte ich mich nach einem Job umsehen.

Rechtsanwälte, die gerade ihre Ausbildung abgeschlossen haben, können nicht einmal für ihren eigenen Lebensunterhalt aufkommen, geschweige denn für den ihrer Schwester in einer Entziehungsklinik. Aber Taucher verdienten eine Menge Zaster in der Nordsee. So lieh ich mir also etwas Geld und meldete mich bei der Loch-Fyne-Tauchschule an. Bevor ich mich recht versah, fand ich mich in einem Tauchanzug auf dem Grund einer kalten, tiefen Meeresbucht in pechschwarzer Dunkelheit wieder, sehr überrascht von dem Unterschied zwischen diesem hier und dem unbeschwerten Herumschweben zwischen den Korallen vor Virgin Gorda. Aber ich gab nicht auf, weil ich wie alle anderen das für die Tauchschulgebühren geliehene Geld zurückzahlen mußte. Der einzige Ausweg war Weitermachen.

Eines der wenigen positiven Dinge, die man Harry Frazer nachsagen kann, ist, daß er hart arbeitet, wenn es nötig wird. Es wurde nötig. So ging ich also in die Nordsee, als Helmtaucher. In jenen Tagen wurde man dafür noch sehr gut bezahlt.

Vi wurde als geheilt aus dem Portway House entlassen. Aber es war mir völlig klar, daß sie es bei ihren Freunden außerordentlich schwer haben würde, länger als ein Wochenende drogenfrei zu bleiben. Daher kaufte ich ihr ein Haus in Pulteney, einem Fischerdorf, das von Seglern sehr geschätzt wurde. Und um das Haus zu bezahlen, schrieb ich mich für einen weiteren Kurs ein und verlegte mich auf Sättigungstauchen.

Sättigungstauchen ist kein Zuckerlecken. Wenn man tief hinuntergeht und dabei das übliche Preßluftgemisch atmet, bilden sich auf dem Weg nach oben Stickstoffbläschen im Blut. Diese Bläschen unterbrechen die Blutzufuhr zu Nervenzellen im Gehirn und im Rückenmark, und nach einiger Zeit bekommt man Schwierigkeiten mit dem Gehen, vom Denken gar nicht zu reden. Noch ein bißchen tiefer hinunter in Neptuns Keller, und man bekommt eine Stickstoffnarkose, den Tiefenrausch; zuerst ist man geistig völlig weggetreten und dann tot. Daher ließen sich Leute, die Taucher noch tiefer hinunterschicken wollten, als die meisten vernünftigen Fische schwimmen, etwas Neues einfallen: Heliox, ein Luftgemisch, in dem der Stickstoff durch Helium ersetzt wird. Mit diesem Atemgas kann man praktisch so tief hinunter, wie man will, vorausgesetzt, man schützt sich gegen die Kälte und findet nichts dabei, daß Haare und Nägel nicht mehr wachsen und die Stimme wie die eines Papageien klingt, weil Helium Auswirkungen auf die Stimmbänder hat. Vor allem aber darf man sich nicht plötzlich an eine wichtige Verabredung an der Oberfläche erinnern. Denn wenn man schnell nach oben schießt, bilden die im Blut gelösten Gase Blasen, die immer größer werden, je mehr sich der Druck verringert. Man fängt an, innerlich zu brodeln, platzt auf und stirbt.

Damit man lange genug unten bleiben kann, um die notwendigen Arbeiten auszuführen, stellen sie einem eine Taucherglocke zur Verfügung. Diese Taucherglocke, die von einem Schiff auf die entsprechende Tiefe abgefiert wird, dient als Basis für jeweils drei Mann: einer bleibt als turnusmäßige Ablösung in der Glocke und sorgt dafür, daß alles klarläuft; die beiden anderen sind draußen in der Dunkelheit, mit der Glocke durch Nabelschnüre verbunden, durch die sie mit Heliox versorgt werden und Telefonverbindung halten, damit sie sich nicht so einsam vorkommen. So bekommen sie auch heißes Wasser zum Heizen ihrer Anzüge, weil Meerwasser in dreihundert Meter Tiefe kalt genug ist, um einen in der Zeit, die man normalerweise zum Zähneputzen braucht, erfrieren zu lassen.

Vor fünf Jahren und zehn Monaten hatte ich mich zweihundertachtzig Meter tief in der Nordsee befunden, in einer Taucherglocke mit schwitzenden Stahlwänden und einem Boden, der aus einer kreisrunden Fläche eiskalten Wassers bestand. Ich war ganz allein bis auf eine Menge Anzeigegeräte und Skalen sowie zwei Nabelschnüre, die hinaus in die Schwärze führten, wo meine Kameraden Bruno und John am Absperrventil einer Pipeline arbeiteten, das sich verklemmt hatte. An der Oberfläche lag unser Tauchschiff, die *Great Northern*, im Nebel. Der Nebel hätte uns unten eigentlich egal sein können, wenn da nicht die *Rosemary Vehicle* mit einer Geschwindigkeit von sechzehn Knoten durch den Nebel gebraust wäre, ein Containerschiff von achtzigtausend Tonnen mit einem Filipino am Ruder, der vielleicht von Mindanao träumte und nicht auf sein Radargerät achtete.

Ich saß also da unten, starrte die Wände an, und der Taucheinsatzleiter oben im Schiff sagte, daß alle Systeme normal arbeiteten, während Bruno draußen in der Dunkelheit von John einen verstellbaren Rohrschlüssel haben wollte, weil er Schwierigkeiten mit einem Bolzen hatte. Und plötzlich sagte der Einsatzleiter: »Scheiße!« Das war, als die *Rosemary Vehicle* das Vorschiff der *Great Northern* rammte, ihren Anker losriß, sie vor sich herschob und schließlich beiseitedrückte.

Mein kleiner stählerner Raum taumelte und schleuderte mich, völlig ungeschützt, in den runden Teich eiskalten Wassers. Meine Finger tasteten hektisch nach den Haltegriffen, fanden sie und krallten sich fest. Dann versuchte ich mich hochzuziehen. Aber es ging nicht, weil die Wasserströmung an meinen Beinen zog, sehr stark, und weil die Taucherglocke Schräglage hatte, da sie über den Meeresboden gezogen wurde. Nicht mehr lange, und die Helioxblase, in der ich mich befand, würde unter dem Rand der Glocke hinaus gleiten und wackelnd zur Oberfläche aufsteigen, während die Tausend-Fuß-Wassersäule die Glocke mit einem Rammstoß füllen würde.

Aber das lag in der Zukunft, von der mich vielleicht noch dreißig Sekunden trennten. Das augenblickliche Problem war, daß Bruno und John da draußen durch eine Menge unterseeischer Anlagen gezerrt wurden und keine Glocke hatten, die sie schützen konnte. Mit letzter Kraft zog ich mich in die rettende Luftblase hinein, schaltete die Gegensprechanlage an und schrie mit meiner lächerlich quiekenden Helioxstimme, daß sie sofort zurückkommen sollten.

Was ich hörte, war Schweigen.

Ich kletterte hinunter und prüfte die Nabelschnüre. Sie waren noch da und hingen in den runden schwarzen Teich, wo das Wasser jetzt aufgehört hatte zu strömen.

Aber an ihrem anderen Ende hing nichts mehr. Bruno und John trieben irgendwo da draußen in der Finsternis. Sie waren längst tot.

Stimmen drangen an mein Ohr, Stimmen von oben. Sie waren ruhig und vernünftig. »Kleines lokales Problem«, sagten sie. »Ruf die Jungs zurück, wir holen euch dann rauf.«

Die Wände schwitzten. Ich schwitzte auch, aber mir war sehr, sehr kalt. Die Stimmen verstummten, und die Stille kam zurück. Ich wußte nur, daß ich aus dieser kleinen Stahlzelle herauskommen und richtige Luft atmen mußte. Jetzt. Sofort.

Irgend jemand in der Glocke begann zu schreien.

Meine Dekompression dauerte zwei Wochen. Es dauerte länger, bis sie mein Schreien unter Kontrolle brachten. Als das geschehen war, gab es eine offizielle Untersuchung. Ich erzählte ihnen, was ich dazu sagen konnte, ging aus dem Zimmer und brach ohnmächtig zusammen. Bald darauf saß ich in einem Büro in der Orchard Street mit einem Schreibtisch direkt am Fenster, von wo aus ich eine Menge Horizont sehen konnte, und Arthur Somers ließ mich herausfinden, wieviel Dreck gewisse Unternehmer am Stecken hatten. So nahm ich meine Karriere als Anwalt wieder auf.

In dieser Nacht schlief ich schlecht in dem Zimmer, das ich in Ewans Haus bewohnte. Als Fiona mich mit einer Tasse Tee weckte, graute der Morgen, und der Mast der *Green Dolphin* ragte aus einer dicken Nebeldecke über der Bucht.

Hector machte sich schon an Deck der *Flora* zu schaffen. Selbst auf diese Entfernung konnte ich erkennen, daß er die Tauchausrüstung dabeihatte.

Ich trank ein paar Schluck Tee, rollte aus dem Bett, stieg in meine Jeans und trottete am Ufer entlang. Beweg dich, dachte ich, du hast keine Zeit, dir unnötige Gedanken zu machen. Trotzdem hatte ich ein flaues Gefühl im Magen und einen trockenen Mund.

Drei Stunden später schaukelte die *Flora* auf einer langen, öligen Dünung, die ihre schweren Spieren mit jedem Rollen schlagen ließ. Im Norden erhob sich Rhum blauschimmernd im Dunst, den die Sonne aus der windstillen See hochsaugte. Dahinter, sich schwarz gegen den Horizont abhebend, reckte sich die grimmige, gezackte Silhouette von Skye. Ich stand in einem Naßtauchanzug im Ruderhaus der *Flora* und hatte zuviel Angst im Bauch, um seekrank zu werden. Hector stand am Ruder und blickte grimmig nach vorn auf die hohen grünen Hügel von Ardnamurchan. Fiona saß am Kartentisch. Vom Navstar kam das dünne, durchdringende Piepsen des Wegpunkt-Alarmsignals. Wir befanden uns auf Position.

Neben dem Navstar leuchtete der Bildschirm der Fischlupe. Darauf zeigte sich der Meeresboden als farbige Linie, auf der die Felsen als mehr oder weniger große Erhebungen erschienen. Darüber hingen die Leuchtpunkte der Fischschwärme. Auf der rechten Seite entdeckte ich das größere Objekt, das wir schon am Dienstag ausgemacht hatten. Möglicherweise war es ein großer Felsen, der aus dem sanft abfallenden Boden ragte.

Vielleicht aber auch nicht.

»Da wären wir«, sagte Hector gelassen. »Wir haben einen sehr guten Tag erwischt.« Er stellte den Wegpunktalarm ab, ging nach vorn und warf den Anker. Wir konnten mit der Fischlupe gut verfolgen, wie er fiel, vierzig Meter tief. Mein Mund fühlte sich an wie völlig ausgetrocknet. Ich spürte, daß Fiona mich ansah, und wußte, daß ich diesem Anker bis ganz nach unten folgen mußte.

Sorgfältig und methodisch legte ich die Preßluftflasche und den Sicherheitsgürtel an, stellte den Drehring meiner Rolex ein und überließ mich dem alten Ritual der Checkliste, um nicht durchzudrehen.

Aber alle Checks sind früher oder später erledigt. Als ich den Ruck mit den Beinen spürte, wußte ich, daß die *Flora* zurückgesackt war und der Anker gefaßt hatte. Hector sagte: »Wir liegen rund vierzig Meter westlich von dem Ding da unten. Die Tide wechselt in ungefähr einer halben Stunde.«

Ich verzog das Gesicht mühsam zu einem Grinsen, setzte die Maske auf und schob das Mundstück des Lungenautomaten zwischen die Zähne. Dann stieg ich, mich am Want festhaltend, auf das Schanzkleid und drehte mich mit dem Rücken zum Wasser, damit ich mit der Flasche nirgends hängenblieb. Durch das Oval der Maske wirkten die Spieren, die See und die Inseln wie Szenerie in einem Goldfischglas.

Ich hielt die Maske mit einer Hand fest und sprang rückwärts ins Wasser.

Die See war so kalt, daß es mir fast den Atem verschlug, selbst in einem Naßtauchanzug. Ein Naßtauchanzug war alles, was sie in Kinlochbeag gehabt hatten. Verdammte Amateure, dachte ich, völlig verrückt, so etwas ohne Trockentauchanzug zu machen. Aber der Gedanke an Amateure und Trockentauchanzüge brachte mich auf Profis und Taucherglocken, und ich spürte, wie mich die Angst packen wollte. Daher dachte ich mit aller Kraft an Fiona und richtete den Blick fest auf den Tiefenmesser an meinem linken Handgelenk; mit der rechten Hand hielt ich die Sicherheitsleine, die auf dem Achterdeck der *Flora* belegt war. Zehn, sagte ich mir, elf, Druckausgleich. Das Licht wurde jetzt schwächer. Das Wasser war ganz klar. Ich sank von der bläßlichen Vorhölle über mir in eine dunklere Hölle hinab. Nichts gab es, woran sich der Blick festhalten konnte; es war, als tauchte ich in einen finsteren Nebel.

Ich war nahe daran auszurasten. Als ich das erste Mal über diese Stelle gesegelt war, hatte auch Nebel geherrscht. Meine Atemzüge dröhnten mir in den Ohren, und die Luftblasen blubberten laut in die Höhe. Kleine Panikwürmer begannen an meinen Eingeweiden zu nagen. Mit grimmiger Entschlossenheit konzentrierte ich mich auf den Tiefenmesser und schob alles andere beiseite. Dreißig Meter. Zweiunddreißig. Mein Daumen betätigte den Schalter der Unterwasserlampe, und der starke Strahl stach nach unten.

Der gelbliche Lichtkreis glitt über herumliegende Felsblöcke, die in grauen Schlamm eingebettet waren. Ein Hundshai schlängelte sich träge davon. Ich knotete die Sicherheitsleine an meinen Gürtel, warf einen prüfenden Blick auf den Kompaß und schwamm genau nach Osten. Der Boden vor mir fiel weiter ab.

Nach zwanzig Flossenschlägen wurde die Dunkelheit vor

mir noch intensiver. Sie hatte gerade Kanten, diese Dunkelheit. Ihr linkes Ende war höher als das rechte. Und wo der gelbe Strahl der Lampe hinfiel, leuchtete es blau. Eine Reihe kleiner gelblicher Punkte zog sich quer über das Blau: Nietköpfe.

Eine unvermutete Kaltwasserschicht, die ich selbst durch den Taucheranzug spürte, saugte die Wärme aus meinem Körper. Aber ich hätte auch gezittert, wenn ich eine Warmwasserheizung gehabt hätte. Denn über der Reihe von Nietköpfen befand sich ein weißes, rechteckiges Feld, und auf dem weißgemalten Feld standen schwarze Buchstaben.

Einige davon waren nur die Kennbuchstaben eines lokalen Fischereifahrzeugs. Der Rest ergab einen Namen: *Minnie Sullivan.*

Ich entließ einen Schwall von taumelnden Luftblasen durch die Dunkelheit nach oben. Mechanisch kontrollierte ich die Sicherheitsleine und begann, mit langsamen Flossenschlägen um das Boot herum zu schwimmen.

Begleitet vom gleichmäßigen Geräusch meines Atems, schwamm ich die ganze Steuerbordseite entlang, vom Bug bis zum Heck, ohne etwas Besonderes zu entdecken.

Dann schwamm ich unter dem Heck durch, und das Geräusch meines Atems hörte abrupt auf.

Die Backbordseite des Trawlers verlief in einer schönen, sanft geschwungenen Linie bis zu einer Stelle vier Fuß vor dem Ruderhaus. Dort bog sie schlagartig nach innen und wurde zu einem schartigen Metallkrater, dessen gezackte Kanten bereits rot von Rost waren. Das sah aus, als habe jemand die Backbordseite mittschiffs mit einer riesigen Axt eingeschlagen.

Ich blickte auf meine Uhr. Noch zehn Minuten, bis ich wieder hochmußte. Ich holte noch einmal tief Atem, prüfte, ob die Sicherheitsleine klarlief, und schwamm zum Deck hinauf.

Es war voll durcheinanderliegendem Gerät und Ausrüstungsteilen. Die Masten waren heruntergekommen, die Lukendeckel durch den Zusammenstoß abgesprengt. Netze wanden sich in wirren Knäueln heraus. Jetzt brauche ich nur noch über eine Mine zu stolpern, ging es mir durch den Kopf. In dem Moment stieß ich mit dem Fuß gegen etwas Großes, Rundes und Weiches.

Ich richtete die Lampe nach unten. Bei meinem Entsetzensschrei schossen die Luftblasen in einem brausenden Schwall in die Höhe. Es war eine Leiche mit Zähnen, lang und grinsend. Mein Herz schlug hart gegen die Rippen. Aber Menschen hatten doch keine so langen Eckzähne, sagte ich mir. Es war ein Tier. Ein Seehund.

Irgendwelche Kreaturen hatten ihn schon angefressen. Ich fragte mich, wie er wohl gestorben war, und war erleichtert, daß ich nicht auf etwas anderes, Schlimmeres gestoßen war. Der Strahl meiner Lampe streifte übers Deck. Ich entdeckte noch zwei weitere tote Seehunde, in die Netze verstrickt.

Ich schwamm nach vorn und suchte das Deck ab. Unter den Netzen häufte sich alles mögliche Gerät in wirrem Durcheinander, Kisten und Stahlfässer lagen herum. Ich rollte eins der Fässer weiter, es war gelb mit schablonierten Ziffern. Was das Fischerboot auch eingedrückt hatte, es hatte auch das Faß nahezu durchschlagen. Wahrscheinlich war mal Diesel drin gewesen.

Ich sah auf meine Uhr. Ich hatte kein Verlangen, mich achtern umzusehen, denn achtern stand das Ruderhaus. Aber mir blieben nur noch fünf Minuten, und ich mußte es hinter mich bringen. Ich hob also die Lampe, richtete den Strahl auf das, was einmal die Ruderhausfenster gewesen waren, und starrte hinein.

Irgend etwas starrte zurück.

Es hatte Augen, einen Mund und Schultern: ein schrecklich anzusehendes weißes Ding, zerfetzt und zerrissen, und sein breites Grinsen reichte bis zu Stellen, die die Natur dafür nicht vorgesehen hatte.

Aber es war genug von ihm übrig, um mir die Gewißheit zu geben, daß sein Name einmal Jimmy Sullivan gewesen war.

Mit krampfhaften Flossenschlägen suchte ich das Weite, doch die Sicherheitsleine verfing sich in einem vorstehenden Metallzacken. Ich hing fest. Und plötzlich waren sie alle wieder da und umringten mich, Bruno und John und die anderen Toten - und warteten.

Ich schauderte. Es war ein Gefühl, das ich nicht kontrollieren konnte. Meine Hände packten die Sicherheitsleine und zogen. Ruhe, nur Ruhe, sagte ich mir. Zerreiß bloß nicht die Verbindung zum Boot. Die Leine hatte sich zu einem festen Knoten verwickelt. Sachte, dachte ich. Atme langsam. In Panik verbrauchst du viel zuviel Luft. Geh' langsam den Windungen der Leine nach.

Das Ding im Ruderhaus bewegte sich. Ich brüllte in die Maske. Panik fiel mich an wie ein wildes Tier.

Wie von selbst griff meine Hand zum Messer an meinem Bein, zog es aus der Scheide und säbelte fieberhaft an der Leine herum. Sie zerriß. In einer Wolke von Luftblasen, die durch die Blasenabweiser herausgepreßt wurden, als ich erneut einen Schrei ausstieß, schoß ich nach oben. Ich schlug wild mit den Flossen, bis ich den schwarzen Schatten unter mir aus den Augen verloren hatte.

Dann hielt ich an. Es war nur die Strömung gewesen, die den Leichnam bewegt hatte, aber ich benahm mich wie ein verdammter Dummkopf. Der Tiefenmesser an meinem Handgelenk zeigte mir, daß ich schon zehn Meter nach oben geschossen war. Der Stickstoff, der sich unter dem Druck in meinem Blut gelöst hatte, würde wieder frei werden und in Blasen ausperlen. Ich mußte also warten, allein in dieser Dunkelheit hängend, bis ich den freiwerdenden Stickstoff über meine Lungen abgeatmet hatte. An der Sicherheitsleine waren in jeweils fünf Meter Abstand Knoten angebracht. Aber die Sicherheitsleine war nicht mehr da, ich hatte sie verloren.

Deshalb wußte ich auch nicht genau, wo ich war. Panik machte sich wieder breit in mir. Dann hörte ich in Gedanken die Stimme meines ehemaligen Ausbilders in der kalten Stahlglocke unten im Loch Fyne: Wenn du sterben willst, überlaß dich der Panik. Dies hier war doch nur Preßlufttauchen. Nur dreißig Meter. Ich war schon in zehnmal größeren Tiefen gewesen.

Meine Tiefe genau einhaltend, begann ich, das Wasser streifenförmig abzusuchen. Auf der vierten Bahn erfaßte der Strahl meiner Lampe die herabhängende Sicherheitsleine.

Es war nur eine alte, ausgeblichene Polyesterleine, aber soweit es mich betraf, war sie so kostbar, als wäre sie aus Platin geflochten. Ich schwamm zu ihr und packte sie - fest. Und als die vorgeschriebene Dekozeit vorbei war, zog ich mich zur nächsten Stufe hinauf.

Am längsten ist die Wartezeit auf der letzten Stufe. Ich hing da, hundert Fuß über dem Bild des Grauens, das die *Minnie Sullivan* bot, unter dem großen dunklen Schatten der *Flora*. Das Loch in der Seite des Wracks mußte von einem Schiff verursacht worden sein. Aber wieso hatte Ewan so genau gewußt, wo auf der weiten See er danach suchen mußte?

Das Licht oben blendete mich, und die Luft schmeckte wie ein trockener Martini nach all dem schalen Zeug in der Preßluftflasche. Sie nahmen mir die Flasche ab und gaben mir ein Handtuch. Als ich trocken war, ging ich ins Ruderhaus, wo die Hitze und der Gestank des Kohleofens durch den Niedergang nach oben kamen, und kippte heißen Tee in meine eiskalte Kehle.

»Und?« fragte Fiona.

Ich erzählte ihr, was ich gesehen hatte.

Sie schloß die Augen. Ihre Lider waren dunkel und papierdünn. »Arme Morag«, sagte sie. »Wir müssen hin und es ihr sagen.«

Hector hatte bereits den Anker aufgeholt und kam jetzt mit schweren Schritten nach achtern. Er schob den Gashebel vor und ging auf Südkurs.

Inzwischen war Wind aufgekommen. Die *Flora* stampfte durch die Wellentäler, und Gischt prasselte gegen die Ruderhausfenster. Weiter draußen auf See waren Fischerboote. Die ersten Anzeichen der Seekrankheit machten sich bei mir bemerkbar.

»Was, um Himmels willen, geht bei uns vor?« fragte Fiona.

Ihre Augen waren tränenfeucht. Zwei gewaltsame Todesfälle in so kurzer Zeit, dachte ich. Es war schon möglich, daß ein Schiff ein Fischerboot rammte und nichts davon bemerkte; auch daß ein Fischerboot von einem U-Boot gerammt wurde. Aber es war unmöglich, daß ein Mann von einer Mine in die Luft gesprengt wurde, die gar nicht mehr da war. »Ich weiß es nicht«, antwortete ich.

Ihre Hände krallten sich um den Rand des Kartentisches, und ihre Zähne waren gebleckt, als litte sie körperlichen Schmerz. »Dann finden Sie's heraus!« Damit verschwand sie schnell den Niedergang zur Kajüte hinunter.

Nach einer Weile sagte Hector: »Als wir Sie rammten, suchte Ewan nach einem Boot.«

»Was für einem Boot?«

Er hob die Schultern. »Er hat mir nie was erzählt. Damit ich keine Antwort geben konnte, wenn mich jemand fragte.«

»Gefragt haben Sie ihn nie?«

Hector wandte mir sein großflächiges, ernsthaftes Gesicht zu. »Ich hab' für ihn gearbeitet«, sagte er. »Warum sollte ich ihn fragen?«

Ich sah ihn an. Sein düsterer Blick weckte in mir Assoziationen mit dem Brennenden Kreuz, dem Stuartprinzen Charles Edward, den sie Bonnie Prince Charly nannten, und all den starrsinnigen Vorstellungen von Pflichterfüllung und Loyalität, die noch im schottischen Hochland lebendig waren. Es gab nichts, was ich dem entgegensetzen konnte.

Ich ruderte Fiona über die kleine Bucht vor dem Haus der Sullivans. Morag stand schon vor der grün gestrichenen Haustür und winkte: ein halbherziges Heben des rechten Arms. Wir zogen das Beiboot auf den Strand, und Fiona nahm Morag beiseite. Ich ging ins Haus.

Aus dem Zimmer links von der Haustür, gegenüber der Küche, drang undeutlich der Lärm einer Balgerei. Es schien mir voller Betten, und die Betten schienen voller Kinder zu sein. Ich ging so weit hinein, wie ich konnte. Die Balgerei hörte abrupt auf, und die dunkelhaarigen Mädchen zogen sich hastig von dem dunkelhaarigen Jungen zurück, den sie allem Anschein nach mit einem Kissen hatten ersticken wollen. Ihr armen kleinen Teufel, dachte ich.

»Guten Abend«, sagte eine Stimme aus dem Bett in der Ecke. Sie gehörte einem vierten Kind, größer als die anderen. Dieses hatte die sommersprossige helle Haut, die roten Haare und blauen Augen seiner Mutter: Jockie. Eine Seite seines Gesichts war durch einen breiten roten Striemen entstellt.

»Was hast du denn da gemacht?« fragte ich.

»Quallen«, sagte er. »Giftige.« Er schob die Bettdecke beiseite und zog sein Pyjamahemd hoch. »Schau mal.« Auf der blauweißen Haut seines Brustkorbs wölbten sich weitere Striemen, ungefähr einen Fuß lang, entzündete, scharlachrote Wülste.

»Das sieht böse aus«, sagte ich. »Was für Quallen waren es denn?«

»Hab' sie nicht gesehen«, sagte Jockie mit gezwungener Gleichgültigkeit. »Ma hat irgendwas draufgeschmiert. Sind Sie wegen Daddy gekommen?«

Eine eisige Furcht breitete sich in mir aus. Ja, dachte ich, ich habe deinen Daddy gesehen, er ist seit zwei Wochen unter Wasser, und irgendwelche Tiere haben ihn angefressen. Ich grinste, so gut ich konnte. »Deine Ma wird dir sagen, warum ich gekommen bin.«

»Daddy ist tot«, sagte der Junge. »Er ist bestimmt tot.« Alle Kinder gingen jetzt in ihre Betten und legten sich brav hin. Sie waren ganz ruhig. Ich wandte mich ab und ging hinaus, damit sie mein Gesicht nicht sehen konnten. Anwälte sollten nicht weinen, aber Harry Frazer weinte.

Im Wohnzimmer gab es Möbel mit Schonbezügen, Porträts von steif posierenden Männern und Frauen in dunklen Anzügen und schwarzen Kleidern und eine Jungfrau Maria aus Plastik, mit einer Flasche zu ihren Füßen, die Weihwasser aus Lourdes enthielt. Morag weinte nicht, sie biß sich auf die Lippen. Fiona saß neben ihr auf dem guten Sofa. Das Zimmer strömte eine Kälte aus, als wäre es zur Beerdigung einbalsamiert worden.

»Ich habe Morag gerade erzählt, was für ein ausgezeichneter Anwalt Sie sind«, berichtete Fiona.

Morag sah mich an und sagte: »Aber ich nehme an, daß Sie keine Zeit haben, bei Ihrer ganzen Arbeit und so.« Sie hatte aufgehört, ihre Lippen zu kauen, sah jetzt weiß und irgendwie geschrumpft aus: durch den Verlust aller Hoffnung plötzlich alt geworden.

Ich steckte die Hände in die Taschen und starrte aus dem Fenster. Das Zimmer sah auf das Meer hinaus, ein Ausblick, den nie jemand wahrnahm außer bei Familienfesten und Totenfeiern. Man blickte hinweg über die vergammelnden Traktoren und das aufgehäufte Treibholz bis dahin, wo die Sonne weiße Funken aus der saphirblauen See schlug. Aber es war ein unbelebtes Bild.

Plötzlich fühlte ich mich bedrückt und sehr müde. Müde von dem diffusen Schmerz, den ein Taucher spürt, wenn er den überschüssigen Stickstoff in seinem Blut noch nicht ganz abgeatmet hat. Müde auch von der Erinnerung an die Zeit, als ich, gerade neun Jahre alt, wie unter Zwang in allen Zeitungen die Berichte über den Flugzeugabsturz meiner Eltern gelesen hatte. Bedrückt, weil ich genau wußte, wie es in Jockie Sullivan aussah, der verzweifelt hoffte, daß das, was bereits geschehen war, irgendwie nicht geschehen konnte. Daß er morgen aufwachen und die Welt wieder ganz in Ordnung finden würde.

»Ich werde tun, was ich kann«, sagte ich zu seiner Mutter.

Sie kam auf mich zu und schüttelte mir die Hand. Ihre Handfläche hatte die Kälte und Härte eines Steins. »Ich danke Ihnen«, sagte sie.

Als wir wieder auf der *Flora* waren, setzte ich mich ans Funkgerät und benachrichtigte die Küstenwache. Wir liefen zum Wrack zurück und warteten dort, während ein Hubschrauber kreiste, ein schnelles Motorboot heranbrauste und seine Taucher nach unten schickte. Dann kamen sie und protokollierten meine Aussage.

»Armer Teufel«, sagten sie. »Irgend jemand hat ihn glatt übergemangelt. Wird nicht mal gewußt haben, was ihn da gerammt hat. Und das wird auch niemand sonst jemals erfahren.« Sie drehten die Daumen nach unten, auf das tiefe Wasser, wo die U-Boote kreuzten.

Der Hubschrauber flog ratternd wieder nach Hause, und das Motorboot glitt davon. Als die Sonne wie ein blutiger Ball in der See versank, machte die *Flora* sich auf die Heimfahrt nach Loch Beag.

13

Es regnete am nächsten Tag, als ich Fiona im Land Rover durch die Berge zu der grauen Kirche fuhr. Sie trug einen blaugrünen Pullover, der genau der Farbe ihrer Augen entsprach, und sah blaß und grimmig aus. Schon einen Kilometer vor der Kirche war die eine Straßenseite mit Autos zugeparkt. Ich setzte Fiona an der Kirche ab und beobachtete durch die nassen Scheiben, wie sie sich einen Weg durch die schwarze Menge suchte, ein Eisvogel in einer Schar Krähen.

Die Gemeinde folgte ihr in die Kirche. Als ich geparkt hatte und auch hineinging, saß sie so aufrecht, als habe sie einen Ladestock verschluckt, in der vordersten Bankreihe rechts, neben dem hellen Eichensarg. Sie drehte sich um, als ich hereinkam, fing meinen Blick auf und machte eine fast unmerkliche Kopfbewegung. Auch Prosper winkte mich heran, aber ich ging an ihm vorbei, auch an Lundgren, Jerry Fine und all den anderen, die da in ihren schwarzen Anzügen und Kleidern saßen, und stellte mich neben Fiona. Ich spürte fast körperlich, wie mir alle Blicke folgten. Der neue Liebhaber, dachten einige sicherlich.

Fiona wandte mir das Gesicht zu und lächelte. »Danke«, sagte sie leise. Ich begann mich besser zu fühlen.

Der Pfarrer machte es kurz. Hector und fünf andere Männer, die ich nicht kannte, trugen den Sarg hinaus auf den Friedhof. Der Regen hatte die schwarze Erde in Schlamm verwandelt. Hector in seinem steifen schwarzen Anzug kam an meine Seite. »Es gibt hier einige«, brummte er, »die keineswegs so betrübt sind, wie sie vorgeben.«

Ich sah mir die Gesichter an und fragte mich, wer wohl dazugehörte. Fiona war von Leuten umringt, die ihr kondolieren wollten. Nach zehn Minuten kam sie zu mir herüber und sagte: »Fahren Sie mich bitte nach Hause.«

Im Land Rover stöberte sie unter dem Sitz herum, fand eine von Ewans halbleeren Flaschen und trank. Der Diesel röhrte, als wir von der Straße auf den holprigen Weg abbogen, der zu ihrem Haus führte.

»Sie haben mir sehr geholfen«, sagte sie. »Danke.« Das folgende Schweigen war erfüllt vom Klappern der Kolben und dem Durchschlagen der Stoßdämpfer. Dann sagte sie: »Das war nicht Ewan, dort in diesem Sarg. Ewan ist oben auf dem Abhang des Berges.«

Es war kein romantischer Gedanke, sondern die reine Wahrheit. Der Sarg, den wir begraben hatten, war leer gewesen.

Schweigend fuhren wir die fünfzehn Meilen über Fels und Heide zum Paß hinauf, der den Loch Sallach von der See trennt. Wir passierten den binsenumsäumten kleinen See und ratterten dann mit mahlendem Getriebe durch die Haarnadelkurven, die uns wieder zum Meer hinunterführten. Als wir um die letzte Kurve bogen, sahen wir den Loch Beag zu unseren Füßen liegen, seine graue Oberfläche war stellenweise mit dunklen Windstrichen überzogen. Eine Vielzahl schwarzer Punkte sprenkelte die graue Fläche.

»Sehen Sie nur, die vielen Boote!« rief Fiona.

Es waren sicher an die hundert. Die meisten waren Fischerboote, kleine Trawler, Logger und Hummernfänger. Aber auch Yachten waren dabei und sogar etwas Schwarz-Weiß-Rostiges, bei dem es sich um eine Fähre handeln konnte, die sich den Tag freigenommen hatte.

Fiona barg ihr Gesicht in den Händen. Ich fuhr weiter. Als wir zu den ersten Bäumen neben dem Fluß kamen, richtete sie sich auf, putzte sich die Nase und blickte mich an. »Gehen Sie nicht allzu weit weg«, sagte sie erstickt.

Dann waren wir auch schon am Haus.

Kinlochbeag Lodge wimmelte von Leuten. Sie standen bis in die Einfahrt, zwischen dem Rhododendron und auf der Pier. Alle wollten sie Fionas Hand drücken und Whisky trinken. Der Himmel mochte wissen, wieviel Whisky sie wegkippten, dort neben dem unheilvollen schwarzen Auge im Berghang.

Sie blieben den ganzen Nachmittag, während die Tide ablief und kenterte. Als die Flut das sandige Ufer hinaufstieg, stand ich mit Fiona auf der Pier. Der Regen hatte aufgehört, auch der Wind war eingeschlafen. Auf der Back eines rostigen Trawlers spielte ein Dudelsack ein Klagelied. Der dünne, einsame Ton machte einem die Kehle eng. Fionas Finger krampften sich um meinen Arm.

Die letzten Kadenzen der Pfeifen verklangen, und das Echo verebbte an den steilen Hängen zu beiden Seiten. Stille legte sich wie eine weiche Decke auf Wasser, Berge und Bäume.

Ich starrte über die Bucht zur *Flora* hinaus. Dort ging eine Gestalt schweren Schritts übers Deck nach achtern: Hector. Er betrat das Ruderhaus.

Kurz darauf zerriß das Blöken eines Nebelhorns die Stille.

Es war ein langer, melancholischer Ton. Nach einer kurzen Pause fielen die Nebelhörner aller anderen Boote in unregelmäßigen Abständen ein, und ein langgezogenes, trauriges Heulen erfüllte die Bucht.

Ich stand auf der Pier und spürte, wie mich eine Gänsehaut überlief. Plötzlich befand ich mich nicht länger auf der Pier von Kinlochbeag. Ich war wieder auf der *Green Dolphin,* und die schwarze Bordwand der *Flora* kam aus dem Nebel auf mich zu. Und ich hörte das Brüllen eines Nebelhorns.

Ich hatte immer gedacht, es sei das Nebelhorn der *Flora* gewesen. Aber es hatte nicht im mindesten wie das Horn geklungen, das Hector soeben auf der *Flora* betätigt hatte.

In jener Nacht, als sie mich gerammt hatte, und zwar auf der gleichen Position, wo man eine Woche vorher Jimmy Sullivan in den Grund gebohrt hatte, waren nicht nur zwei Schiffe im Nebel herumgeirrt.

Es waren drei gewesen.

Alle Boote liefen mit der Flut aus, und die Autos mahlten im kleinen Gang den Weg hinauf. Ich paßte Hector ab, als er die Stufen zur Pier hinaufstieg. »Als Sie mich in jener Nacht rammten, haben Sie gar nicht nach einem anderen Fahrzeug gesucht. Sie hatten es bereits gefunden.«

Er sah mich gelassen an. Seine Fahne hatte mindestens eine Flasche Whisky gekostet.

»Ja«, sagte er.

»Was für ein Schiff war das?«

»Das wollten wir ja gerade herausfinden.«

»Warum haben Sie's mir nicht erzählt?«

Er setzte sich schwerfällig auf einen Poller. »Das hatte ich nicht zu entscheiden«, sagte er. »Es war allein Ewans Sache.« Er sah nach der Stelle hinüber, wo der Schuppen gestanden hatte. »Und später . . . Na ja, ich kannte Sie noch nicht gut genug.«

Am liebsten hätte ich ihn gepackt und geschüttelt. »Dann werde ich Ihnen eben sagen, was passiert ist«, knurrte ich. »Irgend jemand hat versucht, Sie zu rammen. Sie sind ein Ausweichmanöver gefahren.« Da war diese große Welle gewesen, diese unvermittelt anlaufende See, quer zur Richtung der Dünung, als die schwarze Bordwand der *Flora* wieder ins Dunkel tauchte. »Seine Heckwelle. Es war seine Heckwelle, die Sie über Bord geworfen hat.«

»Stimmt«, sagte Hector.

»Wer?« fragte ich zum zweiten Mal.

»Das weiß ich nicht.«

»Ein Fischtrawler? Was, zum Teufel, haben Sie denn gesehen?«

»Größer . . . Ich weiß nicht, der Nebel war zu dick. Lichter hat er keine geführt. Ich hab' nur seine Bordwand gesehen. Eine riesige Stahlplatte, das war alles. Schwarzer Stahl.«

»Jimmy Sullivan hatte weniger Glück. War's nicht so?«

Hector hob die Schultern. »Das meinte jedenfalls Ewan.«

»Und Jimmy war im Auftrag von Sea Watch unterwegs?«
»Ja.«
»Warum wollte wer auch immer Sie versenken?«
»Ewan wußte es. Aber er meinte, ich brauchte es nicht zu wissen, und hat's mir nicht erzählt. So würde mir niemand Schwierigkeiten machen, weil ich etwas wußte, das ich nicht wissen durfte. Das war so Ewans Art.«
»Und wie war's mit Jimmy Sullivan?«
»Bei Jimmy war das anders«, sagte er. »Jimmy hatte sein eigenes Boot und machte seine eigenen Geschäfte. Es war nur so, daß er Ewan von Zeit zu Zeit einige Informationen gab.« Hector stand mühsam auf. »Ich muß jetzt gehen«, sagte er. »Bleiben Sie noch länger?«
»So lange wie nötig«, erwiderte ich.
»Ja«, sagte Hector. »Na denn.« Er drehte sich um und stapfte davon.

Das Haus war ruhig. Nur aus der Küche, in der Licht brannte, drang Stimmengemurmel. Als ich am Fenster vorbeiging, sah ich Fiona, Morag Sullivan und drei Frauen, die ich nicht kannte. Morags Kinder lagen sicher irgendwo im Bett. Eine Flasche Whisky stand mitten auf dem Tisch. Das gelbliche Licht warf einen warmen Glanz auf die Gesichter, die so angespannt wirkten, als müßten sie sich gewaltsam die Tatsache ins Gedächtnis rufen, daß Ewan nie mehr von der Pier herauf ins Haus kommen würde. Sie sahen wie Menschen aus, die sich schon viele Jahre kennen. Ich mochte sie nicht stören.
Statt dessen ging ich durch den Flur in Ewans Hälfte des Hauses und betrat den dunkel getäfelten Raum, den er seine Bude genannt hatte. Der Fußboden war mit Briefumschlägen bedeckt, viele noch ungeöffnet: sein höchst individuelles Ablagesystem. Auf dem Rollpult lagen Papiere in ganzen Haufen.
Bei Papieren fühle ich mich in meinem Element. Ich schal-

tete alle möglichen Lichter an und begann sie durchzusehen. Anschließend stapelte ich sie auf einem freien Fleck des Fußbodens. Da gab es Rechnungen, Briefe von Gläubigern, Drohungen vom Direktor seiner Bank, zornige Briefe über Fälle von Umweltverschmutzung an und von Umweltschutzorganisationen, Formblätter für die Zählung von Seevögeln. Ferner fand ich zwischen dem Buch »Seevögel« von Fisher und Lockley und dem 1964er Katalog eines Weinhändlers zwei Lebensversicherungspolicen über ziemlich hohe Beträge, in denen Fiona als Begünstigte eingetragen war.

Nach einer Stunde war ich genauso schlau wie zuvor. Von der Einfahrt her hörte ich das Geräusch wegfahrender Autos. Dann ging die Tür auf. Fiona stand gegen den Rahmen gelehnt, als wäre sie zutiefst erschöpft. Unter ihren Augen waren tiefe dunkle Ringe. Mir wurde plötzlich bewußt, daß ich an Ewans Schreibtisch saß, seine Papiere durchwühlte und niemanden vorher um Erlaubnis gefragt hatte.

»Nach was suchen Sie?« fragte sie.

»Das weiß ich nicht.«

»Halten Sie mich nicht hin.« Ihre Stimme klang dünn und matt.

»Derjenige, der Jimmy Sullivan versenkt hat, versuchte auch Ewan zu rammen.«

»Und hat ihn dann in die Luft gesprengt. Wir lebten im selben Haus, ich half ihm bei Sea Watch, und kein einziges Mal hat er auch nur angedeutet, daß das, was er machte, irgendwie gefährlich werden könnte.« Fiona sprach fast so, als wäre sie betrunken, aber ich wußte, daß es nur Müdigkeit war. Sie lehnte den Kopf gegen den Türpfosten. »Sie sind ein guter Kerl, Frazer«, sagte sie. »Ein verdammt guter Kerl. Ich gehe jetzt schlafen.«

Ich saß da und lauschte, als sie langsam, mit müden Schritten die Treppe hinaufging. Dann stand ich auf und nahm mir Ewans Schlafzimmer vor. Es war so kalt und kahl, als habe er es kaum benutzt, und enthielt ein schmales, eisernes Bett und ein Regal mit noch mehr Büchern über Ornithologie. Ich war jetzt auch müde und machte nur noch mechanisch weiter. Deshalb war ich nicht überrascht, als ich nichts Aufschlußreiches entdeckte. Ins Bett, dachte ich.

Ich stieg zu meinem Zimmer unterm Dach hoch und legte mich hin. Meine Gedanken begannen zu wandern und in Träume überzugehen, Träume von Nebel auf See. Dann dröhnte auch das Nebelhorn wieder in meinem Kopf, und plötzlich war ich hellwach und starrte auf das Mondlicht an der Decke. Eine Weile lag ich nur stocksteif da, mit weit aufgerissenen Augen. Im Haus war es totenstill. Viel zu still. Ich vermißte die Bootsbewegungen, das leise Plätschern der Wellen. Es war jetzt zwei Uhr morgens. Bald würde es hell werden. An Schlaf war nicht mehr zu denken. Es war einfacher, wenn ich auf dem Boot . . .

Auf dem Boot.

Ich schwang meine Füße aus dem Bett, zog einen Pullover über und hastete die Treppen hinunter. Sei kein Narr, sagte ich mir, als ich über die Einfahrt und durch die Rhododendronsträucher rannte. Rechtsanwälte jagten doch nicht um zwei Uhr morgens einer Eingebung nach.

Ich lief trotzdem weiter bis zum Beiboot. Der Mond warf gleißendes Licht aufs flache Wasser, als ich zur *Flora* ruderte. Ein Seetaucher ließ seinen klagenden Schrei ertönen, eine Seeforelle schoß aus dem Wasser und fiel mit einem Aufplatschen zurück. Bei der *Flora* angekommen, stieg ich schnell an Deck, schnappte mir im Ruderhaus eine Lampe und ließ ihren Schein über die vollgestopften Regale und Schränke wandern. Lächerlich, sagte der Anwalt in mir. Intuition ist nur ein hochgestochenes Wort für Bockmist.

Im Ruderhaus fand ich nichts. Ich polterte den Niedergang hinunter. Ewan hatte immer die Steuerbordkammer benutzt. Auf der Koje lag ein zusammengeknüllter Schlafsack, und ein Paar Blue-jeans hingen von einem Haken an der Wand. Bücher standen im Regal am Kopfende der Koje.

Neben der Petroleumlampe lag ein Feuerzeug. Ich zündete die Lampe an, nahm die Bücher einzeln heraus und blätterte sie durch.

Die Briefe steckten immer noch hinter dem vorderen Einbanddeckel von Webers »Green Sea«. Ich sah sie mir flüchtig an. Bis ich zum letzten kam.

An seinem Umschlag war mit einer Büroklammer ein Polaroidfoto befestigt. Es war in Kinlochbeag aufgenommen, und zwar erst kürzlich; man sah die Eukalyptusbäume im Hintergrund und den Mast der *Green Dolphin* neben der Pier. Aber es war keine Landschaftsaufnahme, es war das Bild eines gelben 45-Gallonen-Fasses, das auf einem Gerüst vor der Tür eines Schuppens stand. Des Schuppens, der am Tag nach der Regatta in tausend Stücke gerissen wurde - und Ewan mit ihm.

Ich hatte Fässer dieser Art schon gesehen. Eins im Schuppen in Camas Bealach, das andere, eingeschlagen, auf dem Deck der *Minnie Sullivan.*

Ich schob das Foto in meine Tasche, stieg ins Beiboot und ruderte zum Ufer zurück, wobei ich das Boot die letzten zwanzig Meter über den Schlick ziehen mußte, da die Tide inzwischen abgelaufen war. Es war an der Zeit, zur Polizei zu gehen. Andererseits versprach ich mir nicht viel davon, wenn ich nicht handfeste Beweise liefern konnte. Sehr interessant, würde die Polizei sagen. Sie sind also Ihrer Intuition gefolgt und haben dieses Foto hier gefunden, auf dem ein Ölfaß zu sehen ist. Der Sergeant aus Glasgow mit dem harten Gesicht würde sein dünnes, abgeklärtes Lächeln aufsetzen. Danke für Ihre Mitarbeit, würde er sagen. Aber denken würde er: Der Kerl hat uns gerade noch gefehlt.

Der Mond ging unter, als ich zum Haus zurückkehrte.

Was ich tun mußte, war klar: Ich mußte eins von diesen

gelben Fässern an mich bringen und herausfinden, warum sich Ewan und Jimmy so sehr dafür interessiert hatten. Und was diese Fässer mit der Tatsache zu tun hatten, daß beide jetzt tot waren.

14

Als ich schließlich aufwachte, war der Raum von diffusem Sonnenlicht erfüllt, das durch einen feinen Sprühregen drang. Meine Uhr zeigte halb elf. Die Kleider klebten mir am Leib, als ich mich vom Bett rollte und die Treppe hinunterstolperte.

Vor der Haustür war irgend etwas los. Ein Krankenwagen stand in der Einfahrt, sauber und vierkantig, was gar nicht so recht zu dem tropfenden Dunkelgrün des Rhododendrons passen wollte. Kinderstimmen kreischten. Die Einfahrt schien mir voller Sullivans zu sein. Drei von ihnen rauften und weinten gleichzeitig. Morag war noch blasser als sonst. Und auf einer Trage lag Jockie.

Unwillkürlich blieb ich stehen und starrte ihn an. Als ich ihn das letzte Mal sah, hatte er diesen roten Striemen im Gesicht gehabt. Jetzt zog sich eine halbmondförmige, offene Wunde vom Hemdkragen bis hinauf über die Stirn, an deren Rändern die Haut gelblich und abgestorben aussah.

Die Sanitäter schoben die Trage ins Auto. Einer von ihnen sagte: »Wir können fahren, wenn Sie soweit sind, Missis.«

Morag Sullivan stieg hinten in den Krankenwagen zu Jokkie. Die Türen knallten zu. Das Blaulicht wurde eingeschaltet, streifte die grauen Blätter der Eukalyptusbäume, raste die Einfahrt hinunter und verlor sich zwischen den Felsblöcken des Tales.

Fiona stand in der Haustür und sah dem Wagen nach.

»Ich dachte, er ist von einer Qualle genesselt worden?« sagte ich.

»Das dachte er auch«, sagte sie geistesabwesend. Ein Schauer überlief sie. »Überall auf den Striemen geht die Haut ab. Armes Kind.«

»War gar keine Qualle«, warf eins der anderen Kinder ein, der dunkelhaarige Junge. Wir sahen ihn an, und er wurde rot.

»Was meinst du damit?« fragte Fiona.

»'ne Qualle war's nich'.«

»Was war's dann?« fragte sie ruhig.

»Ich kann's dir nich' sagen«, erwiderte das Kind.

Ich öffnete den Mund, um die Frage etwas nachdrücklicher zu wiederholen, aber Fiona sah mich an und schüttelte fast unmerklich den Kopf. »Doch kannst du«, sagte sie.

»Ich krieg' Prügel.«

»Niemand hier wird dich verprügeln, Angus«, sagte sie sanft.

Angus sah sie aus zusammengekniffenen Augen an. Ihr Gesicht schien ihm wohl vertrauenerweckend. Sie sah auch wirklich nicht so aus, als sei sie fähig, jemanden zu verprügeln.

»Versprochen?« fragte er.

»Versprochen.«

»Es war'n überhaupt keine Quallen da«, sagte Angus. »Da lag so'n Blechdeckel in Daddys Schuppen. Wir haben Diskuswerfen mit ihm gespielt. Jockie hat das Ding ins Gesicht gekriegt, und dann hat er's unters Hemd gesteckt und weggeschafft.«

»Was für ein Deckel?« fragte Fiona.

Aber die Aufgabe, die feinen Unterschiede von Blechdeckeln zu beschreiben, überforderte Angus. »Ein kleiner«, sagte er.

Mir kam eine Idee. Ich zog das Polaroidfoto des Ölfasses aus der Tasche. »Hatte er diese Farbe?« fragte ich.

»Genau wie das hier«, sagte er und fing an zu weinen. Dafür hatte ich volles Verständnis. Ich ergriff seine Hand, und wir gingen ins Haus zurück.

Ich sagte Fiona, ich müsse noch einmal nach Camas Bealach, und holte Hector aus der Werkstatt, wo er dabei war, einen alten Land Rover zu zerlegen. Wir nahmen die *Green Dolphin,* weil sie schneller war als die *Flora.* Gegen Mittag standen wir vor Sullivans Camas Bealach.

Über der Barre war die See leuchtend grün. Hector lotste uns vorsichtig durch den engen Kanal in die kreisrunde Bucht. Wir machten an der Boje fest und ruderten an Land.

Irgend etwas geschieht mit einem Haus, wenn die Familie es verläßt. Ich hatte das oft bei Scheidungen erlebt: Der Rasen scheint in zwei Tagen um sechs Zoll zu wachsen, die Farbe von den Fensterläden abzublättern, das Unkraut mit unnatürlicher Geschwindigkeit aus den Ritzen des Gehsteigs zu schießen ... Nicht daß Camas Bealach einen Rasen oder einen gepflasterten Gehsteig gehabt hätte, von der primitiven, betonierten Slipanlage einmal abgesehen. Aber das Haus zeigte uns abblätternde grüne Fensterrahmen und einen weißen Rauhputz voller Wasserflecken, als sei es schon seit Jahren unbewohnt.

»Eine Menge kann in kurzer Zeit passieren«, sagte Hector grimmig.

Das war eine Tatsache, an die ich im Augenblick nicht unbedingt erinnert werden wollte. Ich ließ das Haus mit seinen verschlossenen Läden links liegen und ging zum Schuppen hinüber.

Er war verschlossen, mit einem dicken verzinkten Scharnierbügel und einem großen Vorhängeschloß aus Messing. Wir hatten keinen Schlüssel. »Haben Sie ein Stemmeisen oder was ähnliches?« fragte ich Hector.

»Jimmys Werkzeug liegt im Schuppen«, sagte er.

Die ganze Fahrt war also umsonst, dachte ich. Mit Abschrauben war nichts. Ich streckte die Hand aus, packte das kalte Metall des Schlosses, zog halbherzig daran und rüttelte.

Plötzlich hatte ich es in der Hand.

»Du lieber Himmel«, sagte Hector.

Ich schlug den Überwurf zurück, die Tür schwang von allein auf. Ich musterte das Schloß in meiner Hand.

Irgend jemand war vor uns hier gewesen.

Dieser Jemand hatte den Bügel des Vorhängeschlosses durchgesägt. Erst vor kurzem, denn das Metall war trotz der Seeluft noch kein bißchen angelaufen.

Der Schuppen schien mir unverändert: die arg mitgenommene Tiefkühltruhe, die Haufen von Treibholz, der Außenbordmotor auf dem Gestell. Ich ging zu den 45-Gallonen-Fässern hinüber.

»Wenn ich hier Einbrecher wär'«, meinte Hector, »würd' ich als Lohn für die Plackerei wenigstens den verdammten Außenborder mitgehen lassen.«

In dem Schmutz und dem verschütteten Öl am Boden hatte etwas einen kreisförmigen Abdruck hinterlassen. Einen Abdruck, der seiner Größe nach durchaus zu einem 45-Gallonen-Faß passen konnte.

Radspuren führten durch die Dieselpfützen bis zur Tür. Vielleicht eine Sackkarre. Draußen auf dem Betonslip, nahe der Hochwassermarke, war etwas entlanggeschabt und hatte einen Strich blauer Farbe hinterlassen. Hector bückte sich und kratzte mit einem Fingernagel daran. »Das ist noch nicht lange her«, sagte er. Es war die Farbe, mit der auch Donald Stewarts altes Arbeitsboot gemalt gewesen war.

Über die großen Schiefersteine hinweg gingen wir langsam zu unserem Beiboot zurück. Am Tidensaum fiel mein Blick auf einen Farbfleck in dem mit Plastikabfällen vermischten, angeschwemmten Seetang.

Es war eine Scheibe aus Metall, vielleicht drei Zoll im Durchmesser, gelb gestrichen: der Deckel eines 45-Gallonen-Fasses. Der Rand war mit Klemmen versehen, und die Oberseite trug eine schwarze Seriennummer. In die Farbe war krakelig das Symbol der fünf olympischen Ringe geritzt.

Ich ergriff die Scheibe mit einem Stück Plastik und hob sie auf.

»Was haben Sie da?« fragte Hector.

»Jockie Sullivans Diskus.«

Wir stiegen ins Beiboot und ruderten zur *Green Dolphin* hinaus. Ich verstaute Jockies Diskus sorgfältig in der Backskiste im Cockpit. Die Brise war kräftiger geworden, ein frischer Westwind. Knallend füllte er die Segel und jagte uns über die blaue Berg-und-Tal-Bahn der See zwischen dem grünen Kegel von Camas Bealach und den grauen Felszinnen von Loch Beag hindurch.

Angus und seine Schwestern saßen im Studio und halfen Fiona, Wolle zu wickeln. Fiona sah auf und lächelte. Ich hatte das Gefühl, als käme ich nach Hause. »Geht ein bißchen raus und spielt«, sagte sie zu den Kindern. Auf dem Gestell über dem Herd trockneten Wollstränge, und der Geruch nach nassem Schaf hing in der Luft. Sie war wieder bei der Arbeit.

»Wie geht es Jockie?« fragte ich.

»Morag sagt, es sei eine allergische Reaktion. Oder vielmehr, es war eine. Dadurch entstanden die Blasen, und dann löste sich die Haut ab. Sie erwägen eine Hautverpflanzung.«

»Allergisch wogegen?«

»Das wissen sie nicht«, sagte sie. »Aber eine Qualle war es ganz bestimmt nicht.«

»Ich habe den Deckel, der an allem schuld ist, draußen in einer Plastiktüte. Vielleicht könnte Hector ihn ins Krankenhaus bringen.«

»Natürlich.«

Nicht daß an dem Blechstück noch viel haften würde, nachdem es die Tidenströmung mit Sand gescheuert hatte.

Ich rief das Krankenhaus an und bat, Morag sprechen zu

dürfen. Sie sagte mir, daß es Jockie schon viel besser ginge. Ich fragte: »Sind Sie letzte Woche mal im Schuppen gewesen?«

»Nein.«

»Und Jockie?«

»O ja«, sagte sie. »Er hat für mich Fisch aus der Tiefkühltruhe geholt.«

»Aha«, sagte ich. Jockie hatte also Fisch geholt, den Deckel entdeckt, ihn mitgenommen und irgendwo versteckt, wo er für sportliche Aktivitäten besser greifbar war.

»Jimmy hatte Streit mit Donald, haben Sie mir erzählt.«

»Stimmt.«

»Es ging dabei um irgendein Faß.«

»Ja, um ein Ölfaß.«

»Können Sie sich an den Wortlaut erinnern?«

»Ich hab's Ihnen ja schon erzählt«, sagte Morag müde. Zu müde, um sich an die Einzelheiten einer Auseinandersetzung zu erinnern, die noch in einer anderen Welt stattgefunden hatte.

»Versuchen Sie's«, sagte ich. »Ich muß es genau wissen. Es ist wichtig.«

»Du liebe Zeit«, sagte sie. »Donald bot Jimmy zwanzig Pfund für das Faß. Jimmy sagte, jemand anders würde ihm mehr zahlen. So war es, denke ich.«

»Welcher andere?« Ich konnte die Schärfe in meiner Stimme nicht ganz unterdrücken.

»Daran kann ich mich nicht erinnern.« Das klang verwirrt. »War's vielleicht jemand aus dem Steinbruch?« Ich konnte mir Morag vorstellen, wie sie da im Hospital stand; dazu die sterilen, weißen, warmen Räume. Sie und Jockie, weit weg von Camas Bealach. »Ich kann mich an den ganzen Streit überhaupt nur sehr dunkel erinnern.«

»Woher wußte Donald denn, daß Jimmy das Faß hatte?«

»Jimmy hat's ihm vielleicht erzählt. Vielleicht stammte es

von einem Schiff. Hören Sie, Mr. Frazer, Jockie ruft nach mir.«

»Ich wünsche ihm gute Besserung.« Aber sie war schon fort.

Fiona hatte aufgehört, sich mit ihren Wollknäueln zu befassen, und beobachtete mich. »Worum ging's dabei?« fragte sie.

»Ich muß herausfinden, ob Donald aus dem Urlaub zurück ist«, sagte ich.

Ich rief Jerry Fine an. Als er antwortete, klang seine Stimme so trübsinnig, wie sein Bluthundgesicht aussah. »Oh, hallo«, sagte er, als sei er überrascht, daß ich noch lebte.

Ich sagte ihm, daß ich Donald Stewart suchte.

»Der ist in Blackpool«, sagte er. »Verdammt ungünstiger Zeitpunkt für Urlaub. Heute oder morgen müßte er zurückkommen.«

»Wo finde ich ihn, wenn er wieder da ist?«

»Wir haben da einen Schuppen in Dunmurry«, sagte er. »Neben der Fischfarm. In dem bewahrt er sein Zeug auf. Vielleicht finden Sie ihn dort.«

Ich dankte ihm, legte auf, saß da und starrte auf den Apparat. Zwei Leute hatten gewußt, daß Jimmy im Besitz des gelben Fasses war: Donald und noch jemand, dem Jimmy das Faß schon vorher zum Verkauf angeboten hatte. Folglich hatten zwei Leute ein Motiv, um in Jimmys Schuppen einzubrechen und sich selbst zu bedienen.

Ich dachte daran, wie ich mit Ewan in Dunmurry gewesen war und er am Schloß der Schuppentür gerüttelt hatte: Ich muß mich im Schuppen umsehen. Herausfinden, wo er das verdammte Gift aufbewahrt.

Das wollte ich jetzt auch. Fiona saß in der Küche, in eine Dampfwolke gehüllt. »Wollen Sie mit mir zum Essen ausgehen?«

»Nein«, sagte sie. »Aber vielen Dank. Ich bleibe hier bei den Kindern.«

Ich nahm den Telefonhörer ab, rief Prosper an und verabredete mich mit ihm zum Essen im Dunmurry Hotel. Dann ließ ich Fiona mit einem Tisch voller Sullivan-Kinder zurück, die Berge von Getreideflocken verschlangen, und nahm Kurs auf die glanzvolle Welt der Abenteuerurlauber.

15

Abends gegen sieben passierte ich mit der *Green Dolphin* den grauen Wellenbrecher von Dunmurry Castle, drehte in den Wind und hastete nach vorn, um an eine der Muringbojen für Besucher zu gehen. Prospers *Bonefish* hatte bereits an einer Boje festgemacht. Soweit ich sehen konnte, war niemand an Bord. Nachdem ich die Segel aufgetucht hatte, ging ich unter Deck, rasierte mich sorgfältig mit heißem Wasser und legte die dunkelblaue seidene Smokingjacke an. Dann ruderte ich an Land.

Der Park roch nach Geranienblättern und Zitronen-Verbenen. Es gab ein paar Mücken, aber nicht so viele, daß sie lästig geworden wären. Prosper saß an einem Tisch auf der Terrasse, in Gesellschaft von Lisbeth Vandekaa und einem Champagnerkübel. Er schenkte mir ein Glas ein. Lisbeth lächelte mit ihren porzellanweißen Zähnen und porzellanblauen Augen. »Mein lieber Mann«, sagte Prosper, »über Mangel an Abwechslung mußt du dich ja nun wirklich nicht beklagen«, und warf dabei einen Blick auf meine Füße. Ich streckte ihm meine schwarzen Mokassins entgegen und sagte: »Keine Gesundheitssandalen.«

»Noch nicht«, sagte Prosper, und wir lachten beide. Ich spürte immer noch einen dumpfen Schmerz in den von Donald Stewart malträtierten Zehen. Plötzlich empfand ich mein Lachen irgendwie als illoyal und hörte abrupt auf. Lisbeth, die den Zusammenhang nicht kannte, lächelte verständnislos weiter. »Aber im Ernst«, sagte Prosper, »das war wirklich eine verdammte Woche. Erst Ewan, dann der Fischer, den man aus seinem gesunkenen Trawler geborgen hat. Wie ich höre, hast du dich dabei nützlich gemacht.«

Ich zuckte nur die Schultern.

»Lisbeth . . .« sagte eine Stimme hinter mir. Es war David Lundgren, rot und rund in einem Trainingsanzug und Laufschuhen. Um den Hals trug er ein Handtuch. Der Mann in seiner Begleitung sah aus wie einer der harten Burschen, die ihn üblicherweise begleiteten, außer daß dieser keinen Schnurrbart hatte, sondern ein großflächiges, sonnengerötetes Gesicht und kurzgeschnittene, blonde Haare. Er sah durchtrainiert und fit aus, und sein Kopf ging ohne den Luxus eines Halses direkt in die Schultern über.

Lundgrens graue Augen glänzten, sein rotes, glattrasiertes Kinn war vorgereckt. »Willkommen, Mr. Duplessis, Mr. Frazer. Wie ich sehe, haben Sie Ihr Training für die Drei-Berge-Regatta unterbrochen.«

»Nur Fruchtsaft«, sagte Prosper, wobei er ein unschuldiges Gesicht machte. »Probieren Sie ein Gläschen.«

»Vielen Dank«, sagte Lundgren, »aber Kurt und ich kommen gerade vom Laufen.« Der blonde Mann nickte, ohne das Gesicht zu verziehen, und beobachtete den Horizont. »Wir nehmen das Training ernst. Kurt hier hält sich fit, nicht wahr, Kurt?«

Der blonde Mann nickte erneut. Ich hatte den Eindruck, daß ich ihn schon mal gesehen hatte.

»Ach, übrigens«, sagte Lundgren, »traurige Geschichte, das mit Ewan.« Er sagte es so glatt und kühl, als mache er höfliche Konversation.

Ich sagte ihm, das fände ich auch. Dann fügte ich hinzu: »Ich würde gern Ihrer Einladung folgen und mir in den nächsten Tagen mal den Steinbruch ansehen.«

»Wirklich?« fragte Lundgren. »Ich hätte nicht gedacht, daß jemand von Kinlochbeag scharf darauf sein könnte.« Seine kalten Augen musterten mich. »Lisbeth, würden Sie das arrangieren?« Er lächelte kurz und ging dann, mit Kurt im Schlepptau, zum anderen Ende der Terrasse, wo eine Gang von harten jungen Männern mit kurzgeschnittenen Haaren um einen Tisch saß und Bier trank.

Die Sonne kam hinter einer Wolke hervor. Lundgrens Tischrunde brach plötzlich in lautes Gelächter aus; es klang wie das Bellen einer Hundemeute. Ich sah zu ihnen hinüber.

Und erstarrte.

Kurt saß mit dem Rücken zur Sonne, die voll auf seinen Kopf schien. Er hatte so feines Haar, daß die Kopfhaut rosa durch die blonden Stoppeln schimmerte. Da fiel mir ein, wo ich ihn schon gesehen hatte: Er war der Mann, der mit Donald Stewart im Boot gesessen hatte, an dem Tag, als dieser Ewan in den Fischkäfig gestoßen hatte.

Zum Abendessen tranken wir noch eine Flasche Champagner, aßen Hummer und redeten über die Segelei und das Leben in der Karibik. Ein oder zwei Stunden lang hatte ich fast das Gefühl, in Urlaub zu sein. Das sagte ich ihnen auch.

Lisbeth runzelte die Stirn. »Ich verstehe nicht, warum Prosper den Sommer hier verbringen möchte. Er könnte doch auf Martinique oder an der Cote d'Azur sein.«

»Die Abgeschiedenheit«, sagte Prosper. »Und kein Hurrikan. Außerdem bald die Chance, mir auf irgendwelchen Bergen die Seele aus dem Leib zu rennen und zu einer Regatta gegen meinen alten Kumpel Harry anzutreten.«

»Und was ist mit der Pirsch auf Rotwild?« fragte Lisbeth.

»Die überlaß ich anderen«, sagte Prosper mit einem Grinsen. »Zum Beispiel David Lundgren und seinen muskulösen Begleitern. Übel ist diese Jagd allerdings durchaus nicht. Habt ihr schon mal einen Hirsch in der Brunft gesehen? Wenn man ihn schießt, merkt er's nicht einmal. Wie bei dir mit dem Klettern.« Er schüttelte den Kopf. »Lisbeth, die menschliche Fliege. Oh, du schöne, schillernde Kreatur . . .« Sie schlug ihm leicht auf den Arm und ließ dann ihre Hand dort liegen. »Oder wie Harry im Horngate. So wie du da durch den inneren Kanal gedüst bist, müßtest du eigentlich jetzt tot sein. Du hast es bloß noch nicht gemerkt.«

Kurz darauf gingen wir durch den Park zur Pier zurück. Es war jetzt etwas windiger, und die Fallen schlugen gegen die Masten der nur schattenhaft zu erkennenden Boote. »Noch einen Drink?« fragte Prosper.

»Muß früh ins Bett«, sagte ich.

»Ich seh' Sie dann morgen im Steinbruch«, sagte Lisbeth. »Wann immer Sie wollen.« Ihre Zähne leuchteten im Mondlicht.

»Kommt doch anschließend zu mir«, sagte Prosper. »Es sind nur fünf Meilen.«

Ich ruderte zurück zur *Green Dolphin,* hängte den Smoking sorgfältig auf einen Bügel und verstaute ihn im Schrank. Dann zog ich einen marineblauen Pullover und schwarze Jeans an und zwängte mich in meinen Trockenanzug. Ich packte ein Paar Turnschuhe und ein Messer in einen wasserdichten Beutel, löschte das Licht und stieg leise wieder ins Cockpit.

Die Spiegelungen der Ankerlichter tanzten auf den kleinen Wellen, die die Brise aufgeworfen hatte. Ein oder zwei Kajütlichter schimmerten schwach hinter Vorhängen. Leise Beethovenmusik tönte von Prospers Boot herüber. Eine romantische Stimmung schaffen, nannte er es. Ich ging nach achtern und stieg über die Badeleiter ins schwarze Wasser.

Der Trockenanzug ließ mich nicht untergehen. Ich paddelte leise auf Land zu und glitt lautlos am schwarzen Rumpf der *Asteroid* vorbei. Schließlich spürte ich Wasserpflanzen unter mir und erreichte das Ufer bei den Felsen, wo die Parkmauer die Landzunge teilte.

Die Mücken waren jetzt schlimm. Ich holte das Fläschchen mit dem Abwehrmittel aus dem Beutel und strich es großzügig über meine Haare, so daß es sich mit dem Schweiß über Gesicht und Nacken verteilen konnte. Dann schälte ich mich mühsam aus meinem wasserdichten Anzug, zog die Turnschuhe an und schlich an der Mauer entlang.

Das Gelände stieg ziemlich steil an und wurde schließlich zu einem felsigen Grat. Als ich zurückblickte, fand ich mich etwa hundert Fuß über dem Ankerplatz. Nach See zu warf das Feuer von Hyskeir Lichtblitze gegen den Untergrund der Wolken. Mein Mund war trockener, als er eigentlich zu sein brauchte; niemand würde mich hier sehen. Nach Halt für die Hände tastend, zog ich mich über den Felsgrat.

Die Meeresbucht lag jetzt vor mir. Das Rechteck der Fischfarm erstrahlte im Licht bläulicher Scheinwerfer, die den Standort des Schuppens genau markierten. Ich kletterte vorsichtig nach unten. Wenn ich mir hier oben ein Bein brach, würde ich David Lundgren kaum eine plausible Erklärung für meine Anwesenheit liefern können. Der Fels ging in Gras und Heidekraut über, und das Gelände fiel mählicher ab. Schließlich schob sich eine schwarze Masse vor die Scheinwerfer: der Schuppen.

Ich griff in den Beutel und zog die Taschenlampe heraus. Ich bin kein Einbrecher, sagte ich mir, ich führe im Auftrag meiner Klientin Ermittlungen durch. Allerdings machte diese Selbstbeschwichtigung meinen Mund nicht weniger trocken, noch verlangsamte sie meinen Herzschlag.

Im toten Winkel hinter dem Schuppen schaltete ich die Taschenlampe ein. Die Wand bestand aus ziemlich schlampig vermauerten Zementblöcken. Ein Fenster gab es nicht. Ich schlich zu der dem Hotel abgewandten Seite. Hier gab es gleich drei Fenster. Sie lagen ziemlich hoch, waren klein und hatten Stahlrahmen: die Art, wie man sie in öffentlichen Bedürfnisanstalten findet. Zu klein, um hindurchzuklettern.

Die Wand lag in tiefem Schatten. Die Doppeltür und die vierte Wand, dem Hotel am nächsten, waren von den Scheinwerfern der Fischfarm hell beleuchtet.

Ich klemmte die Taschenlampe zwischen die Zähne, sprang hoch und krallte meine Finger um den Sims des nächstgelegenen Fensters.

Zu meinem Glück hatte der Erbauer des Schuppens nicht einmal soviel von seinem Handwerk verstanden, daß er den Simsen Schräge nach außen gegeben hätte. Das Wasser würde nach innen fließen, wenn es regnete, aber meine Finger fanden guten Halt. Die Kurbelei an den dicken Winschen der *Green Dolphin* hatte meine Armmuskeln so gekräftigt, daß ich mich ohne Schwierigkeiten hochziehen konnte, bis ich mit dem Kinn über dem Sims war und die Lampe in meinem Mund ihren Lichtkegel durch das schmutzige Glas des Fensters warf.

Im Innern des Schuppens leuchtete es gelb. Auch die Fässer in Sullivans Schuppen waren gelb gewesen.

Ich blinzelte durchs Glas, Enttäuschung machte sich in mir breit. Bei den gelben Gegenständen handelte es sich um Fischkästen aus Plastik. Ich konnte sogar die schwarze Aufschrift lesen: DUNMURRY FISH FARMS – WESTERN ROSS. Sie waren in Stapeln zu je einem Dutzend aufeinandergesetzt und nahmen praktisch den ganzen Raum ein. Ich ließ mich wieder herab und massierte meine verkrampften Finger. Auf einer Fischfarm Fischkästen zu finden, war schließlich zu erwarten. Da hatte ich mich für nichts und wieder nichts abgerackert.

Aber, wie Arthur Somers nach ein paar Gläsern Madeira zu sagen pflegte, alle guten Anwälte sind methodisch. Selbst wenn man dazu im Dunkel der Nacht auf fremdem Privatgelände umherschleichen muß.

Ich steckte die Lampe weg und nahm das Messer zur Hand. Dann ging ich zur Vorderseite des Schuppens.

Die Flutlichter warfen einen blaugrauen Schein über die

schwarze Doppeltür. Ich war selbst schwarz angezogen und hatte dunkle Haare, fühlte mich aber trotzdem wie auf dem Präsentierteller. Der mit einem Schloß gesicherte Türriegel war nicht mit durchgehenden Bolzen, sondern mit Holzschrauben befestigt.

An meinem Messer befand sich auch ein Schraubendreher. Die Schrauben gingen leicht heraus. Mit einem leisen Knirschen des ungeölten Scharniers ließ sich der Riegel zurückklappen, und die Tür schwang auf. Mit einem Schritt war ich drin und hatte die Lampe angeknipst.

Überall gestapelte Fischkästen, der unausbleibliche Fischgestank, und in der Ecke der vor sich hin brummende Kühlschrank. Der übliche Fischerschuppen also, dessen Inhalt praktisch überall gleich war, von den Faröern bis zu den Falklands.

Ich tastete mich langsam weiter, durch einen Gang zwischen den Kistenstapeln, der gerade breit genug war für eine Schubkarre. Im hinteren Teil des Schuppens befanden sich ältere Kästen aus Holz, die nach jahrelangem Gebrauch völlig verdreckt von Fischblut waren. Der Lichtstrahl glitt über etwas Gelbes und wanderte weiter. Ich schwenkte die Lampe zurück und hielt den Atem an.

Das gelbe Ding war ein 45-Gallonen-Faß. Jemand hatte den flüchtigen Versuch unternommen, es zu tarnen, indem er ein paar Fischkästen davor gestapelt hatte. Ich zog sie beiseite. Auf dem Faß war in Längsrichtung eine Reihe schwarzer Buchstaben und Zahlen aufschabloniert. Ähnliche hatte ich schon auf dem Polaroidfoto, das ich auf der *Flora* gefunden hatte, auf Jockies Diskus und an Deck der gesunkenen *Minnie Sullivan* gesehen.

Aber Ewans Faß war in tausend Stücke zerfetzt und Sullivans war auseinandergerissen. Dieses hier war nur etwas verbeult. Der Deckel saß noch drauf. Ich klemmte den Schraubenzieher unter den Deckelrand und hebelte ihn hoch.

Es schepperte ein bißchen, als der Deckel zu Boden fiel. Kurz darauf meinte ich, ein weiteres Geräusch zu hören. Mein Herz schlug hart gegen die Rippen, ich drehte mich um. In dem Moment krachte etwas, das mir wie ein fliegender Amboß vorkam, gegen mein rechtes Ohr. Meine Knie gaben nach, und ich fiel seitlich über das Faß, fühlte sein Metall unter meinem Gesicht. Plötzlich setzte mir jemand einen Flammenwerfer an den Mund - ich konnte nicht mehr atmen. Mein Gesicht war naß, aber ob von Blut oder Tränen, wußte ich nicht, weil sich mein ganzes Selbst auf den brennenden Schmerz in meiner Kehle richtete, durch die ich vergeblich um Luft rang.

Ein schwerer Stoß erschütterte meinen Brustkorb. Ich fühlte, wie ich zu Boden glitt. Mein Kopf knallte auf den Zementboden und begann zu dröhnen. Immer noch bekam ich keine Luft. Noch ein Stoß in die Seite. Stiefel, dachte ich mit dem kleinen Teil meines Verstandes, der noch arbeitete. Ich wurde über den Boden geschleift, konnte aber nicht sehen wohin, außer daß es hell wurde.

Jemand hievte mich grunzend vor Anstrengung in die Höhe. Dann platschte ich bäuchlings und mit offenem Mund in eiskaltes Wasser.

Es war, als wäre ich in schwarze Tinte gestürzt, aber das Brennen in meiner Kehle wurde durch das Wasser ein wenig gelindert. Ich rollte herum und strampelte mit Armen und Beinen. Mein Kopf kam an die Oberfläche, und ich kriegte röchelnd endlich ein bißchen Luft in die Lungen. Die Flutlichter brannten noch. Vor ihnen hob sich die Gestalt eines Mannes ab. Er hielt etwas in Händen, etwas Langes, Dünnes, mit dem er auf mich einschlug. Ein scharfer Schmerz durchfuhr meine Schulter. Stange, dachte ich. Er hat eine Stange. Keuchend versuchte ich, vor der Bedrohung wegzuschwimmen. Überall um mich herum brannten Lichter. Du bist in der Fischfarm, sagte ich mir. Na schön . . .

Der Mann war mir um die Ecke nachgelaufen, die Stange kam wieder herabgesaust. Ich rollte mich zur Seite und suchte den Boden. Aber ich fand keinen, nur das Gewimmel zusammengedrängter Fische.

Ich schwamm zur gegenüberliegenden Seite, aber er war vor mir da, nur eine schwarze Silhouette gegen die Lichter. Die Stange kam wieder herunter. Dieses Mal benutzte er sie wie eine Harpune, ihre Spitze verfing sich in der Wolle meines Pullovers. Er stemmte sich auf die Stange, und ich wurde unter Wasser gedrückt, tiefer und tiefer. Meine Hände zerrten an der Stange; ich merkte, wie das Gewebe des Pullovers riß, dann war ich plötzlich frei. Der will mich fertigmachen, dachte ich. Der will mich wirklich fertigmachen. Ich kam wieder an die Oberfläche und schnappte qualvoll nach Luft.

Die Stange schlug erneut nach mir. Ich wand mich wie ein Aal, um ihr zu entkommen, und mein Atem fuhr wie ein Feuerhauch durch das rohe Fleisch meiner Kehle. Wohin ich auch schwamm, die Stange konnte mich erreichen. Allmählich wurde ich schwerer. Bald würde ich untergehen. Der Beutel, den ich um die Taille geschnallt hatte, begann mich unter Wasser zu ziehen. Ich zerrte an der Gürtelschnalle. Die Stange fuhr erneut herab, schob mich auf den Grund und gegen das Netz. Ich wand mich verzweifelt; meine Ohren dröhnten. Die Stange war ein langer Bootshaken. Es gelang mir noch einmal, mich loszureißen. Dann schob ich ihn, so weit ich konnte, ins Netz und fühlte, wie es ruckte, als er daran zog. Hat sich im Netz verhakt, dachte ich, und schwamm nach oben.

Das Netz ...

Der Bootshaken kam frei. Schnell tauchte ich wieder, bevor er auf mich einschlagen konnte. Die Gürtelschnalle hatte ich inzwischen aufbekommen. Aber ich warf den Beutel nicht fort. Meine Finger tasteten in seinem Inneren herum und fanden, was sie suchten: das Messer.

Mit kräftigen Stößen schwamm ich zum Rand des Fischkäfigs. Die Welt bestand aus Wasser, das mich zu ersticken drohte, gefüllt mit dichtgepackten Fischen, die wie von Sinnen durcheinanderschossen. Ich prallte gegen das Netz, eine straffe Wand, die mich zurückstoßen wollte. Doch meine Linke verkrallte sich in den Maschen. Mit der Rechten zog ich das Messer kräftig nach unten und seitlich weg.

Es war ein gutes Messer, so scharf geschliffen, daß man sich damit hätte rasieren können. Die straffe Netzwand wurde schlaff. Ich machte ein paar heftige Beinschläge und wand mich durch die Öffnung. Schleimige Fischleiber glitten an meinem Körper entlang und ergossen sich ins offene Wasser. Der graue Schein der Flutlichter blieb zurück. Ich hatte das Gefühl, meine Lungen müßten jeden Moment platzen.

Da schwamm ich an die Oberfläche. Mein Kopf tauchte aus dem Wasser. Die Luft schmeckte wie Nektar, und der Bootshaken war nicht mehr da.

16

Die Flutlichter hinter mir waren zu einem grauen Fleck geschrumpft. Mit jedem Schlag meiner Beine, die mir plötzlich vorkamen wie aus Gummi, blieben sie weiter zurück. Ich erinnerte mich an den Flutstrom, der sich durch die Meerenge in die Bucht gepreßt hatte. Jetzt würde Ebbe herrschen und das Wasser seewärts ablaufen. Ich begann dorthin zu schwimmen, wo meiner Meinung nach Süden sein mußte. Meine Kehle brannte wie Feuer. Ich atmete durch die Nase und schwamm weiter.

Dunkle Klippen wuchsen vor mir empor. Der Anblick brachte die Kraft in meine Beine zurück. Bald spürte ich

Geröllbrocken unter meinen Händen, machte noch einige Schwimmstöße und kroch dann einen felsigen Strand hinauf.

Hinter mir, im Dunkeln, sprang ein Motor an: mit dem metallischen Klappern eines alten Diesels. Ich preßte das Gesicht zwischen die Steine. Ungefähr zwanzig Meter von mir entfernt fuhr ein Boot vorbei und passierte mit dem ablaufenden Tidenstrom schnell die Enge. Die Steine empfand ich als behaglich und wäre gern liegengeblieben, um mich auszuschlafen. Aber ich raffte mich auf und stolperte über den Strand, querte den Weg und arbeitete mich mühsam den Bergrücken hinauf.

Als ich oben ankam, glaubte ich, Glasscherben in der Lunge zu haben. Ich hustete und spuckte. Auf der anderen Seite schimmerten verschwommen die friedfertigen weißen Ankerlichter in der Bucht. Ich schlitterte den Hang hinunter, nahm meinen Trockenanzug wieder an mich und kroch über den Strand. Das Wasser war weit abgelaufen, und der Schlick stank nach faulen Eiern, als ich hinausstapfte. Am Ende waren nur noch zehn Meter zu schwimmen, aber es waren zehn sehr mühsame Meter.

Im Cockpit der *Dolphin* zog ich mich aus. Völlig nackt schleppte ich mich unter Deck und trank einen großen Becher Milch aus dem Kühlschrank. Meine Kehle beruhigte sich und tat jetzt nur noch so weh wie bei einer normalen Halsentzündung. Ich hatte allerdings einen scheußlichen Geschmack nach irgendeiner Chemikalie im Mund: den Geschmack des Zeugs in dem gelben Faß. Dann setzte ich mich auf die Koje.

Als ich wieder zu mir kam, schien mir die Sonne in die Augen, und die Möwen schrien. Ich lag seitlich auf meiner Koje, so wie ich hineingefallen war. Mein Hals war wund, und ich hatte Schmerzen am ganzen Körper.

Die Kehle wurde etwas besser, als ich Kaffee hineinträufelte; eine energische Schwimmtour ließ auch die anderen

Schmerzen abklingen. Prospers Boot war natürlich schon weg, seine Freundin Lisbeth mußte ja zur Arbeit. Ich beseitigte die Schlickspuren im Cockpit, dann ging ich an Land und klemmte mich in die Telefonzelle am Ende des Kais.

Ich meldete ein R-Gespräch mit meinem Büro an. Draußen suchten Möwen die beste Ausgangsposition, um sich auf den Wind zu legen, und Wolkenschatten trieben langsam über die grünen Flanken der Berge. Aus dem Hörer drang Cyrils salbungsvolles Murmeln, unterlegt mit dem einschläfernden Summen der Orchard Street. In diesem Moment kam sie mir wie eine Oase vor.

Cyril servierte mir die Post der letzten Tage wie ein verbales Bankett. Ich erledigte sie Punkt für Punkt. Dann sagte ich: »Rufen Sie James Carrington an und finden Sie alles über den Granitsteinbruch von Ardnabruais heraus.«

»Granitsteinbruch«, sagte Cyril mit der milden Verwunderung, die seine Skepsis auszudrücken pflegte. »Abzulegen ist das unter Morag Sullivan, nehme ich an.«

»Rufen Sie mich zurück«, sagte ich. »In zehn Minuten.« Ich legte den Hörer auf und rief Fiona an.

Sie war sofort am Apparat. »Was ist mit Ihrer Stimme?« fragte sie.

»Ich habe ein Faß mit Chemikalien gefunden«, krächzte ich. »Genauso eins, wie Jimmy und Ewan hatten. Ich hab' den Deckel aufgemacht und etwas davon eingeatmet. Danach bekam ich Halsschmerzen.« Ich erzählte ihr nicht, daß anschließend jemand versucht hatte, mich zu ersäufen, weil ich sie nicht beunruhigen wollte.

»Kommen Sie nach Hause?« fragte sie.

»Ich bin auf dem Weg zum Steinbruch«, sagte ich.

»Passen Sie auf sich auf.«

»Sie auch.«

Ich lehnte meine Stirn gegen das kühle Glas und beobachtete einen Mann auf Lundgrens Kutter, der ein neues Taljereep durch eine Jungfer schor. Außer mir schien niemand das Bedürfnis zu haben, diese Zelle zu benutzen. Nach genau zehn Minuten rief Cyril an.

»Der Granitsteinbruch«, sagte er, »liefert das Material für Mr. Lundgrens Marinas. Mr. Carrington wies darauf hin, daß die meisten Ballungszentren der Welt in sumpfigen Gebieten liegen. Mr. Lundgrens Schiffe laufen bevorzugt derartige Stellen an, insbesondere in den Niederlanden. Es ist ein außerordentlich gutgehendes Geschäft. Mr. Lundgren ist sehr reich. Ein etwaiges Vorgehen gegen ihn dürfte kaum Erfolg versprechen.«

Ganz besonders, wenn wir für dieses Vorgehen kein Geld bekommen, war seine unausgesprochene Mahnung. Cyril war die Stimme meines Gewissens - oder doch zumindest die meines Bankdirektors.

»Danke«, sagte ich und legte auf. Wie es aussah, waren faire Methoden zu teuer und kosteten auch zuviel Zeit. Ich würde mich also mit unfairen behelfen müssen.

Ich wollte unbedingt einen Blick in Donalds Schuppen werfen. Unentschlossen stand ich vor der Telefonzelle. Ein Motorboot kam mit schäumender Bugwelle herangebraust und stoppte scharf am Kai. Jerry Fine sprang heraus und ging mit schnellen Schritten zum Gartentor.

»Guten Morgen«, sagte ich, als er vorbeiging.

Sein Bluthundgesicht sah grau und abgespannt aus.

»Guten Morgen«, erwiderte er. »Kann mich nicht aufhalten.«

Ich ging neben ihm her. »Probleme?« fragte ich.

Er nickte, ohne seine Schritte zu verlangsamen.

»Jedenfalls haben Sie sich dafür einen schönen Morgen ausgesucht«, sagte ich. »Gehen Sie zur Fischfarm runter? Macht es Ihnen was aus, wenn ich mitkomme?«

»Machen Sie doch, was Sie wollen«, sagte er. Wir gingen durch das Tor, auf dem PRIVAT stand, und dann den Weg hinunter. Ein paar Leute standen kopfschüttelnd am Fischkäfig.

Der Grund dafür war nicht schwer zu erkennen.

Durch das Loch, das ich ins Netz geschnitten hatte, waren offensichtlich nicht alle Fische entkommen. Diejenigen, die den Ausgang nicht entdeckt hatten, trieben mit dem Bauch nach oben an der Oberfläche, wo sich die Sonne in ihren Schuppen spiegelte. An der ganzen Küste, bis zur Meerenge hinunter, waren die Wasserpflanzen braun und verdorrt. Ein fauliger Geruch hing in der Luft. Tote Taschenkrebse und Krabben zwischen den Steinen begannen schon zu verwesen.

Der Schuppen stand offen. Ich warf einen Blick in die hintere Ecke. Das Faß war nicht mehr da.

Auf dem Boden des Schuppens sah ich jedoch parallele Linien, die bis zur Tür gingen und sehr wohl von den Rippen stammen konnten, die ein Faß versteifen. Derjenige, der mich letzte Nacht im Schuppen angegriffen hatte, hatte das Faß wieder verschlossen, es umgekippt und aus dem Schuppen gerollt. Ein volles 45-Gallonen-Faß wiegt nahezu eine viertel Tonne, das konnte er ohne Hilfe nicht auf sein Boot verladen. Er mußte annehmen, daß ich morgens wieder zurückkommen würde, um mich umzusehen. Daher hatte er das Faß auf die einzige ihm zu Gebot stehende Weise leichter gemacht: indem er es in die Bucht entleerte.

Jerry Fine setzte sich auf einen großen Stein und barg das Gesicht in den Händen. Ich ging zur *Green Dolphin* zurück.

Der Steinbruch von Ardnabruais war nicht zu verfehlen. Die helle Narbe der Abbaufläche erstreckte sich über die Hälfte einer im Norden gelegenen, zerklüfteten Halbinsel. Die Sonne war hinter einer hohen Wolkendecke verschwunden, einem gesprenkelten grauen Dach, unter dem ein frischer Westwind wehte. Die *Dolphin* rauschte mit prächtiger Fahrt dahin, als wolle sie ihr Bestes geben, um mich aufzuheitern.

Ich lutschte antiseptische Pastillen aus der Bordapotheke, und meine Kehle registrierte es dankbar. Der Steinbruch wuchs vor mir aus der See.

Insgesamt war er sicherlich siebenhundert Meter hoch. Als ich näher kam, gewann das Durcheinander der Formen an seinem Fuß Konturen und entpuppte sich als eine Gruppe großer grauer Hallen auf den terrassierten Überresten eines Hanges. Zwei Schiffe hatten an einem Ladeplatz festgemacht. Die Abmessungen der gesamten Anlage waren so riesig, daß sich die Schiffe wie Modelle ausnahmen. Nachdem ich etwas näher herangekommen war, sah ich, daß das eine Schiff ungefähr fünfzigtausend BRT hatte. Das andere sah wie ein Kümo aus, verrostet und schon arg mitgenommen, und hatte nicht mehr als zweitausend BRT. Ein Mann in schmutzigem Unterhemd angelte von seinem Heck aus an der Mündung eines Wasserlaufs, der einmal ein hübscher kleiner Bach gewesen sein mochte. Es sah nicht so aus, als ob er etwas fing, denn der ehemalige Bach machte jetzt mehr den Eindruck eines Abwasserkanals. Dort, wo er in die See mündete, hatte sich schmutziger Schaum gebildet, und ein großer Ölfleck trieb mit der Tide davon.

Ich machte die *Green Dolphin* an einem mit Autoreifen umgürteten Ponton fest und ging über eine graue Fläche aus Steinen und getrocknetem Schlamm zu einer Ansammlung von Fertigbaracken, den einzigen Gebäuden, die sich den Luxus von Fenstern gestatteten.

Lisbeth saß in einem Raum mit einem Computer, vor sich eine große Tasse Kaffee und einen Haufen Papiere. Sie schenkte mir ihr erprobtes Lächeln, drückte meine Hand und sagte: »Du meine Güte! Sie sehen aber nicht gut aus.«

Ich murmelte etwas von »nicht gut geschlafen«.

»Hier«, sagte sie mit einer Handbewegung zum Fenster hin, »hier sind Sie im größten Granitsteinbruch Europas.«

»Hier bin ich also«, sagte ich. Sie lächelte strahlend; ihre gebräunte Haut verriet blühende Gesundheit und Frische, als hätte sie sich nicht die halbe Nacht mit Prosper amüsiert und dann eine frühmorgendliche Segeltour auf sich genommen, um pünktlich zur Arbeit zu erscheinen. »Sie haben alle Hände voll zu tun«, sagte ich. »Ich kann mich gut selbst umsehen. Das macht mir nichts aus.«

»O nein«, sagte sie. »Mr. Lundgren bestand darauf, daß ich Sie persönlich herumfahre. Das wird für Sie bestimmt auch interessanter.«

Ich bemühte mich um Lockerheit. »Gibt es da etwa Dinge, die Mr. Lundgren mich nicht sehen lassen möchte?«

Sie lachte hell über diese absurde Vorstellung. »Natürlich nicht. Das hat nur versicherungstechnische Gründe.« Sie senkte den Blick. »Ich hab' den gestrigen Abend sehr genossen. Prosper ist ein wunderbarer Mensch.«

»Ja«, sagte ich. Ich kannte ihn lange genug, um eine recht gute Vorstellung davon zu haben, was auf seinem Boot geschah, wenn er mit einer schönen Frau allein war und Beethoven aus der Stereoanlage erklang.

»Gehen wir«, sagte sie, die Erinnerung zurückdrängend.

Die graue Ebene roch nach Staub und Chemikalien. Ihre Oberfläche war von den Rädern großer Maschinen aufgerissen und zerfurcht. Ungefähr zweihundert Meter landeinwärts ging sie in einen steilen, mit Sand und Geröll bedeckten Hang über, der etwa dreißig Meter bis zur nächsten Ebene und einem weiteren Steilhang anstieg. Dieser Steilhang endete wieder in einer Ebene und so fort. Die Terrassen stiegen von der See her wie eine Reihe gigantischer Treppenstufen empor. Linker Hand standen grau gestrichene Hallen und drei Schürfkübelbagger, die vor dem Hintergrund der Riesenstufen wie Kinderspielzeug wirkten. Hinter den Hallen türmten sich Berge von gemahlenem Stein, umgeben von langen, spinnwebartigen Laufstegen und Förderbändern. Das Rattern entfernter Maschinen drang laut herüber.

Lisbeths Gesicht war von einem fast missionarischen Eifer erfüllt.

»Einhundert Fuß hohe Terrassen«, sagte sie, wobei sie auf die Felswand deutete. »Und hier, in diesen Hallen, die Sortiermaschinen. Wir können hier alles, von feinem Sand bis zu Felsbrocken, sortieren und zu jeder gewünschten Mischung verarbeiten.« Wir waren jetzt auf dem Weg zu den Hallen. Sie bewegte sich mit der Anmut eines Modells auf dem Laufsteg. Einer der Männer auf dem kleineren Schiff pfiff ihr anerkennend nach. Sie nahm keine Notiz davon. »Der Schiffsbelader«, sagte sie und zeigte auf ein langes, eingerüstetes Rohrmundstück, das aus einer grauen Metallhalle herausragte. »Fördert eine Tonne pro Sekunde in die Laderäume der Schiffe, dreitausendsechshundert Tonnen pro Stunde.« Das Mundstück stieß auf die Ladeluken des größeren Schiffes herab wie der Rüssel eines riesigen Moskitos. »Es dauert also rund zehn Stunden, um dieses Schiff hier zu beladen.«

Wir befanden uns unterhalb der Hallen, und das Dröhnen der Maschinen übertönte jede normale Konversation. »Ich zeige Ihnen jetzt mal das Schüttloch.«

Wir stiegen in den Land Rover. Auf dem Rücksitz lagen große Taurollen und ein Bergsteigerhelm. Sie startete den Motor, und wir röhrten einen Serpentinenweg an den Terrassen des Berghangs hoch; dabei ging es so schnell aufwärts, daß mir die Ohren knackten. Nachdem wir ein halbes Dutzend dieser Terrassen hinter uns gebracht hatten, gelangten wir auf einen Weg, der über eine verschandelte Steinwüste führte, die immer noch etwas von einem schottischen Berg an sich hatte - wenn man die Augen zusammenkniff und dabei schielte. Oben hielt sie, und wir stiegen aus. Es ging ein ziemlich starker Wind hier, der mir in der Kehle brannte. Am Fuß des Abhangs rannten winzige Bagger gegen den Berg an.

Weiter im Innern lag eine trichterförmige Senke, ungefähr hundert Meter im Durchmesser und nicht ganz zwanzig

Meter tief. Zwei Bagger am Hang förderten das Felsgestein in den Füllschacht einer riesigen Maschine, die vibrierte und dröhnte. Ein Förderband führte von der Maschine in die Mitte der Grube, den tiefsten Punkt des Trichters. Genau im Mittelpunkt war ein kreisrundes Loch, vielleicht fünf Meter im Durchmesser. Ein steter Steinstrom rasselte vom Förderband und stürzte in das Loch.

»Das Schüttloch«, sagte Lisbeth. »Gerade in Betrieb genommen. Phase zwei des Ardnabruais-Projekts. Die Maschine da ist der Steinbrecher. Der Schotter fällt durch das Loch dreihundert Meter tief auf ein Förderband im horizontalen Schacht. Von dort aus gelangt er in die Sortierhallen und dann in Sammelbehälter und so weiter.«

»Warum baggern Sie nicht gleich den ganzen Berg weg?« fragte ich.

»Genau das machen wir ja«, sagte sie, wobei sie mir zulächelte, als wäre ich ihr Lieblingsschüler. »Wir haben noch eine Reserve von rund einer Billion Tonnen Granit. Aber wir sind bemüht, die Auswirkungen auf die Umwelt zu minimieren. Deshalb graben wir nicht von außen nach innen, sondern von innen nach außen.«

Ich wandte dem Loch den Rücken zu und sah den vergewaltigten Berghang hinunter auf den großen Ölfleck, oder was es auch sein mochte, der mit der Tide von der Bachmündung wegtrieb. »Wunderbar«, sagte ich.

Mit heulendem Motor preschte der Land Rover die Serpentinen wieder hinunter. Dann gingen wir durch lange Hallen, folgten dem Fluß von Gesteinsbrocken, die über Absätze nach unten fielen, durch verschiedene Gitter gesiebt und in Strömen von Wasser gewaschen wurden, bis sie schließlich, der Größe nach sortiert, auf den riesigen konischen Haufen landeten, von denen sie der Schiffsbelader aufnehmen und in die Laderäume befördern konnte.

Endlich kamen wir wieder ans Tageslicht. Meine Ohren

klangen noch vom Dröhnen der Maschinen. Rechts vor uns standen zwei weitere lange Hallen. »Was ist da drin?« fragte ich.

Sie warf einen kurzen Blick hinüber. »Nur Lager«, sagte sie. »Nicht weiter interessant.«

Ein Jeep hielt neben uns. Der Fahrer trug einen silbernen Schutzhelm. »Lisbeth!« rief er.

»Der Boß ruft. Entschuldigen Sie mich.« Sie ließ mich noch einmal ihr blendend weißes Lächeln sehen und trabte leichtfüßig wie eine Gazelle davon.

Im Gegensatz zu ihr war ich an den Lagerhallen außerordentlich interessiert. Ich stahl mich davon, Hände in den Taschen, und ging langsam auf die nächstgelegene zu.

Sie war groß, und das Tor stand offen. Der Gang in der Mitte war breit genug für einen Gabelstapler. Am hinteren Ende sah ich einen, der eine mit Säcken beladene Palette anhob. Ich schlenderte den Gang hinunter, leise vor mich hin pfeifend, und versuchte, wie ein Tourist auszusehen. Zu beiden Seiten waren Paletten mit Blechplatten, Maschinenteilen, Zementsäcken und Chemikalien gestapelt. Aber keine 45-Gallonen-Fässer. Ich winkte dem Gabelstaplerfahrer zu. Er winkte zurück. Die hintere Tür stand ebenfalls offen. Draußen wandte ich mich nach links, ging an zwei großen Dieseltanks vorbei und geradewegs in die zweite Halle.

Sie sah genauso aus wie die erste, und auch hier war im Hintergrund ein Gabelstapler in Betrieb. Ich ging langsam auf ihn zu.

Der Fahrer kehrte mir den Rücken zu, ebenso der Mann, mit dem er sprach. Beide trugen gelbe Schutzhelme. Der Fahrer nickte und setzte mit dem Gabelstapler auf den Gang zurück. Auf der Gabel war eine Palette, und auf der Palette standen vier 45-Gallonen-Fässer. Die Fässer waren gelb. Das gleiche Gelb, wie ich es auf dem Faß in Donald Stewarts

Schuppen gesehen hatte. In Schwarz waren Zahlen und Buchstaben aufschabloniert, aber auf die Entfernung konnte ich sie nicht genau erkennen.

Ich ging näher heran, als wäre ich nicht sonderlich interessiert. Nur Harry Frazer auf Urlaub, der sich einen kleinen privaten Abstecher von der offiziellen Tour leistet. Der Gabelstapler schwenkte herum. Und ich blieb abrupt stehen.

Denn der Fahrer war Donald Stewart.

Der andere Mann hatte sich ebenfalls umgedreht. Er hatte ein großes, sonnengerötetes Gesicht und einen dicken Nakken. Es war Lundgrens Freund Kurt.

Einen Augenblick machte niemand auch nur die geringste Bewegung. Donalds Augen waren schmal und schwarz unter dem Schirm seines Schutzhelms. Ich sagte: »Guten Morgen«, aber meine Stimme klang verloren in der großen Halle.

Kurt sagte leise: »Mach ihn fertig.«

Donald sagte nichts. Statt dessen stampfte sein rechter Fuß auf das Fahrpedal, und der Gabelstapler schoß direkt auf mich los.

Ich sprang zurück. Aber hinter mir war eine Wand von Packkisten. Daher hastete ich zur Seite und suchte nach einer Möglichkeit zu entkommen. Ich sah Donalds Hände Schalter betätigen, und die Gabel mit der Palette und den Fässern schwenkte herum, schneller als ich laufen konnte. Ich bekam einen fürchterlichen Schlag auf den linken Oberschenkel, ging zu Boden, rollte herum und schrie vor Schmerz auf. Die Gabel schwang erneut in meine Richtung. Ich versuchte wegzukriechen, aber mein linkes Bein war wie tot, ich schleppte es nur nach. Die gelben Fässer gerieten ins Schwanken und krachten zu Boden. Die Gabel zielte jetzt direkt auf mich. Aber Stewart hatte den Kopf weggewandt, als errege etwas seine Aufmerksamkeit. Der Boden war naß. Ein metallisches Kreischen erfüllte die Luft, und der Motor jammerte gellend wie eine Katze. Ich machte mich wieder bereit, zur Seite zu rollen, doch neben dem Kreischen und dem Motorengeräusch hörte ich jetzt noch einen anderen Laut: Fluchen. Stewart fluchte. Die Gabel war nicht weiter auf mich zu gekommen. Ich stemmte mich an den Packkisten hoch. Mein linkes Bein war immer noch nicht einsatzfähig, aber ich merkte, daß es nicht gebrochen war.

Das Hallentor knallte zu. Kurt war verschwunden. Ich sah, daß eins der gelben Fässer, die von der Palette gefallen waren, sich unter der Gabel verklemmt hatte. Die eine der beiden Zinken hatte das Metall des Fasses durchstoßen, und Flüssigkeit strömte auf den Zementboden. Ich dachte einen Moment daran, was eine Gabel, die ein Metallfaß durchstoßen konnte, wohl meinem Körper angetan hätte. Dann mußte ich jedoch daran denken, was der Inhalt eines dieser gelben Fässer meiner Kehle und Jockie Sullivans Haut und den Fischen in Dunmurry angetan hatte, und ich begann, meine Hände so fest ich konnte an meinem Ölzeug abzuwischen, während ich darauf wartete, daß Stewart von seinem Fahrzeug stieg und über mich herfiel.

Stewart war sehr blaß. Er hatte den Gabelstapler abgestellt.

Ich starrte ihn an, noch zu sehr unter Schock, um etwas zu sagen.

Die Hallentür stand wieder offen. Gegen das Licht sah ich die Silhouetten von Menschen, die Geräusche von sich gaben wie erschreckte Gänse. Unter anderen erkannte ich auch Lisbeths Stimme. Stewart kam auf mich zu. Er sagte laut: »Um Himmels willen, Sir, sind Sie verletzt?« Seine Augen gingen schnell von einer Seite zur anderen. Offensichtlich hatte er Angst.

Leider dauerte es zu lange, bis ich wieder richtig zu mir kam. Inzwischen hatte er sich vorgebeugt, um mir die Hand zum Aufstehen zu reichen. Plötzlich legte er den Kopf in den Nacken und schnellte ihn dann mit einer hackenden Bewegung nach vorn. Ich drehte mich zur Seite, aber nicht schnell genug. Ich spürte einen heftigen Schmerz auf meinem Nasenrücken, als dieser vom Schirm seines Schutzhelms getroffen wurde. »Letzte Warnung«, krächzte seine Stimme. »Steck deine Nase nicht in fremde Angelegenheiten, verdammter Schnüffler.« Meine Augen füllten sich mit Tränen, ich preßte die Hände vors Gesicht und fiel zu Boden, mitten in die ausgelaufene Flüssigkeit.

Es dauerte vielleicht zwanzig Sekunden, bis ich klar genug denken konnte, um den Kopf aus der Pfütze zu heben. Ich konnte Stewarts Stimme hören, der lautstark etwas erklärte oder sich verteidigte. Ich erhob mich. In meinem Mund hatte ich den metallischen Geschmack von Blut. Leute drängten sich um mich: Lisbeth war da und der Mann mit dem silberfarbenen Schutzhelm. Sie streckten mir die Hände entgegen. Ich sagte: »Fassen Sie mich nicht an. Ich bin ganz voll davon.« Ich wandte mich zum Ausgang und rannte schwerfällig mit meinem angeschlagenen Bein zum Wasser, wo ich es abwaschen konnte.

»Voll von was?« fragte der Mann mit dem silbernen Schutzhelm.

»Dem Zeug aus dem Faß«, sagte ich. »Reizstoff!«

Der Mann mit dem Silberhelm streckte eine Hand aus, die weiche, weiße Hand eines Büromenschen. Das Zeug würde sie zerfressen. Er legte sie auf meine Schulter. »Regen Sie sich ab«, sagte er. Als er die Hand wegnahm, sah ich, daß sie von dem Zeug ganz schleimig war.

»Das ist völlig harmlos«, sagte er.

Ich starrte ihn benommen an, während mir Blut übers Gesicht lief.

»Reinigungsmittel«, fuhr er fort. »Zum Geschirrwaschen.«

Die Fässer hatten die gleiche Farbe wie das von letzter Nacht und auch die gleichen Seriennummern. Was ich letzte Nacht in dem Faß entdeckt hatte, war kein Reinigungsmittel gewesen. Aber auf dem Hallenboden sah ich schillernde

Blasen. Der Mann mit dem silbernen Schutzhelm hatte zweifellos recht.

Trotzdem stank hier etwas ganz gewaltig.

17

Sie brachten mich in einen Waschraum, wo ich das Blut ins Becken tropfen ließ. Das Gesicht, das mich aus dem Spiegel ansah, war knochig und hager, mit einem dicken roten Striemen über dem Nasenrücken. Es war das Gesicht eines Narren. Das sagte ich diesem Gesicht sehr deutlich. Dann ging ich zurück ins Hauptbüro.

Der Manager des Steinbruchs hatte seinen silbernen Schutzhelm an einen Haken gehängt und stand jetzt am Fenster, seine Hängebacken auf den Kragen gestützt. »Ich kann mich wirklich nicht genug bei Ihnen entschuldigen«, sagte er. Seine Stimme verriet seine Londoner Herkunft und den ehemaligen Offizier. Durch die Tür konnte ich Lisbeth sehen, die im nächsten Büro ein Bündel Papiere studierte. Jetzt war kein Lächeln mehr auf ihrem Gesicht; der Manager hatte sie ganz sicher zusammengestaucht, weil sie mich allein hatte rumlaufen lassen.

Ich grinste ihn an. Es sollte beruhigend wirken, tat jedoch nur meiner Nase weh. »Ich möchte mit Donald Stewart sprechen«, sagte ich, »und mit dem Mann, der bei ihm war.«

»Welcher Mann?«

»Er trug einen gelben Schutzhelm«, sagte ich.

»Alle tragen hier einen gelben Schutzhelm.«

Die Schmerzen machten es mir schwer, meine Selbstbeherrschung zu wahren. Ich sagte: »Zwei Ihrer Angestellten haben mich gerade tätlich angegriffen.«

»Aber ich bitte Sie«, sagte er.

»Der Mann auf dem Gabelstapler«, sagte ich. »Sein Name ist Donald Stewart.«

Der Manager runzelte die Stirn. »Also ehrlich«, sagte er. »Wenn das wirklich passiert ist, tut es mir schrecklich leid, aber sind Sie denn sicher?« Er griff nach dem tragbaren Funksprechgerät, das er am Gürtel trug. »Jones bitte ins Hauptbüro.« Dann wandte er sich wieder mir zu. »Es ist hier ziemlich gefährlich. Lisbeth hätte Sie nicht allein lassen dürfen. Ich kann dafür wirklich keine Verantwortung übernehmen.«

Jones erschien, fett und außer Atem, und nahm seinen Schutzhelm ab. »Wer arbeitet im Materiallager West?« fragte der Manager.

»Einer von ihnen heißt Donald Stewart«, warf ich ein.

Jones sah mich an. »Stimmt«, sagte er. »Er hatte jemanden von der *Marius B.* dabei. Sie haben irgendwelches Frachtgut verstaut.«

»Ist Donald Stewart bei Ihnen angestellt?« fragte ich.

»Nein«, sagte Jones. »Er hilft nur beim Laden und Löschen der *Marius B.* Kommt von Dunmurry herüber.« Auf dem Gesicht des Managers zeigte sich Selbstzufriedenheit. Tätlicher Angriff oder nicht, sein Problem war es nicht mehr.

Der kurze, dicke Schornstein des kleineren der beiden Schiffe stieß schwarze Dieselwolken aus. Ich nahm mir das an der Tür hängende Fernglas und stellte es scharf ein. Das Schiff war voll beladen. Der Ladebaum zwischen den Luken zog gerade die Lukendeckel über den Granitschotter in den Laderäumen.

»Sie muß mit der Tide auslaufen«, sagte der Manager. »Hatte Maschinenschaden und tagelang den ganzen Betrieb hier durcheinandergebracht.«

Inzwischen bekam ich die von Roststreifen durchzogenen, weißen achteren Aufbauten ins Blickfeld. In der Steuerbord-Brückennock stand ein Mann. Er hatte seinen Schutzhelm abgenommen. Das große rote Gesicht und die durch das kurzgeschorene blonde Haar schimmernde rosa Kopfhaut waren nicht zu verkennen: Kurt.

Ich fragte den Manager: »An welchem Tag kommt das Schiff immer rein?«

»Die Hin- und Rückfahrt dauert acht Tage«, sagte er. »Daher verschiebt sich ihre Ankunft jede Woche um einen Tag.«

Mach ihn fertig, hatte Kurt gesagt. Ich richtete das Glas auf den Bug der *Marius B.* Er war hoch und rostig. Der Rost sah aus, als hätte er viel Zeit gehabt, sich festzusetzen. Niemand hatte diesen Bug benutzt, um Jimmy Sullivans Boot zu rammen.

Ein Streifen schmutzigen Wassers erschien zwischen der *Marius B.* und dem Kai. Der Propellerstrom schwenkte kurz zur Seite, als die Maschine zurückging. Dann richtete ihr rostiger Bug sich auf den Horizont, und sie lief aus.

Eine untersetzte Gestalt ging über die zerfurchte graue Ebene zum Kai. Ich rannte in Lisbeths Büro, schnappte mir den Schlüssel des Land Rovers von ihrem Schreibtisch, sprang hinters Steuer und jagte Stewart nach.

Er drehte sich um, als ich näher kam, und ging schnell um die Ecke der Halle, so daß er von der Baracke aus nicht mehr zu sehen war. Ich folgte ihm. Er begann zu laufen, wobei er ab und zu einen Blick über die Schulter warf.

»Halt!« schrie ich laut genug, um das Heulen des Motors zu übertönen.

Er lief weiter. Diesmal jedoch würde er mir Rede und Antwort stehen und nicht nach dem Gesetz des Dschungels handeln können, weil ich ihm nämlich zuvorkommen würde.

Ich fuhr links an ihn heran, bis er in Höhe der Motorhaube war. Nach rechts konnte er nicht ausweichen, weil dort die Wand der Halle war. Dann riß ich das Steuer nach rechts. Es gab einen dumpfen Schlag. Er stürzte zwischen Kühlerhaube und Wand zu Boden. Ich stand auf der Bremse. Das war zu hart, dachte ich, du hast ihn umgebracht. Als ich zurücksah, lag er zusammengekrümmt auf dem Boden und japste nach Luft. Ich setzte zurück, vorsichtig, so daß das rechte Hinterrad gerade seine Fußknöchel berührte. Ich sagte: »Du sagst mir jetzt, was ich wissen will, oder ich fahre über deine Beine.« Ich ließ den Motor kurz aufheulen und die Kupplung gerade so viel kommen, daß er einen kleinen Vorgeschmack davon bekam. Er brüllte wie ein Stier. Es war ein abscheulicher Laut. Und ich beging eine abscheuliche Handlung.

Er blickte zu mir hoch. Schweiß rann ihm in großen dicken Tropfen von der Stirn. »Wo warst du letzte Nacht?« fragte ich.

»Im Hafen von Canna.«

»Beweis' das.«

»Ich lag dort an der Boje mit Michael McCrimmon und Ecky Harris. Sie können sie fragen.«

»Das werde ich auch. Sag mir jetzt, worüber du dich vor drei Wochen mit Jimmy Sullivan gestritten hast.«

»Geh'n Sie doch zum Teufel«, sagte er. Ich trat kurz auf das Gaspedal. Er brüllte wieder. »Jimmy hat zwei Fässer aufgefischt«, sagte er. »Die waren von einem Schiff über Bord gegangen. Ich hab' ihm ein Angebot dafür gemacht. Aber er wollte nicht.«

»Wem hätte er sie sonst verkaufen können?«

»Keinem.«

»Seine Frau hat mir aber was ganz anderes erzählt.«

Donald sagte: »Ich hab' da diesen Typ getroffen, dem ist ein Container über Bord gegangen. Er suchte jemand, der sich hier mit den Gezeiten und den Strömungen auskennt und das Zeug wieder auffischt. Der Boß hat ihn zu mir geschickt. Er wollte anständig bezahlen.«

»Dann hätte Jimmy die Fässer auch direkt an ihn verkaufen können. Für dreißig Pfund. Sie wollten ihm nur zwanzig geben. Wie heißt dieser Typ?«

Donalds Kopf schlug auf dem schlammigen Boden hin

und her. »Kurt Mancini. Er arbeitet für eine chemische Fabrik in Rotterdam, die Bach AG.«

»Das ist der, mit dem du gerade zusammenwarst?«

»Stimmt.«

»Letzte Woche bist du mit deinem Boot in Camas Bealach gewesen und hast das Faß aus Sullivans Schuppen gestohlen.«

»Das war ich nicht.«

»Am Slip war Farbe von deinem Boot.«

»Quatsch. Ich war in Blackpool. Praktisch jeder könnt' mein Boot genommen haben.«

Damit hatte er allerdings recht. »Warum hast du Ewan Buchan in den Fischkäfig geworfen?« fragte ich weiter.

»Weil ich ihn ums Verrecken nicht ausstehen konnte«, zischte Donald. »Er war ein neugieriger, reicher Bastard. Und das ist sein amerikanisches Flittchen auch und Sie ebenfalls.« Seine Augen sprühten Gift und Galle. »Aber das hier ist eine Nummer zu groß für Sie, Schlaumeier. Sie werden beobachtet, Sie und diese Frau.«

Mein Fuß stieg wie von selber auf das Gaspedal. Er brüllte vor Schmerz. Ich schwitzte, und mein Herz hämmerte. »Wer beobachtet uns?« fragte ich.

Jetzt stand schon eine ganze Menge Land Rover auf seinem Bein. »Sie können mir jeden Knochen im Leib zerbrechen«, stieß er hervor. »Es gibt Leute, die Schlimmeres mit mir machen, wenn ich das verrate.«

»Leute wie Kurt Mancini.«

»Das haben Sie gesagt.«

Ich hätte ihn einfach überfahren sollen, aber ich konnte nicht. So legte ich den Vorwärtsgang ein und rollte etwas vor. Er setzte sich langsam auf und rieb seine Beine. »Du bist auf dem besten Weg, wieder im Knast zu landen«, sagte ich. Dann fuhr ich vorsichtig zum Landungssteg.

Stewart gehörte zu der Sorte von Männern, die Gewalt

androhen und Gewalt anwenden und nur von Gewalt geleitet werden. Ein harter Mann. Aber ein harter Mann, dem man Angst eingejagt hatte. Kein Killer.

Draußen auf See marschierte die *Marius B.* zum Horizont. Es war ein feuchtwarmer Tag, aber ich fror. Wenn es nicht Donald Steward gewesen war, der mich letzte Nacht in den Fischkäfig geworfen hatte, wer war es dann gewesen?

Du kreuzt da in sehr gefährlichen Gewässern, sagte ich mir. In Gewässern voller Haie. Zumindest einer der Haie beobachtet dich, und seine Augen sind die kalten Augen von Kurt Mancini. Ich segelte die Küste hinunter zu Prospers Haus, denn ich brauchte jemanden, dem ich mich anvertrauen konnte.

Das Haus war wie eine kleine Ausgabe von Dunmurry, mit Zinnen, Pfefferstreuer-Türmchen und ausgestopften Lachsen in Glasvitrinen in der Halle. Meine Kehle wurde schlimmer.

Prosper merkte es sofort. Er sah besorgt aus und nötigte mich, ein großes Glas Malzwhisky zu trinken. Dann fragte er: »Was hast du gemacht?« Ich erzählte ihm die ganze Geschichte.

»Harry«, sagte er, »warum gehst du nicht zur Polizei?«

»Wie es aussieht, ist Ewan völlig mittellos gestorben. Wenn jemand herausbekommt, daß er Seeminen im Schuppen gelagert hat, zahlt die Versicherung keinen Penny.«

Prosper sah mich mit seinen leicht vorstehenden Augen an und beugte sich über den Tisch. »Noch einmal, ganz simpel«, sagte er. »Ruf die Polizei.«

»Da wäre noch Fiona.«

»Fiona?« Er sah mich aufmerksam an. »Was ist mit Fiona?«

»Wenn ich die Polizei benachrichtige, wird sie Kinlochbeag verkaufen müssen.«

»Na und?« sagte Prosper.

»Das möchte ich ihr ersparen.«

»Ach du meine Güte«, sagte Prosper. Sein Mund öffnete sich zu dem breiten Grinsen, das ich so gut kannte, und er griff nach der Whiskyflasche. »Sie hat dich ganz schön eingewickelt. Junge, du bist verloren. Und ich dachte, es ginge uns diesen Sommer nur um Ruhm oder Tod.«

»Tod ja», sagte ich. »Aber nicht viel Ruhm.«

»Du bist hergekommen, damit wir beide an diesem Wettsegeln teilnehmen können. Es sind nur noch zwei Wochen bis zur Drei-Berge-Regatta. Wenn du schlau wärst, würdest du das alles der Polizei überlassen, schön segeln gehen und dich aus allem raushalten, stimmt's?«

Ich saß da, nickte und dachte daran, was aus meinem sommerlichen Segelurlaub geworden war. »Stimmt«, sagte ich.

Er seufzte. »Aber du hältst dich nicht raus«, sagte er.

Ich nickte. »Ich werde an der Regatta teilnehmen«, sagte ich. »Und gewinnen.«

Er lächelte sein zynisches Lächeln. Ich stand auf, weil ich mich auf den Weg machen wollte. Er legte eine Hand auf meine Schulter, sein Gesicht war jetzt wieder ernst. »Ich will die Wettfahrt auch mitsegeln. Paß auf dich auf. Und wenn du Hilfe brauchst, sag' mir Bescheid.«

Ich dankte ihm und ging.

Meine Kehle brannte nach dem Whisky, als wäre sie von Killerbienen attackiert worden. Ich richtete den Bug der *Green Dolphin* auf das äußere Ende des Horngate, kuppelte die Selbststeueranlage ein und ließ mich in eine Ecke des Cockpits sacken, wo ich langsam durch die Nase atmete, um den naßkalten Wind so weit wie möglich von meiner Kehle fernzuhalten. Dauernd dachte ich daran, was Donald zu mir gesagt hatte: Sie werden beobachtet, Sie und diese Frau.

Als ich nach dem Ankern und dem Verstauen der Segel an Land gerudert war, konnte ich mich kaum noch auf den Beinen halten. Ich stolperte zum Haus hinauf. Fiona saß in ihrem Studio und arbeitete an ihrem kleinen Webstuhl.

Sie drehte sich zu mir um. Ihr Mund öffnete sich, aber sie sagte zunächst gar nichts. Dann sprang sie auf. »Harry!« Ich empfand ihre Stimme als etwas unendlich Beruhigendes. »Was haben Sie gemacht?« fragte sie besorgt. Ich ließ mich in einen Armstuhl fallen. Sie werden beobachtet, Sie und diese Frau.

Aber mir ging es zu schlecht, um irgend etwas anderes zu begreifen, als daß Harry Frazer jetzt unter Freunden war.

»Hab' Quallen eingeatmet«, sagte ich.

»Quallen?«

»Wie Jockie.«

Ich hatte kaum noch Stimme und mußte den Rest rationieren.

»Dem geht's wieder besser.«

»Das gleiche Zeug«, sagte ich und öffnete den Mund. Ich seh' sicher aus wie ein sterbender Fisch, dachte ich. Ein sehr müder, sterbender Fisch.

Dann schlief ich ein.

Von da an nahm ich alles um mich herum nur verschwommen wahr. Hector schien mir die Treppe hinaufzuhelfen. Ich versuchte ihm zu sagen, daß mir nichts fehle, aber meine Stimme war jetzt völlig weg, und auch meine Knie waren nur sporadisch zu gebrauchen. Dann war da plötzlich ein Arzt, stirnrunzelnd hinter der Stablampe, mit der er mir in den Mund leuchtete. Und immer wieder Schlaf: Nacht, Tag, noch eine Nacht, gestört durch das Brennen in meiner Kehle und das Gefühl, daß da draußen in der Welt vor dem Fenster Dinge geschahen, über die ich keinerlei Kontrolle hatte.

Wie in einem Kaleidoskop ging in meiner Vorstellung alles durcheinander: gelbe Fässer und Gabelstapler und Donald Stewart; immer wieder überlagert von dem großen roten Gesicht Kurt Mancinis, das dann im runden Auge des Fernglases kleiner wurde und verschwand. Irgendwann wurde es dann wieder Tag, und Fiona saß an meinem Bett. Ich schaffte es, ihr den Kopf zuzuwenden und die Augen offen zu halten. Als sie sah, daß ich wach war, lächelte sie. Dieses Lächeln war so, als zöge jemand den Vorhang auf und ließe die Sonne in ein dunkles Zimmer. »Nicht reden«, sagte sie, packte meine Hand und drückte sie. Ich drückte zurück. Ich schien erschreckend schwach geworden zu sein. Außerdem hatte ich einen widerlichen Geschmack im Mund, chemisch und giftig.

»Was, zum Teufel, ist mit mir los?« flüsterte ich.

»Halten Sie den Mund«, sagte sie, hörte aber nicht auf zu lächeln.

»Was?«

Sie seufzte. »Der Arzt weiß es auch nicht. Er vermutet, Sie haben irgendein Gas eingeatmet, das Verbrennungen in Ihrem Kehlkopf verursacht und Ihren Körper vergiftet hat. Er sagt, es wäre ungewöhnlich, in einer Woche zu zwei Fällen von Vergiftungen durch eine unbekannte Substanz gerufen zu werden. Einen Fall hat er im Krankenhaus von Inverness.«

»Jockie«, flüsterte ich.

»Jockie geht's besser«, sagte sie. »Er war schlechter dran als Sie. Man vermutet, daß er mit dem Zeug selbst in Berührung gekommen ist, nicht nur mit seiner Ausdünstung.«

Ich nickte. Dabei tat mir mein Genick weh. Wenn Jockie es schaffte, würde ich's auch schaffen.

»Ruhen Sie sich aus«, sagte sie. »Ich habe Ihnen Tee gebracht.«

Ich lag da und sah sie an. Ihre Augen waren so ruhig wie eine spiegelglatte See; als wäre es die natürlichste Sache der Welt, daß sie jemanden pflegte, der erst vor zwei Wochen hereingeschneit war. Auch mir schien es selbstverständlich. Kinlochbeag war nicht länger ein Zwangsaufenthalt auf meiner Reise zu Prosper, sondern der richtige Ort für mich. Ich war nicht nur deshalb zurückgekommen, weil Donald gewisse Drohungen ausgestoßen hatte, sondern weil ich das von mir aus wollte, und zwar unbedingt.

So deutlich, wie es mir möglich war, murmelte ich: »Ich liebe dich.«

18

Ihre grünen Augen weiteten sich, eine leichte Röte stieg ihr den Hals hinauf und überzog ihr Gesicht. Sie streckte die Hand nach mir aus. Doch dann sprang sie auf und rannte aus dem Zimmer.

Ich lag eine Weile da, starrte auf die Tür und dachte an ihr Erröten und die Bewegung ihrer Hand. Ich fühlte mich schwach und krank, aber im Augenblick auch außerordentlich glücklich. Ich nickte ein und wachte nach rund zwei Stunden wieder auf. Dieses Mal war ich dem Glücksgefühl so weit gewachsen, daß ich die Füße auf den Boden setzen, meine Kleider anziehen und meinen schwindligen Kopf vorsichtig die Treppe hinunterbalancieren konnte. Fiona saß in ihrem Studio. Sie sah hoch, als ich hereinkam, und begann etwas zu sagen, hörte jedoch nach ein paar Worten wieder auf. Die Pupillen ihrer Augen sahen riesig und unergründlich aus, und ihr Gesicht war plötzlich jung und verletzlich. Sie kam auf mich zu, ich legte beide Arme um sie, und sie legte die Arme um mich. Es war genauso, wie es sein sollte. Aber es ging mir jetzt gut genug, um ernsthaft an die Probleme heranzugehen.

Sie werden beobachtet, Sie und diese Frau.

Das Telefon klingelte. »Ach, Mist«, sagte sie und machte sich los. »Es ist für dich.«

Ich deutete auf meine Kehle.

»Er kann jetzt nicht sprechen«, sagte sie. »Kann ich etwas ausrichten?« Das Telefon jammerte eine ganze Weile in ihr Ohr. Als sie auflegte, war ihr Gesicht ernst. »Das war dein Büro«, sagte sie. »Sie hatten einen Anruf vom Krankenhaus in Pulteney.«

»Pulteney«, flüsterte ich. Mein Glücksgefühl erstarrte. Die Vorahnung, was sie als nächstes sagen würde, ließ meine Haut kalt werden.

»Deine Schwester«, sagte sie, »liegt auf der Intensivstation. Nach einer Überdosis Schlaftabletten.«

Ich sah sie mit versteinertem Gesicht an.

»Sie meinen, du sollst hinkommen«, sagte Fiona.

Ich nickte. Mein Kopf war schwer wie Blei.

Aus diesem Grund tat es Vi immer wieder: Um andere Leute zu überzeugen, daß ich bei ihr sein müßte. Es war ihre Methode, mich zu ködern und am Haken zu halten, damit ich ihr die Zigaretten anzünden und ihre Fotoalben ansehen konnte. Mammi Vi.

Als Vi das dritte Mal aus der Entziehungsklinik entlassen worden war, hatte man ihr gesagt, daß sie ihr Leben völlig neu einrichten müsse. Sie mußte aufhören, die Vi mit dem Glas in der Hand und den Pillen gegen den Kater zu sein. Sie mußte eine neue Vi werden, eine Vi, die fähig war, auf eigenen Füßen zu stehen und ohne ihr Rettungsfloß aus braunen Fläschchen durchs Leben zu schwimmen. Selbstverständlich, Darling, hatte Vi da gesagt, war zu den Treffen der Anonymen Drogenabhängigen gegangen und wieder in das Haus in Pulteney gezogen, das ich mit dem Geld aus den Scheidungsprozessen Südwestenglands finanzierte. Sie hatte angefangen, jeden Tag vor dem Frühstück Strandwanderungen zu machen und allen Leuten zu sagen, daß sie sich an die Einsamkeit gewöhne.

Das war vorletztes Jahr gewesen. Dann hatte sie eines Abends im Yachtklub einen netten, rosigen, jungen Jollenmeister namens Georgie kennengelernt und ihn in ihr großes weiches Bett in ihrem schönen weißgetünchten Haus mitgenommen und ihm Dinge gezeigt, von denen er draußen in seinem Trapez noch nie geträumt hatte. Nächste Nacht war er wiedergekommen, um sich noch ein Stück vom Kuchen abzuschneiden. Die folgenden fünf Nächte hatte Vi gegluckt und gegurrt und ihren eingetrockneten Charme spielen lassen, aber die einzige Person, die darauf hereinfiel, war sie selbst. In der sechsten Nacht hatte sie Georgie in einer schummrigen Ecke der Yachtklub-Bar entdeckt; er saß sehr nahe neben einem außerordentlich attraktiven Mädchen, das nicht nur ein Boot der nationalen Hornet-Klasse steuerte, sondern auch nur halb so alt war wie sie. Georgie hatte ein paar unfreundliche Dinge gesagt über Leute, die eigentlich in die 60er Jahre gehörten, und über ein Alter, in dem man keine kurzen Röcke mehr tragen sollte. Da hatte Vi dann ihre Freundin Cynthia aufgesucht. Cynthia war mit einem Häusermakler verheiratet, der zwei Mercedes, eine Sunseeker-Motoryacht und eine Villa in Teneriffa besaß, aber sie litt ständig an dem Gefühl, daß ihr irgend etwas im Leben fehlte. Cynthia hatte Vi aus ihrem Vorrat kleiner Helfer eine Handvoll abgegeben, um den Schicksalsschlag mit Georgie zu mildern. Drei Wochen später verließ Vi die Intensivstation des städtischen Krankenhauses in Plymouth, im wahrsten Sinne des Wortes ausgepumpt und sehr blaß, und ich hatte sie wieder in die Kurklinik zurückgebracht. Dort hatten uns die Ärzte zu verstehen gegeben, daß sie sie jetzt das letzte Mal behandeln würden, und daß Vi, wenn sie noch einmal mit Barbituratspuren im Blut aufkreuzte, selbst sehen müsse, wo sie wieder gesund würde.

Sie konnte aber nirgendwoanders hin.

»Soll ich mitkommen?« fragte Fiona.

Ich drückte sie an mich. Dann packten wir.

Auf dem Weg zum Flughafen machten wir kurz halt beim

Krankenhaus von Inverness. Ein etwas verwirrter Arzt sagte ja, natürlich, er hätte noch den Faßdeckel, der mit dem Fall Jockie Sullivan in Verbindung stünde, und ich könnte ihn haben. Also wickelten wir Jockies Diskus in einen Plastikbeutel, legten ihm dafür ein paar Schokoriegel auf sein Bett und nahmen dann den Nachmittagsflug. Um sechs Uhr rollten wir in einem Leihwagen zwischen Fuchsienhecken vor das kleine Krankenhaus in Pulteney.

Es war ein niedriges, weißes Gebäude. Fiona sagte: »Geh' allein rein. Ich warte im Wagen.«

Der Doktor war jung, hatte braunes, gelocktes Haar und wirkte abgespannt. »Sie ist etwas reizbar«, sagte er.

Ich hatte während des Flugs vor mich hingedöst und dazwischen immer wieder Mineralwasser getrunken. Meine Stimme kam allmählich zurück. »Was ist passiert?« fragte ich.

»Sie wurde gestern nacht mit einer akuten Barbituratvergiftung eingeliefert«, erwiderte er. »Wir haben ihr den Magen ausgepumpt.« Er zögerte einen Augenblick. »Ich vermute, sie hat schon früher - Probleme dieser Art gehabt?«

Er hatte erkannt, was los war, da gab es nichts weiter zu bereden. Er führte mich die Stufen hinauf in ein Krankenzimmer mit Balkontüren, hinter denen die grünen Hügel Devons zur glitzernden blauen See abfielen. Um die Betten waren Vorhänge gezogen. »Ich habe ihr etwas gegeben«, sagte er. »Um sie zu beruhigen. Aber . . . Nun ja, es ist ein Problem.« Er zog den Vorhang zurück.

Vi lag völlig gerade in ihrem Bett. Ihre Haut hatte die Farbe und Konsistenz von Löschpapier. Ihr Haar lag auf dem Kissen wie ein Nest gefärbter schwarzer Schlangen.

Die Anzeichen waren alle wieder vorhanden. Die Knochen ihres kleinen Gesichts sahen aus, als wollten sie jeden Moment die Haut durchstoßen. Man hatte ihr Make-up nicht ganz entfernt; die braunen Schatten um ihre Augen waren noch mit Mascara verschmiert, und die grellen Streifen

Rouge auf ihren Wangen waren willkürlich hingehuschte Diagonalen. Prosper hatte einmal festgestellt, daß man immer genau wußte, wann Vi aus dem Ruder lief, weil dann ihr Make-up einen guten Zentimeter verrutscht war.

Ihre Augenlider hoben sich so langsam wie schwere Falltüren. »Hal«, sagte sie. Ihre Stimme klang undeutlich, verrutscht wie ihr Make-up.

»Was hast du wieder angestellt, Vi?« fragte ich.

Sie schien es nicht zu hören. Statt dessen sagte sie: »Der gute kleine Hal ist gekommen, um nach Mammi Vi zu sehen.« Sie lächelte, das Lächeln einer Drogensüchtigen. Als ich jünger gewesen war, hatte ich dieses Lächeln wie einen Schatz in meinem Gedächtnis gehütet. Erst viel später merkte ich, daß es nur das Lächeln der Pillen war.

Der Arzt sagte: »Ich weiß nicht, wieviel sie mitbekommt. Äh . . . Haben Sie schon darüber nachgedacht, wie es weitergehen soll?«

Was er mir damit so nett wie möglich zu sagen versuchte: daß das kleine Krankenhaus von Pulteney für die Behandlung einer Barbituratabhängigen im Entzug nicht ausgerüstet war, und daß Vi die Patienten mit Oberschenkelfrakturen und Krampfadern nur aufregte und verärgerte. »Wir werden etwas finden«, krächzte ich.

»Was finden?« fragte die lallende Stimme aus dem Bett. Vi hatte über viele Jahre die Fähigkeit entwickelt, die Wirkung starker Drogen abzuschütteln.

»Du hast wieder Tabletten genommen«, sagte ich. »Wir müssen sehen, daß du Hilfe bekommst.«

»Ich weiß doch«, sagte Vi und begann zu weinen, ein schwaches Miauen wie von einem Kätzchen. »Es ist aber nicht meine Schuld.«

Es war nie ihre Schuld gewesen. Das Leben bestand für sie aus einer Reihe von Verschwörungen, die das Ziel hatten, ihr Rollen wegzunehmen, Falten unter ihren Augen entstehen, sie verschlafen zu lassen und dafür zu sorgen, daß sie ihren Job verlor.

»Würden Sie noch einmal bei mir vorbeikommen, wenn Sie gehen?« fragte der Arzt.

»Es dauert nicht lange«, sagte ich.

»Du gehst weg«, sagte Vi. »Immer gehst du weg.«

»Noch nicht«, sagte ich. »Ich geh' nirgendwo hin.«

»Ich bin bei dir geblieben«, sagte Vi. »Immer, immer.« Sie reichte mir ihre Hand, die so kalt und dünn war wie die Klaue einer Eidechse. Ich dachte an den kleinen Harry Frazer, der damals in der Mietshauswohnung auf das Licht der Straßenlaternen an der Zimmerdecke gestarrt und bei jedem ankommenden Taxi gehofft hatte, »Mammi« Vi würde darin sitzen. Einmal, als ich zehn Jahre alt war, hatte ich drei Tage auf sie warten müssen.

»Dir geht es gut«, sagte ich. »Was war los?«

»Hat mir was in den Drink getan«, sagte sie. »Dieser verdammte Eric hat mir was in den Drink getan.«

»Wer ist Eric?«

»Irgendein Kerl. Groß und nett.«

»Ach so.« In den letzten Jahren war ihr Leben voller Erics gewesen.

»Übrigens ...« Mit einer kreisenden Bewegung ihrer grauen Zunge feuchtete sie ihre Lippen an, und die langen Nägel ihrer Finger kitzelten kokett meine Handfläche. »Ich hab' meine Handtasche zu Hause gelassen, mein Make-up, weißt du?«

Ich wußte Bescheid. Ich sagte: »Ich laufe schnell runter in den Krankenhausladen und kaufe dir, was du brauchst.«

»Nein«, sagte sie, und ihre Hand wurde plötzlich feucht. »Ich brauch' die Tasche.«

Warum sie die brauchte, war mir klar. Es war nicht das Make-up, sondern das Pillenfläschchen. »Noch nicht«, sagte ich.

Ihr Gesicht verzerrte sich. »Du verfluchter Bastard!« sagte sie laut.

Ich versuchte, sie zu beruhigen, aber meine Stimme machte nicht mehr mit. In dem Maß, wie meine schwächer wurde, hob sich die ihre, bis sie zu einem lauten Kreischen anschwoll - zu einem Sturzbach von Unflat, in dem sich eine Obszönität an die andere reihte und der schließlich in einen langen, qualvollen Schrei überging. Der Arzt schob den Vorhang beiseite, desinfizierte ihren Arm und gab ihr eine Spritze. Ihre Augenlider senkten sich, sanft und langsam. Der Arzt und ich gingen zusammen aus dem Krankenzimmer. »Wir haben einfach nicht die erforderlichen Einrichtungen«, sagte er.

Die hatten sie in Portway House auch nicht. Die gab es nirgends außer in Mabbacombe, der offiziellen Anstalt der Grafschaft für Geisteskranke. Mabbacombe hatte mit Fliesen ausgelegte Krankenzimmer, in denen die Betten im Abstand von sechs Zoll nebeneinander standen. Vi war einmal dort gewesen. Am dritten Tag hatte sie versucht, sich das Leben zu nehmen. »Ich werde darüber nachdenken«, sagte ich.

»Je eher, desto besser.« Der Arzt sah verlegen aus. »Das heißt, bis morgen früh.«

»Morgen?« fragte ich.

»Ich fürchte, darauf muß ich bestehen«, sagte er.

Ich verstand ihn nur zu gut.

Pulteney ist ein hübscher kleiner Ort mit einem hufeisenförmigen Hafen, einer Rettungsstation und Reihen kleiner Granithäuser, die ursprünglich von Fischern bewohnt gewesen waren, aber jetzt solchen Leuten als Ferienhäuser dienten, die sich die Beiträge für den neuen Yachtklub leisten konnten, den man am Kai des alten Fischereihafens gebaut hatte. Ich war nicht in der Stimmung für neue Yachtklubs, aber Fiona und ich brauchten jetzt einen Drink. Daher gingen wir am anderen Ende des Kais in die »Mermaid«, ein Lokal, das sich der wachsenden Tendenz zur Dekoration mit Pferdezaumzeug und ähnlichem folkloristischen Firlefanz erfolgreich widersetzt hatte.

Es war noch früh am Abend, und bis auf zwei Fischer an der Theke war das Lokal leer. Durch das Fenster an unserem Tisch sahen wir einige Jugendliche in bunten Neoprenanzügen im Hafen surfen. Ich stützte meinen schweren Kopf in die Hände und sagte: »Warum mußte sie bloß wieder anfangen?«

Es war ein gutes Gefühl, mit Fiona zusamen zu sein. Ihre ruhige Art, an Probleme heranzugehen, sorgte dafür, daß man viel besser mit ihnen fertig wurde. »Vi kann sich selbst nicht leiden«, sagte ich. »Sie will vor allem weglaufen.«

»Sie will dich«, sagte Fiona.

Ich lachte. Einen großen Teil meines Lebens war ich für Vi nur eine lästige Verpflichtung und danach ihre private Geldquelle gewesen. »Brauchen vielleicht«, sagte ich. »Wollen auf keinen Fall.«

Die Tür ging auf, und ein Mann kam herein. Er hatte das gebräunte Gesicht des Hochseeseglers, tiefliegende Backenknochen, eingefallene Wangen und stacheliges braunes Haar. Wie immer sah er aus, als käme er gerade aus dem Bett: Charlie Agutter. »Harry«, sagte er, als wären wir mitten in einem Gespräch. »Vi hat wieder durchgedreht, höre ich.«

»Charlie Agutter«, sagte ich, »Fiona Campbell. Charlie ist der Konstrukteur der *Green Dolphin.*«

Charlie sah Fiona an, als wolle er sie vermessen.

»Das Boot haben Sie sauber hingekriegt«, sagte sie.

Charlie hob die Augenbrauen und wurde verlegen. Ich ging zur Theke und bestellte ihm einen Famous Grouse; als ich zurückkam, redete er, und Fiona lächelte ihn an. Ich beneidete ihn um das Lächeln, aber nicht lange, denn es wanderte gleich darauf zu mir und dazu noch eine Hand, die sich unter dem Tisch auf meine legte. »Wie ist das mit Vi passiert?« fragte ich.

Charlie gehört nicht zu denen, die lange um eine Sache herumreden.

Er zuckte die Schultern. »Es ging alles recht schnell«, sagte er. Die Agutters waren seit Generationen in Pulteney ansässig, und es ereignete sich hier nicht viel, von dem er nichts mitbekam. »Ich hätte sonst sofort angerufen. Eben noch hing sie wie ein Oktopus an diesem Typ, und dann lag sie auch schon flach in der Bar des Yachtklubs. Sie haben sie dann ins Krankenhaus gebracht. Ist sie in Ordnung?«

»Sie braucht jemand, der sich um sie kümmert«, sagte ich. »Besonders, wenn sie hierbleibt.«

»Wie meinst du das?«

Er deutete aus dem Fenster. Ein Mann mit blondem Haar und tief gebräunter Haut war dabei, ein Surfbrett vom Dach eines BMW zu nehmen.

»Nicky Charleston«, sagte er. »Einer von unseren Kokaindealern. Die junge Schickeria. Würden sich's auch durch die Ohren reinziehen, wenn's ginge. Vi hängt mit ihnen rum.« Er sah wütend aus und trank seinen Whisky. »Die machen sich über sie lustig, nennen sie die Barbie-Puppe. Ihr Haus gefällt ihnen allerdings. Ich hab' ihr schon ein paarmal gesagt, sie soll nicht so verdammt blöd sein. Hat mir mehr genützt als ihr.«

»Kennst du jemand, der Eric heißt?«

»Nein«, sagte Charlie. »Aber bei ihren kleinen Lieblingen verliert man ja den Überblick. An den Wochenenden kommen sie alle von London herübergebraust und tänzeln um den Hafen herum. Dann flitzen sie wieder zurück, um an der Börse zu spielen. Geh' nur und frag' Nicky.«

»Wir kennen uns noch nicht«, sagte ich.

»Komm mit.« Er zog mich zur Tür hinaus. Der Wind vom Hafen war kühl. »Nicky!« rief Charlie. »Komm her!«

Charleston lächelte ein charmantes Lächeln voll weißer Zähne und ohne jede Bedeutung.

»Kennst du jemanden, der Eric heißt?« fragte Charlie.

»Nein«, sagte Charleston.

Wir gingen näher heran. »Nicky«, fragte Charlie, »wann findet die Gerichtsverhandlung statt?«

»Dienstag in einer Woche.«

»Besitz von Marihuana«, informierte mich Charlie. »Tätliche Bedrohung des Polizeibeamten Weatherhall unter dem Einfluß von Alkohol. Die Männer, die hier in Pulteney als Friedensrichter tätig sind, kann man nicht gerade als wohlwollend bezeichnen. Das heißt, Leuten wie ihm gegenüber. Ich hingegen kenne sie schon so lange ich lebe. Was er braucht, ist ein Leumundszeuge.«

»Ich hab' welche«, sagte Charleston. Sein Lächeln war verflogen, er sah jetzt bösartig und mürrisch aus.

»Bestimmt keinen aus Pulteney. Ich würde ja gern selbst vortreten und sagen können, daß du ein netter, hilfsbereiter Bursche bist.«

»Moment mal«, sagte Charleston. »Meinst du vielleicht Eric Waters?«

»Freund von Vi Frazer«, warf ich ein.

»Von Barbie«, sagte Charleston. »Ja, das ist Eric.«

»Seine Nummer«, drängte Charlie.

Nicky blätterte in seinem Filofax. »Da«, sagte er und streckte uns einen Zettel entgegen.

»Vielen Dank.«

»Wir sehen uns vor dem Friedensrichter«, sagte Charlie.

Nicky hatte seine Absicht, surfen zu gehen, offenbar geändert. Er schnallte das Brett wieder auf den Dachträger und fuhr in seinem BMW davon.

»Der Vorsitzende des Friedensgerichts kann mich ums Verrecken nicht ausstehen«, grinste Charlie. »Hier.« Er gab mir den Zettel. »Läuft das Boot gut?«

»Wie ein D-Zug.« Ich hatte ihm schon von der Kinlochbeag-Regatta erzählt. »Wenn wir beim Drei-Berge-Rennen gut abschneiden, sind wir im Geschäft.«

»Wir sehen uns dann dort«, sagte er, verabschiedete sich von Fiona und ging zu dem umgebauten Lagerhaus zurück, das ihm als Büro diente. Fiona und ich stiegen die steile, kopfsteingepflasterte Quay Street hinauf. »Ich mag deinen Freund Charlie«, sagte sie. »Bei Pulteney bin ich mir nicht so sicher.«

Die Tünche der Häuser in Pulteney war sehr weiß, die Geranienkörbe leuchteten besonders bunt. »Die Leute hier finden das hübsch«, sagte ich. Im Vergleich zu Schottland schien mir jetzt alles zu klein und zu niedlich.

»Vielleicht braucht es eine gewisse Gewöhnung«, sagte Fiona.

Vis Haus lag in einer Querstraße der Quay Street. Ich schloß die Tür mit meinem Schlüssel auf. Es roch nach unabgewaschenem Geschirr, nicht hinausgebrachtem Müll und Spuren ihres Parfüms. Dutzende von Fotografien, die Vi im Minirock und in allen möglichen Posen zeigten, sahen uns von den Wänden an. Ihre Handtasche lag zwischen benutzten Kaffeetassen und gebrauchten Kleenextüchern auf einem niedrigen Tisch. Sie enthielt zerknitterte Geldscheine, Spuren von verschüttetem Make-up und ein braunes Fläschchen mit vier orangefarbenen Kapseln. Auf dem Etikett stand Seconal. Ich spülte sie die Toilette hinunter. Als ich zurückkam, sah ich Fiona mit einem Ausdruck von Faszination und Abscheu die Fotos und die in Shocking Pink gehaltenen Polstermöbel betrachten. »Es ist wie ein Mutterleib voller Spiegel«, sagte sie. »Sie kann unmöglich hierher zurückkommen.«

Ich zuckte die Schultern. »Wohin sonst könnte sie zurück?« Ich ging in die Küche und begann aufzuklaren. Als ich wieder herauskam, war Fiona dabei, mit Lippenstift beschmierte Kippen vom Teppich aufzulesen. Sie lächelte mir zu, und ich lächelte zurück. Es gab nichts, worüber wir hätten lächeln können, außer daß wir zusammen waren - und das genügte.

Zwei Stunden später sah es im Haus etwas ordentlicher aus, und das Schuldgefühl ritt mich. Ich fand ein zerdrücktes Päckchen Earl Grey in der Küche und machte uns Tee. Wir saßen an dem mit Resopal beschichteten Küchentisch. Der Raum war klein und hätte bei vielen sicher Klaustrophobie hervorgerufen, aber er war weit von Donald Stewart und Kurt Mancini entfernt, also sicher.

Ich mußte mit jemandem bei der Bach AG reden und herausfinden, was sich in den gelben Fässern befand. Wenn ich das herausbekommen hatte, war ich auch in der Lage, Morag Sullivan zu helfen und Kinlochbeag zu einem sicheren Ort für Fiona zu machen.

»Ich muß nach Holland«, sagte ich.

»Und du weißt nicht, was du mit Vi machen sollst«, sagte Fiona.

»Das stimmt.«

»Ich werde bei ihr bleiben.«

»Du wirst - was?«

Das von oben kommende Licht warf Schatten unter ihre Backenknochen und verbarg ihre Augen. »Hör zu«, sagte ich. »Vi wird völlig übergeschnappt und mit Entzugserscheinungen aus dem Krankenhaus kommen. Sie wird fluchen und schreien und die Wände hochgehen.« Fiona sah mich nur an und sagte nichts. Meine Kehle schmerzte wieder, ich hatte zuviel geredet. »Und sobald du ihr das erste Mal den Rücken zuwendest, wird sie abhauen, die Fore Street ansteuern und einen Ziegelstein durch ein Apothekenfenster schmeißen.«

»In Kinlochbeag gibt es keine Apotheke«, sagte sie.

»Du kannst nicht nach Kinlochbeag zurück.«

Ihre Augen weiteten sich. »Und warum nicht, wenn ich fragen darf?«

In Schottland hatte ich ihr nichts über mein Gespräch mit Donald Stewart erzählt, weil ich sie nicht ängstigen wollte. Jetzt sagte ich ihr alles.

»Aber das ist doch lächerlich«, meinte sie.

Ich wollte sie nicht an die zwei Toten erinnern, auch nicht an die Tatsache, daß es dorthin nur eine einzige, zwanzig Meilen lange schmale Zufahrtstraße zwischen hohen Bergen gab. Daher sagte ich bloß: »Ich muß kurz ins Ausland. Bleib nur hier, bis ich zurückkomme.«

Sie schwieg und betrachtete ihre braunen, kompetenten Hände. Ich spürte, wie sie über die Situation nachdachte. Schließlich sagte sie: »Du mußt dir darüber klar sein, daß ich nicht eine Minute länger in diesem Puppenhaus bleibe, als unbedingt nötig. Also, komm so schnell zurück wie's geht, Frazer.« Ihr Gesicht wurde ernst. »Und sorge dafür, daß du heil und gesund wiederkommst.«

Ich ging um den Tisch herum, und plötzlich lagen wir uns in den Armen und küßten uns leidenschaftlich.

Nach einer Weile löste sie sich aus meinen Armen. »Stop«, sagte sie. »Ich möchte besser über dich Bescheid wissen.«

»Du bekommst, was du vor dir siehst«, sagte ich.

»Was ist denn damit?« fragte sie mit einer Handbewegung. Genauso wie im Wohnzimmer waren auch die Wände der Küche voller Fotos, und alle zeigten Vi.

»Das erzähl' ich dir später«, sagte ich. »Komm mit nach oben.«

Ihre Augen waren plötzlich verschleiert, und ihr Gesicht sah doppelt so lebendig aus wie sonst. »Jetzt?« fragte sie.

Es fiel mir schwer zu sprechen. »Jetzt«, sagte ich.

»Gut.«

Sie sah mich von der Seite her durch den Vorhang ihrer Wimpern an und lächelte, ein Lächeln voller Ironie. »Ich bin eine sehr gehorsame Person«, sagte sie. »Trifft sich gut, nicht wahr?«

Ich ergriff ihre Hand, und es war, als hätten sich plötzlich Hunderte neuer Nervenenden unter meiner Haut gebildet. Wir gingen langsam die Treppe hinauf. Vis Schlafzimmer war rosa, mit Rüschen, wohin man sah. Aber keiner von uns schenkte der Inneneinrichtung auch nur einen Blick.

Fionas Körper war warm und braun und ihre Haut glatt wie Satin unter den neuen Nervenenden in meinen Händen. Ihr Mund fiel über mich her wie ein feuchtes, hungriges Tier. Dann lagen wir zusammen auf dem Bett, und sie gab kleine, zufriedene Laute von sich und schob sich unter mich. Sie öffnete ihre Schenkel und ließ mich ein. »Ich liebe dich«, flüsterte sie. Ich liebte sie auch.

Später lagen wir schweigend nebeneinander und sahen den Möwen zu, die im Licht der untergehenden Sonne über dem Dach des Hauses gegenüber ihre kleinen Streitigkeiten ausfochten. Es hätte eigentlich eine friedvolle Stimmung sein sollen. Doch das war es nicht, weil ich aus irgendeinem Grund an Ewan denken mußte. Und an denjenigen, der ihn aus einer Welt hinausgesprengt hatte, in der es Fiona und Freundschaft und das Geschrei der Möwen in der Abendsonne gab – nur weil er Ewan als unbequem empfand. Ich war zornig.

Fiona bohrte ihren Kopf in meinen Hals. »Hunger«, sagte sie.

Wir gingen in ein Restaurant am Hafen und waren sehr damit beschäftigt, einander in die Augen zu sehen. Eine Zeitlang gab es keine Vi mehr, die, durch eine Spritze beruhigt, in ihrem Krankenhausbett lag, und um die man sich würde kümmern müssen; es gab nur das Kerzenlicht in den graugrünen Tiefen von Fionas Augen und die leichte, gute Müdigkeit, die an die Stelle meiner durch das Gift hervorgerufenen Erschöpfung getreten war.

Wir aßen Steinbutt und tranken dazu einen Sancerre. Vi und Ewan und die gelben Fässer waren in der Ferne präsent wie Wolken, die das ruhige Auge eines Hurrikans umgeben. Hinterher gingen wir zu Vis Haus zurück und tranken etwas Brandy, den wir in ihrer Hausbar fanden. »Deine Jugend«, sagte Fiona und nahm eins der sechzehn Fotoalben aus dem speziell dafür angefertigten Regal über dem Fernseher. »Sag mir, wer sie alle sind.«

Ich gab ihr also einen ausführlichen Bericht. Da waren zunächst die Schwarz-weiß-Aufnahmen unserer Eltern, die sich winkend auf dem Flughafen von Heathrow verabschiedeten, drei Stunden bevor die Comet 4, mit der sie flogen, in der Luft auseinandergebrochen war. Dann Bilder von Onkel George, unserem Vormund, der vage unter seiner roten, großporigen Nase grinste und sich langsam zu Tode getrunken hatte. Danach kam Vi, die sich gern als Erwachsene verkleidet hatte, bis sie merkte, daß Erwachsene es schick fanden, sich als Kinder zu verkleiden; und schließlich ich selbst, ein schwermütiges Kind mit schwarzen Haaren, die ihm bis in die Augen hingen, und einem Ausdruck verbissener Entschlossenheit.

»Armer kleiner Kerl«, sagte Fiona und küßte mich.

»Mir ging es gut«, sagte ich. Das stimmte auch; mir ging es gut, weil ich keine Ahnung hatte, daß das Leben auch anders sein konnte. Ich hatte Freunde statt einer Familie. Ich war gut in der Schule. Und in den Ferien war Vi nett zu mir, wenn sie nicht unter Strom stand, und ihre Freunde waren zumindest höflich.

Ich schenkte uns etwas Brandy nach und zog das Album von Vis Aufenthalt in der Karibik heraus. Da gab es eine Menge Nacktaufnahmen von ihr am Strand, wo sie ihren Hintern in die Luft reckte: eine der letzten Sachen, die sie für »Penthouse« gemacht hatte. Dann kam der Film.

»Allerhand«, sagte Fiona.

Da war ein Bild von Prosper und mir, wie wir uns mit Preßluftflaschen und Schwimmflossen am Strand von Virgin Gorda in Szene setzten. Und da war Vi auf Tortola: ihre braune, spanische Haut sonnendurchglüht, ihre Augen schimmernd vor Glück - und vom Tuinal -, wie sie mit Rock Hudson bei der Abschlußparty anstieß. Da waren Dutzende von braunen, strahlenden Gesichtern an einem langen Tisch unter den Palmen. Auf dem blauen Meer im Hintergrund lagen mehrere Segelyachten vor Anker.

»Das sieht so aus, als wäre es kaum zum Aushalten gewesen«, sagte Fiona trocken.

Ich hörte gar nicht hin, sondern sagte nur: »Laß mich mal sehen«, und nahm ein Foto heraus.

Eine von Vis Methoden, die Zeit herumzubringen, während sie auf die dreimonatlichen Anrufe ihres Agenten wartete, war Perlstickerei. Da sie zu eitel war, um eine Brille zu tragen, verwendete sie eine schwenkbare Vergrößerungslampe. Ich zog sie zu mir herunter, schaltete sie ein und betrachtete das Foto.

Vis Zähne wurden riesig, genauso wie das Grübchen in Rock Hudsons Kinn. Weiter unten stieß ich auf mein eigenes Gesicht, etwas verlegen lächelnd, während ich ein Mädchen mit einer Banane fütterte. Am Ende des Tisches waren die Gesichter nur noch sehr klein, jedoch nicht so winzig, daß man sie nicht mehr hätte erkennen können. Ich zwinkerte heftig.

Da war Tom Finn, der Regisseur - graumeliertes Haar und dunkle Sonnenbrille. Aber es war nicht Tom Finn, der mich interessierte. Es war der Mann, mit dem er sich unterhielt. Ein Mann mit schulterlangem blondem Haar und einem großflächigen, sonnenverbrannten Gesicht. Ich hatte ihn erst letzte Woche gesehen. Sicher, er trug jetzt einen Bürstenhaarschnitt und hatte sich auch den Bart abrasiert. Aber das Gesicht war ohne Zweifel das von Kurt Mancini.

Ich verstaute das Foto sorgfältig in meiner Tasche. Dort, wo ich hinzugehen beabsichtigte, kam mir jede Munition zupaß.

19

Am nächsten Morgen holte ich meinen alten Mercury Kombi aus Neville Spearmans Marina und fuhr zum Krankenhaus, wo mir die Ärzte Vi mit einer Eilfertigkeit übergaben, die einem Seufzer der Erleichterung gleichkam. Sie gaben uns auch einige Beruhigungspillen für die nächsten zweiundsiebzig Stunden mit. Wir fuhren sie nach Hause und brachten sie ins Bett. »So schön sauber«, murmelte sie und schlief ein. Ich rief den Direktor der Bach AG in Rotterdam an und traf eine Verabredung für den nächsten Vormittag.

»Was willst du dort?« fragte Fiona.

»Herausfinden, was in diesen Fässern ist«, antwortete ich. »Wer es da reingetan hat und warum. Und Morag Sullivan helfen, so gut ich kann.«

»Gib acht auf dich.«

»Du auch«, sagte ich. Sie paßte genau in meine Arme.

Zu dem Zeitpunkt dachte ich noch, daß *sie* die Schwierigkeiten bekommen würde.

Später am Morgen fuhr ich zu meinem Haus in Clifton, um ein paar Sachen zu packen. Dolores, die chilenische Untermieterin, hatte ihre Unterwäsche in der Küche zum Trocknen aufgehängt. Diese Woche trug sie Scharlachrot. Die Orientteppiche im Wohnzimmer waren sauber, die bis an die Decke reichenden Bücherregale abgestaubt, die Geranien gewässert. Alles war vorbereitet, um den Einsiedler Frazer zu empfangen und ihn in Richtung Büro weiterzubefördern.

Ich stieg ins Schlafzimmer hinauf und holte mir einige Sachen zum Anziehen aus dem begehbaren Schrank. Dann verließ ich das Haus, ohne noch einen Blick zurückzuwerfen.

Der Mercury lief gut. Es war erst halb vier, als ich die Einfahrt zur M 25 erreichte. Wenn ich so weitermachte, würde ich viel zu früh an der Fähre sein. Daher fuhr ich nach

London hinein, hielt an einer Telefonzelle in Hammersmith und wählte die Nummer, die Charlie Agutter von Nicky Charleston erfahren hatte.

Eine gelangweilte Mädchenstimme sagte: »Raphael.« Aus dem Hintergrund erklang Musik.

»Ist Eric da?« fragte ich.

»Er schneidet gerade«, sagte sie. »Wer ist denn am Apparat?«

»Ach, lassen Sie ihn«, sagte ich. »Ich komme persönlich vorbei.«

Sie gab mir die Adresse, eine kleine Straße im Süden von Knightsbridge. Ich parkte meinen Wagen und nahm mir ein Taxi.

»Raphael« war ein Friseursalon mit den üblichen großen Glasfenstern. Im Innern hatte man als Baumaterial sandgestrahltes Kesselblech genommen; dazu kamen Eisdielenstühle. Die Wände waren mit ausgerissenen Vogue-Seiten geschmückt, die Mannequins mit Schwanenhälsen und kunstvoll gestylten Haarknoten zeigten. Zwei Mädchen, deren Haare aussahen, als wären sie aus Kunststoff gepreßt, unterbrachen ihr Gespräch lange genug, um mir zu zeigen, wo Eric stand.

Eric war ziemlich groß, Anfang zwanzig, mit schiefergrauer Hose, gleichfarbigem Hemd und einem Topfhaarschnitt. Er war gerade damit beschäftigt, einem hübschen Mädchen eine übelriechende Paste ins Haar zu schmieren und ihr dabei zu erzählen, was er am vorigen Abend zu wem gesagt hatte.

Ich stieg über die abgeschnittenen Haarbüschel auf dem Boden und fragte: »Haben Sie einen Moment Zeit?«

Er hörte mitten im Satz auf und starrte mich mit offenem Mund an. Er hatte ein blasses Gesicht, Augen wie ein Cocker-Spaniel und einen schmalen, eitel wirkenden Mund. Neben ihm sah ich in dem großen Spiegel hager, braun und bedrohlich aus. Das kam mir sehr gelegen. »Sofort«, sagte ich.

Er begann zu protestieren.

»Sofort«, sagte ich noch einmal mit lauter Stimme, so daß jeder im Laden es mitbekam. »Sie kennen Vi. Wahrscheinlich nennen Sie sie Barbie.«

»Ja«, sagte er. Ein anmaßendes Grinsen machte sich auf seinem Gesicht breit. »Verrückte alte Schnepfe.«

»Ich bin hergekommen, um Ihnen was zu sagen«, sagte ich. »Nämlich, daß ich Sie ins Gefängnis bringe, wenn Sie ihr je wieder Pillen, Kokain oder andere Drogen geben, und daß ich Sie auseinandernehme, wenn Sie wieder rauskommen.«

Alle Augen waren jetzt auf ihn gerichtet. Sein Gesicht war rot angelaufen und mürrisch. »Oh, ein Macho«, sagte er. Ein Mann mit großem schwarzem Schnurrbart hatte seine Schere weggelegt und kam jetzt mit dem Lächeln des professionellen Friedensstifters auf uns zu.

»Vi sagt, Sie hätten ihr was in den Drink getan.«

»Warum sollte ich?« fragte er. »Sie brauchte wirklich keine Ermunterung.«

Da hatte er nicht unrecht.

»Gibt es irgendein Problem?« fragte der Mann mit dem Schnurrbart.

Ich sagte: »Ihr kleiner Scherenkünstler da hat Leute mit starken Drogen gefüttert. Sie müssen besser auf ihn aufpassen.«

»Stimmt das, Eric?« fragte der Mann.

»Ach, scheiß' drauf, Giulio«, sagte Eric. »Glaub' kein Wort davon.«

»Ich glaube es aber«, sagte der Mann mit dem Schnurrbart. »Es ist nicht das erste Mal. Morgens bist du im Tran, schließt dich auf dem Klo ein. Und jetzt das. Du bist eine Schande für meinen guten Salon. Du bist gefeuert. Scher' dich raus, bevor ich die Polizei hole.«

Das Klappern der Scheren hatte aufgehört. Es war eine wunderbare Vorstellung, jeder im Laden verfolgte gebannt, was vor sich ging. Ich hatte erreicht, was ich gewollt hatte, auch wenn es Vi nicht mehr nützen würde. Die Bach AG würde ein härterer Brocken sein.

Draußen, in der relativ sauberen Luft von Knightsbridge, nahm ich mir ein Taxi, das mich wieder zu meinem Wagen brachte, und fuhr weiter nach Sheerness.

Ich schlief wie ein Murmeltier, allein in einer Doppelkabine. Am nächsten Morgen verkleidete ich mich als Harry Frazer, Rechtsanwalt: sorgfältige Rasur, schwarzgrauer, zweireihiger Kammgarnanzug, blau-weiß gestreiftes Hemd aus Baumwollpopeline, schwarze geschnürte Halbschuhe und eine Krawatte des Royal Ocean Racing Club. In meiner schwarzen Aktentasche befanden sich verschiedene Schnellhefter und der Plastikbeutel mit Jockies Diskus.

In Vlissingen fuhr ich an höflichen holländischen Zöllnern vorbei und aus der Stadt heraus auf den flachen grünen Polder und die Autobahn, die auf vielen Brücken das Rheindelta überquerte und nach Rotterdam führte.

Die Bach AG hatte ihren Sitz in einem von mehreren hohen weißen Gebäuden an einer geraden Straße mit gepflegten Blumenbeeten. Die Empfangsdame war eine Blondine, die beim Lächeln nicht nur ihre schönen weißen Zähne, sondern auch noch eine Menge rosa Zahnfleisch zeigte. Auf dem Couchtisch lagen Firmenprospekte sowie Ausgaben von »Eco«, vermutlich um zu dokumentieren, daß sich das Herz der Firma auf dem rechten Fleck befand.

Es dauerte nur drei Minuten, bis mich eine streng blikkende Sekretärin abholte und mich mit dem Fahrstuhl ins elfte Stockwerk beförderte.

Vom Büro des Leiters der Rechtsabteilung aus konnte man nahezu ganz Holland und einen großen Teil der Nordsee überblicken. Der Chef selbst hatte seinen Sessel so plaziert, daß er das Licht des großen Fensters im Rücken hatte. Er erhob sich, als ich hereinkam. »Hendrik Pienaar«, sagte er. »Nehmen Sie bitte Platz.«

Er war rundlich und blaß und trug einen großen roten Schnurrbart, gewissermaßen als Kompensation für die schwindenden Haupthaare. Er reichte mir die Hand und offerierte mir einen Stuhl. Wir schwiegen uns eine ganze Weile an, wobei er offensichtlich darauf wartete, daß ich das Gespräch eröffnete. Schließlich sagte er in nahezu akzentfreiem Englisch: »Wie ich höre, haben Sie irgendein Problem?«

»Im Grunde ist es gar kein Problem«, erwiderte ich. »Nur eine Angelegenheit, die sich am Rand einiger Untersuchungen ergeben hat, die ich für einen Klienten führe.«

Er nickte; der Kugelschreiber, mit dem er sich Notizen machte, verschwand fast in seinen dicken weißen Wurstfingern. »Wer ist der Klient?« fragte er.

»Morag Sullivan«, sagte ich und machte eine kleine Kunstpause. »Ehefrau von James Sullivan, verstorben.«

Die Finger schrieben weiter, ohne zu stocken. »Und worum geht es bei dieser Untersuchung?«

Ich schrieb die Seriennummer des gelben Fasses auf eine Seite meines Notizbuches und reichte sie ihm über den Schreibtisch. »Können Sie mir sagen, was in den gelben Fässern ist, die diese Kodenummer tragen?«

Er entfaltete eine Halbbrille, setzte sie auf und hob den Kopf, um den Zettel zu lesen. Dann spielte er geläufig auf der Tastatur seines Computers und wartete einen Moment. Der Mund unter dem Schnurrbart verzog sich zu einem Lächeln. »Reinigungsmittel«, sagte er. »So etwas wie ein Geschirrspülmittel. Wird auch bei der Beseitigung von Ölteppichen benutzt. Wir hier bei der Bach AG stellen ruhigen Gewissens Chemikalien her.«

Ich nickte und lächelte in Anerkennung des PR-Texters, der sich diese Zeile ausgedacht hatte. »Es besteht demnach keine Möglichkeit, daß Chemikalien mit dieser Seriennummer gesundheitsschädigend sein könnten?«

Er lachte, das herzliche Ho-ho-ho des Biertrinkers. »Nun ja«, sagte er, »wenn Sie das Zeug trinken, könnten Sie schon Bauchschmerzen bekommen. Aber das brächte Sie keinesfalls um.« Er hatte jetzt seine Zuversicht zurückgewonnen, und genau in diesem Zustand wollte ich ihn haben.

»Es interessiert Sie vielleicht«, sagte ich, »daß einige derartig gekennzeichnete Fässer starke Reizstoffe enthalten haben. Chemikalien, die auf die Meeresfauna und -flora eine äußerst toxische Wirkung ausüben.«

Sein Lächeln verrutschte kein bißchen. »Das ist unmöglich«, sagte er.

Ich griff in meine Aktentasche und holte Jockies Diskus heraus. »Dies hier ist der Deckel eines Fasses, das sich im Besitz meiner Klienten, der Familienangehörigen von James Sullivan befindet. Mir liegen ärztliche Gutachten vor, daß der Inhalt des Fasses außerordentlich starke Verätzungen hervorrief, gefolgt von lokaler Blasenbildung und Hautablösung. Der Patient ist ein Kind.« Er hörte auf zu lächeln. Hinter dem Schnurrbart hatte sich sein Mund zu einer dünnen, unversöhnlichen Linie zusammengezogen. »Bevor er entfernt wurde, war der Deckel mit einer Dichtung versehen. Wie Sie sehen, trägt er die Seriennummer, über die wir gesprochen haben.«

Er sah mich an. Dann betrachtete er eingehend den im Plastikbeutel steckenden Faßdeckel. »Tja«, sagte er. »Entschuldigen Sie mich bitte einen Augenblick.« Er griff zum Telefon und sagte etwas auf niederländisch. Dann wandte er sich wieder an mich. »Die Bach AG bestreitet natürlich absolut jegliche gesundheitsschädliche Folgen des Produkts, von dem wir hier reden.« Er zuckte die Schultern und schenkte mir ein gewinnendes Lächeln. »Ich habe unseren Produktionsleiter Mr. Smit zu uns gebeten.«

Der Produktionsleiter erschien kurz darauf, ein magerer, sehniger Mann mit sorgenvollem, grauem Gesicht. Er versuchte, gelassen zu wirken, während Pienaar ihm die Sachlage schilderte. Als er fertig war, sagte Smit: »Reizmittel?« Sein Akzent war wesentlich stärker als Pienaars. »In dem Fall verwendet jemand anderer das Faß für seine Zwecke. Ich weiß nicht, für welche.«

»Es befand sich bei einer Ladung, die auf dem Weg zum Ardnabruais-Steinbruch in Schottland war. Einige der Fässer enthielten wirklich Reinigungsmittel.«

»Dann verstehe ich das Ganze noch weniger«, sagte er.

Ich nahm den Plastikbeutel mit dem Deckel und reichte ihn Smit hinüber. Er zog ihn heraus und betrachtete ihn genau von beiden Seiten. Sein Gesicht hellte sich auf, und er sagte etwas zu Pienaar auf niederländisch. Der strich sich den Schnurrbart und überlegte. Dann sagte er: »Würden Sie uns eine Minute entschuldigen?«

Sie führten mich in ein taubengraues Zimmer und ließen mich mit der Financial Times allein. Ich hätte gern eine Tasse Tee gehabt, aber der Gedanke an Teebeutel reichte, um mich davon abzubringen. Die Zeitung las ich nicht, statt dessen machte ich mir lieber Gedanken. Ich war sicher, daß auch in der Bach AG Fehler passieren konnten, aber ich war genauso sicher, daß eine vorsätzliche Falschetikettierung von ätzenden Substanzen nicht auf ihrer Linie lag. Ich wollte sie nur mit meinem Gerede so unter Druck setzen, daß sie nicht einmal merkten, um was es mir wirklich ging.

Als sie mich ins Büro zurückbaten, standen beide Männer hinter dem Schreibtisch, den Faßdeckel zwischen sich auf einer Schreibunterlage aus Löschpapier, und zeigten den selbstgefälligen Gesichtsausdruck von Experten im Zeugenstand, die im Begriff sind, das Beweismaterial der Anklage völlig zu zerfetzen.

»Wir haben ein Problem«, sagte Pienaar.

Ich wartete.

»Jemand hat diesen Deckel manipuliert.«

»In welcher Weise?«

Smit winkte mich an den Tisch heran. Aus der Nähe roch er nach einem aromatischen Pfeifentabak. Er hielt einen Kugelschreiber wie einen Taktstock in der Hand, damit schlug er leicht gegen den Deckel. »Sehen Sie«, sagte er, »hören Sie. Das hier kommt nicht von einem Reinigungsmittelfaß.«

»Nach der Seriennummer aber doch.«

»Sehen Sie her«, sagte er. »Hier, wo die Farbe abgeblättert ist, war eine andere Farbe drunter.«

Ich bückte mich und sah mir das an. Die Steine von Camas Bealach hatten etwas von der gelben Farbe abgeschlagen. Darunter lag das blanke Metall. Zwischen der gelben Farbe und dem Metall war ein schmaler Streifen Rot.

»Diese Farbe verwenden wir nicht«, sagte er, »zumindest nicht für Reinigungsmittel.« Er lächelte, als habe er etwas Wichtiges bewiesen.

»Wofür nehmen Sie Rot?«

»Für Abfall«, sagte Smit. »Chemische Abfälle. Was man so Giftmüll nennt.«

20

Es war so still im Raum, daß ich Smits Atem und meinen eigenen Herzschlag hören konnte. Ewans Polaroidfoto; Jimmy Sullivans Streit mit Donald Stewart; die Striemen auf Jockies Haut und der feurige Atem des Fasses im Fischerschuppen von Dunmurry. All diese Dinge hatten für mich in keinem Zusammenhang gestanden und keinen Sinn ergeben. Plötzlich jedoch waren sie wie Wörter einer Sprache, die ich zu verstehen begann.

»Wie kommt es«, fragte ich, »daß ein Faß mit Giftmüll die Seriennummer eines Reinigungsmittelfasses trägt?«

»Wir können nicht«, sagte Pienaar, »im Augenblick irgendwelche Vermutungen darüber anstellen.«

Na schön, Frazer, dachte ich. Jetzt ist es an der Zeit, den Leuten etwas Feuer unterm Frack zu machen. Ich sagte milde: »Wenn ich mich recht entsinne, gibt es Gesetze, die verbieten, Giftmüllfässern einen neutralen Farbanstrich und eine falsche Aufschrift zu geben und sie über verschiedene Grenzen zu transportieren.«

Pienaar war plötzlich sehr blaß geworden, und sein Doppelkinn zitterte. »Das ist eine Anschuldigung«, sagte er, »die ich keiner Antwort würdige. Ebenso wie in England gibt es auch in Holland ein Gesetz, das Verleumdung unter Strafe stellt.«

»Wir sind eine Gesellschaft«, sagte Smit, »die sich ihrer Verantwortung bewußt ist.«

»Genug«, sagte Pienaar, »das Gespräch ist beendet.«

Ich zuckte die Schultern. »Das können Sie halten, wie Sie wollen. Werfen Sie mich ruhig hinaus. Ich werde bei der nächsten Telefonzelle halten und fünf Umweltjournalisten und die Polizei über alles verständigen.«

»Da gibt es nichts zu drucken«, sagte Smit.

Ich sah Pienaar an. Seine Augen blickten in die Ferne. Wahrscheinlich bedachte er die Tatsache, daß es die Fragen waren, die seiner Gesellschaft schaden würden, wie harmlos die Antworten auch sein mochten.

Ich warf einen Blick auf meine Rolex. »Es ist jetzt zwölf Uhr dreißig. Um zwei Uhr bin ich wieder hier.« Smit setzte zum Sprechen an, aber ich machte die Tür zu, bevor er etwas herausbrachte.

Ich fuhr gemächlich zu einem Restaurant, bestellte gebratene Muscheln mit gebratenen Äpfeln und Zwiebeln und dazu ein Bier. Ich aß langsam. In einigen Büros der Bach AG würde man jetzt überhaupt nicht ans Essen denken.

Als ich zum Büro zurückkehrte, kam mir Pienaar gealtert vor. Seine weißen Hände hinterließen Schweißabdrücke auf dem Walnußfurnier, als er sich erhob. Er lächelte. Irgend jemand mußte ihm Anweisung gegeben haben zu lächeln. »Mr. Smit kommt sofort«, sagte er. »Ich denke, daß wir in der Lage sind, Ihnen Informationsquellen zu eröffnen, die Ihnen von größerem Nutzen sein werden, als wir es sein können.«

Ich lächelte ebenfalls. Er meinte, daß er beabsichtigte, mich zur nächsten Adresse in der Kette weiterzureichen, und das war genau, was ich wollte.

Smit kam herein. Seine Pfeife brannte, wie sie brennen sollte, und in der rechten Hand hatte er den Faßdeckel.

»Ah, sehr schön«, sagte Pienaar im Stil eines Schaustellers.

Smit sagte: »Wir haben eine Röntgenaufnahme gemacht. Unter der gelben Farbe haben wir eine andere Seriennummer gefunden.« Er zögerte einen Augenblick. »Es ist eine Seriennummer der Bach AG für chemische Abfälle.«

Ich lächelte ihn und Pienaar an, aber nur letzterer lächelte zurück. Wir sprechen mit Ihnen frei und offen, sagte dieses Lächeln. Wir hätten alles vertuschen und Ihnen alle möglichen Lügen auftischen können, aber die Bach AG lügt nicht.

»Wie dem auch sei«, sagte Smit, »diese Seriennummer bedeutet, daß wir es mit einem ganz anderen Problem zu tun haben. Sie gehört nämlich zu einer Ladung, die von einem bei uns unter Vertrag stehenden Entsorgungsunternehmen übernommen wurde. Und damit unterliegt sie natürlich nicht mehr unserer Verantwortung.«

»Völlig richtig«, sagte ich. Eine Pause entstand. Ich fuhr fort: »Allerdings sind Zweifel erlaubt, ob es weise war, ein Unternehmen unter Vertrag zu nehmen, das so etwas zulassen konnte.«

»Wir sind außerordentlich beunruhigt«, sagte Smit.

»Vielleicht können Sie mir verraten, wer diese Firma ist?«

»Laut Vertrag sind wir verpflichtet, die Angelegenheit vertraulich zu . . .«

»Die Sache ist ganz inoffiziell. Eine kleine Erleichterung, um meinen Anspruch geltend zu machen. Es sieht so aus, als sei die Bach AG in dieser Sache absolut schuldlos.«

Man konnte förmlich sehen, wie Pienaar im Geist eine Rechnung aufmachte und schließlich das Ergebnis billigte. »Nun gut«, sagte er. »Sie werden uns eine Entlastungserklärung unterschreiben.« Er gab ein paar Anweisungen durch die Haussprechanlage und lehnte sich in seinem Sessel zurück. Smit stopfte seine Pfeife.

»Ach, nebenbei«, sagte ich, »arbeitet bei Ihnen ein gewisser Kurt Mancini?«

Pienaar befragte seinen Computer. »Nein«, sagte er. »Wir haben keinen Angestellten dieses Namens.«

»Schade«, sagte ich. Aber jetzt, da ich die Bach AG in Aktion erlebt hatte, überraschte mich das eigentlich nicht.

Die Sekretärin kam herein. Ich unterzeichnete eine Erklärung, die mich zur Diskretion verpflichtete und die Bach AG von jeglicher Schuld entlastete. Die Erklärung war nicht das Papier wert, auf dem sie stand, aber sie ermöglichte es Pienaar, das Gesicht zu wahren. Dann gaben sie mir einen unbeschriebenen Briefumschlag.

Darin lag ein Stück Papier, auf dem CLEAN-UP WASTE stand. Darunter las ich eine Genfer Telefonnummer.

»Wenn wir Ihnen sonst noch behilflich sein können?« sagte Pienaar.

Ich lächelte ihn an und schüttelte seine schweißnasse Hand. Sie lächelten zurück. Einen Augenblick schien der ganze Raum voller Zähne zu sein.

Dann begab ich mich zum Flughafen.

Zehntausend Fuß unter dem Kabinenfenster sah ich Genf am Rand seines Sees liegen, eingehüllt in schmutzig braunen

Abendsmog. Das war kein Ort für graue Kammgarnanzüge. Der kurze Weg vom klimatisierten Flughafengebäude zum Taxi ließ mich schon in Schweiß geraten.

Der See sah schön, kühl und blau aus. Viele Jollen mit buntgestreiften Segeln waren auf dem Wasser: meistens Kinder und Jugendliche, die nach der Schule ihrem Freizeitsport nachgingen. Ich ließ mich in den Rücksitz fallen und fühlte mich korrupt, verschwitzt und alt.

Das »Hotel du Rhone« ist kein schlechtes Hotel, wenn man etwas zu tun hat. Ich duschte, aß zu Abend in einem Restaurant am See und starrte aus dem Fenster auf den großen Springbrunnen. Dann ging ich laufen, um mir zu beweisen, daß ich noch immer für die Drei-Berge-Regatta trainierte.

Am nächsten Morgen zog ich meinen Anzug an, ergriff meine Aktentasche und nahm ein Taxi zur Rue Chailly 14. Es war ein Ort, den man schwerlich mit Abfallbeseitigung in Verbindung bringen konnte: keine Verbrennungsanlagen, keine Schornsteine, nur die Wörter CLEAN-UP WASTE auf einem Messingschild inmitten anderer Messingschilder neben der glänzenden schwarzen Haustür eines ruhigen Gebäudes aus dem 18. Jahrhundert. Ich ging durch die Tür und betrat einen Fahrstuhl aus vergoldetem Schmiedeeisen.

Im fünften Stock lächelte mich eine hübsche Sekretärin in einem teuer aussehenden schwarzen Minikleid freundlich an und sagte, ich wäre sicher Mr. Frazer. Sie führte mich durch einen Flur in ein getäfeltes Büro, wo mein erster Blick auf eine große Vase mit Lilien fiel, die auf einem Beistelltisch stand. Der Mann hinter dem Schreibtisch hatte ein nettes, ovales, jungenhaftes Gesicht, rotblondes Haar und eine lange Nase. Er stand auf, über das ganze Gesicht strahlend, und streckte mir die Hand entgegen. »Großer Gott«, sagte er, »es ist doch wahrhaftig *der* Harry Frazer.«

Ich stand da mit einem Grinsen im Gesicht, von dem ich das Gefühl hatte, es wäre irgendwo ausgeschnitten und mir angeklebt worden. »George«, sagte ich. »Nett dich wiederzusehen.«

»Setz dich doch«, sagte er und wandte sich zu seiner Sekretärin um. »Harry ist ein Genie«, sagte er zu ihr. »Du erinnerst dich doch, daß ich diesen Ärger mit Trisha hatte? Also, es war Harry, der sie mir vom Hals geschafft hat.« Seine Hand lag wie eine große fleischige Spinne auf der hinteren Rundung der Sekretärin. »Harry, das ist Hélène.«

Ringe konnte ich an Hélènes braunen Fingern nicht entdecken. Sie lehnte sich leicht gegen ihn und schenkte mir ein Lächeln, das aus achtzig Prozent Geschäftssinn und zwanzig Prozent Vergnügen bestand und damit um zwanzig Prozent weniger geschäftlich war als das meiste Lächeln, das ich bisher in Genf gesehen hatte. Ich hatte George in seinem Scheidungsprozeß gegen seine Frau Trisha vertreten. Er hatte damals in der Nähe von Swindon in Wiltshire gewohnt und als Ölbroker in London gearbeitet, während Trisha, wie sich herausstellte, ihre Gunst auf die Reitpferde besitzende Klasse in den Cotswolds verteilt hatte.

»Was machst du denn in Genf?« fragte er. »Du mußt den Verstand verloren haben.«

Ich setzte mich. Ich hatte nicht erwartet, daß die CLEAN-UP WASTE von einem ehemaligen Klienten geleitet wurde, der später zu einem Freund geworden war. Ich fragte mich, wieviel ich ihm erzählen sollte. Während ich noch überlegte, fragte ich: »Warum soll ich den Verstand verloren haben? Ich mache doch nur einen Besuch. Schließlich wohnst du ja hier.«

»Die europäische Hauptstadt der Langeweile«, sagte er. »Zürich einmal ausgenommen. Ich wollte von England eine Zeit lang nichts wissen.« Er runzelte die Stirn. Die Geschichte mit Trisha hatte ihn erheblich mitgenommen. »Und es war ein guter Job, der mir da angeboten wurde.«

»Abfallbeseitigung«, sagte ich.

Er lächelte, ein freundliches, schuljungenhaftes Lächeln. »Nicht besonders vornehm, wie?«

»Nein, nicht besonders.«

»Wenn ich an diese verdammten Grünen denke«, sagte er, »könnte ich das Kotzen kriegen. Sie bewahren ihren Joghurt in Kühlschränken auf. Ihre Musik kommt zum größten Teil aus irgendwelchen Plastikkästen. Und dann wollen sie uns verbieten, daß wir Raffinerie-Abfälle in speziell dafür ausgelegten Verbrennungsanlagen beseitigen.«

Ich nickte. »Schlecht verdienen wirst du dabei sicher nicht, oder?«

Er lachte. »Das muß ich auch, um deine Rechnungen bezahlen zu können.«

George Hayter war ein gescheiter Mann, wenn es nicht gerade um die Wahl seiner Ehefrau ging. Die beste Möglichkeit, etwas aus ihm herauszukriegen, war, ihm klipp und klar zu sagen, was man wollte. Ich sagte: »George, du hast ein Problem.«

»Hab' ich das?«

»Vor einigen Wochen hast du von der Bach AG in Rotterdam eine Ladung chemischer Abfälle übernommen.«

Er starrte mich an. »Bach?« sagte er. »Nicht möglich!«

»Was ist nicht möglich?«

»Ich hatte sie die halbe Nacht an der Strippe«, sagte er. »Irgendein Kerl ist bei ihnen mit einem Faßdeckel aufgetaucht und hat Terror gemacht.«

»Das war ich.«

»Nicht zu glauben«, sagte er und schüttelte langsam den Kopf. »Die Welt ist doch wirklich ein Dorf. Und warum läufst du mit diesem Faßdeckel durch die Gegend?«

»Nur aus Interesse«, sagte ich. »Möglicherweise gibt es einen Schadensersatzanspruch.«

»O nein«, sagte George und hob beschwörend die Hände. »Erspar mir das. Die Bachleute sind schon schlimm genug mit ihrem Geschrei von Gerichtsbeschlüssen, Greenpeace und Gott weiß was. An der Westküste von Schottland sind Fässer mit irgendeinem Teufelszeug aufgetaucht, die so angemalt waren wie die Reinigungsmittelfässer von Bach, behauptet jemand.«

»Dieser Jemand war ich«, sagte ich. »Ich versuche herauszufinden, wie das Teufelszeug da hingekommen ist.«

Ich schob ihm den Zettel mit den schwarzen Zahlen hinüber, die Mr. Smit beim Röntgen des Faßdeckels entdeckt hatte. »Ich vermute, du hast diese Zahlen bereits gesehen. Das sind die Codes für bestimmte Abfallprodukte. Hast du eine Ahnung, wie das geschehen konnte?«

Die Hautfalten unter Hayters Kinn vertieften sich, als er das Papier studierte. Dann zog er die Tastatur seines Computers zu sich heran und tippte eine Reihe Ziffern ein. Von meinem Stuhl aus konnte ich den Bildschirm nicht erkennen. »Kennwort«, sagte er mit hoher, singender Stimme, als folge er einem vertrauten Ritual. »Guten Morgen, Kinder. - Bach. Mm, ja.« Er sah wieder zu mir herüber. Das Jungenhafte war aus seinem Gesicht verschwunden; ich sah die Falten zu beiden Seiten des Mundes und die Tränensäcke unter seinen Augen. »Was weißt du über das Geschäft der Abfallbeseitigung?«

Ich hob die Schultern. »Eigentlich nicht viel.«

»Okay«, sagte er. »Ich will's dir erklären. Ich bezeichne mein Unternehmen als Entsorgungsfirma, aber in Wirklichkeit bin ich ein Agent. Irgend jemand, der Müll oder Abfälle hat, die er loswerden möchte, ruft mich an. Ich sage ihm, wieviel es kostet, wenn ich ihm das Zeug abnehme. Dann suche ich jemanden, der die Abfälle tatsächlich beseitigt, und verkaufe ihm den Vertrag. Also, wenn du Abfallstoffe hast, gibt es viele Möglichkeiten sie loszuwerden. Früher hat man sie einfach in der Kanalisation verschwinden lassen. Aber das gab schließlich eine Menge Aufregung, und die war ja auch berechtigt. Jetzt lagert man sie in einer Deponie oder verbrennt sie, je nachdem, mit welchen Stoffen man es zu tun hat. Für so übles Zeug wie die polychlorierten Biphenyle bekommst du Kostenvoranschläge, die zwischen fünfzig und dreitausend US-Dollar pro Tonne liegen. Für dreitausend wird alles absolut einwandfrei in einer amtlich zugelassenen Anlage verbrannt. Für fünfzig kannst du dir einen Typ anheuern, der das Zeug irgendwohin, vielleicht nach Afrika, bringen läßt. Er zeigt dir dann einen Schrieb mit dem großen Siegel von Bongo-Bongoland, daß sich dort jetzt eine funkelnagelneue Müllverbrennungsanlage befindet. In Wirklichkeit schmeißt er das Zeug einfach auf den Strand oder in ein passend tiefes Loch und macht, daß er wegkommt, bevor die Menschen in dieser Gegend anfangen sich aufzulösen. Aber allmählich erregt auch so etwas zuviel öffentliche Aufmerksamkeit. Paßt nicht ins grüne Weltbild, weißt du?

Die Bach AG ist ein netter, ordentlicher Haufen, der sich ein reines Gewissen oder doch zumindest seinen guten Ruf bewahren will. Daher hab' ich einen Vertrag mit Piranesi gemacht - italienische Firma, nicht allzu billig, aber gewissenhaft. Absolut gewissenhaft. Ich hab' dafür gesorgt, daß die Fässer nach dort verschifft wurden, und sie haben dann alles verbrannt ... Laß mich nachdenken ... Das war vor vier Wochen. Die Unterlagen sind noch alle hier.« Er klopfte auf ein Bündel Papiere in seinem Eingangskorb. »Ich vermute, daß jemand da oben in Schottland illegal entsorgt hat.« Er lachte. »Aber ich bin's nicht gewesen, und die Bach AG war's auch nicht.

Jetzt muß ich dir was über Fässer erzählen. In einem Betrieb wie Piranesi fallen pro Woche vielleicht zehntausend leere Fässer an, das sind zehntausend US-Dollar pro Woche. Eigentlich darf man keine Fässer wiederverwenden, die chemische Abfälle enthalten haben. Aber wenn man rechnet, daß ein leeres Faß einen Dollar wert ist, dann stellt das

Leergut bei Piranesi einen erheblichen Wert dar. Ich schätze, daß sie die leeren Fässer an einen Altmetallhändler verkaufen, der sie reinigt, instandsetzt, mit Deckeln versieht und sie wieder verkauft. Selbst wenn man nur einen Dollar pro Faß bekommt, ist das schon ein ganz schöner Batzen Geld.«

»Da gibt es also jemanden, der illegal wieder hergerichtete Fässer so anmalt, daß sie aussehen wie harmlose Waschmittelfässer der Bach AG, und sie dann mit toxischen Substanzen füllt.«

Hayter spreizte die Hände. »Es gibt alle Sorten Leute in Italien«, sagte er. »Auch Leute, die Freunde mit nagelneuen Fabriken in Afrika haben, zum Beispiel.«

»Oder in Schottland«, sagte ich.

»Oder in Schottland«, bestätigte er.

»Willst du mir etwa weismachen«, sagte ich, »daß Fässer mit Giftmüll von der Bach AG nach Italien gehen, dort später wieder hergerichtet und an jemanden weiterverkauft werden, der sie wiederum mit Giftstoffen füllt, zufällig falsche Bach-Codes aufmalt und sie dann von irgendeinem Schiff illegal entsorgen läßt?«

»Das braucht gar kein Zufall zu sein. Die Bach AG benötigt eine Menge Fässer und hat einen ausgezeichneten Ruf. Wenn ich es wäre, würde ich mich auch hinter ihrem Namen verstecken. Was für ein Beweisstück hast du?«

»Einen Faßdeckel.«

»Na bitte. Das ist so, als wenn man aus einer Abfalltonne eine Öldose herausfischt. Wärst du sehr überrascht, wenn der Name Shell darauf stünde? Und wenn ein ganz krummer Hund in den Besitz der roten Fässer käme, jemand, der ein großes Ding vertuschen wollte, dann würde er den gebrauchten roten Fässern von Bach die gelbe Farbe der Waschmittelfässer verpassen, sich zurücklehnen und zusehen, wie die andern durchdrehen. Leute wie du, zum Beispiel.« Er lächelte. »Trotzdem werde ich bei Piranesi schleunigst eine

Überprüfung veranlassen. Ich kenne die Leute dort, das kriegen wir raus. Ich gebe dir dann sofort Bescheid.«

»Danke«, sagte ich - nicht nur aus Höflichkeit.

»Was machen wir jetzt?« fragte er.

»Hast du Lloyd's Schiffsregister da?« fragte ich.

Er durchstöberte die Papiere auf der Ablage neben seinem Schreibtisch. »Das von vorgestern«, sagte er.

»Sehr schön.«

Lloyd's Schiffsregister sieht wie ein dünnes Telefonbuch aus, kommt täglich heraus und enthält eine Liste aller wichtigen Schiffsbewegungen in der Welt, einschließlich des Eignernamens, der letzten bekannten Fahrt und der geladenen Fracht. Die *Marius B.* war gestern nach Ardnabruais ausgelaufen. Als Eigner war die Firma Monoco in Rotterdam angegeben.

»Verdammt«, sagte ich. »Ach, nebenbei, hast du mal in der Welt der Abfallbeseitigung von einem gewissen Kurt Mancini gehört?«

»Nein, niemals. Warum?«

»Ich frag' ja nur«, sagte ich. »Mr. Mancini paßt ins Bild, wenn auch nicht so gut, daß ich darüber öffentlich reden möchte. Er tauchte zur gleichen Zeit an der Westküste auf wie dieser verdammte chemische Dreck.«

»Ich kenne ihn nicht«, sagte George. »Hab' auch kein Bedürfnis, ihn kennenzulernen. Wie bist du überhaupt in diese Sache reingeraten? Liegt eigentlich nicht auf deiner Linie, oder?«

»Ich war in Urlaub«, sagte ich. »Und bin in das Zeug reingesegelt.«

»Scheußlich«, sagte er. »Das Schlimmste daran ist, daß sie einem wirklich nützlichen Industriezweig so einen verdammt schlechten Ruf verschaffen.« Dann verlor sein Gesicht den kummervollen Ausdruck und wurde wieder jungenhaft. »Was hast du heute abend vor?«

»Ich fliege zurück nach Holland«, sagte ich.

»Du bekommst ganz bestimmt keinen Flug mehr«, sagte er. »Bleib doch noch ein bißchen. Ich hab' eine 470er auf dem See. Wir segeln eine Regatta. Natürlich nicht das, was du gewohnt bist, nur eine Klubregatta. Aber . . . komm doch mit und mach die Pinne. Hinterher nehmen wir einen zur Brust.«

»Laß mich mal telefonieren«, sagte ich.

Mit dem Flug hatte er recht. Ich buchte für den folgenden Morgen, ging zurück zum Hotel und aß etwas zu Mittag. Es war ein guter Lunch, ris de veau und eine halbe Flasche Côte de Léchet. Aber ich schmeckte ihn kaum.

Die *Marius B.* brachte also völlig legitime Chemikalien der Firma Bach zum Steinbruch von David Lundgren. Aber unter der gleichen Farbe getarnt befanden sich dabei einige Fässer, die ganz andere Chemikalien enthielten: Giftmüll. Seiner entledigte man sich auf mir bislang noch unbekannte Weise. Einige dieser Fässer waren über Bord gegangen und von Donald Stewart aufgefischt worden, der sie dann Kurt Mancini übergeben hatte. Ein paar Fässer hatten auch Jimmy Sullivan und Ewan Buchan gefunden, sie jedoch nicht Kurt Mancini gegeben. Waren Jimmy und Ewan deshalb jetzt tot?

Eine schöne Theorie, aber mit einem Haken. Wenn ein Schiff einen Fischtrawler über den Haufen rennt, kommt es selbst auch nicht ohne Beschädigungen davon. Aber der Bug der *Marius B.* war unbeschädigt. Auch die Daten paßten nicht.

Nach dem Lunch ging ich in mein Zimmer und ließ mir von der Telefonauskunft die Nummer der Reederei Monoco geben. Eine Mädchenstimme antwortete. Ich sagte ihr, daß ich gern mit einem der Angestellten gesprochen hätte. Sie verband mich mit einem Mann, der sich sehr jung anhörte und einen starken holländischen Akzent hatte. »Hier spricht Seymour«, sagte ich. »Von der Yarco-Pumpenfabrik. Ich hab' zwei Paletten für Mallaig in Schottland. Können Sie mir helfen?«

»Das hoffe ich doch«, sagte der Angestellte.

»Geht morgen ein Schiff raus, das eine Ladung FOB Rotterdam mitnehmen könnte?«

»Nein, leider nicht«, sagte er. »Wir haben diesen Monat nur ein Schiff. Sie reiste gestern.«

Diesen Monat? Ich zog die Luft ein. »Haben Sie sonst mehr als ein Schiff?«

»Sicher«, sagte er. »Wir haben die *Marius B.* und die *George B.* Die *George* wird den Betrieb wieder aufnehmen in zwei Wochen, vielleicht. *Marius B.* macht die Fahrt in vier Tagen; Hin- und Rückfahrt in acht Tagen. *George B.* ist schneller. Hin und zurück in sieben Tagen.«

»Was ist los mit ihr?«

»Rumpf war beschädigt«, sagte die junge Stimme. »Aber sie kommt bald zurück.«

»Eine Woche für Hin- und Rückfahrt«, sagte ich. »An welchem Tag kommt sie in Mallaig an?«

»Mittwoch morgens.«

»Danke«, sagte ich. »Ich rufe wieder an.« Dann legte ich den Hörer so sanft auf, als hätte ich es mit einem rohen Ei zu tun, und holte mehrere Male tief Luft.

Denn Mittwoch morgen folgt natürlich auf Dienstag nacht.

21

Ich rief Cyril in Bristol an und bat ihn, mir nähere Angaben über die Monoco aus Rotterdam zu beschaffen. Er wollte meine Aufmerksamkeit natürlich auf Büroangelegenheiten lenken, aber ich schnitt ihm das Wort ab, legte auf und ging zur Bibliothèque du Léman. Dort stahl ich aus dem Rotterdamer Branchenverzeichnis alle Seiten über Reparaturwerften und nahm sie mit auf mein Zimmer. Beim sechzehnten Anruf wurde ich schließlich bei einer Firma namens Forel fündig. Vor dem Hintergrundlärm von Schleifmaschinen sagte eine Stimme, sicher, die *George B.* wäre nahezu fertig. Ich fragte, was das für ein Schaden gewesen sei, aber offensichtlich verstand mich der Mann nicht.

Es war auch nicht mehr wichtig. Ich hatte ja meinen Flug nach Holland schon für morgen früh gebucht.

Als ich Cyril wieder anrief, sagte er mir, daß die Reederei Monoco in Gibraltar eingetragen sei, mit einem Anwalt und seinem Sekretär als Gesellschafter. Ich brauchte mir auch keine Hoffnung auf weitere Informationen zu machen, es sei denn, ich hätte vor, schwere Bagger einzusetzen. Dann berichtete er von zwei Fällen, die keinen Aufschub duldeten, und bevor ich mich's versah, hatte ich ihm eine halbe Stunde lang Briefe an verschiedene Leute diktiert.

Um sechs Uhr kämpfte ich mich in der heißen, feuchten Luft zum Yachtklub durch. Der Parkplatz war voll neuer BMW und Mercedes. Das Klubgebäude aus Holz hatte eine Terrasse und Tische mit gelben Sonnenschirmen, unter denen proper aussehende junge Männer und Frauen Teebeuteltee tranken. Hinter einem Feld von Rennjollen sah der See dunkel und kühl aus.

George stand auf und winkte. Er trug ein Lacoste-Hemd und weiße Shorts, aus denen sich seine roten Beine fleischig herauswölbten. Zwischen den gebräunten, schlanken Genfern wirkte er wie ein schwerer Kaltblüter in einem Rennstall. »Drink?« fragte er. Ich schüttelte den Kopf.

»Immer sportlich«, sagte er. »Nette Brise da draußen.«

Neben ihm saß Hélène am Tisch. Ihre goldene Halskette ließ die glatte braune Haut besonders gut zu Geltung kommen; sie sah zum Anbeißen aus.

»Ich hoffe, ich bringe Sie nicht um eine Segelpartie«, sagte ich zu ihr.

Sie lächelte und schlug die langen, herrlichen Beine übereinander. Außerhalb des Büros schien sie an Autorität gewonnen zu haben, während mir George irgendwie geschrumpft vorkam. »Hélène ist mehr an der gesellschaftlichen Seite des Segelns interessiert«, sagte er.

Wir gingen hinunter zur Duschanlage am Trailer-Parkplatz. In dem schicken Umkleideraum mit gefliesten Duschkabinen und eingebauten Schließfächern zog ich mir ein Paar Shorts an.

»Geburtsdatum«, sagte George, während er den Kode des Kombinationsschlosses am Schließfach eintippte. Wir schlugen die Segel an, schoben das Boot auf dem Trailer die Rampe hinunter und ließen es aufschwimmen. Hélène winkte uns von der Terrasse zu. An ihrem Tisch saßen jetzt noch zwei andere Leute, die ebenso schlank, elegant und dunkelhaarig waren. »Warten nur darauf, daß ich verschwinde«, sagte George und lachte; ein Lachen, das zuviel Selbstverachtung verriet, um überzeugend zu wirken. »Du steuerst, ich geh' ins Trapez.«

Ich nahm die Pinne und schielte nach oben ins Großsegel. Nach der *Green Dolphin* war es so, als säße ich am Ruder eines Spielzeugbootes. Ich holte die Großschot dicht, Druck kam auf das Ruder, als die Anströmung stärker wurde, und dann zischte der 470er übers Wasser wie eine Rakete.

»Wunderbares Mädchen, Hélène«, sagte George. Ich warf ihm einen Blick zu. Er hatte den verletzten Gesichtsausdruck wie damals, als er von Trisha wie eine Weihnachtsgans ausgenommen wurde. »Ja«, sagte ich. »Wo müssen wir hin?«

Er zeigte mir die Startlinie, zwei große, orangefarbene Bojen.

»Los«, sagte er, wobei er einen Blick zurück aufs Klubhaus warf. »Einmal möchte ich endlich gut abschneiden. Auch Hélène würde das gefallen. Gewöhnlich wird es ein ziemlicher Reinfall. Der Bursche, der sonst mit mir segelt, taugt nicht viel.«

»Wir werden unser möglichstes tun«, sagte ich.

In der Mitte des Sees war die Brise, die von den Bergen im Nordosten herunterkam, stärker. Der 470er hob sich auf die Hinterbeine und begann zu surfen. George war gebaut wie ein Rugbyspieler, und sein Gewicht im Trapez richtete das Boot auf, so daß wir über die kurzen Wellen bretterten wie ein Bobschlitten. Vom Segel aus wanderten jetzt die Nachrichten über die Pinne in mein Gehirn.

An Backbord kam nun ein anderes Boot in Sicht, gesegelt von zwei Männern, die geblümte Shorts trugen. »Anton und Fritz«, sagte George. »Sie gewinnen fast immer.« Einer der Männer drehte sich zu uns um und winkte grinsend herüber. »Schleimiger Bastard«, sagte George. »Anton, meine ich. Er ist hinter Hélène her. Armes Mädchen.« Aber er sah aus, als meinte er ›armer George‹. Ich begann zu verstehen, daß Frazer als heimlich eingeschmuggelter Experte Anton die Tour vermasseln sollte.

Vom Kajütkreuzer der Regattaleitung ertönte der Knall einer Signalpistole. »Zehn Minuten«, sagte George. Er schwitzte. »Zeigen wir's ihnen.«

Das Dreieck hinter der Startlinie füllte sich mit Rennjollen. Es war ein schlimmes Durcheinander. »Da halten wir uns besser raus«, sagte ich, segelte auf die falsche Seite der Linie und blieb dort mit über Backbordbug aufgefierten Schoten liegen.

Die Minuten vergingen. Auf dem Startboot wurde der Blaue Peter vorgeheißt. Auf der anderen Seite des Startfelds schrien sich die Leute alles Mögliche auf französisch zu; die Boote lagen so eng beieinander wie ein Sardinenschwarm. George war ungeduldig, warf mir besorgte Blicke zu und fingerte an der Fockschot herum. »Drei Minuten«, sagte er. Aus dem Sardinenschwarm kam das Geräusch zusammenstoßender Bootsrümpfe. Die Zurufe wurden erregter. Keiner von ihnen hatte ungestörten Wind. »Jetzt geht die Post ab«, sagte ich und schob die Pinne von mir weg. Die Segel kamen mit einem Schlag herum. Wir ließen das Startboot an Steuerbord und gingen mit raumem Wind auf Südostkurs.

»Rund achtern«, sagte ich.

Der 470er ist ein leichtes Boot. Wir drehten auf dem Teller um 180 Grad und beschleunigten schnell bis zum Gleiten. Steuerbord voraus kam jetzt das verankerte Startboot näher, leicht dümpelnd in den kleinen Wellen, die der Wind aufwarf. Dieses Mal waren wir auf der richtigen Seite der Linie, achteraus von den Sardinen, die sich in Lee des Startboots zusammendrängten.

»Wir laufen runter«, sagte ich und nahm Kurs auf die aufblasbare Boje am linken Ende der Linie. Das Boot düste mit hochstehendem Bug übers Wasser, so daß die Gischt auf halber Rumpflänge zur Seite sprühte.

»Fünf«, zählte George die Sekunden. »Vier, drei.« An Steuerbord tauchte ein Boot auf, unter seinem silbernen Baum starrte ein Gesicht zu uns herüber. Dann hatten wir es auch schon hinter uns gelassen. Weiter genau auf die Boje zuhaltend, holte ich die Schot etwas dichter.

»Zwei«, sagte George, »eins. Null!« Eine schreckliche Pause entstand. Die Boje raste auf uns zu. Dann knallte endlich der Startschuß. Ich holte die Großschot dicht und drückte die Pinne mit dem Knie von mir weg. Wir schossen an der Boje vorbei.

»Klar zur Wende«, sagte ich. Das Kielwasser rauschte und brodelte, als ich Ruder legte.

»Großartig.« George setzte die Füße auf das Schandeck. Ich hörte ihn ächzen, als er sich hinausstemmte und, von dem am Gurtzeug eingepickten Trapezdraht sicher gehalten, parallel zur Wasseroberfläche hing. Wir segelten über Steuerbordbug, wobei die Abdrift uns von der Startlinie wegführte, und lagen die erste Bahnmarke an, einen orangefarbenen Punkt unter den grünen Bergen, die hinter dem See aufragten. Die Sardinen hatten sich formiert und bewegten sich nun, weit auseinandergezogen, auf die Mitte der Bahn zu.

Ich peilte sie über Mast und Vorstag an. Wir würden gut vor ihnen vorbeikommen.

»Wunderbar«, sagte George. »Ganz phantastisch.«

Wir schossen quer vor dem Feld vorbei. In Großbritannien hätte uns jetzt bestimmt jemand angepreit oder ostentativ Kurs geändert, um es so aussehen zu lassen, als sei er von uns behindert worden. Aber wir waren hier nicht in Großbritannien.

Wir wendeten schnell. Und dann lagen wir über Backbordbug, zwanzig Meter vor Anton und Fritz, die das Feld angeführt hatten.

»Toll«, sagte George und strahlte über sein ganzes rötliches Gesicht.

Jetzt konnten wir alle etwaigen Verfolger abdecken. Bei der nächsten Boje vergrößerten wir unseren Vorsprung noch. Der 470er lief raumschots wie ein Expreß und ließ das Wasser nur so spritzen. George hing weit draußen im Trapez und hielt das Boot aufrecht. Trotz allem war es nicht der Moment, allzu optimistisch zu werden, denn irgend etwas passierte mit dem Wind. Draußen auf dem See zeigten sich schon einige spiegelglatte Stellen - erste Anzeichen der Abendflaute. Es würde nicht mehr lange dauern, bis uns die Flaute ebenfalls zu fassen bekam.

Auf dem halben Weg zur zweiten Bahnmarke wurde die frische Brise zu einem matten Säuseln. George kam aus dem Trapez ins Boot und hockte sich auf den Schwertkasten. »Das nützt nichts«, sagte er. »Wir sind zu schwer.« Er blickte nach achtern.

Ich blickte nicht zurück, wußte aber genau, was er da sah. Zusammen wogen wir gut 160 kg. Anton und Fritz waren mindestens 30 kg leichter, und das macht eine Menge aus, wenn man von einem Lüftchen geschoben wird, das kaum eine Kerze zum Flackern gebracht hätte.

»Mist.« George machte ein mürrisches Gesicht.

Vor uns hatte sich ein Ausflugsdampfer vom Hintergrund der hohen weißen Gebäude der Stadt gelöst. Seine Reling war voller Touristen, als er jetzt langsam die Kurslinie des Regattafelds kreuzte.

»Weich ihm lieber aus«, riet George.

Ich warf einen kurzen Blick auf Fritz und Anton, zwanzig Meter an Backbord und jetzt nur noch zehn Meter achteraus. Ein unerwarteter Windstoß verdunkelte das vorher himmelblaue Wasser zu Marineblau. Die Jolle machte einen Sprung vorwärts. »Wir werden sehen«, sagte ich.

George öffnete den Mund, um etwas zu sagen. Dann schloß er ihn wieder und leckte sich die Lippen, als ob sie plötzlich trocken geworden seien.

Wir näherten uns dem Dampfer mit Kollisionskurs. Eine Stimme in mir sagte: Geh achtern vorbei, es ist nur eine lächerliche kleine Jollenregatta auf einem lächerlichen kleinen See. Aber die vorsichtige Stimme ging unter im Brüllen des Adrenalins in meinem Blut.

Meine Hand auf der Pinne bewegte sich nicht. Der Bug des Dampfers ragte hoch vor uns auf; sein Warnsignal dröhnte, daß man meinte, die Fensterscheiben der Gebäude am Seeufer klirren zu hören. Über die Reling gebeugt, dicht an dicht, sah ich Gesichter mit aufgerissenen Augen und Mündern. Die Bugwelle brachte unser Boot zum Rollen, aber wir schossen vorbei. Dann lag der Dampfer achteraus, und wir wurden von seinem Kielwasser hin und her geworfen.

George sagte noch einmal: »Toll!« Diesmal trug sein Gesicht jedoch einen Ausdruck, als wisse er nicht genau, ob das, was er da eben erlebt hatte, ein Schulterklopfen oder einen Genickschlag wert gewesen war.

»Kuck mal, deine Freunde«, sagte ich.

Fritz und Anton hatten abfallen müssen, um dem Dampfer auszuweichen. Sie lagen jetzt ziemlich weit zurück in Lee und mußten, wenn sie die Bahnmarke anliegen wollten, so hoch an den Wind gehen, daß sie ihren Spinnaker nicht setzen konnten.

George war sofort wieder guter Dinge. »Du verrückter Hund«, sagte er und warf einen Blick zur Terrasse des Yachtklubs in der Ferne.

Wir gingen als erste durchs Ziel. Angesichts des allgemeinen Niveaus war das nichts Besonderes, aber George warf sich in die Brust, und Hélène fiel ihm um den Hals. So war es alles in allem doch ein recht zufriedenstellendes Ergebnis.

Sechzehn von uns fröhlichen Seefahrern aßen anschließend in einem Restaurant, hinter dem der Rasen direkt zum See abfiel, zusammen zu Abend. George war etwas überdreht, er ließ eine Menge Drinks kommen. Beim Essen trank er dann viel guten Burgunder, der sein Hochgefühl allmählich in Melancholie verwandelte und ihn zu Vertraulichkeiten animierte. »Das Problem ist«, sagte er und deutete mit einer ausladenden Handbewegung auf den beleuchteten Springbrunnen und die Lichter der Stadt, die sich im See spiegelten, »das Problem ist – es ist nicht dasselbe.«

»Was ist nicht dasselbe?«

»Mein zweites Leben.« Er lachte, aber eigentlich war es mehr ein Aufschrei. »Ungefähr das einzige, was ich noch von meinen Kindern weiß, sind ihre verdammten Namen.« Er sprach jetzt mit einer hohen Stimme, die klang, als mache er sich über sich selbst lustig. »Hallo, Jungs, tack-tack-tack. – Kann mich nicht mal erinnern, wie sie aussehen.«

Ich schüttelte den Kopf. Seine Kinder lebten in einem Internat in England. Er und seine Ex-Frau konnten sie abwechselnd in den Ferien zu sich holen.

»Arme kleine Kerlchen«, sagte er. »Trotzdem – du hast

getan, was du konntest.« Ich nickte und wünschte, er würde den Mund halten. »Verdammt hoffnungslose Geschichte, nicht?« fragte er. »Wir sind im gleichen Geschäft, du und ich: die Schweinereien der anderen wieder in Ordnung zu bringen.«

»Klar«, sagte ich. Ich hatte bei weitem nicht so viel getrunken, daß ich versucht war, poetisch zu werden.

Kurz darauf ging ich durch die ruhige, saubere Stadt zum Hotel zurück und legte mich schlafen.

In Rotterdam regnete es. Die Autobahn war naß, und die dunklen Straßen wurden von langen, schmutzigen Pfützen gesäumt, die unter den Rädern des Mercury wegspritzten wie die Bugwelle der *Green Dolphin*, wenn sie auf raumem Kurs gute Fahrt machte.

Die Firma Forel war eine schmutzige kleine Reparaturwerft an der Straße nach Maasluis. Sie bestand aus ein paar Wellblechschuppen, von denen der Regen troff, zwei Slipanlagen und einem kleinen Trockendock. Ich hielt zwischen zwei großen Pfützen und rollte das Fenster herunter.

Im Trockendock lag ein Schiff, ein Zweitausend-Tonnen Kümo, der ziemlich neu aussah. Der Name auf dem Heck war *George B.* Dort, wo der Name am Bug hätte stehen sollen, sah ich nur rote Rostschutzfarbe. Weiter unten am Bug befand sich ein Gerüst, und der Schein eines Schweißgeräts leuchtete blau durch den grauen Regen.

Neben dem Eingang zur Werft lag eine schmutzige kleine Kneipe. Ich ging hinein und bestellte ein Bier. Der fette Mann hinter dem Tresen sagte mir, ich sei bestimmt Engländer, und erging sich in Erinnerungen an den Krieg, als er mit Dynamit in den Satteltaschen durch die Straßensperren der Nazis geritten war. Ich fragte ihn nach dem Schiff im Trokkendock. Er sagte, es hätte eine Pier gerammt. Das war die Ausrede, die man vermutlich gebraucht hatte. Wir schieden als Freunde, ich fuhr nach Vlissingen und nahm dort die Fähre nach England.

Am nächsten Morgen hielt ich zum Frühstück in einem Hotel und rief von dort aus Vis Nummer in Pulteney an. Niemand antwortete. Sie sind sicher am Strand, dachte ich. Versuch's später noch mal. Ich ließ mir an der Rezeption noch mehr Kleingeld geben und begann mit meiner Suche nach Tom Finn, Vis letztem Regisseur.

Fernsehleute haben eine hohe Scheidungsrate, daher hatte ich recht gute Kontakte zur BBC West. Jamie Neville vom Tierfilm-Ressort hatte gehört, daß Finn mit einer Segelserie beschäftigt sei. Ich rief den Produzenten an, und der sagte mir, daß Finn eine Woche lang an der Waterfront in Southampton filme. Ich stieg also wieder in meinen Mercury und schlängelte mich über die M 25 zur M 3 durch.

Die Waterfront war ein Lieblingsprojekt der Stadt Southampton. Die Planer hatten ein paar baufällige Hallen an einem düsteren, wenig einladenden Abschnitt im Hafenbekken abgerissen und an dieser Stelle ein Gebäude errichtet, das wie ein riesiges Gewächshaus aussah. Abgesehen von dem Pulverturm aus dem 18. Jahrhundert, der in das eine Ende integriert war, enthielt das Gebäude Dutzende von Apartments, in denen sich leitende Angestellte vom Streß des Tages erholen konnten, und viel zu viele Läden und Büros. Das Gebäude stand schon drei Jahre, aber man hatte das Gefühl, die Leute kauften nicht genug in den Läden und fänden in den Büros nicht genug zu tun. Ein kalter Nordwest trieb leere Chips-Packungen in die Spalten und Höhlungen des alten, auf dem Parkplatz einzementierten Flakgeschützes aus dem Zweiten Weltkrieg und ließ die Fallen der Boote, die im ausgebaggerten Hafenbecken an den Bojen lagen, gegen die Masten schlagen.

Am Ende des Pontons fiel helles Licht durch die getönten Plexiglasscheiben einer Kreuzeryacht mit Deckshaus und einem Mast von der Stärke eines Strohhalms. Es war eins von den Booten, die nur gebaut werden, um sicher vertäut an den Pontons von Marinas zu liegen, während der Eigner Gin und Tonic trinkt und das Messing putzt. »Die *Meergans* von Padmore Bayliss«, sagte eine Stimme aus der Kajüte. »Ein nettes kleines Boot für den Wochenendsegler, der einen anregenden Seetörn machen möchte, ohne daß Frau und Kinder dabei naß werden.« Auf dem Ponton standen zwei Leute. Einer trug Kord und hatte Kopfhörer auf, der andere hielt eine Schreibunterlage mit Papierklammer in der Hand und roch nach Whisky. »Von wegen anregender Seetörn«, mokierte er sich. »Das ganze verdammte Boot ist wasserlöslich.«

»Ich suche Tom Finn.«

»Warten Sie hier«, sagte der Whisky-Mann und ließ mir seine Fahne ins Gesicht wehen. »Und Schnitt«, sagte eine Stimme. Zwei Männer kamen ins Cockpit. Der eine war sonnengebräunt und hatte die Posen eines Menschen, der eine Menge Zeit vor der Kamera verbringt: Tony Crutch, Maritimjournalist und Zuträger für die Klatschspalten, bekannt für seine Geldgier und seine Abneigung, naß zu werden; er hatte damals in der Bootshalle in Pulteney rumgelungert, als wir die *Green Dolphin* ausrüsteten. Der andere, der mit kurzgeschnittenem eisengrauem Haar und blaßgelbem Polohemd war Tom Finn.

Crutch sah mich an und lächelte automatisch, wobei er mir seine teuren Jacketkronen zeigte. »Der segelnde Anwalt«, sagte er. »Sie hatten 'ne kleine Karambolage, wie ich hörte. Alles wieder klar?«

Ich nickte und sagte zu Finn: »Ich hätte Sie gern einen Augenblick gesprochen.«

Finn lächelte sein Fernsehlächeln. »Ich bin jetzt beschäftigt«, sagte er. Seine kleinen schwarzen Augen sahen aus wie Anthrazitsplitter.

»Ich möchte mit Ihnen über Kurt Mancini reden.«

Sein Gesicht blieb ein paar Sekunden lang völlig ausdruckslos. Dann runzelte er die Stirn. Und ich fühlte eine freudige Erregung, weil die Ausdruckslosigkeit gespielt war und das Stirnrunzeln ebenfalls. Das war eine Mimik, die er anlegte, wie man einen Regenmantel anlegt, weil es regnet.

»Ich glaube nicht, daß ich ihn kenne«, sagte er.

»O doch«, sagte ich. »Sie haben ihn während der Dreharbeiten zu ›Charlie Running‹ auf Tortola kennengelernt.«

Ich sah seine Wangenmuskeln arbeiten, und die Bewegungen seines Adamsapfels verrieten, daß er ein nervöses Schlukken nicht unterdrücken konnte.

»Nein«, wiederholte er. »Bestimmt nicht.«

Ich zog das Foto aus Vis Album aus der Tasche. »Den hier«, sagte ich und deutete mit dem Finger auf Kurt.

»Nette Party«, sagte Crutch, der ihm über die Schulter sah.

Schweißperlen standen auf Finns Oberlippe, und seine Haut hatte einen scheußlich gelben Farbton angenommen. »Ich sage Ihnen doch«, stieß er hervor, »ich kann mich nicht erinnern, ihm jemals begegnet zu sein.«

Ich nahm ihn beim Arm und führte ihn zum Ende des Pontons, wo Crutch uns nicht hören konnte. »Vor wem haben Sie Angst?« fragte ich.

Er riß sich los. »Vor nichts. Hören Sie, ich habe zu tun.« Damit marschierte er den Ponton hinunter hinter seiner Crew her.

Ich folgte ihm langsam, und Crutch schloß sich mir auf halbem Wege an.

»Haben Sie nicht eben den Film ›Charly Running‹ erwähnt?« fragte er.

Ich nickte.

»Ich hörte da ein paar interessante Geschichten in dem Zusammenhang«, sagte er. »Ich hörte, daß unser Tony aus dem Grund keine Spielfilme mehr macht, weil es damals irgendein Kuddelmuddel gab und einige Filmdosen, als man sie in den Staaten öffnete, Kokain statt Filmrollen enthielten. Und obwohl es keine handfesten Beweise gegen ihn gab, glaubte man doch, daß er eigentlich etwas darüber hätte wissen müssen. Ich höre, Sie sind oben in Dunmurry gewesen. Das Drei-Berge-Rennen? Der alte David Lundgren hatte nämlich etwas Geld in den Film gesteckt. Seltsam, daß Sie auf dieses Thema gekommen sind.«

»David Lundgren?« sagte ich.

»Sie wissen doch, dieser skandinavische Millionär.«

»Ich weiß«, brachte ich mühsam heraus. Lundgren und Mancini zusammen in der Bar von Dunmurry Castle. Und ein Mancini, der in Lundgrens Steinbruch auftrat, als gehöre er ihm.

»Fühlen Sie sich nicht wohl?« fragte Crutch.

»Doch«, sagte ich, »prima.«

»Na gut«, meinte er. »Denken Sie daran, wer Ihnen das gesteckt hat, ja?«

Ich beschleunigte den Schritt und erreichte schließlich Finn. Er tat, als wäre ich nicht da. Ich sagte: »Ich werde Mancini in den nächsten Tagen sehen und ihm erzählen, daß ich Sie hier getroffen habe.«

Er blieb stehen, drehte sich um und sah mich an. Keine Fernsehpose war mehr in seinem grauen, abgespannten Gesicht. Er sagte so langsam, als spräche er zu einem Kind: »Ich glaube, das wäre nicht besonders schlau. Weil er dann nämlich auf die Idee kommen könnte, daß Sie neugierig sind auf seine Geschäfte. Und wenn er erst auf diese Idee kommt, ist es sehr gut möglich, daß Sie nicht mehr lange leben. Was mich nicht weiter stören würde. Aber lassen Sie *mich* dabei aus dem Spiel.«

Er ließ mich stehen und stieg mit seiner Crew in einen großen silbergrauen Volvo. Finn hatte gute Überzeugungsarbeit geleistet. Ich glaubte ihm aufs Wort.

Vor sieben Jahren hatte David Lundgren Geld in einen

Film gesteckt, an dessen Drehort Kurt Mancini Tom Finn Todesangst eingejagt hatte. Jetzt machten David Lundgren und Kurt Mancini schon wieder irgendwelche Geschäfte miteinander. Und wieder hatten die Leute Angst vor ihnen, waren sogar in einigen Fällen zu Tode erschreckt. Ich aber steckte mittendrin, und - was noch schlimmer war - Fiona ebenfalls.

Drei Dinge mußte ich jetzt tun: Ich mußte mehr über Kurt Mancini herausfinden, und ich mußte darauf warten, daß die Firma Piranesi Georges dringende Anfragen beantwortete. Dann mußte ich den Antworten nachgehen. Denn wenn man hinter einem so mächtigen Mann wie Lundgren her war, mußte man schon genau wissen, wovon man redete.

22

Die Orchard Street von Bristol ist ein bezauberndes Relikt aus dem achtzehnten Jahrhundert, nahe genug am Zentrum, um Scharen von geschäftstüchtigen Anwälten und Architekten anzulocken. Ich hatte Davina Leyland von Southampton aus angerufen, und sie war auf dem Weg zu mir. Ich trabte an dem Messingschild vorbei, auf dem mein Name stand, vorbei an Enid, der Empfangssekretärin, und die ebenfalls aus dem achtzehnten Jahrhundert stammende Treppe hinauf in mein Büro.

Es kam mir vor wie das Zimmer eines Fremden. Der Schreibtisch war schrecklich aufgeräumt. Es roch nach Bohnerwachs und muffigen Akten. Ich stand in der Tür und hatte den Eindruck, daß das Büro zu klein und zu dunkel war und zu wenig Luft enthielt.

Die Vertrautheit stellte sich jedoch schnell wieder ein.

Cyril sah mich, wie ich zögernd am Rand des Teppichs stand, und schob mir ein Bündel Papiere vor die Nase. Er war klein und rundlich, trug eine gestreifte Hose und ein schwarzes Jackett und hatte die glatte weiße Haut eines Mannes, der, von einer jährlichen Reise nach Weston-Super-Mare abgesehen, nie an die frische Luft kam. Die Orchard Street war Cyrils Leben. Er war ein Zyniker durch und durch, mit einem erhabenen Moralkodex, den zu kompromittieren er jedoch nie die geringsten Skrupel hatte.

»Irgend was Bedenkliches?« fragte ich.

»Tand, Sir«, sagte er. Mit ›Tand‹ bezeichnete er alles, was zu unterschreiben war, aber nicht unbedingt gelesen werden mußte. Ich kritzelte Unterschriften, während Cyril mich darüber informierte, was inzwischen geschehen war. Es war zum Glück herzlich wenig, weil die meisten meiner Klienten jetzt im Juli in den Urlaub gefahren waren, der erst noch zu den Schwierigkeiten führen würde, die mir dann später im Jahr neue Arbeit verschaffen würden.

»Lady Davina ist im Wartezimmer«, sagte Cyril; das leichte Schürzen seiner Lippen verriet, daß er einerseits Davina als Person mißbilligte, andererseits jedoch durchaus zu schätzen wußte, daß sie meine hohen Honorare anstandslos bezahlte.

Draußen im Flur klapperten jetzt hohe Absätze über das Linoleum, und eine helle Stimme mit Oberklassenakzent rief: »Cyril! Cyril, verdammt noch mal!«

»Ich glaube, Ihre Ladyschaft ist bereits auf dem Wege«, bemerkte Cyril so gelassen wie ein rosafarbener Buddha.

Davina erschien in der Tür.

Sie war sehr groß und sehr blond, mit einem Raubtiergebiß unter den hohen grausamen Backenknochen, die an Dschingis Khan gemahnten. Sie hatte hellgrüne Augen, die Beine einer Tänzerin und die Lebenseinstellung einer Vielfraßfähe in der Ranzzeit. »Darling«, sagte sie. Sie nannte alle Welt Darling. »Ich habe dich sehnsüchtig erwartet.«

Ich suchte Zuflucht hinter meinem Schreibtisch. »Wirklich?« Das Büro schien mir noch kleiner geworden zu sein.

»Ja«, sagte sie mit der ihr eigenen Emphase. »Was hast du mit Vi gemacht?«

Ich sagte ihr, Vi sei in Pulteney.

»Ich weiß«, gab sie zurück. »Sie rief mich gestern an und sagte, du hättest sie in der Obhut irgendeiner Betreuerin zurückgelassen. Es klang völlig verzweifelt.«

Ich kannte Davina schon lange. Es hatte keinen Sinn, ihr das mit Fiona zu erklären. »Es gibt jetzt nur zwei Möglichkeiten«, sagte ich. »Entweder ist sie eine Weile verzweifelt, oder sie ist eine Ewigkeit tot.«

Das Wort fiel zu Boden wie ein Klumpen Blei. Davina schauderte theatralisch. »Igitt.« Sie warf ihre große Gucci-Tasche auf den Schreibtisch, setzte sich und schlug die Beine mit so gekonntem Schwung übereinander, daß man ihre Qualität in voller Länge bewundern konnte. »Ich muß gleich wieder los«, sagte sie. »Ich bin mit Serena im ›Arnolfini‹ verabredet.«

»Erinnerst du dich daran«, fragte ich, »als wir zu diesen Filmaufnahmen auf Tortola waren?«

»Mit der armen alten Tunte Hudson«, sagte sie.

»Da war noch ein Mann dabei«, sagte ich. »Ein großer Kerl mit blondem Bart. Kurt Mancini.«

Sie runzelte die Stirn und kratzte nachdenklich mit der roten Kralle ihres Zeigefingers am roten Kissen ihrer Unterlippe. Dann sagte sie: »O Gott - der!«

»Hast du eine Ahnung, was er da machte?«

»Er war so eine Art Geldgeber, glaube ich. Aber er mochte die Gesellschaft von Rowdies. Du kennst ja den Typ. Goldene American-Expreß-Karte und immer noch darauf aus, sich beim Armdrücken hervorzutun. Anfangs dachte ich, er wäre schwul.«

»Anfangs?«

»Man hat ja schließlich Methoden, das rauszufinden«, sagte sie. »Er war es nicht. Jedenfalls nicht sehr. Aber er war zweifellos ein Sadist.«

»Aber was trieb er dort?«

Sie zuckte die Schultern. »Das weiß der Himmel. Er schlich halt überall rum. Oft stand er mit diesem Tom Finn in einer Ecke und redete auf ihn ein. Dann schleimte er sich wieder bei den Mädchen ein, die am Strand lagen. Kam mir immer wie ein Reptil vor.« Sie nahm ihre Handtasche an sich und ließ mich noch einmal ihre Schenkel sehen, als sie beide Beine wieder auf den Boden setzte.

»Nichts weiter?« fragte ich. »Keine Idee, für wen er gearbeitet hat?«

»Keine«, sagte sie. »Was hast du übrigens mit Giulio gemacht?«

»Giulio?«

»Sei nicht so begriffsstutzig. Du weißt doch, mein Giulio.«

»Nichts, soweit ich weiß.«

»Er sagt, du wärst neulich in seinen Salon reingeplatzt und hättest rumgebrüllt.«

Ich erinnerte mich an den Mann im Friseursalon. »Ach, das war Giulio?« fragte ich. Dann erzählte ich ihr die Geschichte von Vi und Eric.

»Da hast du völlig richtig gehandelt«, sagte Davina. »Aber ganz schön herrisch. Trotzdem – ein seltsamer Zufall.«

Cyril kam herein. »Ein Telefax, Mr. Henry«, sagte er. »Wenn Eure Ladyschaft entschuldigen?«

»Verdammt noch mal«, sagte ich. Ich wollte nach Schottland zurück, aber Cyril tat sein Möglichstes, um mich wieder in die Büroroutine einzuspinnen. Ich sah mir das Fax an.

»Stimmt was nicht, Mr. Henry?« fragte Cyril. Das Fax war kurz und mit der Schreibmaschine geschrieben. Es trug das Datum von gestern.

Fiona Campbell und Violet Frazer hatten an dem Tag um

acht Uhr dreiundvierzig begonnen, ihr Frühstück einzunehmen, stand da. Nach dem Frühstück weinte Violet Frazer eine halbe Stunde. Sie gingen dann in die Quay Street, wo Fiona Campbell eine grüne Handtasche kaufte. Danach kehrten sie zum Haus zurück und tranken Kaffee. Violet Frazer nahm zwei Stücke Zucker, Fiona Campbell nahm keinen.

Noch weitere Fragen?

Das Fax trug keine Unterschrift. Die Nummer auf dem Papier gehörte einem Genfer Faxbüro.

Ich las es noch einmal, und diesmal zitterten meine Hände. Ich wußte, was ich da vor mir hatte: ein Überwachungsprotokoll.

Ich hatte mir gedacht, daß ich Fiona aus allem rauszuhalten vermochte, wenn ich sie überzeugen konnte, in Pulteney zu bleiben. Aber ich hatte mich geirrt.

»O Gott«, sagte Davina. »Du siehst ja gräßlich aus.« Sie stand auf, kam um den Schreibtisch herum und sah mir über die Schulter. Ihr waren schon so viele Detektive und Journalisten der Boulevardpresse auf den Fersen gewesen, daß sie genau wußte, was sie da las. »Schnüffler«, sagte sie. »Na ja, auf dem laufenden sind sie aber nicht.«

»Wie meinst du das?« fragte ich.

»Als ich gestern mit Vi sprach, sagte sie, sie führen jetzt los.«

»Wohin denn?«

Sie hob eine sorgfältig gezupfte Augenbraue. »Na ja«, sagte sie, »zum Haus deiner Freundin in Schottland doch. Heute früh müßten sie abgereist sein.« Sie gab mir das Fax zurück, küßte mich auf die Nase und ging mit schwingenden Hüften aus dem Zimmer.

Der Anschluß in Kinlochbeag läutete und läutete. Der Hörer in meiner Hand war naß von Schweiß. Das Fax lag vor mir auf dem Tisch und sah mich ausdruckslos an. Schließlich hörte ich Hectors Stimme. Ich sagte ihm, daß ich es sei, und fragte: »Ist Fiona da?«

Er zögerte einen Moment. »Ja.«

»Kann ich sie sprechen?«

»Ja.«

»Und, Hector – halten Sie die Augen offen.«

»Deswegen läßt sie mich ja ans Telefon gehen.«

Nach einer Weile kam Fiona an den Apparat. »Hallo«, sagte sie. Ihre Stimme klang besorgt.

»Du bist nach Schottland zurückgefahren?«

»Ich konnte es in Pulteney nicht mehr aushalten. Auch Vi fühlt sich hier wohler. Hector ist da und Morag mit ihren Kindern ebenfalls. Was war los bei dir?«

Ich sagte: »Ich hab' das Schiff gefunden, das an Jimmy Sullivans Tod schuld ist. Jetzt bin ich hinter den Leuten her, denen es gehört. Aber es gibt einige – Komplikationen.« Ich wollte ihr nicht erzählen, daß jemand ihr in Pulteney so eng auf den Fersen geblieben war, daß er genau wußte, wie die Handtasche aussah, die sie gekauft hatte.

»Warum haben sie Jimmy gerammt?« fragte sie.

Ich erzählte es ihr. Sie sagte: »Giftmüll? Hier? Mein Gott!«

»Du mußt darüber den Mund halten«, sagte ich. »Nicht mehr lange. Aber sag' jetzt bitte zu keinem ein Wort.«

»Aber – «

»Kein Wort.«

»Müssen wir also still zusehen, während sie so weitermachen?«

»Wenn du einen Wirbel veranstaltest und auf sie aufmerksam machst, hören sie sofort auf und machen woanders genauso weiter. Wenn wir nichts sagen, kann ich die ganze Bande auffliegen lassen.«

Das sah sie ein.

Ich erzählte ihr von George und Piranesi. »Wenn wir also

die Leute finden, die die Fässer gedoktert haben, machen wir sie fertig. Hatte Ewan ein Adressbuch?«

»Ich hab' gerade seine Sachen geordnet«, sagte sie. »Hier ist es.« Plötzlich hatte ich den Geruch der Ledersessel in Ewans Arbeitszimmer in der Nase und sah die getäfelten Wände vor mir.

»Er hat einige Briefe an einen Mann namens Weber geschrieben«, sagte ich. »Gottfried Weber. Hast du seine Nummer?«

Sie gab sie mir. »Und wer ist dieser George Hayter?«

»Ein alter Freund.«

»Und Giftmüllhändler?« Ihre Stimme klang skeptisch.

»Irgend jemand muß es schließlich machen.«

»Kommt ganz darauf an, wie sie's machen«, sagte sie scharf.

Plötzlich waren wir ganz nahe daran, uns zu streiten. Ich wollte keinen Streit. Um sie abzulenken sagte ich: »Ich werde also Weber anrufen.«

»Ich ziehe neue Freunde vor«, sagte sie. Ihre Stimme war wieder sanft geworden.

»Ich auch.« Ich zögerte einen Moment. Dann sagte ich: »Sieh' zu, daß Hector in eurer Nähe bleibt. Und begib dich in keine Situation, in der dir ein Unfall zustoßen könnte. Ich bin bald wieder da.«

»Wir kommen schon klar«, sagte sie. »Paß selber auf dich auf.«

Ich legte den Hörer auf. Einen Augenblick saß ich in meinem Büro in der Mitte der großen Stadt und fühlte mich einsam. Dann wählte ich Gottfried Webers Nummer.

Als er antwortete, sagte ich: »Sie haben mit Ewan Buchan korrespondiert.«

»Buchan aus Schottland«, sagte er. Seine Stimme war ruhig und kultiviert, mit einem schwachen deutschen Akzent. »Ich erinnere mich.«

»Ich würde mich gern mit Ihnen unterhalten«, sagte ich.

»Worüber?«

»Über eine Ladung Giftmüll.«

»Wo liegt das Problem?«

»Die Ladung ging über einen Zwischenhändler an die Firma Piranesi in Italien. Ich brauche jemanden, der mir nachzuprüfen hilft, was mit der Ladung geschehen ist, nachdem Piranesi sie erhalten hat.«

»Das wird schwierig sein«, sagte er. »Haben Sie keine Zeitungen gelesen?«

»Nein, warum?«

»Weil die Betriebsanlagen der Firma Piranesi seit vier Tagen brennen. Eine Explosion. Die Verwaltungsgebäude, alles. Alles weg. In der Financial Times war auch ein Foto. Hören Sie, ich habe jetzt einen Termin, aber morgen bin ich in Genf. Essen wir zusammen?«

»Natürlich«, sagte ich mühsam. Meine Lippen kamen mir steif und kalt vor.

»Im Restaurant ›Palmyre‹«, sagte er. »Am See. Um acht Uhr.«

Ich bat Enid, mir die Financial Times aus dem Vorzimmer zu bringen. Auf Seite neun zeigte ein Foto eine große Rauchwolke über einer Industrieanlage. Die Überschrift besagte, daß das Feuer schon seit vier Tagen brenne.

George Hayter mußte gewußt haben, daß es bei Piranesi brannte, als ich ihm vorschlug, der Sache nachzugehen. Der alte Freund George. Aber ein Giftmüllhändler, wie Fiona so treffend bemerkt hatte.

23

Als ich gegen Mitternacht in Genf ankam und wieder im Hotel du Rhône abstieg, war ich ziemlich müde. Der Empfangschef begrüßte mich mit einem Lächeln, als freue er sich, mich wiederzusehen, aber das heiterte mich nicht auf.

Ich war Anwalt, und Anwälte halten sich an die Gesetze, oder sie hören auf, Anwälte zu sein. Aber morgen vormittag mußte ich mir unter einem Vorwand Zugang zu Georges Büro verschaffen, was unbefugtes Eindringen war, und dort unberechtigt Einsicht in seine Unterlagen nehmen, ein Delikt, das mich de facto zum Einbrecher machte. Ohne Fionas Stimme am anderen Ende der Leitung fiel es mir schwer zu glauben, daß George, mit dem ich erst vor zwei Tagen eine Regatta gewonnen hatte, sein Bestes tat, um mich zu verschaukeln.

Ich lag in meinem schönen weichen Hotelbett und starrte mit schmerzenden Augen an die Decke. Um fünf Uhr morgens schwang ich die Beine aus dem Bett und holte die Financial Times aus der Aktentasche. Die Abfallbeseitigungsfirma brannte immer noch auf Seite neun und verteilte ihren schmutzigen schwarzen Rauch über Genua.

Draußen vor dem Fenster wurde es jetzt langsam hell, und die Straßen von Genf begannen sich zu beleben. Ich hatte das Gefühl, als gehöre ich nicht dazu - als käme ich von einem anderen Stern.

Den Büros von CLEAN-UP WASTE gegenüber lag ein Café. Bis zur Mittagszeit setzte ich mich dort mit einem Packen Zeitungen an einen Tisch. Die Piranesi-Geschichte stand in allen, die Anlage brannte immer noch: Verwaltung und alle Akten vernichtet. Für George ein wahrer Segen.

Schweiß von meinen Händen durchweichte die Zeitung. Viele Leuten gingen drüben die Treppe des schmalen Gebäudes hinauf oder kamen heraus – wie Bienen am Flugloch. Er geht heute nicht zum Lunch, dachte ich und fühlte mich innerlich leer. Er ißt nur ein paar Sandwiches im Büro, und ich verschwende hier meine Zeit. Die Luft war feucht und schwer, ein Gewitter hing in den Bergen. Fast begann ich zu hoffen, daß George nicht herauskommen würde.

Aber um zehn vor eins, als sich das Café zu füllen begann, trottete er in einem hellblauen Leinenanzug die Treppe herunter. Seine Aktentasche schwingend, kam er über die Straße genau auf mich zu. Ich verschwand hinter meiner Zeitung. Es sah so aus, als hätte er vor, hier zu Mittag zu essen. Aber er begrüßte einen Mann, der draußen an einem Tischchen saß, und ging dann mit ihm zum See hinunter.

Ich holte tief Luft und fühlte, wie mir Schweiß den Rücken hinunterlief. Dann zahlte ich und schlenderte über die Straße in sein Büro.

Hélène saß an ihrem Schreibtisch, dunkel, geschäftsmäßig und so schön, daß ich mir wie ein Judas vorkam, als ich sie auf die Wange küßte. »Sie haben ihn gerade verpaßt«, sagte sie mit jener übertriebenen Besorgnis, deren sich die Schweizer gern bedienen, wenn eine Routinesache schiefgeht. »Leider hat er eine Verabredung zum Lunch mit einem Klienten.«

»Wie dumm«, sagte ich. »Na ja, da läßt sich nichts machen. Kann ich mich an seinen Schreibtisch setzen und ihm eine Nachricht hinterlassen? Ich fürchte, es wird eine etwas längere Story.«

Sie lächelte. Das war, als habe jemand eine Magnesiumfakkel in dem kleinen getäfelten Vorzimmer entzündet. »Natürlich«, sagte sie. Dann errötete sie etwas und sah auf ihre langen braunen Hände. »Übrigens«, sagte sie, »wir werden heiraten.« Ein Diamant von der Größe einer Olive glitzerte an ihrem linken Ringfinger. Sie lachte. »Er machte mir den Antrag einen Tag, nachdem Sie die Regatta gewonnen hatten. Ich denke, er hat's getan, weil er so glücklich war.«

So glücklich.

Ich lächelte sie an. »Wie schön«, sagte ich. »Das freut mich.« Ich hatte große Mühe, die Worte herauszubringen. Los, mach schon, sagte ich mir, geh' in sein Büro und schnüffle in seinen Akten. Dieser Bursche hat dir vertraut, dich mit zum Segeln genommen und dich zum Essen eingeladen, das ist alles. Und Hélène ist so glücklich, daß sie nicht mehr klar denken kann. Also pack die Gelegenheit beim Schopf.

So holte ich noch einmal tief Luft, als könne der Sauerstoff mein Gewissen beruhigen, und ging in sein Büro. Ich setzte mich an seinen Schreibtisch und schaltete den Computer ein. Er surrte leise, während das Programm von der Festplatte geladen wurde. Der Bildschirm sagte mir dann, es wäre d-Base IV und fragte nach dem Paßwort.

Über das Paßwort hatte ich schon nachgedacht. Als ich das erste Mal bei George im Büro war, hatte ich beobachtet, wie er es eingab. Buchhalter lernen, Schriftstücke verkehrt herum zu lesen, damit sie genau wissen, was der Steuerinspektor auf dem Tisch liegen hat. Und im Zeitalter der Computer kennen sich Anwälte recht gut mit einer Tastatur aus.

Es waren drei Wörter gewesen. Das mittlere hatte drei Buchstaben gehabt, das erste vier oder fünf. Beim letzten hatte ich nicht mehr aufgepaßt. Aber ich erinnerte mich, was er beim Tippen gesagt hatte: »Guten Morgen, Kinder.« Und später, als er betrunken war: »Ungefähr das einzige, was ich noch von meinen Kindern weiß, sind ihre Namen. Hallo, Jungs - Tack-Tack-Tack.«

Seine Kinder, groß und blond, hießen James und Daniel.

Ich gab die Namen ein. Der Bildschirm ließ mich wissen, daß er das Paßwort leider nicht kenne.

Meine Hände begannen wieder zu schwitzen. Gott allein mochte wissen, wie viele Alarmsignale George in dieses Ding eingebaut hatte. Dann erinnerte ich mich: Es hieß nicht

James und Daniel. Seinerzeit war mir aufgefallen, daß er seinen jüngeren Sohn mit vollem Namen Daniel gerufen hatte. Aber sein anderer Sohn war für ihn nicht James, sondern Jamie gewesen.

Ich gab also ›Jamie und Daniel‹ ein und siehe da: Der Bildschirm sagte ›HI, DAD‹ und änderte sein Aussehen. Ich war im System.

d-Base IV ist ein großes teures Datenbankprogramm. Auch Anwälte verwenden es gern. Ich gab ihm den Befehl, die Bach AG zu suchen. Die Zentraleinheit summte einen Moment leise vor sich hin, dann erschien eine Liste von Transaktionen.

CLEAN-UP hatte schon viel mit der Bach AG zu tun gehabt; die ersten Kontakte lagen drei Jahre zurück. Ich suchte ein geeignetes Datum.

Und fand auch eins.

Am 16. Juni, zehn Tage vor Jimmy Sullivans Streit mit Donald Stewart, hatte CLEAN-UP mit der Bach AG vereinbart, fünfhundert Tonnen chemischer Abfälle zu beseitigen. Das Zeug wurde in roten Fässern verschifft, deren Seriennummern mit derjenigen übereinstimmte, die mit Hilfe der Röntgenaufnahme auf Jockie Sullivans Diskus entdeckt worden war. Als Entgelt hatte man sich auf 750 Pfund Sterling pro Tonne geeinigt.

Auf dem Flur draußen klapperten Absätze. Ich drehte den Bildschirm von der Tür weg, nahm Papier und Kugelschreiber und begann zu schreiben. Hélène steckte den Kopf durch die Tür. »Sie brauchen aber lange«, sagte sie.

»Es ist auch eine lange Nachricht«, sagte ich.

»Möchten Sie Kaffee?«

»Nein«, sagte ich. »Ich gehe gleich zum Lunch. Trotzdem herzlichen Dank.«

»Okay«, sagte sie und strahlte mich an.

Ich grinste zurück, so gut ich konnte, und murmelte etwas

in der Hoffnung, daß sie das Summen des Computers überhören würde. Sie schloß die Tür wieder hinter sich. Ich wischte mir die feuchten Hände an den Hosenbeinen ab und wandte mich wieder dem Bildschirm zu.

Fiona hatte recht mit ihrem Mißtrauen. George war mit dem Vertrag nicht zu Piranesi in Genua gegangen, sondern hatte ihn einem anderen Händler verkauft, einem gewissen Enzo Smith in der Rue St. Pierre hier in Genf. Smith hatte den Vertrag für 500 Pfund Sterling pro Tonne übernommen, so daß George einen Gewinn von 250 Pfund pro Tonne erzielt hatte - insgesamt also 125 000 Pfund Sterling.

Dabei sprang natürlich ein schöner Verlobungsring heraus.

Ich notierte Nummer und Adresse von Enzo Smith sowie die Namen der beseitigten Chemikalien und schaltete den Computer aus. Dann schrieb ich George ein paar höfliche Zeilen, mit denen ich ihm für die Regatta und die Einladung zum Essen dankte und ihm zu seiner Verlobung gratulierte. Endlich verabschiedete ich mich von Hélène und verließ das Haus.

Ich ging zum Hotel zurück. Zunächst galt es herauszufinden, ob es zwischen Enzo Smith und der Monoco-Reederei eine direkte Verbindung gab. Ohne Umschweife in die Höhle des Löwen zu gehen, schien mir am besten. Falls dabei nichts herauskam, war da immer noch Gottfried Weber. Es war heiß und feucht, ein Zwei-Hemden-Tag. Ich zog ein frisches an und fertigte eine Abschrift der Informationen an, die ich George Hayters Computer entlockt hatte. Dann ging ich durch die brütend heißen Straßen zur Rue St. Pierre, wo das Maklergeschäft von Enzo Smith lag.

Die Büros befanden sich in einem Häuserblock aus den sechziger Jahren, der mit Granit verblendet war. So wie es aussah, enthielten allein die Regale im Erdgeschoß hunderte Firmenakten, und die Vorhalle war voller Menschen mit verschlossenen Gesichtern, die ihren eigenen Gedanken nachhingen. Ich fuhr mit sieben anderen Leuten in einem grauen Stahlaufzug nach oben, stieg in der siebenten Etage aus und öffnete eine dicke Mahagonitür, auf der ENZO SMITH – EMPFANG stand.

Wenn George Hayters Büro das alte Genf repräsentiert hatte, so war das von Enzo Smith Neu-Milano. Die Klimaanlage ließ den Schweiß auf meiner Haut förmlich gefrieren. Der Empfangstisch bestand aus einer weißen Marmorplatte, die von schwarzen, schmiedeeisernen Ästen gehalten wurde. Ein kleiner, schmieriger Mann mit schwarzem Schnurrbart saß in einem eckigen Stuhl und las Zeitung. Im Gegensatz zum Mobiliar und dem Mann mit dem Schnurrbart sah die Frau hinter dem Tisch gut gewaschen und gesund aus.

»Ich möchte Mr. Smith sprechen«, sagte ich.

»Sind Sie angemeldet?« Ein leichter Schatten legte sich über ihre glatte, glänzende Stirn, das Genfer Äquivalent eines Stirnrunzelns.

»Ganz sicher will er mich auch sprechen«, sagte ich.

Sie öffnete den Mund, wahrscheinlich um mir zu bedeuten – natürlich auf sehr höfliche Weise –, daß ich mich am besten gleich wieder hinausbegäbe. Aber in diesem Moment öffnete sich eine der pechschwarzen Türen, und ein Mann kam heraus, ein kleiner Mann mit sehr kurzem schwarzem Haar, einem gelbbraunen Leinenanzug, kastenförmig geschnitten, und vier goldenen Ringen an den Fingern der rechten Hand; die andere konnte ich nicht sehen. Sein Blick streifte mich kurz. Mein Blick registrierte ihn auch nur einen Augenblick und wurde dann von dem Büro angezogen, das er eben verlassen hatte.

Denn in diesem Büro, von dem aus man eine herrliche Aussicht auf die Dächer von Genf und die leicht gekräuselte Oberfläche des Sees genoß, stand noch ein Mann an einem der Panoramafenster und sah hinaus. Ein großer Mann mit einem Schädel, der von den Ohren schräg zu den Schultern abfiel, ohne sich den Luxus eines Halses zu leisten.

»Monsieur Smith«, sagte die Empfangsdame, »hier ist ein Herr, der –«

Den Rest nahm ich nicht mehr war, weil sich der große Mann umgedreht hatte. Die Sonne, die durch sein kurzes blondes Haar schien, ließ es fast so aussehen, als trüge er einen Heiligenschein. Die rosa Kopfhaut schimmerte durch. Den Bruchteil einer Sekunde sahen wir uns genau in die Augen, dann ging er durch die Tür auf mich los. Der Angriff kam so fürchterlich schnell wie der Reflex eines wilden Tiers. So flink ich konnte, rannte ich durch die Bürotür nach draußen.

Der Mann, der aus dem Fenster gesehen hatte, war Kurt Mancini.

Als ich hinauskam, schlossen sich gerade die Türen des Aufzugs. Ich versuchte gar nicht erst, ihn noch zu erreichen. Zur Rechten sah ich eine Tür mit der Aufschrift ESCALIER, da rannte ich hin. Die Treppen waren aus weißem Beton und wanden sich in einer großen rechtwinkligen Spirale nach unten. Ich schwitzte wieder. Irgendwo in mir schrie eine Stimme: Ich hab's! Aber sie wurde übertönt von der Stimme die: Hau ab! schrie.

Ich raste in kontrolliertem Fall die Treppen hinunter. Oben knallte eine Tür. Ich sah, wie sich ein Kopf über das Geländer beugte, ein kleiner, dunkler Kopf: Enzo Smith. Hinter mir stürmte jemand mit riesigen Sprüngen treppabwärts. Ich mußte nicht zurückblicken, um zu wissen, wer das war.

Auf der nächsten Tür stand die Zahl drei. Die Schritte – oder besser Sprünge – hinter mir kamen näher. Mein Herz wummerte, als ich mich von der Wand abstieß und den folgenden Treppenabsatz mit einem Satz bewältigte. Auf der nächsten Tür stand ›zwei‹. Kurt war jetzt nur noch eine Treppe über mir, ein großes blondes Tier, das ich aus den

Augenwinkeln wahrnahm, als ich die letzte Treppe hinunter stürmte. Das Klatschen der Füße auf den Stufen hinter mir hörte plötzlich auf. Vor mir war die Tür, auf der ›eins‹ stand. Meine Schulter warf sich gegen die Mitte der aufgemalten Zahl, während meine Hand den Griff niederdrückte. Irgend etwas schlug neben meinem Ohr in die Füllung. Dann ging sie auf, und ich stolperte, fast nach vorn fallend, in die überfüllte Vorhalle, wobei ich verschiedene Leute anrempelte.

Als ich zurückblickte, schwang die Tür langsam wieder zu. Aber bevor sie sich schloß, sah ich das Ding, das neben mir in die Türfüllung geschlagen war: ein Messer. Sein Handgriff war mit dunkelgrünem Isolierband umwickelt, und die breite Klinge war beidseitig geschliffen. Sie steckte gut zwei Zoll tief in der Tür. Nur sechs Zoll weiter nach rechts, und sie hätte mein Genick an der Stelle getroffen, wo der Schädel endet und die Wirbel anfangen. Sie hätte mich praktisch enthauptet.

Ich drehte mich um und lief auf die Straße, was nicht so einfach war, da ich das Gefühl hatte, meine Beine bestünden plötzlich aus Gummi. Draußen winkte ich einem Taxi und sagte dem Chauffeur, er solle einfach am See entlang fahren. Dann lehnte ich mich zurück, hielt den Kopf gesenkt und zitterte eine Weile.

Du blöder Hund, sagte ich mir. Da stehst du im Hotel vor dem Spiegel, bindest dir den Schlips und redest dir ein, daß du so einfach in die Löwenhöhle marschieren und ein paar Tatsachen überprüfen kannst, alles ganz freundlich und legal. Und dabei kommt Harry Frazer, diesem Staranwalt in modischem Hemd, nicht einmal im entferntesten der Gedanke, daß Männer wie Enzo Smith, die für den Tod von Jimmy Sullivan und Ewan Buchan verantwortlich sind, vielleicht ihre eigenen Methoden haben, um sich außergerichtlich zu vergleichen – zum Beispiel mit einem Messer.

Außerhalb des Taxifensters wanderte das Panorama des Sees vorbei. Es war etwas diesig heute. Über den Bergen lag ein bräunlicher, gewittriger Dunst.

Harry Frazer war nicht mehr Anwalt in diesem Fall, er war Zeuge. Ich hatte nicht den geringsten Zweifel, daß Kurt Mancini vor zehn Minuten die feste Absicht gehabt hatte, mich umzubringen. Das bestätigte mir zwei Hypothesen. Zum einen, daß die Firma CLEAN-UP ihre Müllverträge an Enzo Smith verkaufte, der dann den Abfall in Schiffen der Monoco-Reederei nach West-Schottland bringen ließ, wo er unter der Aufsicht Kurt Mancinis illegal »entsorgt« wurde. Zum anderen, daß dieses Verbrechen für Mancini so viel abwarf, daß er keine Skrupel hatte, jeden zu beseitigen, der ihm dabei in die Quere kam.

Ich zog mein Jackett aus, was jedoch nicht verhinderte, daß ich weiterschwitzte. In der Lagerhalle in Schottland hatte ich nur eine eindringliche Warnung erhalten. Heute hatte Kurt versucht, mich zu erledigen. Und ich hatte keinen Grund anzunehmen, daß er es nicht wieder versuchen würde.

24

Ich ging in ein Café und stürzte zwei Cognac hinunter. Dann besuchte ich ein Kino, wo ich in der Mitte einer gut besetzten Reihe Platz nahm. Vom Film bekam ich nicht das geringste mit. Erst spät am Nachmittag begab ich mich zum Hotel zurück, mischte mich dabei unter den Strom der heimkehrenden Berufstätigen und schloß mich auf den breiten Bürgersteigen kleineren Gruppen an. Trotzdem versuchte ich, mich nicht in der Menge einkeilen zu lassen und, soweit möglich, in der Nähe eines Polizisten zu bleiben. Im Hotel bat ich einen Pagen, mit auf mein Zimmer zu kommen, und ließ ihn warten, während ich packte. Die Vorstellung, allein zu sein, war mir so schrecklich, daß ich sie nicht ertragen konnte. Ich zog einen dunkelblauen Leinenanzug und ein gelbes Hemd an. Dann zahlte ich meine Rechnung, buchte einen Flug für zehn Uhr nach London, ließ mein Gepäck in der Obhut des Portiers zurück und nahm ein Taxi zum Restaurant »Palmyre« am Seeufer.

Das Gewitter kam näher. Die Luft unter den Platanen war klebrig vor Hitze und dem von den Blattläusen ausgeschiedenen Saft. Ich setzte mich ganz hinten auf die Terrasse, mit dem Rücken zur Wand, und nippte nervös an einer Tasse Tee. Nach zehn Minuten führte ein Ober Gottfried Weber an meinen Tisch.

Ich hatte einen Bären wie Ewan erwartet. Aber Weber trug einen eleganten grau-weißen Baumwollanzug mit einem roten Seidentuch in der Brusttasche und eine unauffällige schwarze Aktentasche in der Hand. Er hatte einen sorgfältig gestutzten, schwarzen Bart, zynische graue Augen und ein Lächeln, von dem er nur sparsam Gebrauch machte. Er bestellte ein deutsches Bier. »Ausgezeichnet«, sagte er nach den ersten Schlucken. »Und wie geht es Fiona?«

Ich sagte, es ginge ihr gut.

»Schön«, meinte er. »Eine erstaunliche Frau - nach allem zu urteilen, was Ewan mir erzählt hat.«

Ich gab ihm recht.

»Ah«, sagte er. »Aber ich bin sicher, sie hat Ihnen nichts über das ›Welshman's-Creek‹-Projekt erzählt.«

Das hatte sie in der Tat nicht.

»Es war ein großes Projekt, um das Tal eines Flusses in Nordkalifornien zu fluten und einen Stausee anzulegen«, sagte er. »Kein Fluß mehr, Vernichtung vieler Brutstätten und Biotope. Für die Planer ein Sumpfgebiet, für die Vögel ein Zuhause. Die Planer hätten an diesem Projekt ungefähr fünfzig Millionen Dollar verdient. Aber Fiona brachte den Präsidenten dazu, die Sache zu stoppen.«

»Welchen Präsidenten?« fragte ich.

»Den Präsidenten der Vereinigten Staaten. Ihr Vater war Senator, glaube ich. Sie hat den Präsidenten dazu animiert, am Fluß angeln zu gehen, und hat dann mit ihm geredet. Danach war es kein Problem mehr.« Weber trank ein paar Schluck Bier. »Aber natürlich hat sie Ihnen nichts davon erzählt.«

»Nein«, sagte ich und war eigentlich gar nicht überrascht.

Weber gestattete sich ein Lächeln. »Es gibt eine ganze Menge Dinge, die sie den Leuten nicht erzählt. Es gab allerdings noch mehr, was Ewan ihr nicht erzählt hat.« Er seufzte. »Ewan ist also tot«, sagte er. »Was für ein schreckliches Ende.« Er sah mich an, mit außerordentlich klugen Augen. »Wie genau ist es passiert?«

Ich erzählte ihm die ganze Geschichte, und Weber nickte. »Wenn ich paranoid wäre, würde ich sagen, daß mich das alles nicht überrascht.«

»Oh?«

»Ich bekam ziemlich regelmäßig Post von ihm bis, nun ja, bis vor drei Wochen. Er fragte mich, ob es meiner Meinung nach möglich sei, Chemieabfälle in Schottland illegal zu beseitigen und damit durchzukommen.«

»Drei Wochen«, murmelte ich. Vor drei Wochen war ich durch den Nebel gesegelt, und Ewan war der *Marius B.* gefolgt. Selbst da schon hatte er einen bestimmten Verdacht gehabt. »Was haben Sie ihm gesagt?«

»Ich sagte ihm, daß jede Substanz, deren illegale Beseitigung finanziell lohnend sei, sich in der Umwelt hielte. Geld oder nicht, es wäre Wahnsinn, so etwas zu machen. In zehn Jahren hätte man dann womöglich einen Ort, wo es kein Leben mehr gibt.«

»In zehn Jahren sind die Leute, die illegal toxische Abfälle beseitigen, längst woanders.«

»Sicher«, sagte er. »Das wäre möglich.«

»Es geschieht tatsächlich«, sagte ich.

Die Leute auf dem Boulevard schoben sich hin und her und waren dauernd in Bewegung; draußen auf dem See fuhren die Ausflugsboote, die Wasserspiele funkelten, und die Jollen mit ihren leuchtenden Segeln wuselten wild durcheinander. Alle diese Muster waren die Wege von Menschen, die sich ihres Lebens freuten, Geschäfte abwickelten oder einfach nur dahindrifteten. Aber irgendwo in diesem Gewirr war ein Mensch, der kalt und gradlinig seine Absicht verfolgte: Töte Harry Frazer.

Aus meiner Brusttasche zog ich den Zettel, auf dem ich die Einzelheiten über die Schiffsladungen notiert hatte, die ich George Hayters Computer verdankte. Weber studierte ihn schweigend, runzelte dann die hohe Stirn und sah mich an.

Ich sagte: »Um diesen Müll geht es. Was ist das alles?«

Er legte den Zettel auf den Tisch und klopfte mit seinem Kugelschreiber leicht auf die einzelnen Posten. »Zunächst einmal«, sagte er, »haben wir hier säurehaltige Teerrückstände, ein Abfallprodukt der Erdölraffinerien. Schwarzes, schlammiges Zeug. Sehr ätzend. Man kann es in Fässer abfüllen, aber sobald Wasser dazukommt, geht es hoch. Es ist so schwer zu beseitigen, daß man ihm jetzt nicht mehr häufig begegnet. Mmh.« Er sah sich die nächste Eintragung in der Liste an. »Ach du meine Güte.«

»Was ist es?«

»Polychloriertes Biphenyl. Hat man mal in der Elektroindustrie verwandt, als Beschichtung für Transformatorwicklungen; leider gibt es immer noch eine ganze Menge davon: giftig, hautreizend, karzinogen. Verursacht fürchterliche Ausschläge - wenn man Glück hat. Äußerst hartnäckig. Man braucht eine Hochtemperatur-Verbrennungsanlage mit Spezialfiltern für den Rauch. Bei einer seriösen Firma müßte man mindestens zweitausend Pfund Sterling pro Tonne für die Entsorgung zahlen.«

Er deutete mit dem Kugelschreiber auf die restlichen fünf Posten: »Zyanid, Quecksilber, Kadmium, Schwermetalle. Gemischtes Teufelszeug, ätzend, Reiz erzeugend.« Er lächelte unfroh. »Eben alles, was in der chemischen Industrie üblicherweise abfällt.«

»Wie könnte man das Zeug billig loswerden?«

»Billig geht es überhaupt nicht. Verbrennen ist teuer. Man kann es zu Asche machen, zu einfacheren Verbindungen, und die Asche dann in Spezialdeponien lagern. Die einfachen Elemente lassen sich vielleicht zurückgewinnen.« Er klopfte mit dem Stift auf das Papier. »Ist das eine der Ladungen?«

»Ich glaube, ja.«

»Wer ist verantwortlich für diese Schweinerei?«

»Sagt Ihnen der Name Enzo Smith etwas?«

Er hob gerade das Bierglas an die Lippen. Als er den Namen hörte, erstarrte er zur Wachsfigur. Dann setzte er das Glas langsam wieder ab und fragte: »Ewan hat Nachforschungen über die Geschäfte von Enzo Smith angestellt?«

»Er wußte nicht, daß es Enzo Smiths Geschäfte waren.«

Weber seufzte. »Herrgott noch mal«, sagte er. »Dann wundert es mich nicht, daß er tot ist.«

Mein Herz schlug unangenehm schnell. »Was soll das heißen?«

»Letztes Jahr hat sich Enzo Smith mit allen einschlägigen Firmen in Verbindung gesetzt und sie informiert, daß er eine Verbrennungsanlage in Guinea-Bissau besitze; gleichzeitig machte er ihnen geradezu lächerlich billige Angebote für die Entsorgung wirklich sehr übler Stoffe. Ich habe Erkundigungen eingezogen. Natürlich existierte die Verbrennungsanlage überhaupt nicht. Aber da hatte eine Firma Enzo Smith schon eine Ladung anvertraut, die er von Triest aus verschiffte. Zwei Wochen später war der Golf von Torent voll toter Delphine.«

»Er bringt also Delphine um. Keine Menschen.«

Weber nahm wieder einen Schluck Bier, als müsse er einen üblen Geschmack herunterspülen. »Smith sagte, die Ladung wäre zu einer Verbrennungsanlage in Palermo umgeleitet worden. Er hatte alle Dokumente, alle zugehörigen Papiere – kein Problem. Was natürlich ein ganz wichtiger Hinweis auf die Art seiner Aktivitäten ist.«

»Korruption«, sagte ich. »Doch kein Mord.«

»Alle Giftmülltransporte unterliegen internationalen Vorschriften. Aber wenn Sie in Italien etwas von einem Beamten wollen, stecken Sie ihm die Tangente zu, das Schmiergeld, und Sie bekommen, was Sie wünschen. Ich denke, auf diese Weise hat auch Ihr Mann bei CLEAN-UP seine Papiere von Piranesi bekommen. Und wenn Sie Mitglied einer bestimmten Organisation sind, müssen Sie vielleicht nicht mal die Tangente bezahlen.«

Ich spürte die Angst in meinem Magen wie einen kalten Klumpen Blei. »Haben Sie Beweise?« fragte ich.

»Ich habe Beweise«, sagte er. »Aber man spricht nicht über Beweise in einem Café, wenn es um die Mafia geht.«

Eine schreckliche Pause entstand.

Schließlich sagte ich: »Warum sollte die Mafia an einer Sache interessiert sein, die so beschwerlich ist wie die Beseitigung von Giftmüll?«

»Wegen Geld«, sagte er.

»Was ist denn mit Drogen, Prostitution, Schutzgeldern?«

»Das war die alte Mafia«, sagte er. »Außerdem ist mit Drogen nicht mehr so viel Geld zu machen wie bisher. Und wenn, dann geht das Geld hauptsächlich an Pakistanis, Iraner und Kolumbianer. Die Bosse, die früher die Heroinküchen in Südeuropa aufgebaut haben, suchen daher neue Möglichkeiten, ans schnelle Geld zu kommen. Womit sich ein Drogenhändler wirklich auskennt, ist die Verzweiflung. Die Drogenbosse haben also sehr schnell begriffen, daß es überall in

Europa Firmen gibt, die verzweifelt nach einer Möglichkeit suchen, die Abfälle loszuwerden, die sich bei ihnen anhäufen, nachdem sie ihr Öl, ihre Transformatoren oder was auch immer produziert haben. Natürlich sind die meisten dieser Firmen geldgierig; es gibt zwar neue Methoden der Entsorgung, die relativ sauber sind, aber die gehen ans Kapital. Folglich kann jeder, der es billig macht, jede Menge Aufträge bekommen. Um es aber billig machen zu können, darf man sich nicht allzu sehr sorgen, was mit dem Giftmüll geschieht oder mit den Leuten, die das Pech haben, in der Nähe der Müllkippe zu wohnen. Das ist genauso wie bei den Drogen. Enzo Smith hat sehr gute Beziehungen zu Leuten in Italien und New York. Und diese Leute gehören zu einer sehr mächtigen Gruppe.«

Weber sah mich eindringlich an. Ich sah ihn ebenfalls an, nahm ihn aber kaum wahr. Ich sah Ewan und Jimmy Sullivan. Ich sah den Ausdruck in Tom Finns Gesicht, hörte Mancini die Treppe herunterrasen und den dumpfen Einschlag des Messers in der Tür, direkt neben meinem Ohr.

»Warum gerade Schottland?« fragte ich. Wie kam ein italienischer Drogenboß dazu, sich einen bestimmten Fleck im grauen Wasser nördlich von Ardnamurchan auszusuchen, um seinen Unrat loszuwerden? Aber vielleicht hatte ihm ja jemand einen Tip gegeben, der die Gegend gut kannte.

»Man studiert die Karte«, sagte Weber, »und findet einen abgelegenen Ort. Dann wirft man dort die Abfälle in die See oder kippt sie in einen Steinbruch –«

»Was für einen Steinbruch braucht man dafür?«

Er hob eine Augenbraue. Wahrscheinlich war ihm etwas am Klang meiner Stimme aufgefallen. »Spielt keine Rolle«, sagte er. »Im Idealfall ein tiefes Loch und undurchdringliches Gestein. Vielleicht Granit. Dann schüttet man das Zeug zu.«

Lundgrens Schüttloch. In meiner Vorstellung glich das Schüttloch der Höhle eines Ameisenlöwen, deren schmutzig-öliger Ausfluß über den kleinen Bach in die Bucht gelangte, wo er durch die Tidenströmung verteilt wurde. »Ich muß schnell mal telefonieren«, sagte ich.

Weber zuckte die Schultern und fragte: »Trinken Sie noch einen Tee?«

»Lieber Bier«, sagte ich.

Als ich hinausging, sah ich, wie er dem Ober winkte. Das Telefon war in einer Glaskabine neben der Theke. Ich kam ohne Schwierigkeiten nach Kinlochbeag durch, und Fiona war gleich am Apparat. »Sie lassen den Müll im Steinbruch verschwinden«, sagte ich.

»Wie meinst du?« Es klang müde.

»Sie werfen die Abfälle ins Schüttloch.«

»Was soll ich tun?« Plötzlich wirkte sie überhaupt nicht mehr müde.

»Polizei«, sagte ich. »Journalisten. Umweltschutzbeamte. Die ganze Gesellschaft. Erzähl' ihnen irgendwas, aber sorg' dafür, daß sie hinkommen.«

Wir legten auf. Für Liebeserklärungen war jetzt nicht der geeignete Moment.

Als ich das Gespräch bezahlte, merkte ich, daß draußen etwas los war. Ich hörte, wie ein Glas zersplitterte; eine Frau begann zu schreien.

Es war inzwischen dunkel geworden, und die Terrasse des Restaurants wirkte wie ein leuchtender Teich mit den Tischen als großen weißen Seerosen. Der immer noch warme Wind, der den Geruch des Sees mit sich führte, ließ die Tischtücher flattern.

Ich blieb in der Tür stehen, denn ein Menschenknäuel drängte sich um Weber. Als sich im Ring der Herumstehenden eine zufällige Lücke bildete, konnte ich einen Blick auf unseren Tisch werfen. Plötzlich war mein Mund wie ausgetrocknet.

Weber saß nicht mehr, er lag über dem Tisch. Seine Hände

streckten sich nach dem Rand aus, und seine rechte Wange preßte sich an das weiße Tuch. Seine Augen waren weit geöffnet und starrten genau in meine Richtung. Aber er sah mich nicht. Seine Lippen wie auch das übrige Gesicht hatten einen schrecklich blauen Farbton angenommen, und die Augen waren glasig.

Der Ober befand sich ebenfalls am Tisch, ruderte mit den Armen und redete aufgeregt auf jemanden ein. Dann drehte er sich um. Sein Gesicht war weiß, aber die schwarzen Augen blickten scharf in die Runde. Dann sah er mich, hob einen Arm und deutete.

Ich machte kehrt und ging ins Restaurant zurück. Meine Knie waren wie Pudding, und mein Herz hämmerte. Die Stimme einer Frau schrie: »Gift!«

Man würde mir Fragen stellen, eine Menge Fragen. Bedächtige Fragen nach Schweizer Art: Sie waren also als letzter mit Herrn Weber zusammen? Sie verließen den Tisch um ... Äh, um zu telefonieren, sagen Sie? ... Nur Ruhe, Mr. Frazer, wir haben jede Menge Zeit ...

Aber ich hatte keine Zeit, weil jetzt auch Fiona wußte, was ich wußte, und es sinnlos war, mich zum Schweigen zu bringen, wenn man nicht gleichzeitig auch sie ausschaltete. Sie befand sich, zusammen mit Kindern und Kranken, in einem einsamen Haus an einer einsamen Küste Schottlands. Man hatte Weber in einem gut besuchten Genfer Café ermordet, erst recht würde man es in Kinlochbeag schaffen.

Ich lief schnell zur Rückseite der Gaststube und durch die Küche, vorbei an Leuten in weißer Arbeitskleidung und mit hohen Kochmützen. Hinten, wo es zu den Mülltonnen ging, führte eine Tür ins Freie. Ich glitt hinaus in die warme Dämmerung.

Sirenen heulten. Ich schlich zwischen den großen sauberen Mülltonnen hindurch. Zurück zum Hotel, dachte ich. Es gab keine Möglichkeit, mich zu identifizieren ...

Ein Mann kam um die Ecke des Gebäudes. Er war klein, trug einen Schnurrbart und das weiße Jackett eines Kellners. Sein schwarzes Haar war straff zurückgebürstet. Ich hatte ihn bereits am Nachmittag in Enzo Smiths Vorzimmer gesehen, mit einer Zeitung in der Hand.

Jetzt hielt er wieder etwas in der Hand: einen länglichen Gegenstand, der das Licht der Quecksilberlampe über der Küchentür auffing und mit einem bösen Funkeln widerspiegelte. Ein großes Küchenmesser. Er hielt es wie ein Schlachter, nicht wie ein Koch.

Mich überlief eine Gänsehaut. Kurt Mancini wollte offensichtlich ebenfalls nicht, daß ich mit der Polizei redete. Ich merkte, daß ich viel zu schnell und zu flach atmete, um meinen Sauerstoffbedarf zu befriedigen. Da wandte ich mich ab und ging schnell in die andere Richtung.

Ich folgte der schmalen Hintergasse, die zur Straße führte, vorbei an der Terrasse des neben dem »Palmyre« liegenden Restaurants. Auch hier gab es viele Besucher, eine Menschenmenge, die den warmen Abend im Freien genießen wollte. Unter diesen Hunderten von Augen gleichmütiger, rechtschaffener Schweizer konnte mir eigentlich nichts passieren.

Der Mann mit dem Schnurrbart hatte das Messer jetzt irgendwo am Körper versteckt. Das weiße Jackett hatte er ausgezogen und vermutlich fortgeworfen. Er schlenderte fünfzehn Meter hinter mir her, die Hände in den Hosentaschen: ein Mann in Hemdsärmeln, der an einem warmen Abend nicht Besonderes vorhatte. Als ich mich umdrehte, sah er mir in die Augen. Sein kleines, verschlagenes Gesicht war ohne Ausdruck. Ich blieb stehen. Er blieb ebenfalls stehen. Ich ging schneller. Er ging schneller. Mit einem flauen Gefühl im Magen begriff ich, daß er mir die ganze Nacht auf den Fersen bleiben und mich schließlich erwischen würde.

Vor dem »Palmyre« blitzten die Blaulichter der Polizei.

Etwas weiter vorn gab es noch weitere Lichter, Girlanden funkelnder Juwelen in vielen Farben und ein beleuchtetes Schild, auf dem PROMENADES EN LAC stand. Ein Lautsprecher sagte in sehr höflichem Ton: »Attention, messieurs, dames, dies ist Ihr letzter Aufruf.« Die Lichter hingen in langen Bogen entlang einer Gangway, an deren Ende ein Ausflugsdampfer lag, altmodisch wie derjenige, der George und mir bei der Regatta zum Sieg verholfen hatte. Auf Vor- und Achterdeck waren Matrosen dabei, die Festmacher loszuschmeißen.

Ich begann zu laufen. Gesichter wandten sich mir zu, in der Abenddämmerung blaß wie kleine Monde. Der warme Wind zauste mich mit mutwilligen Stößen, während meine Schuhe auf der Laufplanke dröhnten. Ein Uniformierter tauchte vor mir auf, Arme ausgebreitet, und rief, ich solle zurückbleiben. In vollem Lauf stieß ich ihn mit meiner gesenkten Schulter in den Magen, so daß er mit einem Krachen gegen die Reling der Gangway fiel. Dann war sie plötzlich zu Ende, und vor mir lag ein Streifen Wasser mit märchenhaften Lichtspiegelungen und die sich schnell entfernende Bordwand des Vergnügungsdampfers.

Ich machte einen verzweifelten Satz, schoß mit einer Rolle über die Reling und landete zwischen diversen Beinpaaren. Aufstehend entschuldigte ich mich nach rechts und nach links bei den Zurückweichenden. Aber der Abstand zwischen Land und Schiff vergrößerte sich schnell, und in mir breitete sich bereits ein Gefühl der Sicherheit aus, ein Gefühl der Isolation, das einen an der Reling eines auslaufenden Schiffes überkommt. Unter dem Licht der Fahrplantafel sah ich den falschen Kellner stehen und dem Dampfer nachschauen; seine Augen waren so beschattet, daß sie wie die leeren Höhlen in einer Inkamaske aussahen.

Doch die Aussicht auf das Genfer Seeufer interessierte mich jetzt nicht. Ich bahnte mir einen Weg durch die Menge und begab mich auf die andere, der Küste abgewandte Seite. Dort waren weniger Leute. Ich konnte wieder freier atmen und sogar allmählich klar denken.

Weber war tot. Er war tot, weil er ein bekannter Journalist war und man uns zusammen gesehen hatte. Mancinis Leute gingen nicht das geringste Risiko ein. Wenn der Dampfer zur Landungsbrücke zurückkam, würden sie auf mich warten, mit Gesichtern wie aus Stein und mit Schatten in den Höhlen ihrer Augen.

Die Lichter an der Küste schwenkten herum, als das Schiff drehte. Der Wind blies heiß über Deck, als käme er direkt aus dem Kesselraum. Mir war klar, daß ich auf die Brücke gehen und den Kapitän bitten mußte, die Polizei zu verständigen und ihr zu sagen, daß sie uns bei der Rückkehr an der Landungsbrücke erwarten sollte. Dann würde ich den Beamten die ganze Geschichte erzählen müssen. Sie würden sie überprüfen, und damit war die Sache dann erledigt.

Falls sie mir glaubten.

Aber dieses Risiko mußte ich eingehen.

Ich holte tief Luft. Die meisten Passagiere waren jetzt unter Deck gegangen, um dem schalen Geruch des warmen Windes zu entgehen. Ich wandte mich zur Brücke.

In dem Moment sah ich einen Arm und eine Hand und irgend etwas, das blitzschnell auf meinen Kopf zukam.

Ich riß den Kopf zur Seite. So zerschnitt das Ding nur meine Wange und nicht meinen Hals. Aber der starke, brennende Schmerz ließ die Nacht wie in einem roten Nebel verschwimmen ... Ich ging zu Boden und rollte zur Seite. Ein fürchterlicher Stoß traf meine Rippen. Ich krümmte mich, kam wieder hoch und sprang zurück. Der Schmerz hämmerte in mir, aber ich konnte wieder sehen. Und was ich sah, war ein Mann, der sich als dunkler Schatten vor den Lichtern der Stadt abhob. Sein Hals, wenn es denn einer war, ging schon bei den Ohren in die Schultern über: Mancini.

Ich stand mit dem Rücken zur Reling, und er kam auf mich zu. Hinter mir lag ein tieferes, kleineres Deck, durch eine Reling vom Passagierdeck getrennt, auf dem sich die Poller und eine Winde befanden. Ich rollte rückwärts über die Reling und landete mit einem dumpfen Krachen neben der Winde, hinter der ich vor meinem Verfolger Deckung suchte. Ich fühlte einen brennenden Schmerz im Gesicht, Blut lief mir in den Kragen. Mancinis Silhouette erschien oben an der Reling. Ich wartete auf das Flirren des Wurfmessers.

Es kam nicht. Stattdessen packte er die Reling und sprang mit einer Flanke hinunter. Er landete mit einer schrecklichen Lautlosigkeit, wie eine große Katze. Ich blieb hinter der Winde in Deckung. An der oberen Reling erschienen jetzt ein paar Leute. Ich rief: »Au secours - zu Hilfe!«, aber sie verharrten phlegmatisch, sahen nur zu uns herunter.

Als Mancini mit einem geschmeidigen Sprung über die Winde setzte, wich ich zurück. Dabei verfing sich mein Fuß in einem Festmacher, und ich fiel rücklings mit ausgebreiteten Armen platt an Deck.

Irgend etwas rollte unter meiner Hand, etwas Rundes, Hölzernes. Ich griff danach. Besenstiel. Bootshaken.

Ein Bootshaken!

In dem Moment, als sich Mancini auf mich stürzen wollte und mit vorgestreckten Händen durch die Luft flog, riß ich den Bootshaken hoch. Die Spitze erwischte ihn unterhalb des linken Schlüsselbeins, und da der Stiel Halt an Deck fand, spießte er sich praktisch selbst auf. Der Haken mußte tief zwischen die oberen Rippen gedrungen sein. Er erstarrte in seiner Bewegung und brüllte vor Schmerz.

Die Flutlichter gingen an.

Plötzlich lag das kleine Deck im gleißenden, bläulichen Licht der Scheinwerfer. Es spiegelte sich in Mancinis Augen und warf Glanzlichter auf den roten Fleck, wo der Bootshaken aus seiner Brust ragte.

Schreiend riß er den Haken heraus und kam, mit der unverletzten Seite voran, wie eine Krabbe auf mich zu. Ich hielt mich vorsichtig aus seiner Reichweite und manövrierte ihn langsam zur Reling.

Ich wußte genau, daß ich ihn erwischen mußte, bevor er mich erwischte, weil er mich sonst umbringen würde, so wie er Weber umgebracht hatte. Daher stürmte ich auf ihn los und rammte ihm die Schulter mit aller Kraft in den Magen. Er taumelte zurück und fiel schreiend über die Reling in das schwarze Wasser, dort, wo die Heckwelle an der Bordwand hochstieg, bevor der Propeller sie zu Schaum schlug.

Es gab einen mächtigen Platsch, als Mancini aufschlug. Kurz darauf änderte sich plötzlich das Propellergeräusch, wurde zu einem langsamen und schwerfälligen Klatschen, als müßten sich die Flügel durch eine dichtere Masse wühlen. Im hellen Scheinwerferlicht sah man, wie sich das Kielwasser rötlich färbte und undefinierbare, schreckliche Teile achteraus gewirbelt wurden, bevor sie versanken.

Der Propeller blieb stehen. Auf dem Passagierdeck begannen einige Frauen zu schreien. Ich stand stocksteif und nach Atem ringend da, in dem bläulich weißen Scheinwerferlicht gefangen wie ein Kaninchen. Mein rechter Backenknochen fühlte sich an, als habe jemand mit Hammer und Meißel versucht, die Natur zu korrigieren. Aber das war nicht das Problem.

Das Problem war, daß ich einen Mann vor den Augen einer etwa zwanzigköpfigen Menschengruppe umgebracht hatte, und daß dieser Mann schon die zweite Person war, die ich allem Anschein nach innerhalb der letzten Stunde getötet hatte.

25

Einen Augenblick blieb alles still. Dann rief eine Stimme von Oberdeck etwas in einer Sprache, die ich nicht verstand. Aber der Klang allein genügte mir schon. Plötzlich war es nicht nur mein Verstand allein, der mir klarmachte, daß ich in schreckliche Dinge verwickelt war. Mein Beine zitterten, und der Mut drohte mich zu verlassen. Denk' nach, sagte ich mir. Denk' nach, Frazer.

Die Lichter von Genf lagen achteraus wie eine dicke, leuchtende Kruste über dem Dunkel, und wurden im nördlichen und südlichen Verlauf des Seeufers dünner. Wir hatten noch nicht mehr als eine halbe Meile zurückgelegt.

Ich rannte zur Reling und sprang über Bord.

Das aufspritzende Wasser war zunächst blendend hell und warm. Aber ich tauchte mit energischen Armzügen nach unten ins Dunkle, bis es unterhalb der Thermokline eiskalt wurde. Dann schwamm ich unter Wasser, bis ich einhundert Stöße gezählt hatte, und stieg vorsichtig wieder zur Oberfläche hoch.

Als ich mich umsah, war das Schiff fünfzig Meter entfernt, ein großer weißer Hochzeitskuchen mit einem Zuckerguß aus Licht. Aufgeregte Rufe schallten zu mir herüber. Der Strahl eines Suchscheinwerfers tastete übers Wasser, aber auf der verkehrten Seite. Ich zog mein Jackett aus. Die Brieftasche steckte noch in der Innentasche. Ich nahm sie heraus, blickte mich um, sah, was ich sehen wollte, und tauchte wieder ab.

Diesmal schwamm ich einhundertfünfzig Armzüge unter Wasser, bevor ich wieder hochmußte. Als ich mich an der Oberfläche umsah, stellte ich fest, daß ich genau auf Kurs lag. Eine dreiviertel Meile über das dunkle Wasser nach Norden zu lag George Hayters Segelklub; die langgestreckten Klubhausfenster waren ein behaglicher gelber Strich vor den nur stoßweise vorankommenden Scheinwerfern und Rückleuchten auf der Straße.

Ich legte mich flach auf die schwarzen Wellen und begann zu schwimmen.

Unter normalen Bedingungen wäre die Strecke nicht schwer zu bewältigen gewesen. Aber es waren eine Menge Boote draußen, und einige von ihnen hatten Scheinwerfer. Ihre Strahlen huschten über das Wasser und ließen die Dunstschwaden aufleuchten, die der warme Wind aus dem See saugte. Einmal kam ein Boot direkt auf mich zu; sein Licht starrte mich an wie das Auge eines Zyklopen. Ich atmete nahezu alle Luft aus und sank lautlos und ohne einen Spritzer in die schwarze Tiefe. Das Propellergeräusch ließ meine Ohren klingeln, und sein Nachstrom beutelte mich wie ein Hemd in der Waschmaschine. Aber ein paar Beinschläge brachten mich wieder an die Oberfläche, wo ich erleichtert Luft tankte.

Danach blieben mir die Boote zum Glück fern und brausten in einer wilden Stampede zur Mitte des Sees. Vermutlich hatte man dort einige Teile von Mancini gefunden. Ich schwamm hartnäckig weiter, wobei mich mein Hemd und die lange Hose stark behinderten.

Allmählich wurde ich müde, obwohl ich ein ausdauernder Schwimmer war; das Problem war mein Gesicht. Das Wasser verursachte einen dumpfen Schmerz in der Wunde, der sich an mir festsaugte wie ein Blutegel.

Ich packte die Brieftasche mit den Zähnen und befreite mich von Hemd und Hose. Das Wasser fühlte sich jetzt nicht mehr so warm an. Es schien die Wärme aus meinem Körper zu ziehen und damit auch die Kraft. Das beleuchtete Rechteck des Klubhauses war nähergekommen, aber seine Konturen begannen sich vor meinen Augen zu verwischen.

Verbissen schwamm ich im Bruststil weiter, ruhig, ohne mich zu verausgaben, und bemühte mich, nicht daran zu denken, was hinter mir im See vor sich ging. Stattdessen versuchte ich, mir die Szene im Yachtklub vorzustellen: Apéritifs in der Bar, dann ein gutes Essen, dunkle, elegante Frauen und Männer in sauberen Hemden. Der Gedanke deprimierte mich. Das war kein Ort für einen durchweichten, flüchtigen Rechtsbrecher mit zerschnittenem Gesicht.

Aber das Klubhaus war eine Landmarke, und die brauchte ich. Ich behielt es im Auge und schwamm in der fortschreitenden Nacht auf die gelben Fenster zu.

Nach einiger Zeit ragten die verschwommenen Umrisse an ihren Bojen liegender Boote vor mir in den Nachthimmel. Ein Landungssteg tauchte schemenhaft aus dem Dunkel auf. Ich fand Grund und schob mich auf Gummibeinen langsam über Schlick und Steine an Land.

Vom Klubhaus drang das Brodeln der Unterhaltung und das Klappern von Geschirr herüber. Es war ein wunderbares Geräusch, weil es Menschen verursachten, die warm und lebendig beim Essen saßen. Ich empfand es jedoch nicht sehr lange als wunderbar, weil ich zitternd im Dunkeln stand, an die Bordwand einer Jolle gelehnt, mit nichts am Leibe als blau-weiß gestreiften Boxershorts und einer Gucci-Brieftasche - eine Stunde, nachdem ich dabei beobachtet worden war, wie ich in aller Öffentlichkeit scheinbar zwei Menschen umgebracht hatte. Ich fror, hatte Hunger und fühlte mich sehr, sehr einsam.

Und ich war sehr wütend auf George Hayter. Der gute alte George – Freund und verlogener Hund –, der den Leuten auf den Rücken klopfte und kleine philosophische Vertraulichkeiten murmelte wie »die Schweinereien der anderen wieder in Ordnung bringen«, nur um sie loszuwerden, damit er weiterhin Unsummen damit verdienen konnte, Kinder zu vergiften. Die Wut machte meine Beine wieder so funktionstüchtig, daß sie mich über das dunkle, schlammige Ufer bis zu den Dusch- und Umkleideräumen trugen.

Die Tür stand offen, und ich ging zu den Schließfächern hinüber. Es schien mir nicht ratsam, die Beleuchtung einzuschalten. Durch das Fenster fiel genug Licht, daß ich die Kombinationsschlösser erkennen konnte, kleine, an die Türen geschweißte Rechner.

Geburtsdatum, hatte er gesagt, der gute alte George, der laufend Kommentare zu seinem Leben abgab, damit man auch ja nicht das Interesse verlor. Ein Leben, bestehend aus Computerpaßwörtern, Zahlenkombinationen und Schecks für Verlobungsringe.

Ich hatte eine Menge Formulare für den Bastard George Hayter ausgefüllt und kannte sein Geburtsdatum so gut wie mein eigenes. Meine Finger waren jedoch so kalt und gefühllos, daß ich dreimal ansetzen mußte, bis ich die richtigen Zahlen gedrückt hatte.

Die Spindtür ging auf, und ich zog den gesamten Inhalt heraus: Segellatten, ein Satz Segel, zwei Ölzeugoveralls, zwei Rettungswesten. Dann gab es noch ein Paar Bermudashorts, eine Webpelzjacke, in deren Tasche ich ein Seglermesser fand, und ein Paar knöchelhohe Gummistiefel. Ich zog Shorts und Jacke an und fühlte mich sofort wärmer. Dann streifte ich den größeren der beiden Overalls über, stopfte alles andere wieder in das Fach, machte die Tür zu und schloß mich im Toilettenraum ein.

Jetzt, da das Blut wieder schneller durch meinen Körper strömte, fiel mir das Denken leichter. Die kleinen Probleme bestanden darin, daß ich hungrig war und nicht wußte, wo ich hinsollte. Das große Problem war, daß die Schweizer Polizei wahrscheinlich eine sehr gute Beschreibung von mir besaß und von zwei Möglichkeiten ausgehen konnte: Entweder war ich draußen im See ertrunken – oder es war mir gelungen, ans Ufer zu schwimmen. So wie ich die Schweizer kannte, würden sie beide Möglichkeiten in Betracht ziehen und kein Risiko eingehen.

Folglich mußte ich einen Weg finden, um schnell von hier wegzukommen. Das war unmöglich, es sei denn, ich konnte ein Auto stehlen. Aber ein Auto zu stehlen wäre sehr unklug gewesen, weil man sicher Straßensperren errichtet hatte.

Genf ist praktisch von Grenzen umgeben. Selbst wenn ich ein Fahrzeug hatte, mußte ich eine Grenze überqueren. Ich besaß etwas Geld, doch mein Paß war im Hotel. Das war kein besonderes Unglück, denn der Besitz von Harry Frazers Paß schadete wahrscheinlich mehr, als er nützte.

Ich setzte mich auf den Boden und versuchte, der Furcht Herr zu werden, die in meinen Eingeweiden zu nagen begann. Denk' nach, ermahnte ich mich.

Anwälte denken jedoch in bestimmten, festgelegten Bahnen, und ich war völlig aus der Bahn geschleudert worden. Ich fühlte mich allein und der Panik nahe. Und plötzlich wußte ich, wie es Vi zumute war. Früher hatte ich am Spielfeldrand gestanden und zugesehen, wie die anderen kämpften, und hatte mich von Fall zu Fall entschieden, ob ich mitmachen wollte oder nicht. Aber jetzt hatte das Leben mich einfach mitgerissen, und da gab es keine Bremsen, auf die ich hätte treten können. Es war so ähnlich wie Schwindelgefühl. Vis Lösung für diesen Zustand waren Drogen. Eine Pille zu schlucken, gab ihr die Illusion, alles unter Kontrolle zu haben.

Ich lehnte die Stirn an die kühlen Fliesen und dachte an Fiona. Es gab noch einen Weg, um das Schwindelgefühl zu überwinden: einfach weitermachen, am Leben bleiben und die Fahrt genießen. Ich fragte mich, was Fiona jetzt wohl machte. Vielleicht lernte sie Sticken von Vi. Zwei kleine Ladies in ihrem einsamen Haus . . .

Jemand rüttelte an der Außentür und rief etwas. Die Traumbilder verschwanden. Was nun? dachte ich. Was, zum Teufel, soll ich machen?

Dann wurde mir klar, daß der Rufer fragte, ob noch jemand

da drin sei. Es war der Pförtner des Klubhauses, der für die Nacht abschließen wollte. Sein Schlüssel klapperte im Schloß. Ich holte tief Luft; sie schmeckte nach Desinfektionsmitteln, alter Seife, Chlor, nach all den feuchten Dusch- und Toilettengerüchen dieses Klubs am See. Für mich waren sie wie der Geruch der Freiheit.

Im Licht, das durch die kleinen Fenster unter der Decke fiel, wusch ich meine Schnittwunde im Waschbecken aus. Mein Gesicht war im Spiegel kreidebleich; der Schnitt, ungefähr fünf Zentimeter lang, verlief ziemlich weit hinten über dem Backenknochen, vor dem rechten Ohr. Wenn ich die Haare etwas nach vorn strich, war er einigermaßen verdeckt. Als ich getan hatte, was ich konnte, war die Blutung fast zum Stillstand gekommen. Ich nahm das nasse Geld aus meiner Brieftasche und klatschte die Scheine an die gekachelte Wand, damit sie trockneten. Dann holte ich den Segelsack aus Georges Schließfach, nahm die Segel heraus und machte mir ein notdürftiges Bett im Umkleideraum. Es war nicht das Hotel Ritz, aber besser, als im Schlamm zu liegen. Ein Blick auf die Uhr sagte mir, daß es zehn war. Ich legte den Kopf auf das harte Terylenesegel und fiel sofort in einen tiefen Erschöpfungsschlaf.

Er dauerte nicht sehr lange. Ich erwachte plötzlich und starrte ins Dunkle. Auf meiner Uhr war es halb drei, und mein Magen beklagte sich, daß er seit acht Stunden nichts anderes als eine Tasse Tee bekommen hatte.

Von draußen kamen Geräusche: Stimmen, das Jaulen von Hunden und das Geplapper von Sprechfunkgeräten; dazu die Blaulichter, deren Schein durch die Milchglasfenster und über die gemaserte Decke huschte.

Mein Hunger war wie weggeblasen, mein Mund trocken. Die Stimmen waren genau vor der Tür. Hemd, dachte ich. Sie haben mein Hemd gefunden. Sie haben Hunde. Aber ich war doch im Wasser gewesen. Konnte ein Hund noch Witterung aufnehmen, wenn man eine dreiviertel Stunde geschwommen war?

Ein Hund winselte und kratzte mit den Pfoten an der Tür. Ich hörte, wie am Schloß gerüttelt wurde. Jetzt ist es soweit, dachte ich. Jetzt wanderst du in den Bau, und Gott allein weiß, wann du wieder rauskommst.

Eine Stimme sagte: »Fermé a clé.« Zugeschlossen. Sie klang ärgerlich und erschöpft, diese Stimme. »T'es con, Eiger.« Offensichtlich glaubte er seinem Hund nicht. Ich schöpfte wieder Hoffnung. »Bien, on va le piger sur la route.« Wir schnappen ihn auf der Straße.

Ich hörte, wie er die Würge-Halskette straffzog, dann entfernten sich die Schritte. Ich dachte: Frazer, du bist wirklich ein Glückspilz. Aber Glück ist eine sehr relative Sache, wenn man mit einer Schnittwunde im Gesicht in einer Toilette eingeschlossen ist. Ich lag da und starrte an die Decke. Es war nicht nur die Polizei, die mich gern sehen wollte. Nach dem, was Weber mir erzählt hatte, schien auch Enzo Smith zu den Leuten zu gehören, die nicht vergeben und vergessen.

Die Blaulichter strichen immer noch über die Decke. Ich stand auf, kletterte auf ein Pissoir, öffnete vorsichtig eins der Schlitzblendenfenster und sah hinaus. In einiger Entfernung verlief die Uferstraße, die blitzenden Blaulichter waren eine Straßensperre. Genf selbst war sicherlich voller Polizisten, die aufmerksam nach einem Mann mit zerschnittenem Gesicht Ausschau hielten. Auch die Einwohner des Hinterlandes würden einen Mann in gelbem Ölzeug und blauer Webpelzjacke, der eine zwei Zoll lange Schnittwunde im Gesicht hatte, wohl kaum ohne weiteres passieren lassen.

Ich drehte mich vorsichtig um und sah die Segel auf dem Boden ausgebreitet: ein großes, zerknautschtes Dreieck, hell schimmernd im Dunkel des Umkleideraums. Ich hielt einen Moment inne, dann stieg ich vorsichtig hinunter.

Es gab einen Ausweg, und zwar einen, für den ich keinen

Paß brauchte. Das einzige, was ich brauchte, war ein bißchen Wind.

Ich legte mich wieder auf die Segel und fiel in einen unruhigen Schlaf. Einige Zeit später erwachte ich, aufgeschreckt durch den Gedanken an Davina Leylands Scheidung. Muß unbedingt Cyril anrufen, dachte ich, dann fiel mir ein, daß es jetzt wichtigere Dinge gab. Meine Rolex zeigte fünf Uhr morgens. Ich stand auf, frühstückte aus dem Wasserhahn und stopfte die Segel, die Rettungsweste und die Segellatten in den Sack. Die Webpelzjacke hatte eine Kapuze, die zog ich so weit nach vorn, daß sie die Schnittwunde verdeckte. Dann öffnete ich den Riegel eines der Milchglasfenster auf der dem See zugewandten Seite und drückte es ganz sachte nach außen.

Wenige Meter entfernt ragten die Aluminiummasten der Jollen aus dem Bodennebel. Der See lag unter einer perlmuttfarbenen Dunstdecke. Dahinter erhoben sich die Häuser der Stadt weiß und sauber in der aufgehenden Sonne. Außer dem leichten Klatschen der kleinen Wellen auf dem schlammigen Ufer und dem dünnen Quäken der Funksprechgeräte von der Straßensperre auf der anderen Seite war kein Laut zu hören. Es war völlig windstill.

Ich brauchte Wind.

Ich löste die Geldscheine von den Fliesen und verstaute sie in meiner Brieftasche. Dann schob ich den Segelsack durch das Fenster, zwängte mich, mit den Beinen zuerst, selber hindurch und schloß es hinter mir. Ich ergriff den Segelsack und hastete hinunter zu den Jollen. Der Nebel hüllte mich ein und verschluckte mich. Mit angehaltenem Atem wartete ich auf die Rufe der Verfolger.

Doch alles blieb ruhig. Langsam, immer im Schutz des Nebels, arbeitete ich mich zu George Hayters Jolle vor.

In einer warmen Nacht gibt es schlimmere Plätze als einen gefliesten Boden, um sich aufs Ohr zu legen. Aber der Nebel war kalt und feucht und ließ mich nicht erkennen, was um mich herum geschah, obwohl es schon Tag war. Erschwerend kam hinzu, daß das Genfer Leitungswasser, obwohl zweifellos sauber und alpinen Ursprungs, keinen Hunger stillt.

Ich saß also im Schlamm neben dem Boot, zitterte vor mich hin, wartete und versuchte, nicht an Frühstück zu denken. Nach einiger Zeit hörte ich das Klappern von Schlüsseln, als der Pförtner die Tür zum Dusch- und Umkleidegebäude wieder aufschloß. Das Klappern der Kabinentüren signalisierte den Fortschritt seiner Reinigungsarbeit. Offenbar fiel ihm nichts Besonderes auf. Eine halbe Stunde später, um sieben Uhr, fuhr ein Auto auf den Parkplatz, andere folgten kurz darauf. Ich hörte Stimmen, junge, wohlmodulierte Stimmen die verrieten, daß ihre Besitzer ein gutes Frühstück eingenommen hatten.

Ich schluckte mühsam, zog die Kapuze meiner Jacke hoch und begann, die Persenning abzuschlagen. Als ich die letzte Schlaufe vom Haken nahm, gab es ringsum ein leichtes Zischen in den Wanten, und die Fallen begannen zu klingeln. Der Wind war da.

Er saugte den Nebel zwischen den Booten heraus und trieb ihn vom Strand weg über das Wasser, wo er zwischen den beiden Ufern im Nordosten als großer grauer Haufen liegenblieb. Der Himmel war klar und blau. Die Fallen schlugen lauter gegen die Masten, große matte Windflecken begannen sich auf der glatten Oberfläche des Sees auszubreiten.

»Va faire du vent«, sagte ein Mann im Overall zu der Frau, die ihm beim Auftakeln eines 505ers half.

Es wird Wind geben. Das war es, was ich brauchte.

Ich schlug schnell die Segel an, obwohl ich vermutete, daß George an normalen Wochentagen so früh zur Arbeit ging, daß er keine Zeit mehr hatte, vorher noch zu segeln. Aber ich wollte nicht, daß irgendein Klubkamerad kam und neugierige

Fragen stellte. Ich schob den Slipwagen die Rampe hinunter und heißte Fock und Großsegel. Dann zog ich den Slipwagen schön langsam wieder zum Bootspark zurück. Von der Straßensperre sah ein Polizist gelangweilt herüber; schon hatte sich dort ein Stau gebildet. Für einen kleinen Ausflug nach Frankreich war es kein besonders günstiger Tag. Jedenfalls nicht mit dem Auto.

Ich stieg ins Boot und setzte ab. Der Wind füllte die Segel. Das Kielwasser gurgelte, und die Küste blieb zurück. Niemand rief hinter mir her.

Jetzt kam der schwierige Teil.

Drei, vier Boote waren schon draußen. Ich kreuzte zunächst raumschots hin und her, um mich mit dem Wetter vertraut zu machen. Der Wind frischte aus Nordost auf, kühl, mit dem Geruch großer nächtlicher Berge. Behutsam hakte ich mich ins Trapez ein, stellte die Füße auf den rutschfesten Belag und schob mich hinaus übers Wasser. Das Boot richtete sich auf, nahm die Nase hoch und begann zu gleiten. Nach einem guten Frühstück hätte mich das sicher in Hochstimmung versetzt, aber so, wie die Dinge lagen, nahm ich es als notwendige Übung.

Inzwischen segelte ein gutes Dutzend Boote aller möglichen Formen und Größen in meiner Nähe. Wie ich sehen konnte, machten sie sich schon wieder für eine Wettfahrt klar. Sehr eifrig, dachte ich. Nicht lange, und sie waren hinter der Startlinie in Position gegangen. Irgend jemand im Klubhaus feuerte die Startpistole ab, und alle Boote nahmen Fahrt auf. Ich folgte ihnen, um nicht aufzufallen. Wir liefen schnell: zwölf kampflustige Mitglieder des Club Nautique du Léman und ein zweifacher Mörder in einem gestohlenen Boot.

Ich hielt mich zurück, aber der 470er ist ein schnelles Boot. Es wehte immer noch mit nur drei Windstärken, und ich war allein an Bord. Das Gewicht stellte also kein Problem dar. Ohne die Segel killen zu lassen, was die Aufmerksamkeit auf mich gelenkt hätte, gab es sehr wenig, was ich tun konnte, um zu verhindern, daß ich im Feld nach vorne kam.

Bereits auf der Hälfte der ersten Bahn fand ich mich querab in Luv eines anderen 470ers. Der Mann an der Pinne drehte sich um und sah mich. »Wo ist George?« rief er.

Mir stand beinahe das Herz still. »Schon bei der Arbeit«, rief ich. Meine Stimme war nahezu eingerostet, weil ich sie so lange nicht gebraucht hatte. »Muß ja das Geld für den Verlobungsring verdienen!«

Der Rudergänger lachte. Ich erkannte in ihm Anton wieder, den Mann, den wir bei der letzten Regatta sozusagen am Ausflugsdampfer abgestreift hatten. Fritz, der Vorschoter, grinste. Die Bemerkung über den Verlobungsring hatte ihm gefallen. Noch vor drei Wochen wären sie für mich nette Kerle aus meiner eigenen Welt gewesen, gut für einen Spaß und einen Drink. Jetzt kamen sie mir vor wie fremdartige, oberflächliche Wesen voll falscher Bonhomie und schlechten Scherzen.

Ich lächelte, so gut ich es mit der Schnittwunde vermochte, aber ich war schwach vor Hunger und wütend. Das letzte, was ich brauchte, war ein Duell mit diesen Typen. »Wir sehen uns«, rief ich hinüber. Die Bahnmarke lag an Backbord voraus. Ich schob also die Pinne von mir weg, tauchte unter dem Baum durch und legte das Boot auf Backbordbug, mit Kurs auf die linke Seeseite. Vor mir lag jetzt offenes Wasser mit grauen Nebelschwaden.

Aber hinter mir hörte ich einen Baum übergehen, und mir wurde beklommen zumute. Fritz und Anton wollten wohl ihr Spielchen mit mir treiben.

Anton holte die Schot dicht, Fritz hängte sich ins Trapez. Im rechten Moment erwischten sie eine kleine Bö und nahmen hinter mir Fahrt auf. Ich hatte keine Zeit mehr, ins Trapez zu gehen, also mußte ich die Schoten schricken, um eine zu starke Krängung zu vermeiden. Deshalb gingen sie in

Lee vorbei. Anton grinste triumphierend und schrie: »Mast querab!«

Ich wußte, was jetzt kommen würde.

Es kam auch.

Seine Schulter senkte sich, als er die Pinne von sich wegdrückte. Sein Segel schob sich vor meinen Bug, als er anluvte. Ich luvte ebenfalls an und ging über Stag, so daß ich von ihm freikam. Er ging ebenfalls über Stag.

Der Teufel soll dich holen, dachte ich. Hat dir denn niemand gesagt, daß alle andern an dir vorbeisegeln werden, wenn du mit einem einzelnen Boot ein Matchrace fährst?

Offenkundig nicht. Mit der nächsten Bö gingen sie, bis zu beiden Ohren grinsend, wieder an mir vorbei.

Ich wendete erneut. Wir waren jetzt ziemlich weit draußen, und die Nebelbänke lagen wie graue Hügel auf dem Wasser. Die beiden wendeten mit mir.

Hier draußen war der Wind weniger stark als unter Land. Sie brauchten daher etwas länger, um mich einzuholen. Aber sie schafften es. Zeigten dem Ausländer mal, was eine Harke war. Nahmen Rache fürs letzte Mal und amüsierten sich ein bißchen.

Aber dem Ausländer war nicht nach Spaß zumute, dem saß die Verzweiflung im Nacken. Ich hörte das Gurgeln ihrer Heckwelle, als sie wieder in Lee vorbeigingen und die Überlappung herstellten. Anton drückte die Pinne nach Lee.

Nach den Wettsegelbestimmungen mußte ich es ihm nachmachen und mich hochluven lassen, um eine Kollision zu vermeiden. Aber Frazer fühlte sich jetzt wie im Dschungel, wo nur die Gesetze des Überlebens gelten. Als sich ihre Bordwand vor meinen Bug schob, blieb ich auf Kurs.

Fritz sah zu mir herüber. Er war dabei, sich ins Trapez zu hängen, und stand mit gebeugten Knien auf dem Schandeck. Ich erwischte ihn mit dem Vorstag, so daß er zur Seite geschleudert wurde und plötzlich wie eine Spinne an ihrem

Faden durch die Luft sauste. Das Glasfibermaterial ihres Bootes knirschte, als ich es rammte. Anton schrie etwas Unverständliches und wurde ins Segel katapultiert. Dann lagen sie flach auf der Seite im Wasser. Und ich segelte weiter.

Ich klappte den Pinnenausleger auf und hängte mich in die Ausreitgurte. Der Bug hob sich in einem Windstoß. Ich nahm Kurs auf die graue Nebelwand, zweihundert Meter voraus. Wie Fühler kamen mir vereinzelte Schwaden entgegen. Plötzlich war der Wind weg. Aber mein Schwung schob mich noch ein Stück weiter.

Küste und Himmel verschwanden, und mein Boot wurde vom Nebel verschluckt.

26

Der Nebel war feuchtkalt und lautlos. Schwache Lüftchen kamen aus allen Richtungen des Kompasses. Der 470er kroch mit schlagenden Segeln dahin und zog an Ruder und Heckspiegel kaum sichtbare Linien hinter sich her. Die Geräusche des Straßenverkehrs und die Zurufe der anderen Segler waren nicht mehr zu hören. Mir war, als säße ich in einer großen, mit Watte gefüllten Kiste.

Mein Boot schien durch die Kollision nicht beschädigt worden zu sein. In der Ducht war ein kleiner Steuerkompaß eingebaut. So gut es ging, hielt ich einen Kurs von 50°, also etwas östlicher als Nordost. An Steuerbord nahm das Ufer einen nordöstlichen Verlauf in Richtung auf Hermance, das ungefähr zehn Kilometer entfernt im Nebel lag. Und bei Hermance änderte sich der See. Auf der Karte in meinem Hotelzimmer war dort eine gelb punktierte Linie gewesen. Bei Hermance wurde der See nämlich französisch, ich konnte dort die Grenze passieren und befand mich dann in der Europäischen Gemeinschaft, in der Pässe immer mehr zu Geschichte wurden.

Aber bei dem Wind würde ich für diese zehn Kilometer womöglich einen ganzen Tag brauchen.

Es war kalt im Nebel. Ich zitterte. Der Hunger fraß an meinem Magen wie eine große gierige Krabbe, und die Wunde in meinem Gesicht pochte.

Wenn man nichts zu essen hat, wird man leicht trübsinnig. Ich sah mich schon hilflos umhertreiben, bis die Schweizer ein Rettungsboot ausschickten. Und dann hatten sie ihren Doppelmörder, der ihnen wie eine reife Pflaume in die Hände fiel.

Eine ziemlich verschrumpelte Pflaume.

Das war kein besonders guter Witz, aber ich mußte doch grinsen. Grinsen hebt sofort die Stimmung, es setzt Endorphine im Blut frei. Laut sagte ich zu dem fast nicht vorhandenen Wind: »Komm schon, du elender Hund.«

Das waren vielleicht zu starke Worte gewesen.

Der Nebel blieb, wo er war. Eine kleine Brise wehte jetzt aus Nord, und ich kam etwas nach Nordosten voran. Nach einer halben Stunde begann sich der Nebel zu lichten. Irgend etwas war mit der Luft geschehen. Sie kam mir jetzt richtig heiß vor.

Plötzlich wich der Horizont zurück und wurde schnell weiter und weiter. Hatte ich eben noch auf dem Schwertkasten gesessen und mich, umringt von Nebelschwaden, bei zwei bis drei Windstärken mühsam nach Nordosten vorgearbeitet, so war jetzt der Wind plötzlich auf vier bis fünf Beaufort angewachsen, und der See wurde eine gekräuselte blaue Wasserfläche bis hin zu den Ufern, wo Bäume und Häuser so frisch und klar wirkten, als wären sie von Canaletto gemalt.

Aber etwas sah anders aus als vorher.

Einen Augenblick konnte ich mir nicht erklären, was es war.

Dann merkte ich, daß die Berge auf der gegenüberliegenden Seite des Sees verschwunden waren. An ihrer Stelle hing jetzt ein gelblicher Dunst, aus dem das Grollen eines Gewitters drang. Weit achteraus waren die Segel der Regattaboote als winzige Dreiecke zu erkennen, die sich jetzt schon auf der letzten Bahn befanden. Bald würden die Segler unter der Dusche stehen und reden, wahrscheinlich über mich. Was er wohl machte, so ganz allein weit draußen auf dem See? Vielleicht sollte man doch lieber ein Rettungsboot rausschicken?

Ich wandte den Blick wieder nach vorn. Das Ufer hatte sich abermals verändert, die Bäume und Häuser von Canaletto waren verschwunden, verschluckt von einer bösartigen gelbbraunen Dunstwand. Das Rollen des Donners war inzwischen sehr nahe.

Der Wind legte sich. Das Blut brauste mir in den Ohren. Ich stürzte nach vorn, barg die Fock und stopfte sie unter das Halbdeck. Dann holte ich den Großbaum dichter, warf das Fall los und rollte das Großsegel um den Baum, bis er so dick war wie der Oberschenkel eines Rummelringers und ich praktisch nur noch ein Taschentuch an Segelfläche stehen hatte. Als ich das Fall wieder belegte, fiel der erste Regentropfen auf das Vordeck. Es klang, als klatsche eine Tomate auf eine Dieseltonne.

Der Himmel verdüsterte sich. Der Regen kam.

Er kam senkrecht herunter, mit einem Donnerschlag, als wäre das Jüngste Gericht angebrochen. Der Regen schlug den Wind zu Boden, das Boot rollte hilflos hin und her.

Aber dann erhob sich der Wind wieder.

Er kam so schnell zurück, daß ich kaum Zeit hatte, die Großschot zu fieren. Er fuhr mit einem gewaltigen Schlag ins Segel, und das Boot legte sich weit über. Ich saß auf der Luvseite und drückte die Pinne von mir weg, um den Bug in den Wind zu bringen, in die gefährlich steilen Wellen, die plötzlich wie aus dem Nichts gegen das Boot anrannten.

Mein Atem kam schnell und keuchend. Das Wasser war schwarz und sehr tief und das Ufer sehr weit weg. Es donnerte unaufhörlich, als galoppiere eine Herde riesiger Pferde um mich herum. Irgendwo mußte es auch blitzen, denn immer wieder zuckte blaues Licht grell durch Regen und Wasser. Ich sah eine Konservendose vorbeitreiben. Dose, dachte ich, dich wird der Blitz treffen. Und dann sah ich zum Mast hoch, der vor dem schwarzen Himmel hin und her taumelte, und dachte, Harry Frazer, auch du wirst vom Blitz getroffen werden. Aber die Hammerschläge des Donners waren so stark, die Kälte war so groß und mein Hunger so intensiv, daß mein Kopf nicht viel anderes registrierte als Benommenheit.

Ich ging wieder auf 50° und kämpfte mich verbissen den See hinauf, wobei ich mich bemühte, die starke Krängung auszureiten. Die Wellen waren sehr kurz und steil. Wenn ich sie zu vorlich nahm, schaufelte der Bug Wasser ins Boot. Wenn ich abfiel, so daß die Wellen achterlicher als dwars einkamen und ich genug Fahrt machte, um die Lenzklappen zu öffnen, kam ich nicht dahin, wo ich hin wollte. Also entschloß ich mich zu einem Kompromiß. Ich knüppelte gegenan, bis das Boot so voll Wasser war, daß es anfing zu rollen. Dann fiel ich ab, öffnete mit einem Fußtritt die Lenzventile und segelte das Boot einigermaßen leer. So kamen wir vorwärts. Nicht unbedingt in die richtige Richtung, aber vorwärts.

Meine Gedanken begannen zu wandern. Ich war nicht Harry Frazer, der flüchtende Rechtsbrecher, der hier mit eingezogenem Kopf im Wolkenbruch kauerte. Ich konnte mich wie aus großer Höhe sehen: ein Insekt auf einem Blatt, das unendlich langsam über den schwarzen See trieb; der See stand in Zusammenhang mit Genf, und Genf mit Enzo Smith. Und Enzo Smith hatte mit den übermalten Fässern aus dem Laderaum der *Marius B.* zu tun, die jetzt nach

Rotterdam lief, um eine neue Ladung zu übernehmen und die Westküste Schottlands weiter mit Sondermüll zu vergiften. Und Harry Frazer, das Insekt, mußte jetzt mit dem Herumkrabbeln Schluß machen und seinen Hintern in Bewegung setzen: mußte eintausend Meilen nach Rotterdam fahren, um die *Marius B.* dabei zu ertappen, wie sie giftige Abfälle für Mr. Lundgrens Steinbruch an Bord nahm. Danach mußte er die ganze elende Bande wie eine Rakete hochgehen lassen.

Der Bug stieg eine Welle hinauf, schlingerte in ein Wellental hinein und blieb dort stecken. Wasser strömte ins Boot. Ich zog die Pinne sachte zu mir heran, fiel ab, öffnete den Selbstlenzer und segelte das Wasser aus dem Boot. Das wiederholte ich zehn oder hundert Mal. Ich versuchte zu denken, aber mich über Wasser zu halten erforderte meine ganze Kraft. Das Denken mußte warten.

Das Donnern hörte auf, die Wolken stiegen höher. Es gab zwar noch Nebel, aber es war kein richtiger Nebel mehr, sondern eine Art Dampf, den der warme Wind aus der Wasseroberfläche saugte. Der Wind selbst ließ auch nach; auf Stärke fünf vielleicht, gelegentlich bis vier zurückgehend.

Ich mußte in die Gänge kommen. Es war eine lange Strecke den See hinauf, eine lange, lange Strecke. Auf der Karte hatte ich gesehen, daß am südlichen Ufer vereinzelte Dörfer lagen. Bis Thonon-les-Bains gab es keine größere Stadt. In einer Stadt würden sie vielleicht einem Mann, der mit einer Schnittwunde im Gesicht und bekleidet mit Bermudashorts aus dem See kam, nicht allzu viele Fragen stellen. In einem Dorf aber würden sich alle Leute die Mäuler zerreißen.

Doch Thonon lag zwanzig Meilen weiter den See hinauf, und zwanzig Meilen sind eine lange Strecke für einen 470er. Eine zu lange Strecke.

Komm schon, sagte ich mir, reiß dich zusammen. Mach

jetzt eins nach dem anderen. Du hast bestimmt schon fünf Meilen von den zwanzig hinter dich gebracht. Die Stimme gehörte mir, aber es waren auch Obertöne von Fiona darin. Der Gedanke an Fiona hatte eine belebende Wirkung auf mich, wenn auch nicht ganz so belebend, wie es ein Steak mit Pommes frites gewesen wäre. Ich stellte das Boot in den Wind, schlug die Fock wieder an und drehte das Reff aus dem Großsegel. Meine Finger wollten mir nicht so recht gehorchen, aber ich beschimpfte sie, bis sie taten, was ich wollte. Dann setzte ich mich wieder an die Pinne.

Jetzt begann die Jolle zu segeln. Sie segelte so gut, daß die nörgelnde Stimme in meinem Kopf verstummte. Ich war plötzlich nicht mehr müde, und es war auch niemand vom Propeller eines Vergnügungsdampfers zu Hackfleisch verarbeitet worden. Jetzt gab es nur noch das Klatschen, Rattern und Zischen einer haiförmigen Rennjolle, die durch die Wellen schnitt, und das Funkeln des Lichts in den Wasserfontänen.

Die Sonne kam durch. Der Wind hatte jetzt stetige vier Beaufort und schob die dichten Wolkenpakete auf Genf zu. Irgendwann während des Gewitters hatte ich den französischen Teil des Sees erreicht. Im Nordosten lag jetzt das französische Ufer vor mir, eine niedrige Landzunge mit Wäldern und Feldern. Jenseits einer blauen Bucht leuchtete eine Ansammlung von weißen Gebäuden, bei der es sich um Thonon handeln mußte.

Ich fuhr eine Wende, um näher ans Ufer zu kommen. Ich wollte keine Aufmerksamkeit dadurch auf mich lenken, daß ich mitten aus dem See kam. Der Wind war hier stärker, die Häuser von Thonon wuchsen empor wie Pilze. Nach meiner Uhr war es jetzt zwölf. Beinahe Mittag. Der Gedanke an ein Mittagessen wurde qualvoll: wohlgenährte, selbstzufriedene Franzosen, die ihre Beine unter weißgedeckte Tische steckten. Eine krosse Baguette in der Hand –

Gib Ruhe. Du bist ja gleich da, sagte ich mir.

Hätte ich doch lieber den Mund gehalten! Der 470er hob von einer Welle ab, bohrte sich schräg in die nächste, schnitt unter. Plötzlich schwebte ich in der Luft und flog mit einem Plumps ins Großsegel. Dann war das Boot gekentert, und ich lag im Wasser.

Ich kam hoch und schwamm ums Boot herum zum Schwert. Ohne das Gefühl, daß es vorwärts ging, war ich beinahe zu müde zum Schwimmen. Ich war jedoch ganz sicher zu müde, um das Großsegel runterzuholen, mich auf das Schwert zu stellen, das Boot wieder aufzurichten und es zum x-ten Male zu lenzen.

Fünfhundert Meter entfernt lagen die ersten Häuser von Thonon, ordentlich weiß und so bürgerlich wie ihre Besitzer in den gepflegten Gärten.

Ich traf meine Entscheidung.

Ich entledigte mich des Ölzeugs. Dann nahm ich mir das Boot vor. Zuerst zog ich die Stopfen aus den Auftriebskörpern, dann durchlöcherte ich sie mit dem Marlspieker an Georges Seglermesser. Das Füllmaterial bestand aus dünnem Festschaum, leicht zu durchstoßen. Danach vergrößerte ich die Löcher mit der Klinge, bis die Luftblasen blubbernd herausströmten. Ich wollte nicht, daß das Boot, durch die Seriennummer leicht identifizierbar, dank eingeschlossener Luft wenn auch gekentert schwamm und in dieser Nacht an Land trieb.

Der Rumpf rollte herum und versank im dunklen Wasser. Ich war dabei, alle Regeln zu brechen. Verlaß niemals dein Boot. Töte niemals jemanden in Genf. Aber ich war allein, ein dunkler Fleck draußen vor den verschlossenen Fenstern der Häuser. Meine widerstrebenden Arme und Beine zur Bewegung zwingend, schwamm ich auf das Ufer zu.

Ich schwamm um eine Landspitze herum und hielt auf die Stadt zu. Sonnenschirme standen auf einem kleinen braunen

Strand. Eine ziemlich fette alte Dame mit Bademütze wandte ihre Augen ab; Augen, die mich an die Cyrils erinnerten. Meine Füße berührten Grund.

Ich brauchte ganze drei Minuten, um meine Knie unter Kontrolle zu bekommen. Dann strich ich Haarsträhnen über meine Wunde und schwankte den Strand hinauf. An einer Bude, wo sie Windrädchen und Eis verkauften, besorgte ich mir eine Badetasche. Die Tasche über die Schulter gehängt, schlenderte ich unsicher wie ein Betrunkener durch die stillen Vorstadtstraßen in die Stadt. Im Fenster einer Apotheke sah ich mein Spiegelbild: dichte, schwarze Stoppeln im Gesicht, verfilzte Haare, Haut von der Farbe alter Eiche. Ich sah nicht mehr wie der Anwalt Davina Leylands aus, sondern wie ein Landstreicher in geblümten Bermudashorts. Die Schnittwunde über meinem Backenknochen war jetzt mehr rosa als rot wegen des vielen Wassers, das sie gespült hatte. Ich zog die Jacke mit der Kapuze an, ging in die erstbeste Drogerie und kaufte mir Heftpflaster. Ich mochte mich ja in Frankreich befinden, aber Genf lag nur um die Ecke, und die Leute hier würden von den zwei Toten und dem Mann mit der Gesichtswunde gehört haben.

In einer kleinen Seitenstraße klebte ich ein Pflaster auf die Wunde, ging weiter und kaufte in einem Laden ein Paar Jeans. Dann suchte ich mir eine Telefonzelle und schlug das Verzeichnis auf.

Meine Augenlider waren so schwer, daß ich sie nur mit Mühe offenhalten konnte, und mein Magen fühlte sich an wie eine zerknallte Papiertüte. Ich sprach mit dem Hotel Adelphi, dem Choisy und dem Desmarais. Alle waren ausgebucht. Als ich das Fouché anrief, hörte ich das Heulen von Sirenen, und ein Einsatzwagen der Polizei bog auf zwei Rädern um die Ecke.

Er fuhr vorbei. Aber er nahm auch mein Selbstvertrauen mit. Ich stand in einer durchsichtigen Telefonzelle in einem fremden Land, wo mich die Polizei tot oder lebendig haben wollte, und wo mich die Freunde von Kurt Mancini tot sehen wollten. Harry Frazer, der Mann, der in Bristol alles regeln konnte, hatte jetzt nur noch so viele Chancen wie eine Seifenblase.

Schwindel packte mich, ich begann zu schwanken wie ein Alkoholiker in der Ausnüchterungszelle.

Das Fouché endlich hatte ein Zimmer für mich. Zitternd schleppte ich mich mit meinem verpflasterten Gesicht und in Jeans dorthin. Sie gaben mir ein Zimmer mit Bett und Telefon, brachten mir ein Steak mit Pommes frites, Salat und einer Flasche Rotwein. Danach sah alles ein bißchen besser aus. Ich konnte an Fiona denken, draußen schien die Sonne, ich war am Leben. Dann saß ich nur noch da und starrte das erhabene Muster der Tapete an, braune Päonien und Nilgras. Meine Freunde waren weit weg.

Danach muß ich eingeschlafen sein.

Als ich wieder zu mir kam, war es dunkel. Ich lag seitlich im Bett, mit dem Geschmack alter Socken im Mund und einem unbestimmten Gefühl nahenden Unheils.

Es konkretisierte sich schnell genug. Nach meiner Uhr war es jetzt zehn. Also hatte ich acht Stunden geschlafen. Ich ging hinaus auf die warme, dunkle Straße, trank in einem Lokal einen Kaffee und versuchte mir darüber klar zu werden, was ich als nächstes tun sollte.

Ich befand mich in Frankreich, mit zweihundert Pfund Sterling in Schweizer Franken in der Tasche, mit einer Jacke, einem Paar Jeans und knöchelhohen Bootsschuhen. Alles sprach dafür, daß die Polizei bereits ein Foto von mir hatte. Möglicherweise glaubte sie, daß ich im See ertrunken war, aber verlassen durfte ich mich darauf nicht.

Ich bestellte noch einen Kaffee und dachte über die *Marius B.* nach, wobei ich versuchte, nicht an Fiona zu denken.

Die *Marius B.* hatte Rotterdam am letzten Freitag verlassen. Bei einer Rundreisezeit von acht Tagen würde sie diesmal am Sonnabend von Rotterdam auslaufen. Heute war Mittwoch. Mir blieben also zwei volle Tage, um – ohne Paß – nach Rotterdam zu kommen.

Ich ging wieder in die feuchte Nacht hinaus und nahm Kurs auf das Hotel.

Dann hielt ich plötzlich inne.

Vier oder fünf schattenhafte Figuren standen auf dem Bürgersteig am Hoteleingang, und hinter ihnen wartete ein Wagen mit laufendem Motor. Es war einer von diesen eckigen, kastenförmigen Wagen mit etwas auf dem Dach: einem Blaulicht. Eine der Figuren trat vor die beleuchtete Glastür des Hotels; er trug eine Mütze, die kein Mensch außer einem Polizisten aufsetzen würde.

Soviel war von dem alten Harry Frazer, Rechtsanwalt, noch übrig geblieben, daß es mir schwerfiel zu glauben, dies alles passiere wirklich mir.

Und doch war es so.

Mein Herz schlug so laut, daß ich nicht begriff, warum sie es nicht hörten. Schnell bog ich in eine dunkle Seitenstraße ab, wobei ich ein bißchen torkelte: ein Mann, der etwas zuviel getankt hatte.

Die Straße nahm und nahm kein Ende. Es gab keine Laternen und keine Abzweigungen. Ich ging schnell und lautlos in den Bootsschuhen weiter, und schließlich hörten die Häuser auf. Die Straße war zu Ende. Nach rechts bog eine Gasse ab, die sich an der Rückseite einer Häuserzeile entlangzog. Ich folgte ihr, jetzt mit noch schnelleren Schritten, weil ich wußte, daß die Polizei die ganze Stadt durchkämmen würde, wenn sie im Hotelzimmer nichts fand als eine Badetasche und ein noch warmes Bett.

Ich kam an einigen Garagen vorbei. Im Vorübergehen probierte ich, ob die Türen verschlossen waren. Muß mich verstecken, dachte ich. Die ganze Stadt können sie doch nicht absuchen. Mir brach der Schweiß aus, und ich war nahe dran, in Panik zu geraten.

Eine Garagentür ließ sich öffnen. In meinen Ohren klang es so laut wie ein Pistolenschuß. Ich verharrte einen Moment stocksteif und lauschte. Nichts rührte sich. Von weitem kam nur das Schreien eines Katers. Da schlüpfte ich hinein und zog die Tür hinter mir zu.

Fenster gab es nicht. Es roch nach altem Öl. Ich tastete herum. Meine Hand stieß auf glattes Metall: ein Auto. Ich öffnete seine Fahrertür und schaltete die Parkleuchten ein.

In dem schwachen, gelblichen Schein sah ich einen Arbeitstisch, bedeckt mit einer Menge Trödel aus Metall, einen Stapel Pornohefte und eine alte, speckige Baskenmütze. Ich setzte die Mütze auf. Sie paßte. In einer Ecke stand ein Motorrad, staubbedeckt, ohne Motor.

In der anderen Ecke lehnte ein Fahrrad.

Es war ein schon betagtes Fahrrad, aber die Kette war geölt, die Reifen hatten Luft. Wahrscheinlich brauchte es jemand, um zur Arbeit zu fahren. Es hatte kein Schloß und kein Licht; vor morgen früh würde es niemand mehr benutzen.

Jedenfalls nicht der Eigentümer.

Ich schaltete die Parklichter des Wagens wieder aus. Autos machten zuviel Lärm. Ich mußte mich leise bewegen und hören, was um mich herum geschah. Ich öffnete die Tür, schob das Fahrrad hinaus in die Gasse und zog das Schloß ganz sachte hinter mir zu.

Draußen blieb alles ruhig. Ich stieg aufs Rad und fuhr den Weg zurück, auf dem ich gekommen war.

Die Nacht war dunkel, aber ich konnte noch einigermaßen sehen. Ich nahm die erste Abzweigung nach rechts. Auf beiden Seiten zogen Häuser vorbei, große Gebäudekomplexe der Innenstadt. Ein paar Leute schlenderten im Licht der Schaufenster dahin.

An der nächsten Straßengabelung ging es rechts nach »Genève«, wie ich dem Schild entnahm. Es war eine breite Straße mit weißen Streifen, aber ich wollte nicht nach Genf, schon gar nicht auf einer Hauptstraße, die ganz sicher kontrolliert wurde. So nahm ich also die linke Abzweigung, die nach »Annemasse« führte. Die Straße war schmaler, und ich hatte nie von Annemasse gehört. Aber sie führte von der Polizei weg, und das war die Hauptsache.

Schon nach wenigen Metern tauchte die Straße unter einer Eisenbahnlinie durch, die in südwestlicher Richtung nach Genf führte. Ich begann, stärker in die Pedale zu treten. Die Bebauung wurde jetzt lockerer. Gelegentlich brannten Lichter in den Häusern, in den meisten Fällen sicherlich im Schlafzimmer. Der anheimelnde, gelbe Schein war irgendwie ermutigend. Er gab mir das Gefühl, daß es für die Leute spät genug war, die Augen zu schließen. Ein paar Autos flitzten vorbei, das Licht ihrer Scheinwerfer verlor sich zwischen den Ausläufern der Berge, die sich weiter vorn erhoben. In mir stieg ein seltsames Hochgefühl auf, als gehöre die Nacht mir ganz allein. Ich hatte mich seit zwei Tagen nicht mehr rasiert. Mein Bart war sehr dunkel, und die Baskenmütze ließ mich wie ein Dörfler aussehen, der nach einem Abend im Wirtshaus die heimischen Berge ansteuert.

Wieder näherte sich mir von hinten ein Auto, das Licht seiner starken Scheinwerfer erhellte die Straße. Um echter zu wirken, fing ich an, leichte Schlenker zu fahren wie ein Mann, der im Lokal einen zuviel getrunken hat. Dann zuckte plötzlich ein Blaulicht auf, und eine Sirene begann zu heulen. O mein Gott, dachte ich, die Polizei!

Ich zog den Kopf ein, fuhr weiter und wartete auf das Langsamerwerden des Motors, das für mich das Aus bedeuten würde.

Reifen quietschten. Die Scheinwerfer zerschnitten den Himmel, und mein Vorderrad holperte nach einem Schlenker über den Grünstreifen in den Graben. Ich flog über die Lenkstange und prallte mit der Schulter gegen die Böschung. Gleich rappelte ich mich wieder hoch, packte das Rad und versuchte, es aufzurichten. Meine Knie zitterten, und ich fühlte mich im Scheinwerferlicht gefangen wie ein Kaninchen.

Ein Fenster des Streifenwagens öffnete sich. Eine Stimme schrie: »T'es saoul, con!«

Ein Hoffnungsstrahl leuchtete in mir auf, heller als die Scheinwerfer. Ich streckte die Hand aus, eine Hand, die schmutzig war vom öligen Trödel in der Garage, und machte eine schaukelnde Bewegung, die universelle Geste: Vielleicht war ich betrunken, vielleicht auch nicht.

»Attention tes phares!«

Das Fenster wurde hochgerollt. Die Reifen quietschten wieder. Die Polizei hatte keine Zeit, sich mit besoffenen Bauern aufzuhalten, die ohne Licht fuhren; es gab Wichtigeres zu tun. Der Wagen schoß zwischen den Hecken davon und klatschte blaue Lichtflecken auf die Berghänge. Ich stand eine Weile nur da, atmete tief durch und wartete darauf, daß mein Herz wieder auf seinen angestammten Platz im Brustkorb zurückkehrte. Dann schwang ich mich in den Sattel und strampelte weiter.

Die Straße begann jetzt anzusteigen. Der Sattel war zu niedrig für mich, aber meine Beine waren kräftig, deshalb war das nicht allzu schlimm. Schlimm war nur, daß ich früher oder später in eine Straßensperre geraten und jemandem meinen Ausweis zeigen mußte.

Ich bog von der Hauptstraße auf einen der Feldwege ab, die die steilen Hänge zu meiner Linken durchzogen. Dabei richtete ich mich nach dem großen Lichtfleck in den Wolken, der rechts von mir blieb und das darunterliegende Genf bezeichnete. Den größten Teil der Nacht quälte ich mich, ohne viel zu sehen, über ausgefahrene Feldwege, die zum Teil vom

Regen noch sehr schlammig waren. Außerdem plagten mich die Mücken. Ich schlief zwei Stunden in einer Scheune, was mein Wohlbefinden keineswegs erhöhte. Bei Tagesanbruch rollte ich eine kurvenreiche Straße hinunter, die nach Ampéguy führte. Ich fand ein Restaurant, trank Kaffee und aß Brot mit Butter. Dann ging ich hinüber zur Marmortheke, um zu zahlen. Weil Harry Frazer als Nichtraucher bekannt war, kaufte ich als Tarnung ein Päckchen Gauloises.

Das Gesicht im Spiegel hinter der Theke zeigte eine übellaunige, stoppelbärtige Visage, aus der eine schmutziggelbe Zigarette ragte. Ich sah aus, als sei ich auf dem Weg zur Arbeit in einer heruntergekommenen Garage oder im Lager eines Trödelladens. Vielleicht hatte ich ja auch jemanden umgebracht, aber das wäre dann in Marseille oder Dakar gewesen und nicht in einem Spesenparadies wie Genf.

Hinter der Theke stand eine hübsche blonde Frau mit blauen Augen und sorgfältig geschminktem Mund. Sie warf mir einen Blick zu. Ich begegnete ihrem Blick, und sie sah schnell woanders hin. Ich mußte an Fionas grau-grüne Augen denken. Sie hätte sich durch die Bartstoppeln und die Gauloise nicht täuschen lassen. Glücklicherweise gab es von ihrer Sorte nicht viele.

Das Mädchen drehte mir den Rücken zu und schlug die schlanken Beine übereinander. Ich grinste den Banditen im Thekenspiegel an, er grinste komplizenhaft zurück. Dann griff ich mir eine Zeitung vom Stapel neben der Espressomaschine, schob ein paar Münzen über die Theke und stieg wieder auf mein Fahrrad.

Es stand auf der Titelseite, und sie hatten mein Paßfoto verwendet. Das besaß nicht die geringste Ähnlichkeit mit dem Gesicht, das mich aus dem Spiegel angegrinst hatte. DEUX MORTS A GENEVE lautete die Schlagzeile. Man vermutete mich in der Schweiz, in Frankreich oder vielleicht sogar in Italien. Gottfried Weber war an einer Zyankalivergiftung gestorben.

Der andere Tote, Kurt Mancini, hatte ein Vorstrafenregister mit Erpressung und schwerer Körperverletzung, unter anderem. Es stand wenig in dem Artikel, das ich nicht schon wußte, außer dem Zyankali. Vielleicht war es aber auch so, daß die Polizei nur wenig Neues bekannt werden ließ.

Ich radelte langsam die Straße nach Annemasse hinunter. Als ich dort ankam, war es neun Uhr, und der Bahnhof wimmelte von Leuten, die nach Genf fahren wollten. Ich kaufte mir ein Billet nach Bellegarde. Dann drängte ich zu dem anderen Schalter vor und kaufte noch eine Fahrkarte, aber nach Bonneville, mit einer Extrakarte für das Fahrrad. Am Schalter steckte ich mir eine Zigarette ins Gesicht und blies den Rauch durch das Fensterchen. Die Fahrkartenverkäuferin machte ein böses Gesicht. Sie würde sich an mich erinnern.

Ich brachte das Fahrrad zum Gepäckschalter und gab es auf. Dem Beamten sagte ich, es sei schade, daß es regnete. Er hatte die Augen etwas zusammengekniffen, weil die Sonne blendend hell ins Fenster schien, und sah mich an, als wäre ich nicht ganz dicht. Er würde sich ebenfalls an mich erinnern. Ich schlenderte auf den Bahnsteig hinaus und verschanzte mich hinter meiner Zeitung. Nach zehn Minuten kam der Zug nach Bellegarde. Ich stieg ein, ging nach einiger Zeit auf die Toilette und verriegelte die Tür.

In Bellegarde stieg ich aus, kaufte mir einen blauen Monteuranzug und ein Paar Turnschuhe, zog mich um und aß zu Mittag. Dann rief ich Fiona an.

Das Telefon läutete lange Zeit, aber schließlich kam sie an den Apparat. »Wo bist du?« fragte sie.

»Irgendwo«, sagte ich.

»Der Steinbruch . . .«

»Was ist mit ihm?«

»Wir waren da, haben uns überall umgesehen. Da gibt's nichts zu finden.«

Mir war, als stünde ich in einem Fahrstuhl, der plötzlich in freien Fall übergegangen war. »Was soll das heißen - nichts?«

»Fels, Steine, Staub, Wasser. Kein Giftmüll.«

Ich war wie vor den Kopf geschlagen. »Dann müssen sie ihn woanders hinschaffen.«

»Ja.« Ihre Stimme klang kraftlos und verzweifelt. So hatte ich sie noch nie gehört. Der Klang brachte mir ganz deutlich zu Bewußtsein, wie schlimm die Dinge standen. »Was sollen wir jetzt machen?«

Das war eine gute Frage. Ich sagte: »Reg' dich nicht auf, ich bin schon unterwegs.« Dann steckte ich mir eine Gauloise an, blies den Rauch gegen das Glas der Telefonzelle und richtete den Blick nach innen auf eine Welt, die um mich zusammengestürzt war.

Ich war kein Anwalt mehr. Ich war nicht einmal mehr jemand unter falschem Mordverdacht, der die Möglichkeit hatte, alles zu erklären. Ich war ein Mann in einem blauen Monteuranzug, weit weg von zu Hause und mit weniger als zweihundert Pfund in der Tasche, ohne Paß, mit zwei Leichen hinter sich und ohne jede Ausrede.

27

Der Expreß rollte mit dem Zischen einer großen Metallschlange in die Station. Ich bekam einen Fensterplatz und starrte auf die französische Landschaft, die grün und unbewohnt vor dem Fenster vorbeizog. In diesem Moment konnte ich nachempfinden, wie es einem Fuchs zumute sein mußte, der vor den Hunden Schutz in seinem Bau sucht und entdeckt, daß ein großer Mensch einen dicken Stein über den Eingang gewälzt hat.

Aber der Monteuranzug erfüllte seinen Zweck. Die gutgekleideten Passagiere bemühten sich, tunlichst nicht in meiner Nähe Platz zu nehmen. In Paris wechselte ich etwas von meinem noch übrigen Geld in französische Francs und den Rest in Gulden um, kaufte etwas zu essen in einem Lebensmittelgeschäft und nahm die Métro zum Gare du Nord.

Im Bahnhofsrestaurant versuchte ich, ein Mittagessen zu bekommen, aber es klappte nicht mehr. Vor mir lagen noch zwei Grenzen. EG hin, EG her, die Polizei- und Zollbeamten würden kontrollieren. Ich nahm einen Zug nach Aulnoye-Aymeries, einen Ort kurz vor der belgischen Grenze.

Der Zug ratterte durch die niedrigen Hügel der Picardie. Ich döste vor mich hin, aber meine innere Unruhe ließ mich immer wieder hochschrecken; es besteht gar keine Eile, sagte ich mir. Das Schiff läuft erst morgen aus. Ich hatte genügend Zeit, es zu finden, die Ladung zu überprüfen und für einen angemessenen Empfang in Schottland zu sorgen.

Als der Zug in Aulnoye einfuhr, zog der Mann, der mir gegenüber saß, seinen Paß aus der Tasche. Auch die anderen Passagiere kramten jetzt ihre Pässe oder Ausweise hervor. Ich stand auf, ging den Gang entlang und verließ den Zug. Im Tabac neben dem Bahnhof kaufte ich mir eine Karte der Umgebung in großem Maßstab. In einer Nebenstraße fand ich ein Fahrradgeschäft. Der Besitzer verkaufte mir für vierhundert Francs ein altes schwarzes Rad, das sicher einmal in Zahlung gegeben worden war. Ich stieg auf und fuhr aus der Stadt heraus, die Straße nach Bavay hinunter. Die Häuser blieben zurück. Ein feiner Regen tröpfelte aus den tiefhängenden Wolken; das Land war flach und voller Kohlfelder. Hinter Bavay gab es nur noch einen besseren Feldweg, gerade, flach und leer. Ich hielt nach den gestreiften Schlagbäumen einer Grenzstation Ausschau. Es gab keine. Nur die Karte und der sich ändernde Straßenbelag sagten mir, daß ich jetzt in Belgien war.

Nach Mons waren es etwa zwölf Meilen. Als ich den Bahnhof erreichte, war aus dem Sprühregen ein kalter, nördlicher Guß geworden, und ich war völlig durchweicht. Ich kaufte ein Billet für mein Fahrrad und aß ein Sandwich, während ich auf den Zug wartete.

Aus dem Lautsprecher kam blechern eine Durchsage auf flämisch. Die französische Version hörte ich nicht mehr, weil ich damit beschäftigt war, mein Fahrrad in den Gepäckwagen zu hieven. Ich stieg ein und setzte mich. Andere Passagiere folgten, aber auch diesmal schien niemand den Wunsch zu haben, neben mir zu sitzen. Zur weiteren Abschreckung steckte ich mir noch eine Zigarette an und studierte das kleine Faltblatt mit dem Streckenführungsplan, das ich mir auf dem Bahnhof besorgt hatte.

Der Zug ging nach Rotterdam durch, ungefähr einhundertzwanzig Meilen. Ich beabsichtigte, in Antwerpen auszusteigen, mit dem Fahrrad die holländische Grenze zu überqueren und nach Roosendaal zu fahren, von wo aus ich dann den nächsten durchgehenden Zug nehmen würde. Demnach hatte ich noch eineinhalb Stunden Zeit, bevor ich raus mußte.

Die Landschaft war grau und eintönig hinter dem regennassen Fenster. Im Abteil war es sehr warm, und mein nasser Anzug begann zu dampfen. Mein Kopf wurde immer schwerer, und ich war dabei einzunicken. Reiß dich zusammen, befahl ich mir, bleib wach. Ich fing an, Präzedenzfälle im Eherecht zu zitieren. Aber die Präzedenzfälle vermischten sich mit den Wegpunkten westlich von Ardnamurchan, die dann gleichzeitig die Positionen der Straßensperren zwischen Genf und Bergen-op-Zoom darstellten. Ich schlief ein.

Nur langsam kam ich wieder zu mir, als wäre ich sehr weit weg gewesen. Mir wurde gleich klar, daß irgend etwas nicht stimmte.

Ein grauer Bahnsteig glitt am Fenster vorbei. Wir passierten einen Bahnhof. Auf meiner Uhr war es fünf nach halb sechs. Ein Schild am Ende des Bahnsteigs sagte mir, daß wir soeben ANTWERPEN verließen.

Plötzlich war ich hellwach. Im hinteren Teil des Wagens ging ein Mann in dunkelblauer Uniform durch die Sitzreihen. Ich sah, wie er jemandem eine Frage stellte, einen Paß öffnete, das Gesicht des betreffenden Passagiers mit dem Foto verglich, den Paß wieder zurückgab und weiterging. Was jetzt? fragte ich meinen noch immer etwas benommenen Verstand.

Er wußte es auch nicht.

Ich beobachtete den Uniformierten. Offensichtlich machte er nur Stichproben. Ich zündete mir eine Zigarette an, legte die Tüte mit den eingekauften Lebensmitteln auf meinen Schoß und lehnte mich, Baskenmütze über die Augen heruntergezogen, in den Sitz zurück. Ich war nicht mehr in Frankreich, sondern im sauber geschrubbten Norden. Ich war ungefähr so unauffällig wie ein Elefant.

Gegenüber auf der anderen Seite saß eine kleine breite Frau in geblümtem Kleid. Ihre Haut war so rosa, als ob sie zum Waschen ein Scheuermittel verwendete. Ihre Stupsnase schnüffelte einmal, zweimal, dann beugte sie sich zu mir herüber, stieß mir einen dicken Finger entgegen und sagte irgend etwas, das ich nicht verstand. »Quoi?« fragte ich.

Sie sagte alles noch einmal. Ich blies ihr noch mehr Rauch ins Gesicht. Sie rümpfte die Nase. Der Grenzbeamte war jetzt noch drei Reihen entfernt. Sie zeigte auf das Schild ROKEN VERBODEN über dem Fenster.

»Ah!« sagte ich. »Pardon. Je m'excuse!«

Sie lehnte sich zufrieden zurück, faltete die Arme über ihrem stattlichen Busen und reckte das Kinn in die Luft. Ich stand auf, warf meine Tasche über die Schulter, steckte die Gauloise in den Mund und ging den Gang hinunter.

Der Grenzbeamte inspizierte gerade den Paß eines arabisch aussehenden Mannes. Ich drängte mich vorbei und sagte: »Pardon.« Er drehte sich nicht einmal um. Ich verließ den Wagen und blieb einen Augenblick, gegen die Wand gelehnt, im Gang stehen, etwas schwindlig vor Nikotin und Erleichterung.

Der Grenzbeamte kam nicht mehr zurück. Eine Stunde später lief der Zug in Rotterdam ein. Ich holte mein Fahrrad aus dem Gepäckwagen, schob es zum nächsten Zigarettenkiosk und kaufte ein Päckchen Tabak und Zigarettenpapier. Inzwischen glaubte ich fest an die Macht der Zigarette. Dann ging ich zu den Telefonzellen, rief das Hafenamt an und fragte nach der *Marius B.*

Der Mann am Apparat nannte mir eine Liegeplatznummer. »Wenn Sie noch was für sie haben, müssen Sie sich beeilen. Sie läuft in zwei Stunden aus.«

Zwei Stunden bedeutete acht Uhr dreißig. Ich hatte erwartet, daß ich bis zum nächsten Morgen Zeit haben würde. Schnell schob ich mein Fahrrad auf den Bahnhofsvorplatz und überredete dort einen stämmigen Taxifahrer, es in seinen Mercedes zu laden. Ich sagte ihm, er solle mich eine halbe Meile vor dem Hafen absetzen, und ließ mir noch genaue Anweisungen geben, wie ich fahren mußte.

Der Regen war in ein stetes Nieseln übergegangen. Lastwagen rauschten vorbei, wobei sie mit Dieselabgasen aromatisierte Wasserschwaden hinter sich herzogen. Es war die Zeit des Schichtwechsels; Scharen von Radfahrern, die ihr Mittagessen in Blechgeschirren auf dem Gepäckträger mitbrachten, fuhren zwischen den großen Wohnblocks hin und her, die wie ein Ring gigantischer Grabsteine vor dem flachen, schmutziggrauen Horizont standen.

Ich fuhr langsam zwischen ölig schimmernden Pfützen zu der Stadt aus Lagerhallen und Schiffen im Westen.

Hier draußen lag ein Kai neben dem anderen und strebte einem gemeinsamen, imaginären Fluchtpunkt zu, der sich irgendwo hinter dem grauen Regenvorhang verbarg. Die daran liegenden Schiffe waren klein, einige nicht größer als Lastkähne.

Am Heck des Schiffes auf Liegeplatz Nr. 9 las ich *Marius B.* und PANAMA. Die Luken standen noch offen. Ein Kran fierte gerade einen Container ins Vorschiff ab. Am Kai wartete ein Lastwagen mit einem weiteren Container.

Ich radelte durch ein rostiges Maschendrahttor, vorbei an einer langen Lagerhalle, und parkte das Rad unter ihrem vorspringenden Dach. Dann holte ich den Tabak heraus, rollte mir eine Zigarette, zündete sie an und beobachtete den Kran.

Ich war hier, die *Marius B.* war hier, und die Ladung wurde gerade übernommen.

Sorgfältig schloß ich das Fahrrad ab, entfernte die Lampe und verstaute sie in meiner Tasche. Das Schiff würde in eineinhalb Stunden auslaufen. In dieser verlorenen Gegend, die nur aus Regen, Steinen und Rost zu bestehen schien, hätte ich mindestens eine halbe Stunde gebraucht, um eine Telefonzelle zu finden. Und Gott allein wußte, wie lange es dauern würde, um das erforderliche Empfangskomitee zusammenzubringen. Nein, es gab für mich keinen Weg zurück nach England, der nicht sehr lange Erklärungen notwendig gemacht hätte.

Außer einem.

Ich beobachtete, wie der nächste Container im Laderaum verschwand. Der Container-Heberahmen, der Spreader, kam wieder hoch; der zweite Lastwagen fuhr heran. Der Spreader wurde angeschlagen. Der Fahrer sprang heraus, um die Containerlaschings loszuwerfen, und der Kran hob den Riesenkasten hoch, transportierte ihn hinüber zum Schiff und versenkte ihn im Laderaum.

Aber es war nicht mehr der Container, den ich beobachtete, es war der Fahrer des Lastwagens. Er war der Mann, den ich in Genf im Wartezimmer von Enzo Smith gesehen hatte und dann noch einmal, mit einem Messer in der Hand, bei den Mülltonnen des Restaurants »Palmyre«.

Er kam jetzt um den Wagen herum und hob den Arm, zwei Finger V-förmig hochgestreckt. Ein Mann mit weichem Filzhut, der in der Steuerbord-Brückennock stand, hob kurz zur Bestätigung die Hand. Der Fahrer nickte, ging zur Halle hinüber und verschwand dort hinter einer blauen Tür, auf der MANNEN stand.

Ich schluckte ein paarmal in dem erfolglosen Bemühen, den Hohlraum, den ich plötzlich unter meinem Brustbein zu spüren meinte, zu füllen. Dann warf ich meine Zigarette fort, ging zum Lastwagen hinüber und stieg in die Fahrerkabine. Auf dem Schiff schrie jemand etwas, ich warf einen kurzen Blick hinüber. Der Container hing noch in der Luft. Irgend jemand hatte sich aufgeregt, weil er beim Wegfieren gegen das Lukensüll gestoßen war, nicht meinetwegen.

Es war ein Fernlastwagen. Hinter dem Fahrersitz lag eine durch Vorhang abgeteilte Koje. Noch vor zwei Tagen wäre ich eher gestorben, als so etwas zu tun. Aber das war gewesen, bevor ich aufgehört hatte, ein Anwalt zu sein und zum Mörder geworden war. Ich kletterte in die Koje und zog die Vorhänge hinter mir zu.

Es roch nach Schweiß und Zigaretten. An die Wand hatte jemand das Bild eines Mädchens geklebt, die eine rosa Zunge und rosa Brustwarzen hatte. Die Fahrertür ging auf. Ich hielt den Atem an und starrte auf eine Brustwarze. Der Motor wurde angelassen. Ich hörte den Fahrer grunzen, als er das Lenkrad herumkurbelte. Durch die Zentrifugalkraft wurde ich beim Durchfahren des engen Drehkreises gegen das eine Ende der Koje gepreßt. Die Maschine röhrte, und die unbelasteten Hinterräder drehten durch. Auf der Zufahrtstraße schaltete er schnell hinauf, verlangsamte kurz vor dem Ende und bog dann in die Hauptstraße ein. Durch das kleine Fenster über der Koje sah ich ein rechteckiges Stückchen grauen Himmels. Wir wanden uns durch einen wahren Irrgarten von Biegungen und Abzweigungen. Dann stieg er auf die Bremse; wir hielten. Durch einen winzigen Spalt im Vorhang sah ich, daß wir uns vor einem mit Maschendraht umzäunten Lager befanden. Auf dem Schild am Eingangstor stand MOUNT PLEASURE FORWARDING SA. Ein Mann in Latzhose öffnete das Tor, und wir fuhren bis zu einer Reihe von Containern. Dann sah ich noch einen Kran und, in der hinteren Ecke des Lagerplatzes, einen Transport-Betonmischer.

Der Container senkte sein Gewicht langsam auf unsere Ladefläche. Ich preßte die Stirn gegen das fettige Glas des kleinen Fensters. Hinten beim Betonmischer war ein Mann mit einem Gabelstapler dabei, Paletten mit 45-Gallonen-Fässern in einen Container zu fahren.

Gelbe Fässer.

Der Fahrer kletterte wieder in die Kabine und kurbelte das Fenster herunter. »Una mezz' ora!« schrie er. »Verdammtes Schiff, es läuft aus!« Mit einem Ruck ließ er die Kupplung kommen. Der Laster mahlte aus dem Tor und stürzte sich wieder in das Labyrinth, das zum Hafen zurückführte. Ich starrte auf die Brustwarzen und atmete den Schweißgeruch ein.

Una mezz' ora: eine halbe Stunde. Ich hielt mich verbissen fest, als der Wagen in eine Kurve ging.

Die Koje stank. Die Stoppeln auf meinem Kinn juckten, und von der langen Reise klebten mir die Kleider am Leibe. Harry Frazer, der alte Harry Frazer, trug Hemden von Turnbull & Asser, die er zweimal täglich wechselte, und flog, auf Kosten seiner Klienten, selbstverständlich nur Erster Klasse. Harry Frazer führte schöne, elegant gekleidete Frauen in schicke Restaurants aus, in denen die Soße beim, nicht auf dem Fleisch lag, und erhob sich zwischen den Gängen, um mit seinem Büro zu telefonieren.

Der neue Harry Frazer hatte seit Tagen weder das Hemd gewechselt noch sein Büro angerufen. Er liebte eine Frau, der ein schickes Restaurant nichts bedeutete, es sei denn, das Essen schmeckte so gut, wie es aussah. Und er reiste Zweiter Klasse - wenn es hochkam.

Ich hatte Rotterdam als Endstation meiner Reise angesehen. Aber es war kein Ende, es war ein Anfang. Die einzige Person, die jetzt noch der *Marius B.* und den gelben Fässern, die sie in ihren Containern barg, folgen konnte, war Harry Frazer.

Der Laster hielt, und der Fahrer stieg aus. Ich beobachtete ihn aus dem kleinen Fenster. Ein Mann mit einem Papier in der Hand kam den Landgang hinunter ihm entgegen. Beide steckten ihre Köpfe über dem Papier zusammen und stritten miteinander. Inzwischen war der Nieselregen stärker geworden, und ich hörte bereits größere Tropfen auf das Kabinendach schlagen. Der Fahrer sah auf seine Uhr, warf einen Blick zum Himmel und deutete mit dem Kopf auf das Schiff. Dann gingen sie zusammen den Landgang hinauf. Oben in der Kabine des Krans hatte der Kranführer seinen Sitz vom Fenster weggeschwenkt und Sandwiches ausgepackt; jetzt goß er sich etwas aus einer Thermoskanne in einen Becher. Wenn die Zeit zum Teetrinken gekommen ist, ruht die Arbeit. Ganz sachte stieg ich aus meinem Versteck, öffnete die Fahrertür und schlüpfte hinaus in den Regen.

Du bist ein blöder Hund, Frazer, dachte ich.

Aber noch während ich das dachte, schlenderte ich über den Zementboden durch den jetzt peitschenden Regen zur Gangway: ein Mann im Arbeitsanzug, mit einem Gesicht voll schwarzer Stoppeln unter einer Baskenmütze, einer Tasche über der Schulter und dabei, sich eine Zigarette zu drehen, während er die Gangway hinaufging. Ich steckte die Zigarette zwischen Lippen, die immer wieder anfangen wollten zu zittern, und fand einen Niedergang, der in den Laderaum führte. Ging den Niedergang hinunter. Kein Mensch mehr da. Verbarg mich hinter einem Stapel Chemikalienfässer, die ordentlich in einer Ecke gestaut waren.

Blöder Hund, Frazer.

Aber jetzt war es zu spät, weil wieder Leute in den Laderaum kamen. Das trübe Licht wurde durch einen großen Gegenstand verdunkelt, der durch die Luke geschwebt kam: ein Container. Zehn Minuten später folgte ein weiterer Container. Ich kauerte mich in einer kalten Ecke zusammen, zwischen einer Palette mit Zementsäcken und der zerbeulten stählernen Bordwand. Und das jetzt vier Tage, dachte ich.

Gleich mußte es losgehen. In meinem kalten, trostlosen Versteck hockend, fühlte ich ein andersartiges Vibrieren durch die Platten des Schiffsrumpfs. Die Hauptantriebsmaschine lief jetzt. Ein Schatten fiel über die Zementsäcke, und sie verschwanden im Dunkel: Die Ladeluken wurden geschlossen; ein dumpfes Dröhnen begleitete das Absetzen der Lukendeckel.

Vier Tage im Dunkeln.

Blöder Hund.

Ich lag da und registrierte die verschiedenen Vibrationen, die durch den Schiffsrumpf an mein Ohr drangen. Maschine voraus, zurück, wieder voraus, als wir vom Kai ablegten und in die Nieuwe Maas hineinliefen. Dann ein unstetes Rollen und Stampfen, als wir die Wasserstraße erreichten und die Kielwasser Dutzender Schiffe kreuzen mußten. Das Schlagen der vielen verschiedenen Propeller, als wir den Nieuwe Waterweg abwärts liefen, vorbei an den vollgestopften Hafenbecken, in denen die Schiffe und Lastkähne wie Sardinen nebeneinander lagen. Maasluis auf der rechten Seite. Dann, auf der linken, flache, eintönige Deiche und die Tanklager und weißen Gebäude des Europoort. Draußen mußte es jetzt dunkel werden, und die Fahrwassertonnen würden ihre roten und grünen Blinkzeichen aussenden; daneben die stetigen, roten und grünen Positionslichter der einlaufenden Schiffe und rätselhafte weiße Blitze vom Radarturm Noorderhoofd. Und schließlich, drei Stunden nach dem Ablegen, das Auf und Ab einer flachen Nordseedünung, die, vom Regen gesprenkelt, über den grauen, verschwommenen Horizont heranwanderte.

Ich rappelte mich mühsam hoch und fischte in meiner Tasche nach der Fahrradlampe.

Der Laderaum hatte die Größe eines Kirchenschiffs; die metallenen Wände, zerkratzt und abgeschürft von den scharfen Kanten unzähliger Gesteinsladungen, waren an vielen Stellen mit Mennige konserviert. Die Lukendeckel oben wirkten wie große, undurchsichtige Oberlichter. Vorne befand sich ein durchgehendes Querschott ohne jegliche Öffnung. Im achteren Schott waren zwei Türen, die wahrscheinlich zu den Wohnräumen führten. Es war ein riesiger, kalter Raum, in dem das Echo der aufschlagenden Kreuzseen widerhallte, und so behaglich wie die Ladefläche eines Kieslasters.

Ich rollte die Schultern im Bemühen, in meiner Nylonjacke etwas mehr Wärme zu finden. Viel half es nicht. Der kleine weiße Kreis der Lampe glitt über Paletten, Lattenkisten und Fässer. Vorsichtig stieg ich über die eng gestaute Ladung zu den Containern, die direkt unterhalb der Lukendeckel standen.

Die insgesamt sechs Container waren von der Art, wie man sie zuweilen als Schuppen auf einem schmutzigen Kai sieht; oder wie sie, gefüllt mit alten Nähmaschinen oder Fahrradrahmen, in der Ecke eines Schrottplatzes still vor sich hin gammeln. Der über ihre eingebeulten Seiten huschende Lichtschein der Lampe zeigte abblätternde Farbe über fressenden Rostflecken. Die Türen hatte man offensichtlich mit einem Vorschlaghammer passend gehämmert und dann den Riegel mit ein paar Schlägen hineingetrieben. Alles andere im Laderaum sah neu, glänzend und brauchbar aus. Die Container sahen aus, als taugten sie nur zum Wegwerfen.

Zum Wegwerfen.

Ich ging näher heran. Aus den Ritzen zwischen den Türen quoll irgendeine Masse, die im Licht der Fahrradlampe schmutziggrau schimmerte. Mit dem Fuß platschte ich in einen Haufen von diesem Zeug hinein - etwas Graues, Sandiges. Es roch ein bißchen nach Erde, mit einem schwachen Schuß Chemie.

Ich lehnte mich gegen eine Palette und dachte daran, wie ich von der Koje der Fahrerkabine aus durch das kleine, schmierige Fenster auf das Lager der Mount-Pleasure-Forwarding-Gesellschaft geblickt hatte. Insbesondere an den Betonmischer in der hinteren Ecke, dessen Trommel sich langsam gedreht hatte.

Die graue Masse war Beton. Niemand füllte 40-Fuß-Container nur deshalb mit Beton, um ein Klappern des Ladeguts zu verhindern und damit die zarten Nerven der Mannschaft zu schonen.

Wenn noch jemand bei mir gewesen wäre, hätte ich ihm auf den Rücken geklopft. Aber seit drei Tagen hatte ich mich nur noch wie ein wildes Tier gefühlt, das sich mit gesträubten Haaren in eine dunkle Ecke drückt. Daher beschränkte ich mich auf ein verbissenes, böses Grinsen. Dann durchstöberte ich den Laderaum und trieb ein paar Stücke Schaumstoffolie und Persenningtuch und einen Eimer auf und entdeckte auch einen Frischwasserhahn.

Mit der Folie und der Persenning machte ich mir ein Rattennest in der Ecke zwischen einem Spant und der Außenhaut. Dort teilte ich alles, was mir von den in Paris gekauften Lebensmitteln noch blieb, in acht Portionen. Sie sahen sehr klein aus, aber ich gestattete mir nicht den Genuß, sie lange zu betrachten, denn ich hatte keine Ersatzbatterien für die Lampe. Kurz dachte ich daran, eine der Portionen gleich zu essen. Aber immerhin hatte ich einen Lunch zu mir genommen, und das mußte für den Augenblick genügen. So rollte ich mir eine Zigarette und rauchte statt dessen, wobei ich das sanfte, rötliche Glimmen des verbrennenden Tabaks als ausgesprochen tröstlich empfand. Ich rauchte eine ganze Menge. Schlecht für die Gesundheit, Frazer. Aber vieles andere, was ich tat, war der Gesundheit im Augenblick auch nicht zuträglich.

Ich wußte jetzt, warum ich mich hinsichtlich des Steinbruchs geirrt hatte. Der Beton hatte mich auf die richtige Spur gebracht.

Die Mount-Pleasure-Forwarding-Gesellschaft malte die roten Fässer gelb, schablonierte einen falschen Kode auf und lud sie in Container. Und dann, auf dem Weg zu Lundgrens Steinbruch, wurden die Container in schottischen Gewässern einfach über Bord gehievt.

Zu Anfang hatten sie die Container nicht mit Zement ausgefüllt. Damit hatten sie erst angefangen, als ein Container aufgesprungen war, die Fässer sich selbständig gemacht hatten und der reibungslose Ablauf des Unternehmens damit gefährdet worden war.

Mancini hatte Stewart beauftragt, sie wieder einzusammeln, weil dieser sich mit den Gezeiten und Strömungen dort in der Gegend auskannte. Aber Jimmy Sullivan kannte sich in dieser Hinsicht genausogut aus. Er hatte sich ausgerechnet, wo die Fässer herkamen und wann das geschehen war; und dann war er hinausgefahren in jener Dienstagnacht. Er mußte gesehen haben, wie das Schiff im Dunkeln herankam und die Container über Bord gehievt wurden. Aber irgend jemand auf dem Frachter hatte auch ihn gesehen. Und da hatten sie ihn gerammt. Das Boot war auf den Abhang gesunken, der zu dem zweihundert Meter tiefen Loch hinunterführte, in dem die rostigen Container im Dunkeln durcheinanderlagen.

Kein Mensch, der seine fünf Sinne beisammen hatte, würde daran denken, dort mit dem Schleppnetz zu fischen. Es war ein nettes kleines Schüttloch, in dem Mr. Enzo Smith und seine Freunde ihren Giftmüll verschwinden lassen konnten, einhundertfünfzig Tonnen pro Woche: ein zusätzlicher Gewinn neben der Stückgutladung, die sie zum Steinbruch transportierten, und dem Schotter, den sie zurückbrachten. Und wenn es einmal soweit war, daß tote Fische und Seehunde an die Küste trieben und Badenden sich die Haut vom Leibe löste, würde Mr. Enzo Smith längst woanders sein, in einem großen, glänzenden Automobil mit geschlossenen Scheiben. Und genauso der Mann, der das alles eingefädelt hatte.

Ein großer Zorn brannte in mir. Ich würde mein Beweismaterial sammeln und die Fahrt bis zum Steinbruch überstehen, und ich würde auch irgendwie wieder aus dem Schiff entkommen. Und dann würde ich die ganze dreckige Bande anzeigen.

28

Der Zorn wärmte mich nicht lange. Ich saß im Dunkeln und versuchte, nicht auf meine Uhr zu sehen und mich nicht an der nächsten Essensration zu vergreifen. Es war kalt. Schaumstoffolie fühlt sich warm an, läßt einen aber auch leicht schwitzen. Draußen glitt die Nordsee vorbei.

Nach vierzehn Stunden begann der Seegang stärker zu werden. Ich merkte, wie sich der Bug periodisch hob und das Schiff zu schlingern begann, als ob es gegen eine ziemlich kurze, hohe See anliefe. Von Zeit zu Zeit knallte der Steven mit einem gewaltigen Schlag aufs Wasser und ließ den Laderaum dröhnen wie einen Riesengong. Üble Gerüche drifteten mir unter die Nase: der Gestank von ausgelaufenem Dieselöl und irgendeiner sauer riechenden Chemikalie; dazu der feuchtkalte, scharf erdige Geruch von Zement. Mit sinkendem Mut spürte ich, daß die Seekrankheit in mir hochstieg.

Die einzige Methode, mit der ich es je geschafft habe, die Seekrankheit zu überwinden, ist Gymnastik an Deck. An Deck gehen konnte ich nicht. Blieb also nur die Gymnastik. Aber je mehr das Schiff rollte, um so weniger lockte mich die Vorstellung, Liegestütze zu machen. Mein geistiger Horizont schrumpfte rapide. Ich handelte wie ein verdammter Narr, fühlte mich sehr elend, und es gab nichts, was ich dagegen tun konnte.

Ich mußte mich übergeben. Ich mußte mich ganz ungeheuerlich übergeben, weit weg von meinem Versteck, irgendwo zwischen zwei Fässern mit Dieselöl. Hinterher kroch ich in meine Ecke zurück, zog die Schaumstoffolie über mich und wünschte, ich wäre weit weg. Der Eimer stand in meiner Reichweite. Das Würgen hatte aufgehört; es war nichts mehr da, was ich hätte ausspeien können. Nach einer Weile fiel ich in einen Schlaf der Erschöpfung.

Als ich aufwachte, fühlte ich mich so, als hätte man mich filetiert. Das Schiff war in Bewegung, immer in Bewegung, und boxte sich durch Seen, die mir länger zu werden schienen: Tiefwasser. Sechsunddreißig Stunden waren es bisher, etwas über dreihundert Meilen. Also Aberdeen an Backbord achteraus oder Exmouth an Steuerbord voraus. Einerlei, es spielte keine Rolle.

Meine Kehle war trocken und wund, und ich war sehr durstig. Ich kletterte mit größter Mühe aus meiner Ecke und stolperte auf wackligen Beinen über Zementsäcke und Fässer zum Wasserhahn. Das war außerordentlich mühsam. Die Fahrradlampe kam mir so hell vor, daß mir die Augen weh taten, und ich war so schwach, daß ich mich mit den Händen abstützen mußte und die Lampe daher oft verlor.

Schließlich erreichte ich jedoch den Wasserhahn und drehte ihn auf. Das Wasser lief mir den Hals hinunter und in die Ohren. Etwas rann auch durch meine Kehle. Mir schmeckte es wie Nektar. Ich drehte den Hahn zu und richtete mich auf.

In meinen Augen explodierte die Sonne. Ich stand da, und das Wasser lief mir innen am Hemd hinunter. Mein Mund blieb offen, es gelang mir nicht, ihn zu schließen. Irgend etwas summte durch die Luft und knallte gegen meinen Kopf, rechts, oberhalb des Ohres. Nein, dachte ich, zu hart. Der Schmerz war schrecklich. Er saugte die letzte Kraft aus meinen Knien; sie knickten ein. Mein Kinn schlug auf einen Zementsack, meine Zähne schnappten zu und zerbissen mir die Zunge. Eigentlich hätte ich noch mehr Schmerz spüren müssen, aber ich konnte nicht mehr, weil sich alles durch einen langen dunklen Tunnel von mir entfernte.

Dann wußte ich von nichts mehr.

Das Dunkel war voll unheimlicher Geräusche. Sie kamen oft und gaben mir das Gefühl, als rollten scharfkantige Steine in meinem Kopf herum.

Allmählich begannen die Dinge jedoch Gestalt anzunehmen. Da gab es weiße Wände, eine Decke und blaue Vorhänge vor einem Bullauge. Ich konnte nicht hinaussehen, weil ich den Kopf nicht drehen konnte, ohne daß mir der Schmerz wie mit Messern durch die Augäpfel stach, ein Schmerz, der sicherlich etwas mit der großen weichen Beule über meinem rechten Ohr zu tun hatte.

Die Kabine war voller Dinge und Menschen. Da waren zunächst Fiona und Vi auf einem Chintzsofa. Auch die *Green Dolphin* war da; sie lag in der Mitte des grünen Teppichbodens vor Anker, neben dem Mann mit dem Filzhut. Ich schrie sie alle an, sie sollten etwas unternehmen. Man brachte mir eine

Tasse Kaffee. Nachdem ich sie getrunken hatte, begann ich zu erkennen, daß einige der Dinge, die ich sah, wirklich da waren, andere jedoch nicht. Sobald mir das klar wurde, lösten sich alle Dinge, die nicht da waren, in Luft auf. Die *Green Dolphin* verschwand zuerst. Dann Vi. Und schließlich Fiona. Ich weinte, als Fiona verschwand, weil ich sie mehr als alles andere brauchte. Aber sie verschwand trotzdem.

Zurück blieb nur der Mann mit dem Filzhut. Er trug einen schmutzigen weißen Pullover und rauchte eine billige holländische Zigarre. Ich wußte, daß er wirklich existierte, weil ich ihn riechen konnte. Ich sah mir sein Gesicht genau an. Er hatte eine graue, großporige Haut und einen Mund ohne Lippen, ein Maul wie eine Schildkröte. Seine Augen waren glanzlose, skeptische Schlitze über flachen Backen. Es war ein Gesicht von der Beschaffenheit und mit den Gemütsbewegungen einer Zementplatte.

Plötzlich wußte ich ganz genau, wo ich war und warum. Und ich fühlte mich sehr schwach und sehr, sehr schlecht.

Der Mann sagte: »Ich bin der Kapitän dieses Schiffes. Wollen Sie was zu essen?«

Es gab nichts, was ich weniger wollte.

»Tja«, sagte er, »die Leute haben gemerkt, daß Sie im Laderaum waren, weil sie die Kotze riechen konnten. Trinken Sie noch Kaffee.«

Ich trank.

»Wie sind Sie an Bord gekommen?«

Es konnte nicht schaden, ihm das zu erzählen. »Über die Gangway«, sagte ich. »Es hat geregnet.«

Seine trüben Augen ruhten auf mir wie zwei Schnecken auf einem Kohlblatt. Er nickte. »Okay«, sagte er, »wie heißen Sie?«

Die Erleichterung wärmte mich wie ein warmes Bad. Es gab keinen Grund anzunehmen, daß jemand auf diesem Schiff wußte, wer ich war. »Joseph Crecy«, sagte ich.

»Was wollen Sie an Bord?«

»Ich wollte eine Reise machen.«

»Auf meinem Schiff bestimmt nicht«, sagte er. »Wenn wir einlaufen, übergeb' ich Sie der Polizei.«

Danke sehr, dachte ich. Ja, tun Sie das bitte. Der Kapitän meldet einen blinden Passagier. Der Kapitän ist auf der Seite von Recht und Gesetz. Der Kapitän weiß nichts von meinem besonderen Interesse am Inhalt der sechs Container im Laderaum.

Die Kabinentür ging auf, und ein Kopf schob sich um die Ecke. »Capitano«, sagte er, »momento –« Die Augen wanderten zur Koje, und unsere Blicke trafen sich. »Dio«, sagte der Kopf und lächelte.

Es war ein kaltes Lächeln, obwohl er viele Zähne dabei zeigte. Das änderte jedoch nichts an der straffen Gespanntheit seiner Haut über den Backenknochen oder dem starren Blick der schwarzen Augen. Mein eigenes Lächeln war sicherlich noch viel weniger überzeugend.

Denn das Gesicht im Eingang gehörte Enzo Smith.

»Mr. Frazer«, sagte er. »Das ist aber ein Vergnügen! Ein wirklich großes Vergnügen. Kapitän Pauwels, wir müssen miteinander reden.«

Pauwels stand auf. Beide verließen die Kabine, und die Tür fiel mit einem Klicken ins Schloß. Ich lag da, wartete und konnte absolut nichts unternehmen. Zum ersten Mal seit Genf hatte ich wirklich Angst.

Als Kapitän Pauwels zurückkam, erweckte sein Gesicht eher den Eindruck von Granit als von Zement.

»Sie haben mir Lügen erzählt.«

»Sie haben Giftmüll ins Meer versenkt.«

Seine Augen waren schmutzig-graue Schlitze. »Die See ist groß«, sagte er. »Niemand sieht es. Niemand weiß es.«

Trotz meiner Benommenheit begriff ich, daß Harry Frazer nicht der einzige Mann in der Kabine war, der Angst hatte.

Ich sagte: »James Sullivan hat Sie gesehen. Ewan Buchan hat Sie gesehen. Beide sind tot. Sie haben sie umgebracht.«

Er starrte mich nur an.

»Am Bug der *George B.* befindet sich eine große neue Reparaturstelle«, sagte ich. »Wo er durch das Rammen von Jimmy Sullivans Boot beschädigt wurde. Die Polizei wird danach suchen.«

Die Augenschlitze blinkten. Einen Moment sah er mich an, ohne ein Wort zu sagen. Dann ging er hinaus, und die Tür schlug hinter ihm zu. Über dem Brummen der Maschinen hörte ich seine Stimme, gedämpft wie die Stimme eines Arztes vor einem Krankenzimmer. Sicherlich ging es um meine Gesundheit. Mein Magen zog sich vor Angst zusammen, und meine Eingeweide wurden zu Wasser.

Enzo Smith kam herein. Er rauchte eine italienische Zigarette, die nach Pappe roch, und sagte: »Wie ich höre, haben wir angeblich Abfälle ins Meer geworfen.« Er hätte genausogut auf einer Cocktailparty über einen Film sprechen können.

»Das stimmt«, sagte ich.

»Und die Polizei wird sich umsehen. Vielleicht sagt Ihre Freundin Fiona Campbell den Beamten ja, wo sie suchen müssen.«

Panische Angst ließ mich schwitzen. »Nein«, sagte ich, »Fiona weiß nichts. Ich hab' ihr nichts davon erzählt.«

Er lächelte mir zu, das sanfte Lächeln eines Vaters, der seinem schwierigen Kind aufmunternd zuredet. »Natürlich«, sagte er. »Erzähl' nie was einer Frau.« Er blies Rauch gegen die Decke. »Aber ich denke, wir müssen da ganz sichergehen.«

»Wie meinen Sie das?« fragte ich.

»Das werden Sie schon noch herausfinden«, sagte Smith. »Good-bye, Mr. Frazer.«

Nun wußte ich, daß ich recht gehabt hatte. Ich wußte aber auch, daß ich praktisch schon tot war. Und Fiona ebenfalls.

Niemand brachte mir jetzt mehr Kaffee. Ich lag da und horchte auf die Hammerschläge des Pulses in meinem Kopf. Bei jedem Schlag sagte es: Stirb. Stirb. So ging das über Stunden. Aber mit jedem Schlag wurde der Schmerz etwas geringer. Und in dem Maß, wie der Schmerz geringer wurde, verlor das schlimme Wort etwas von seinem Schrecken, weil ich nach Möglichkeiten zu suchen begann, wie ich mein Schicksal wenden könnte.

Die Bewegungen des Schiffes hatten sich geändert. Das Rollen hatte aufgehört und war in ein starkes Stampfen übergegangen. Gelegentlich hob sich der Bug über eine Welle hinaus und krachte in die nächste, und die ganze *Marius B.* bebte und schüttelte sich. Die Propellerwelle übertrug spastische Vibrationen auf das Spantwerk, bis sie wieder richtig arbeitete. Pentland Firth, dachte ich. Wind gegen Tidenströmung macht steile See.

Das Stampfen des Vorschiffs im Seegang lenkte meinen zermarterten Geist auf die Welt außerhalb. Und der Gedanke an die Welt außerhalb ließ mich die Beine vorsichtig an Deck setzen, wobei ich den Kopf mit den Händen stützte und langsam in die Höhe hob, damit er mir nicht von den Schultern fiel.

Dann mußte ich erst einmal eine Pause einlegen, um mich an das Gefühl zu gewöhnen, als ob Blut in meinem Schädel hin und her schwappe. Als meine Augen mir wieder gehorchten, sah ich mir die Kabine genauer an.

Sie hatte weiße Wände und einen grünen Teppich. Die Tür fühlte sich so solide an wie massiver Stahl. Als ich die Klinke vorsichtig herunterdrückte, stellte ich fest, daß sie verriegelt war. Hinter dem Vorhang befand sich ein viereckiges Fenster. Außerhalb des Glases sah ich weißgemaltes Metall. Man hatte also die Seeschlagblenden vorgelegt. Die restlichen Öffnungen bestanden aus zwei sechs Zoll breiten Ventilationsgittern.

Ich setzte mich wieder auf die Koje; mein Mund war wie ausgetrocknet. Sie hätten mich genausogut in einen Safe einsperren können.

Am hinteren Rand der Koje war ein Kleiderschrank aus Sperrholz eingebaut, der unten noch zwei Schubladen hatte. Ich machte die Tür auf. Der Schrank war leer bis auf zwei Kleiderbügel, die an einer Stange hingen. Ich packte die Stange und zog. Sie ließ sich ganz leicht herausnehmen. Es war keins von diesen verchromten Rohren, wie man sie üblicherweise verwendet, sondern ein achtzehn Zoll langes Stahlrohr, das wohl aus dem Maschinenraum stammte. Es lag vertrauenerweckend solide in der Hand, dieses Rohrstück ... Das war allerdings auch alles, wozu es unter den gegenwärtigen Umständen nütze war; gegen fünf Männer, wovon mindestens einer ein Mörder war, würde ich mit einem Stück Rohr nicht viel ausrichten. Trotzdem schob ich es für alle Fälle unter der Jacke in den Hosenbund.

Die untere Schublade war leer. In der oberen fand ich eine Schachtel Kleenex und zwei Ausgaben eines Magazins. Ich nahm sie heraus. Unter den Magazinen lag, ganz in eine Ecke gerollt, ein Wegwerffeuerzeug.

Ich nahm es in die Hand und fragte mich, ob etwas dabei herauskäme, wenn ich in der Kabine Feuer legte. Aber es gab nichts Brennbares außer den Magazinen und der Matratze, und wenn die Matratze brannte, würden die Rauchgase Kapitän Pauwels einigen Ärger ersparen.

Jemand war an der Tür. Ich steckte das Feuerzeug in die Tasche. Pauwels und Smith kamen herein. Sie betrachteten mich, als wäre ich eine Sache und nicht eine Person. Smith holte aus und schlug mich mit der flachen Hand auf die schlimme Stelle über dem rechten Ohr. Ich war noch zu wacklig auf den Beinen, um dem Schlag auszuweichen. Der Schmerz war sensationell. Ich taumelte und fiel auf die Koje. Durch den blutroten Nebel vor meinen Augen und die Benommenheit registrierte ich, daß sie etwas mit meinen Handgelenken machten. Ich spürte, wie ein Tampen sie zusammenschnürte, einmal, zweimal. Ich hörte Pauwels grunzen, als er ihn festzog. Dann schlug die Tür hinter ihnen zu.

Der Schmerz in meinem Kopf ließ allmählich soweit nach, daß ich mich herumrollen und aufsetzen konnte. Mein Herz schlug zu hart, und ich mußte immer wieder schlucken. Mit bloßen Händen konnte ich natürlich nicht durch eine Stahltür ausbrechen. Also hatten sie mich gefesselt, weil irgend etwas mit mir passieren sollte. Stirb, sagte der Puls in meinen Ohren. Stirb. Stirb.

Ich verdrehte die Schultern und versuchte mit aller Macht, mit den gefesselten Händen in meine Hosentasche zu greifen. Die Fessel saß sehr stramm. Sehr bald würden meine Finger ohne Gefühl sein, und das war's dann. Meine rechte Hand schob sich in die Hosentasche und faßte das Feuerzeug. Meine Finger waren kaum manövrierfähiger als ein Bündel Schweinswürstchen, aber ich bekam es heraus. Ich drehte das Rädchen und richtete die Flamme dorthin, wo der Tampen saß. Der Geruch verbrannter Härchen stieg mir in die Nase, und es tat weh, verdammt weh. Dann wurde der Schmerz geringer, und der Geruch änderte sich. Jetzt roch es nach brennendem Kunststoff. Einem brennenden Terylenetampen. Die kleine Rauchfahne schwankte in der Luft hin und her, wurde dann vom Sog der Entlüftungsanlage erfaßt und verschwand hinter dem Gitter. Bleib' draußen, Pauwels, dachte ich. Bleib' ja draußen. Sonst machst du's noch einmal, und dann habe ich kein Feuerzeug mehr.

Die Hitze nahm zu. Das Terylene brannte. Brennende Plastikmasse tropfte auf meinen Handrücken. Das fühlte sich an, als wollte sie sich durch die Hand hindurchfressen.

Es war zuviel. Ich rammte die Hände in die Matratze und biß die Zähne aufeinander, um nicht zu schreien. Einen Moment dachte ich, die Matratze würde Feuer fangen. Aber die Hitze ließ nach, und der Rauch zog durch den Abluftschacht davon. Schweißüberströmt, mit lodernden Schmerzen in der linken Hand, lag ich erschöpft auf der Koje.

Dann versuchte ich die Fessel zu zerreißen. Sie hielt.

Ich lag auf der Koje und betrachtete mit tränenden Augen den absoluten Tiefpunkt meiner Existenz.

Nach ungefähr zwanzig Minuten öffnete sich die Tür wieder. Diesmal war es Pauwels mit einem anderen Mann. Sie packten mich rechts und links an den Armen und zerrten mich zur Kabine hinaus in einen Gang. Er führte durch eine Tür auf ein Deck. Wind strich über das Deck. Es war dunkel hier draußen, kalt nach der Kabine, und es roch feucht und salzig: ein Gemisch, das ich immer mit Urlaub in Verbindung gebracht hatte. Ein Leuchtfeuer blitzte am Horizont, ein weißer Blink, das Glitzern des Lichtstrahls auf der schwarzen, niedrigen Dünung. Ich hatte die Kennung im Gedächtnis, es war das Hyskeir-Feuer.

Von der Back drang jetzt ein gewaltiges Rasseln und Dröhnen herüber: Der Anker fiel. Vor dem bedeckten Himmel bewegte sich eine blasse, galgenähnliche Konstruktion: das Ladegeschirr.

»Kommen Sie«, sagte Pauwels. »Es ist praktisch alles fertig. Halten Sie uns nicht auf.«

Wir gingen einen Niedergang hinunter und durch eine andere Tür. Hier unten bestand das Deck aus Diamantplatten, und die Luft war heiß und roch nach Diesel. Alle Dinge, an denen ich vorbeikam, gruben sich mir tief ins Gedächtnis: Gummistiefel am Eingang zum Laderaum, ein Bild von Diego Maradona, das neben mehreren Kleiderhaken an die Wand geklebt war. Dann waren wir im Laderaum, und sie zogen mich einen Gang hinunter, der mittschiffs durch die Ladung führte. Über uns knirschte und rumpelte es. Wind fuhr in den Laderaum, und ein helleres Viereck erschien im Dunkel der Decke: Die Lukendeckel wurden abgenommen.

Die harten Finger an meinen Armen hießen mich stehenbleiben. Der Schein einer Taschenlampe streifte das starre Gesicht von Enzo Smith und schwenkte hinüber zur zerbeulten, rostigen Seite eines Containers, dessen Türen offenstanden. Wir gingen hin. Im Innern sah ich eine graue, rohe Betonwand, die sich gebildet hatte, wo das Material hineingegossen worden war, um sicherzustellen, daß sich die Fässer nicht mehr lockern konnten. Sie mußten den Container durch ein Loch im Dach gefüllt haben, das sie dann später wieder zugeschweißt hatten. Hinter der offenen Tür war eine Art natürlicher Nische, groß genug, um ein weiteres Faß aufzunehmen.

Oder einen Menschen.

Plötzlich wußte ich, was sie mit mir vorhatten.

29

Irgend jemand brüllte. Es war ein widerliches, rauhes Geräusch, und es wurde von den metallenen Wänden des Laderaums vielfach zurückgeworfen. Irgend etwas Hartes knallte mir gegen den Kopf, an die alte Stelle über dem rechten Ohr. Das Brüllen hörte auf. Ich war es gewesen, der gebrüllt hatte. Man packte mich und schob mich in die Nische der Zementwand hinein. Dann krachten die Doppeltüren aus massivem Stahl hinter mir zu; es war wie das Zufallen eines großen Sargdeckels. Der Riegel wurde vorgelegt und mit ein paar Hammerschlägen festgesetzt. Der Nagel zu meinem Sarg.

Die Türen schlossen nicht genau. Vor mir befand sich ein ziemlich großer Spalt. Ich drückte mein Gesicht dagegen und schrie ihnen zu, was ich tun würde, wenn sie mich rausließen:

praktisch alles, was sie von mir verlangten. Ich schrie sehr laut, damit sie mich auch hören konnten, denn der Motor des Ladegeschirrs begann jetzt oben an Deck zu jaulen.

Sie lachten. Enzo Smith jedenfalls lachte. Dann wandte er sich ab, er und Pauwels, und trat ein paar Schritte zurück. Pauwels steckte sich eine frische Zigarre an. Ich hörte auf zu schreien. Es brachte nichts. Statt dessen konzentrierte ich mich auf meine Fessel, besonders auf die Stelle über dem Rücken meiner linken Hand.

Ich spürte dort etwas Hartes: geschmolzenes Polyester. Die Betonmasse hinter mir war scharfkantig und rauh. Ich preßte die Hand dagegen und rieb.

Irgend etwas gab nach.

Ich war in eiskalten Schweiß gebadet, aber ich zog mit aller Kraft.

Nichts rührte sich.

Jetzt schlug etwas mit hartem Rasseln auf das Dach des Containers: Kranhaken. Der Boden unter meinen Knien hob sich kurz, dann wurde der Container wieder abgesetzt. Ich verrenkte mich, bis ich das Feuerzeug fassen konnte, und zog es heraus. Wieder die Hitze auf dem Handrücken, der Gestank von verbranntem Fleisch, von brennendem Polyester. Ich brüllte. Dieses Mal hörte ich nicht auf. Da draußen waren sie inzwischen daran gewöhnt, daß ich brüllte. Das Brüllen half.

Ziehen.

Das Tau gab nach, löste sich. Ich konnte jetzt meinen Handrücken sehen. Er wurde durch ein brennendes Stück des geschmolzenen Terylenetampens beleuchtet, das fest an der Haut klebte. Ich schlug mit meiner rechten Hand zu, und die Flamme erlosch. Ich hatte kaum noch Gefühl in den Händen, deshalb empfand ich den Schmerz auch nicht mehr so stark. Draußen schrie jetzt eine andere Stimme etwas, das wie ein Befehl klang, und das Jaulen des Ladegeschirrs steigerte sich zu einem Kreischen. Der Boden unter meinen Knien begann in die Höhe zu steigen und ich mit ihm.

Ich griff nach der Türkante. Ich konnte die Finger durch den Spalt stecken, nicht aber die Knöchel. Der eiserne Riegel lag quer über dem Spalt; meine Finger zerrten an ihm. Ein breiter waagrechter Streifen tauchte oben am Türspalt auf, wanderte schnell senkrecht nach unten und verschwand: Wir waren am Lukensüll vorbeigeschwebt. Ich brauche einen Hammer, dachte ich, einen Hammer. Denn dort draußen ist der Abgrund. Der tiefe, nasse Abgrund. Ich war schon früher in kleinen Stahlkästen gewesen; Stahlkästen, von denen ein Draht zur Oberfläche führte. Ich wußte, wie es war, wenn man eine riesige Säule kalten Wassers über sich hatte, die nur darauf wartete, in den kleinen Raum zu schlagen und den menschenähnlichen Kloß aus warmem Fleisch, Blut und Knochen über die stählernen Wände zu verschmieren. Ich wußte ganz genau, wie das war.

Ich brauchte einen Hammer.

Ich besaß einen Hammer.

Das wurde mir so schlagartig klar, daß ich darüber fast in hysterisches Gelächter ausgebrochen wäre. Und diese schrecklichen Bananen, die meine Finger waren, tasteten nach dem Rohrstück, das ich aus dem Kleiderschrank entfernt hatte, und krallten sich daran fest.

Das Geräusch des Ladebaums verstummte. Der Container schwang im Rhythmus der Schiffsbewegungen hin und her. Ah, dachte ich. Aha. Man muß schlau sein. Ich konnte hören, wie der Atem durch meine Zähne zischte. Furcht, dachte ich, Furcht macht Tiere schlau. Furcht rettet Tiere vor dem Tod.

Der Ladebaum begann wieder zu jaulen, ein stoßweises Jaulen, das durch das Abbremsen der Last hervorgerufen wurde. Der Boden unter meinen Knien senkte sich der Wasseroberfläche entgegen. Ich schob das Rohrstück durch den

Spalt und begann damit nach oben gegen den Riegel zu hämmern.

Es war ein alter Riegel, durch jahrelange grobe Behandlung übel zugerichtet und verbogen. Jeder Kratzer, jeder Rostfleck trat vor meinem geistigen Auge deutlich hervor. Nun komm schon, du verdammtes Ding, schrie ich in Gedanken. Geh auf!

Ich schlug noch einmal aus der Schulter heraus mit aller Kraft gegen den Riegel. Das Rohrstück bog sich durch.

Geh auf!

Der Riegel rutschte ein Stück nach oben. Die See klatschte dumpf gegen den Boden des Containers. Eisiges Wasser drang herein und umspülte meine Beine. Noch ein Schlag.

Der Riegel flog hoch. Ich warf mich gegen die Tür. Sie schwang gerade so weit auf, daß der Riegel nicht wieder von selbst einrasten konnte. Aber draußen war jetzt Wasser, schweres, kaltes, schwarzes Wasser. Im Container war Luft. Und die Tür würde sich erst öffnen lassen, wenn der ganze, mit Luft gefüllte Raum voll Wasser stand.

Bis dahin konnte ich ebenfalls voll Wasser sein.

Jetzt war rabenschwarze Nacht um mich, und der Wasserstrahl, der durch die Türspalte schoß, war hart wie Stahlblech. Ich hielt mir mit den Händen die Ohren zu und schnappte keuchend nach Luft. Denn es war wieder genauso wie in der Taucherglocke. Der Geruch von Seewasser und feuchtem Metall. Der Drang, mich in meinen Schädel zu verkriechen und wegzulaufen, bis hinein in die Mitte des Hirns, an einen Ort, wo alles behaglich, rot und sicher war. Und die Tatsache, daß es diesen Ort nicht gab, nur den harten Stahl und dieses schwarze, bittere Wasser –

Aufhören! sagte ich. Sagte irgend jemand. Meine Stimme. Fionas Stimme. Es war mir egal. Ganz plötzlich atmete ich jedoch tief und konzentriert – ein, aus, ein, aus –, alles, was noch an Luft unter dem rostigen Metalldach übrig war.

Nach einem letzten tiefen Atemzug stemmte ich meine Schultern gegen die Tür und die Beine gegen die Betonwand und drückte, drückte gegen die feste Tür.

Die gar nicht mehr so feste Tür.

Das Metall hinter meinem Rücken wich zurück. Die Tür schlug langsam auf. Ich stieß mich ab und war im offenen Wasser.

Tiefste, schwärzeste Dunkelheit umgab mich. Ich überließ mich einen Augenblick ganz dem Wasser, damit sich der Auftrieb meiner Lunge bemerkbar machen und mir den Weg an die Oberfläche zeigen konnte. Dann begann ich zu schwimmen.

Gedämpfte Trommeln dröhnten mir in den Ohren. Wie tief unten war ich? Fünfzig Fuß, sechzig? Nein, so tief wohl nicht. Sinnlos, sich jetzt darüber den Kopf zu zerbrechen. Langsam ließ ich die Luft aus meinem Mund perlen. Vor den Augen nur schwärzeste Nacht, in der rote Formen trieben. Was, wenn ich direkt unter der *Marius B.* hochkam?

Schwimm nur weiter. Denken kannst du später.

Ich schwamm, lautes Brausen in den Ohren. Alles war jetzt nach innen gerichtet, auf diesen Punkt im Gehirn. Ignoriere die panischen Signale aus dem Brustkorb. Kümmere dich nicht um das spastische Luftholenwollen, dieses würgende Gefühl, das unter den Rippen aufsteigt –

Plötzlich war mein Kopf im Freien.

Ich atmete. Ich atmete tief und lange. Ich verbrauchte so viel Luft, daß man damit ein Luftschiff hätte füllen können.

Zu meiner Linken jaulte der Motor des Ladebaums. In der Dunkelheit war ein noch dunklerer Schatten zu erkennen: die *Marius B.* vor Anker liegend. Sie war dabei, große Zeitbomben voll Gift in Neptuns Keller zu werfen.

Zorn packte mich, ich begann zu schwimmen. Das Wasser war sicher sehr kalt, aber ich spürte die Kälte nicht. Ich schwamm in einem Bogen um die Stelle herum, wo die

Trosse des Ladegeschirrs im Meer verschwand. Meine Augen hatten sich inzwischen auf die Dunkelheit eingestellt. Ich konnte den Bug genau sehen, eine tiefschwarze, oben waagrecht abgeschnittene Klippe vor dem grauen Schwarz des Himmels. Die See war leicht bewegt, mit Wellen von ungefähr vier Fuß. Aber ich bin ein guter Schwimmer und hatte es gerade geschafft, aus einem Eisenkasten herauszukommen, der fünfzig Fuß unter der Wasseroberfläche lag. Von jetzt ab würde ich nichts mehr für schwierig oder gar unmöglich halten. Ich schwamm auf den Bug zu, als wäre die See glatt wie ein Ententeich.

Unter der überhängenden Bordwand trat ich Wasser, legte den Kopf in den Nacken und blinzelte zur Reling hoch über mir hinauf. So hoch nun auch wieder nicht; zwanzig Fuß vielleicht. Zehn Fuß voraus stieg die Ankerkette aus dem Wasser nach oben in die Klüse. Sie hatten sich so vor Anker gelegt, daß sie das Schiff achteraus sacken lassen, dabei das Echolot beobachten und auf diese Weise das Loch im Boden genau ausmachen und das Giftzeug hineinwerfen konnten, ganz präzise und ohne Hektik. Dann würden sie ankerauf gehen und sich ihr Geld abholen. Nichts einfacher als das.

Meine Hände faßten die Ankerkette. Die Glieder waren so groß, daß ein entschlossener Mann mit Händen und Zehen in ihnen Halt finden konnte. Aber auch groß genug, um Finger und Füße zu zerquetschen, wenn das Schiff achteraus trieb und die Kette plötzlich steifkam.

Ich kletterte hinauf.

Ich quetschte und schlängelte mich durch die Ankerklüse und lag anschließend, wie ein Blasebalg pustend, platt auf der Back. Kaltes Wasser rann aus meinen Kleidern an Deck. Ich grinste; nicht weil irgend etwas komisch war, sondern um zu verhindern, daß meine Zähne klapperten.

Die Deckel der vor mir liegenden Luken hatte man abgenommen. Hinter der vorderen jaulte der Motor des Ladebaums, der gerade einen Container heraushievte; den zweiten oder den sechsten? Die Zeit hatte für mich keine Bedeutung. Es gab keine Arbeitslichter, und auch die Positionslichter brannten nicht. Die *Marius B.* war völlig abgedunkelt, so wie sie es auch in jener Nacht gewesen war, als Ewan nach ihr gesucht hatte und die *Flora* dabei mit der *Green Dolphin* zusammengestoßen war.

Meine Augen hatten sich jetzt an die Umgebung gewöhnt. Das Deck war ein blasser Schatten, der durch das Kliff der Unterkunftsräume begrenzt wurde. Ich wußte, was ich dort hinten tun würde. Ich war zornig genug. Die Mannschaft bestand vielleicht aus fünf Leuten, und ich war allein. Aber sie würden nicht erwarten, mich wiederzusehen.

Ein plötzlicher Windstoß setzte die *Marius B.* etwas zurück. Hinter mir straffte sich die Ankerkette mit einem Ruck und schlug rasselnd gegen die Klüse. Ich mochte mir nicht einmal vorstellen, was geschehen wäre, wenn sie das getan hätte, als ich noch mitten darin steckte. Stattdessen richtete ich mich auf und lief gebückt an Backbord, wo sie nicht mit dem Ladegeschirr arbeiteten, nach achtern. Ich war ziemlich sicher, daß von der anderen Seite niemand herübersehen würde.

Als ich die Unterkünfte und Aufenthaltsräume der Besatzung erreicht hatte, kam noch eine Bö übers Wasser gefegt, eine ziemlich starke Bö, welche die holländische Flagge am Mast knattern ließ und ein lautes, trauriges Heulen in den Antennen anstimmte. Es war ein naßkalter Wind, der einige Regentropfen mitführte. Ich blieb einen Moment vor der schweren Stahltür an Backbord stehen und ging in Gedanken die Mannschaft durch: zwei im Laderaum, wahrscheinlich ein dritter an der Führungsleine. Einer am Ladebaum. Und zuletzt Enzo Smith. Insgesamt fünf.

Ich drehte den Griff, zog die Tür auf und glitt hinein.

Im Gang verbreiteten ein paar schwache Lampen trübes

Licht. Die Luft war heiß und roch nach Diesel. Ich sperrte die Tür hinter mir zu, lief zur anderen Seite hinüber und verriegelte dort ebenfalls die Tür. Dann nahm ich den Niedergang zum unteren Deck.

Die Schiebetür zum Maschinenraum stand halb offen. Ich lief zum Gittersteg über der Bilge. Unter mir sah ich die Propellerwelle, bewegungslos und ölglänzend. Das Brüllen und Rattern der Maschine war ohrenbetäubend. Zum Antrieb des Ladebaums brauchte man einen Generator, und zum Antrieb des Generators brauchte man einen Dieselmotor.

Auf einer Seite der Maschine befand sich, ungefähr auf halber Höhe, der Fahrstand. Ich ging darauf zu, wobei ich mit meinen Gummisohlen immer wieder auf dem öligen Gitter ins Rutschen geriet. Die Hitze war so groß, daß meine Kleider anfingen zu dampfen. Da gab es Anzeigen für die Umdrehungen pro Minute, den Öldruck und den Ladezustand: eine große Menge Kippschalter und ein paar Schalthebel. Unter dem einen stand CONTROL. Es gab zwei Schaltstellungen: BRÜCKE und DIREKT.

Aus dem Augenwinkel nahm ich eine Bewegung wahr und wirbelte herum. Ein Mann, der einen verdreckten weißen Overall und einen grünen Gehörschutz trug, kam um das vordere Ende der Maschine herum. Seine Lippen bewegten sich, aber wegen des Lärms konnte ich nicht verstehen, was er sagte. Seine Ginfahne drang selbst durch den starken Dieselgestank. Er hielt einen großen Schraubenschlüssel in der Hand.

Ich legte den Schalthebel auf DIREKT und schob etwas, das wie ein Gashebel aussah, zurück. Der Mann runzelte die Stirn. Er ging auf die Schalttafel zu und versuchte, mich aus dem Weg zu schubsen. Das Maschinengeräusch wurde schwächer. Ich stieß ihn zurück. Er sah mich mit glasigen Augen an. Jetzt erst kam ihm zu Bewußtsein, daß ich gar nicht zur Besatzung gehörte.

Sein Verhalten ging übergangslos von Verblüffung in Aggression über. Er holte mit dem Schraubenschlüssel aus und schwang ihn in großem Bogen auf meinen Kopf zu. Möglicherweise empfand er selbst diesen Angriff als flink und geschmeidig, aber auf mich wirkte er hoffnungslos schwerfällig. Ich machte einen Schritt zur Seite. Der Schraubenschlüssel beschrieb weiter seine Bahn. Ich lief zum anderen Ende der Maschine. Hinter mir hörte ich einen metallischen Schlag, gefolgt von einem durchdringenden Zischen. Der Lauf der Maschine wurde unregelmäßig. Der Mann begann zu schreien, heiser, schmerzerfüllt, klagend. Als ich zurückblickte sah ich, daß eines der Messingrohre sich vom Zylinderblock gelöst hatte und eine Flüssigkeit mit dem Zischen einer gereizten Schlange in die überhitzte Luft schoß. Eine Warnung aus dem Betriebshandbuch der *Green Dolphin* kam mir ins Gedächtnis: auf jeden Fall vermeiden, daß unter hohem Druck stehendes Dieselöl mit der Haut in Berührung kommt!

Der Maschinist lag am Boden und hatte die Hände vor die Augen geschlagen. Ein schrecklich tiefes, krächzendes Gebrüll drang aus seinem Mund. Die Luft war von Dieselnebel erfüllt. »Absperrventil!« schrie ich.

Er brüllte weiter. Ich stemmte einen Fuß auf seinen Nakken und schrie es noch einmal. Er deutete mit einem ölverschmierten Finger auf die Schalttafel. Es war ein roter Kippschalter; darüber ein roter Absperrhahn. Ich drückte auf den Schalter. Die Maschine wurde schwächer und erstarb. Ich drehte den Absperrhahn bis zum Anschlag zu.

Das Zischen hatte aufgehört. »Steh auf«, sagte ich zum Maschinisten.

Er stand auf, hielt sich aber nach wie vor das Gesicht. Ich führte ihn die Stufen hinauf und wieder hinunter bis zur Tür in den Laderaum. Die Tür ging nach außen auf. Ich beförderte ihn mit einem Fußtritt hinaus, knallte die Tür wieder zu und verschloß sie. Dann suchte ich mir einen Hammer und schlug damit all die hübschen Messingrohre ab, die zu den Einspritzdüsen führten. Erledige das Schiff, dachte ich. Mach es antriebslos. Dann sieh zu, daß du Hilfe herbeiholen kannst. Es gab noch eine Maschine, einen Hilfsgenerator. Auch ihn machte ich unbrauchbar. Dann rannte ich, etwas unsicher wegen des Dieselöls an meinen Schuhen, die eisernen Stufen hinauf.

In den Wohnräumen war niemand. Ich verriegelte alle Türen zur Brücke. Das Jaulen des Ladegeschirrs draußen hatte aufgehört, und das Geräusch durcheinanderrufender Stimmen drang undeutlich durch die Türen. Auf der Brücke war es warm, und verschiedene kleine Lampen, die von den Schiffsbatterien gespeist wurden, brannten. Der Wind hatte an Stärke zugenommen und heulte in den Antennen. Regen prasselte gegen die Brückenfenster. Das Radio war eingeschaltet, ein Kofferradio aus Kunststoff, und Herb Alpert bemühte sich gerade, »Stranger on the Shore« zu verschandeln. Es war alles ausgesprochen gemütlich.

Über dem Tisch des Navigators hing ein Decca-Gerät. Es war älter und komplizierter als mein getreuer Navstar, aber es hatte einen Kippschalter, auf dem ›POS‹ stand. Ich drückte ihn hinein. Durch die Brückenfenster sah ich, daß das Hyskeir-Feuer und die West-Ferris-Tonne nahezu in Deckung lagen. Ich trug die Peilung säuberlich in die Kladde ein und fügte dann noch die Decca-Position und die Anzeige des Echolots hinzu. Dann ging ich, Spuren von Salz und Dieselöl zurücklassend, in den Funkraum, nahm den Handapparat des UKW-Sprechfunkgeräts herunter und stellte Kanal 16, die Notfrequenz, ein. »An alle«, sagte ich, »an alle, hier ist –«

Alle Lampen gingen aus. Eben noch war das Funkschapp von den roten und grünen Katzenaugen der Leuchtdioden zumindest schwach erhellt gewesen. Jetzt war es stockdunkel.

Ich tastete mich auf die Brücke zurück. Auch dort waren alle Lichter erloschen. Der Raum war eine schwarze Höhle, die nach vorn durch die grauen Vierecke der Fenster begrenzt wurde. Nur das Kofferradio spielte noch. Die Hauptbatterien liefern keinen Strom mehr, dachte ich. Die Crew hat absichtlich einen Kurzschluß verursacht, damit ich über Funk keine Hilfe herbeirufen kann. Ich hatte Maschine und Generatoren unbrauchbar gemacht; selbst wenn es ihnen gelang, in den Maschinenraum zu kommen, gab es keine Möglichkeit mehr, Strom zu erzeugen.

Wir lagen also vor Anker und konnten uns nicht von der Stelle rühren. Die Winden brauchten Elektrizität, genau wie die Ladebäume. Die *Marius B.* war völlig lahmgelegt. Ich war drinnen, sie waren ausgesperrt. Sicherlich gab es irgendwo Notsignalfackeln oder eine Leuchtsignalpistole, dazu ein tragbares Funkgerät. Ich konnte immer noch Hilfe herbeiholen.

»Das war's«, sagte der Disc-Jockey. »Wunderschöne Welt, findet ihr nicht auch? Danke, Herb.« Es folgte eine schmalzige Zwischenmusik, die wie Sirup aus dem Lautsprecher tropfte, dann sagte eine sonore Stimme: »Das Wetteramt gab um zwanzig Uhr folgende Sturmwarnung für die Schiffahrt bekannt: Wind von Sturmstärke ist für Rockall, Malin, die Hebriden und Bailey zu erwarten.«

Die Stimme klang beruhigend und ließ gerade noch soviel Dringlichkeit mitschwingen, wie sie angesichts der vorgeschrittenen Stunde aufbringen konnte. Sie erläuterte die Folgen eines Tiefdruckgebiets, eines Exhurrikans bei Island: Stärke acht und neun bei Rockall und Malin, auf sechs zurückgehend. »Hebriden: Sturm Stärke neun aus westlicher Richtung, auf Stärke zehn zunehmend, unmittelbar bevorstehend.« Meine Rolex zeigte zwei Uhr und fünf Minuten. Unmittelbar bevorstehend bedeutete, daß es jede Minute losgehen konnte.

Irgendetwas Hartes, Metallisches krachte gegen die Steuerbordtür der Brücke. Vor dem grauen Himmel hob sich dort eine menschliche Gestalt ab. Mein Mund wurde plötzlich wieder trocken. Die Brückentür bestand aus Stahl, und das Glas im Rahmen war vermutlich eine Art Sicherheitsglas. Aber selbst Sicherheitsglas kann einem Vorschlaghammer nicht lange standhalten. Ein weiterer Schlag.

Der Wind rüttelte an den Brückenfenstern, und die Regentropfen prasselten wie Maschinengewehrkugeln gegen das Glas. Das Hyskeir-Feuer war nur noch ein blasser Schimmer. Die West-Ferris-Tonne war überhaupt nicht mehr zu sehen. Ich ging zur Tür. Wieder krachte ein Schlag, diesmal gegen den Stahlrahmen in der Nähe des Schlosses. Ich biß die Zähne zusammen. Dann drehte ich den Griff und zog die Tür auf.

Der Mann draußen war nur eine dunkle, hammerschwingende Silhouette. Ich trat ihm in den Bauch, so hart ich konnte. Er taumelte zurück. Der Hammer rutschte ihm aus der Hand, streifte die Reling und fiel mit einem metallischen Klappern unten an Deck. Seine Nägel zerkratzten mir das Gesicht, aber wahrscheinlich nicht, weil er mich verletzen, sondern weil er sich irgendwo festhalten wollte. Er schaffte es nicht und fiel rücklings seinem Hammer nach, zwanzig Fuß tief, mit dem Kopf zuerst. Dann sah ich ihn nicht mehr.

Ich sah jedoch etwas anderes: die West-Ferris-Tonne, die noch vor fünf Minuten mit dem Leuchtturm in Deckung gewesen war. Der Wind zog jetzt heulend alle Register. Die Tonne lag nicht mehr in einer Linie mit dem Leuchtturm, sondern war über den dunklen Schatten des Vorschiffs hinweg nach Steuerbord ausgewandert.

Der Wind legte eine kurze Pause ein. Ich schrie, so laut ich konnte: »Der Anker schliert!« Dann ging ich zurück in die Brücke, verschloß die Tür und verfolgte, was draußen vor sich ging.

Der Seegang wurde stärker, der Bug stieg bei jeder Welle höher. Von Zeit zu Zeit klatschte Gischt gegen die Brückenfenster. Bei jeder größeren Welle zog die West-Ferris-Tonne ein bißchen mehr davon. Der Anker hatte jetzt kaum noch Halt und pflügte durch den weichen Schlickboden. Und dabei hatte der Wind noch nicht Sturmstärke erreicht.

Ich starrte aus dem Fenster. Mein Adrenalinschub war vorbei. In der immer kälter werdenden Brücke hingen mir die Kleider naß am Körper. Wenn ich die Brücke verließ, würde die Crew mich umbringen. Drei waren bestimmt noch übrig, vielleicht sogar vier.

Ein metallisches Rasseln kam von vorn, teilweise mit dem Wind, teilweise aber auch durchs Deck. Es schien Minuten zu dauern und endete dann plötzlich - rumms! - mit einem gewaltigen Schlag, der das ganze Schiff erzittern ließ. Vor mir hob sich das Deck auf einer großen Welle wie eine blaßgraue Rakete. Ich hielt mich am Kartentisch fest, als das Schiff seitlich wegrutschte, schlingernd in ein Wellental tauchte und dabei eine riesige Gischtwolke hochschleuderte. Ich verstand nicht viel von großen Schiffen. Aber ich wußte, was diese Bewegung bedeutete und auch die folgende, und was ich davon zu halten hatte, daß die West-Ferris-Tonne jetzt an Backbord voraus lag und die *Marius B.* quer zu den Wellen rollte.

Es bedeutete, daß der Anker nicht mehr schlierte, weil Kapitän Pauwels versucht hatte, mehr Kette zu stecken, um das Schlieren zu verhindern. Aber es gab keinen Strom und keine Hydraulik, und so hatten er und die restlichen Männer von Hand die Sperrklinke weggeschlagen. Die Kette war in ganzer Länge ausgerauscht. Auch das im Kettenkasten festgemachte Ende hatte sich losgerissen, war mit einem Schlag durch die Klüse gefahren und in der See verschwunden.

Das Schiff stampfte und schlingerte so, daß ich mich weiter am Kartentisch festhalten mußte; mein Mund war wie ausgedörrt. Wieder drang ein donnerndes Rasseln durchs Deck, gefolgt von einem dumpfen Schlag: der zweite Anker. Der dumpfe Schlag bedeutete, daß die Sperrklinke eingerastet war. Ich sagte es laut vor mich hin, nur so zur Gesellschaft. Der Anker schlierte, faßte, schlierte wieder. Eine Reihe weiterer dumpfer Schläge verriet, daß noch mehr Kette nachgesteckt wurde.

Zum zweitenmal drang jetzt ein metallisches Rasseln durch das Schiff. Außer Kontrolle geraten, dachte ich. Draußen auf der Back wanden sich tonnenschwere Längen einer Sechs-Zoll-Kette, um sich schlagend wie eine wahnsinnige Riesenschlange, durch das Dunkel - rumms!

Die *Marius B.* stieg, von allen Fesseln befreit, in die Höhe und schnitt eine lange weiße Bahn aus einer anlaufenden Welle. Jetzt waren keine Anker mehr vorhanden. Sie hatte Gott weiß wie viele Tonnen Giftmüll in ihrem Bauch, die Maschine war nicht mehr betriebsfähig - nichts ging mehr.

Wir waren nur noch ein Spielball der Wellen und des Windes.

30

Danach verloren die Leute an Deck keine Zeit mehr. Einer von ihnen feuerte eine Leuchtrakete ab, eine weiße, keine rote. Natürlich schickten sie keine rote hoch, weil ihnen an offizieller Hilfe nichts gelegen war. Nicht, daß irgendwer hier draußen ein Leuchtsignal überhaupt wahrnehmen würde. Im Schein der weißen Rakete sah ich, wie sie in Lee in ein Rettungsboot kletterten, kleine Gestalten, die es sehr eilig hatten. Dann warteten sie einen relativ ruhigen Moment ab. Die Leuchtrakete erlosch. Das Boot wurde zu Wasser gelassen.

Und ich war allein auf der *Marius B.*

Die Bewegungen eines antriebslosen Schiffes in grobem Seegang sind schrecklich. Große Wasserberge kamen jetzt weit aus dem Westen heranmarschiert. Die *Marius B.* nahm die meisten von ihnen querschiffs, mit einem starken Rollen, das ihre offenen Luken mit Wind füllte und sie diagonal auf die nächste Welle schob - oder sie seitwärts den schwarzen Berg hinunterrutschen ließ und mit einem mächtigen Schlag ins Wellental preßte.

Mein Verstand war wie eingefroren gewesen, jetzt fing er an aufzutauen. So langsam, wie sich Spalten in einem Gletscher bilden, begannen Ideen Gestalt anzunehmen.

Es waren keine großen Ideen. Die erste war Licht, die nächste war Kompaß, und die dritte war Karte. Ich konnte nicht präziser denken, weil das Getöse schrecklich war und der Wind immer noch zunahm. Schwarzes Wasser flog über das Deck und donnerte mit einem Krach gegen die Brückenfenster, der mich mehr erschreckte als vorhin der Vorschlaghammer. Ich versuchte nicht daran zu denken, daß eine Menge Wasser in die offenen Luken fließen würde, wenn schon so viel seinen Weg bis an die Aufbauten fand, und begann ernsthaft zu suchen.

Ich fing auf der Brücke an und tastete über die Ablage am Kartentisch. Hinter dem Decca-Gerät fand ich eine Schachtel Streichhölzer. Ich zündete eins an und ging schnell in den Funkraum, bevor es mir die Finger verbrannte.

Das Deck zuckte und hüpfte wie die Haut eines von Fliegen geplagten Riesenpferdes. Ein wüstes Durcheinander von losem Gerät und Ausrüstung rutschte bei jedem Rollen durch den Raum. Eine Taschenlampe fand ich im Funkschapp nicht. Ich ging weiter in die Kajüte des Kapitäns. Das war ein trostlos ordentlicher Raum, der scheußlich nach Zigarren und Schweiß roch. Die Ordnung hatte ihr Gutes: Eine Stablampe hing in einer Halterung griffbereit neben der Koje.

Diese Lampe war eine große Ermutigung, und ich ging rasch auf die Brücke zurück. Ihr Licht verhinderte, daß ich sehen konnte, was jenseits der Fenster vor sich ging. Das war auch besser so, denn da draußen brauste und tobte jetzt die See, und man mußte es nicht wirklich sehen, um zu wissen, daß die lange glatte Dünung steil geworden war und ihre Kämme vom Wind zu Gischt gepeitscht wurden.

Mich an allem festklammernd, was so aussah, als würde es mein Gewicht ertragen, schwenkte ich den weißen Lichtkegel zum Kartentisch hinüber. Der einzige Eintrag auf der Karte war ein Kreis mit einem Punkt darin über dem Ring von Tiefenlinien, der die illegale Müllkippe markierte: ein Decca-Standort und damit ein brauchbarer Ausgangspunkt.

Ich stützte mich am Tisch ab, legte ein Lineal an den Decca-Standort und richtete es genau nach Osten aus, die Richtung, in die der Wind das Schiff versetzte. Die Kante des Lineals kreuzte einige Linien höherer Tiefen, aber weiter unter Land lagen die Tiefen nur noch zwischen zwölf und fünfzehn Metern. Bei diesem Wetter bedeutete das Brecher. Und hinter den Brechern kam es noch schlimmer: eine Inselkette, deren Durchfahrten mit Unterwasserfelsen gespickt waren, die bei Ebbe trockenfielen.

Ich starrte die Wand hinter dem Kartentisch an. Manövrierunfähig, wie sie jetzt war, hatte die *Marius B.* ungefähr genauso gute Chancen, heil aus diesem Schlamassel herauszukommen, wie quer durch ein Nadelöhr zu driften.

Eine Bö fiel ein. Sie packte die Brücke von Steuerbord, und das Schiff legte sich weit nach Backbord über.

Ich taumelte zum Steuerrad hinüber. Es war arretiert, nach dem Anzeiger mittschiffs. Ich löste die Sperre. Die blasse Pfeilspitze des Vorschiffs hob sich auf einer Welle, und das Heck schraubte sich durch das Wellental. Das Steuerrad wirbelte herum. Ohne Strom für die Hydraulik mußte man von Hand steuern: Es brauchte vielleicht fünfzig Umdrehungen, um genug hydraulischen Druck zu erzeugen, wo vorher, bei elektrischem Antrieb, eine einzige genügt hatte. Das Deck schwankte, als das Achterschiff in die Höhe stieg, das Wasser abschüttelnd. Ich legte das Ruder wieder mittschiffs. Im grünen Schein der Betaleuchte war die Kompaßrose auf 275° herumgeschwungen. Eine neue Welle schob sich unter das Schiff. Ich wartete darauf, daß der Bug zur Seite schwenkte.

Er tat es nicht.

Ich hatte die Zähne schon so lange hart zusammengebissen, daß mir die Backenmuskeln weh taten. Ich hab' dich, dachte ich. Ich hab' dich, du verdammter Hundsfott. Der Wind röhrte jetzt mit voller Stärke neun, aber das klang mir wie Musik in den Ohren. Denn wir segelten. Der Wind hatte die *Marius B.* bei den Aufbauten gepackt und trieb sie mit dem Heck voran durchs Wasser. Sie hatte genug geladen, um nicht übers Wasser zu gleiten; ihr Unterwasserschiff wirkte als Kiel und sorgte für Kursstabilität.

Die dritte Welle kam. Sie war hoch, eine pechschwarze Wand, die ein Drittel des Himmels verdunkelte. Der obere Rand der Wand wurde grau, und es gab ein donnerndes Getöse. Die *Marius B.* nahm die Welle von Steuerbord voraus. Ein Streifen grauen Wassers stieg in die Luft, neigte sich und krachte auf das Vordeck nieder. Sie drehte nach Backbord und holte weit über. Das Hochgefühl, das mich eben noch erfüllt hatte, verschwand. Dort unten an Deck standen die Luken offen, das Wasser mußte nur so hineinstürzen. Das Wellental wanderte durch, das Heck stieg in die Höhe. Ich wirbelte das Ruder herum, bis der Anzeiger auf 45° Backbord stand. Die nächste Welle brach nicht. Als das Schiff diagonal im Wellental hochstieg, fühlte ich den Winddruck auf den Aufbauten, merkte, wie sie sich auf die Seite legte. Die Kompaßrose bewegte sich wieder: 255°, 260°, 275°, als sie herumkam. Ich kurbelte wie wild und legte das Ruder mittschiffs. Sie nahm die nächste Welle vierkant von vorn und die folgende auch. Bei der dritten begann sie wieder zu verfallen. Ich korrigierte mit dem Ruder, und sie drehte brav zurück. So einfach war das.

Dann ging ich wieder zur Karte.

Nach meiner Uhr trieben wir jetzt seit zwanzig Minuten vor dem Wind und entfernten uns mit einer Geschwindigkeit von drei Knoten vom letzten Decca-Standort. Damit waren es nur noch zwei Meilen bis zur 15-m-Tiefenlinie. Ich zog das nautische Jahrbuch aus dem Bord und schlug die Gezeitentabellen auf. Die Tide lief auf und versetzte uns mit einer Geschwindigkeit von ungefähr dreiviertel Knoten nach Norden.

Die Stampfbewegungen wurden zum Rollen. Die *Marius B.* schlingerte und lief Gefahr, querzuschlagen. Ich rannte zum Ruder, legte es auf 45° Steuerbord, und sie drehte wieder in den Wind. Ich ging zum Kartentisch zurück.

Im Grund war es eine Aufgabe wie in der Segelschule: Tide setzt in nördlicher Richtung mit dreiviertel Knoten. Geschätzte Schiffsgeschwindigkeit: drei Knoten. Zeichne Kurslinie ein, trage an diese den Stromweg mit dem Plotter an - drei kleine Pfeile. Das andere Ende des Plotters auf die Durchfahrt zwischen den Inseln. Zeichne die Vektoren ein. Miß den Winkel. Kompaßkurs also -

An Steuerbord splitterte Glas, Wind und Regen heulten herein. Mein Magen zog sich vor Schreck zusammen.

Dann sah ich, daß es nur die Brückentür war, die der Wind eingedrückt hatte, weil sie schon von den Hammerschlägen beschädigt worden war. Ich lachte so laut ich konnte, damit ich mich bei dem Heulen überhaupt hören konnte. Während sich der Bug immer wieder zum dunklen Himmel hob und der Wind gegen die rostigen weißen Aufbauten hämmerte, driftete die *Marius B.* schlingernd den Felsen entgegen.

Ich versuchte, den Kompaß zwischen 280° und 300° zu halten, den Gegenkurs, den ich unter Berücksichtigung der Stromversetzung hätte steuern müssen. Dabei mußte ich mit

Abweichungen von über 10° nach jeder Seite rechnen, denn unser Kompaßkurs war zu einer Reihe von Gierbewegungen geworden, die nach beiden Seiten bis zu 30° betrugen. Wenn sie sich überlegte, spürte man, wie schwer es ihr fiel, sich wieder aufzurichten. Ich hatte nie zuvor ein Schiff gesteuert, geschweige denn eines voller Giftmüll, das bei Windstärke neun, über den Achtersteven segelnd, auf eine Leeküste zuhielt. Mir schien jedoch, daß sie sich wie ein Schiff benahm, das eine Menge Wasser im Laderaum hat.

Was das für Folgen hatte, wußte ich: genau dieselben wie mit den Jollen, die ich als Junge auf den Stauseen gesegelt hatte. Zwei Zoll Wasser sind kein Problem, wenn das Boot auf ebenem Kiel liegt. Wenn es aber auf eine Seite hinüber läuft, in eine Rundung der Bilge, dann hat man eine Menge Wasser auf einer Stelle konzentriert - und jeder Liter wiegt ein Kilo. Dann kentert man.

Vielleicht war der Meeresgrund der beste Platz für die *Marius B.*: In tiefem Wasser, außer Reichweite der Brandung, konnte sie auf die Taucher warten.

Wasser peitschte gegen die Brücke. Jetzt war es zu spät, weil zu flach. Wenn sie hier sank, würden die Grundseen sie in kleine Stücke zerreiben und die Tonnen von Giftmüll bis auf die Strände von Skye und noch weiter verteilen. Ich biß die Zähne zusammen und verlegte mich wieder aufs Steuern.

Der Regen schien nachzulassen. Seewärts hob sich die schwarze Wolkendecke, riß auf und zeigte lange Streifen eines helleren Himmels. Aber die Seen waren jetzt sehr steil, begannen sich bereits nach innen zu wölben und im Scheitelpunkt zu kräuseln. Nicht mehr lange, und sie würden brechen.

Ich brachte sie wieder vor den Wind, rannte zu der zerbrochenen Tür und steckte den Kopf hinaus. Der Wind zerrte an mir, als wolle er mir den Kopf abreißen, ich mußte mich mit der Schulter gegen den Rahmen stemmen.

Etwa vierhundert Meter voraus an Steuerbord schien die See zu kochen. Der dunkle Buckel in diesem Hexenkessel war wahrscheinlich eine kleine Insel. Ströme weißen Wassers wurden gegen diesen Buckel geschleudert, fielen zurück, wurden erneut den Felsen hinaufgejagt und zu Schaum gepeitscht. Recht voraus, wohin uns Wind und Strom versetzen würden, wenn ich das Schiff einigermaßen unter Kontrolle halten konnte, war die See dunkler. Es ist immer schwer, von draußen zu beurteilen, wie eine Welle bricht. In dem dunkleren, voraus liegenden Wasserstreifen schienen mir die Brecher geringer. Ganz sicher lag auch keine Insel im Weg. Hoffnung regte sich. Das Schiff begann wieder zu gieren, und ich schleppte mich zu meinem Frondienst am Ruder zurück.

Wir passierten jetzt die erste der flachen Stellen mit einer Wassertiefe von zwanzig Fuß und vielleicht noch sechs Fuß zusätzlich durch das Hochwasser. Die *Marius B.* würde gerade so darüber hinwegrutschen. Ich brauchte sie nur auf ebenem Kiel zu halten, dann würden wir durchkommen.

Mehr nicht.

Vor dem Schiff begann sich eine große Welle aufzubauen. Eine ungewöhnlich große Welle. Sie schien mir mindestens zweimal so hoch wie alle anderen. Dieser Wellenberg wuchs immer weiter, sein Kamm zitterte. Der Bug begann, mit der Welle in die Höhe zu steigen. Der Wind war kaum noch zu spüren. Der Bug kletterte höher und höher. Irgendwo unter Deck rissen sich Dinge los, kamen ins Rutschen und flogen krachend durcheinander. Die Welle bildete jetzt einen grauen Kamm, der sich wie ein Sims auf ihrem Scheitel erhob. Der Bug mühte sich, ihn zu erreichen. Einen langen Moment, der herausgelöst schien aus dem Gefüge der Zeit, stand die Erde still und hing reglos im Raum.

Dann brach die Welle.

Ein harter Schlag wie von einem Hammer traf meinen

Oberarm. Ich wurde weggeschleudert und flog das Deck hinunter, das plötzlich zu einer Steilwand geworden war. Mein Kopf knallte gegen die Backbordtür. In der Ecke am Kartentisch liegend, sah ich, wie sich der Bug der *Marius B.* nahezu in die Senkrechte hob und hart nach Backbord wegscherte, als die Welle sich neigte und wie beiläufig einen Wasservorhang von einer Million Tonnen auf das Vorschiff niedergehen ließ. Das Deck verschwand unter einer brodelnden weißen Flut. Die eigentliche Welle nahm uns dann, drehte uns vollends herum und schob uns, mit der Breitseite voran, auf die Küste zu.

Wasser drang durchs Steuerbordfenster, wahre Sturzbäche von Wasser. Es war ein Wunder, daß ich nicht auf der Brücke ertrank.

Die stetige Bewegung, mit der das Schiff vorwärts getragen wurde, geriet ins Stocken. Es gab ein Knirschen, eine Art Stolpern und einen harten, scheußlichen Schlag. Felsen, dachte ich. Wir sind auf einen Felsen gelaufen.

Der Wellenberg raste donnernd weiter auf Land zu und verlor sich in der Ferne. Das Schiff lag mit 30° Schlagseite nach Backbord wie tot da. Als wäre es auf Grund. Ich kroch das schräge Deck hinauf. Die nächste Welle wuchs heran und schlug über den Bug. Jetzt kommt's, dachte ich, das Wasser überspült die offenen Luken, das Schiff schlägt voll. Die Felsen halten es fest, so wie die Freunde eines Schlägers das Opfer festhalten, und dann können es die Brecher in kleine Stücke zerschlagen.

Die *Marius B.* rührte sich. Ich fühlte genau, wie sie sich bewegte. Der Bug hob sich mit der Welle, sehr schwerfällig, aber er hob sich. Sie hatte jetzt noch mehr Schlagseite nach Backbord. Mein armer Kopf war in jeder Hinsicht so strapaziert, daß er kaum noch funktionierte. Ich mußte das Rad drehen –

Es ging nicht. Das Ruder war blockiert.

Durch die Brückenfenster sah ich die Inseln wie steinerne Wale im Dämmerlicht daliegen. Um sie herum brandete das Wasser und sprang in hohen Fontänen empor. Doch irgend etwas stimmte nicht. Die Wellen schienen hier kleiner. Das weiße Wasser war jetzt auf der falschen Seite der Inseln.

Auf der anderen, fernen Seite.

Unter mir knirschte es, und das Deck wurde von schweren Stößen erschüttert. Wir hatten wieder Grundberührung. Mit einer letzten Anstrengung zog ich mich hoch und kam auf die Beine.

Die *Marius B.* lag in einer Bucht, die von einer Inselkette geschützt wurde. Zur See hin zerrieben sich die Wellen in der Lücke, durch die der Frachter seinen schlingernden Weg genommen hatte. Während ich noch hinausstarrte, drehte er sich auf dem Felsen, der das Vorschiff durchschlagen hatte, bis Wind und Wellen genau von vorn einkamen. Gewaltiges Zischen und das Geräusch von sich verbiegendem Metall drangen aus dem Schiffsbauch. Er setzte sich, so daß das Oberdeck gerade von Wasser überspült wurde. Die nur vier Fuß hohen Wellen schlugen fast heiter gegen die Aufbauten.

Es wurde heller, der Wind ließ nach. Die Tide kenterte und lief ab. Langsam wie ein alter Mann ging ich durch die Räume, die einmal die Aufbauten der *Marius B.* gewesen waren. In einer verschlossenen Schublade im Funkschapp fand ich einen batteriebetriebenen UKW-Sende-Empfänger.

Eine halbe Stunde später ratterte ein gelber Sea-King-Hubschrauber um die Landspitze der Bucht.

31

Natürlich galt ich als Verbrecher. Sie steckten mich in ein Polizeiauto und brachten mich nach Inverness. Auf dem Revier dort durfte ich in einem Befragungszimmer Platz nehmen, und ein pfeiferauchender Kriminalbeamter namens Swan forderte mich auf, ihm alles der Reihe nach zu erzählen. Er hatte freundliche graue Augen, die ihm in seinem Beruf sicher schon oft eine große Hilfe gewesen waren. Ich berichtete ihm also genau, was geschehen war, seit ich die Schweiz verlassen hatte, und sah mit Befriedigung, wie seine Skepsis allmählich einer tiefen Verwunderung wich.

Sie brachten mir Tee, während Swan einige Nachforschungen anstellte.

Kopfschüttelnd kam er zurück. »Die Besatzung Ihres Schiffes ist heute morgen an Land getrieben«, sagte er. »Ein Mann wurde mit Verbrennungen der Augen ins Krankenhaus eingeliefert, ein anderer ohne seine Finger.« Das war sicher die Ankerkette gewesen. »Vielleicht könnten Sie die Leute für mich identifizieren?«

Wir fuhren ins Krankenhaus. Pauwels hatte die Finger seiner rechten Hand verloren; sein Gesicht war so grau wie die Steinfassade des Krankenhauses. Der Rest der Besatzung war ebenfalls dort, alle außer Smith. Als ich Swan darauf hinwies, sagte er: »Wir werden uns mit ihm befassen. Wo können wir Sie finden, wenn wir Sie brauchen?«

Wir standen wieder im Vorzimmer des Polizeireviers. Draußen, in den granitgepflasterten Straßen von Inverness schien die Sonne auf frische Regenpfützen. Ich gab ihm die Telefonnummer von Kinlochbeag. »Aber ich werde ein paar Tage nicht dort sein«, sagte ich. »Ich nehme an einer Wettfahrt teil, der Drei-Berge-Regatta.«

Er sah mich an und schüttelte den Kopf. »Und dabei sehen

Sie gar nicht aus wie ein Masochist«, sagte er. »Trotzdem viel Glück.«

Ich dankte ihm. Glück war eins von den Dingen, die ich brauchte, außer einer Dusche, einer Rasur und vierundzwanzig Stunden Schlaf. Sein Blick ging plötzlich an mir vorbei. Unwillkürlich drehte ich mich um. Irgend jemand stand im Eingang, dunkel vor dem Licht der Straße.

Fiona.

Ich ging zu ihr und legte die Arme um sie. Sie legte die Arme um meinen Hals. Ich hätte sie ewig so festhalten können, dort in dem blaßgrünen Vorzimmer des Polizeireviers, eingehüllt in den zarten Duft ihres Parfüms.

»Ich hab' dich vermißt«, sagte sie leise.

Ich wollte ihr das auch sagen, fand aber keine Formulierung, die ausdrückte, was ich fühlte. Daher sagte ich gar nichts, und wir gingen schweigend hinaus in das helle Nachmittagslicht. Draußen sah ich sie an: die geraden Schultern, die kleine, gebogene Nase, grau-grüne Augen, die über irgend etwas sehr erfreut schienen. Erfreut, mich zu sehen.

Verkehrsschlangen wanden sich durch das Great Glen, angeführt von Wohnwagen. Fionas Finger streichelten meinen Nacken. »So war es also«, sagte sie. »Dieser Mancini hat eine Bombe in Ewans Schuppen gelegt. Aber es ist vorbei. Wir können von vorne anfangen.« Sie sah mich an. Die nervliche Belastung hatte ein paar neue Falten um ihre Augenwinkel gezeichnet. »Das können wir doch, nicht wahr?«

Ich nickte. Sie hatte zu lange zwischen Hammer und Amboß gelebt. Jetzt wollte ich nur noch, daß sie glücklich wurde.

Aber es war noch nicht vorbei.

Wir bogen von der Hauptstraße in den schmalen Weg ein, der durch das Tal nach Kinlochbeag führte. Der anfänglich mit Torf und Heidekraut bedeckte Boden auf beiden Seiten wurde allmählich karger und ließ den blanken Fels durchscheinen. Es war eine rauhe, feindliche Landschaft, in die

Tümpel mit schwarzem Wasser eingebettet waren. Heute schien sie mir vertraut, ja sogar einladend. Und als wir den Paß überquerten und die dreieckigen Giebel im graugrünen Nest der Eukalyptusbäume auftauchten, hatte ich ganz entschieden das Gefühl, ich käme nach Hause.

Hector winkte uns vom Schuppen zu, und Vi wartete in der Auffahrt. Eine gewisse Besorgnis, die ich bei ihrem Anblick spürte, ging schnell in Überraschung über. Sie trug kaum Make-up, und ihr Gesicht sah braun und gesund aus. »Darling«, sagte sie, umarmte mich und gab mir ihre üblichen Küßchen, rechts und links am Gesicht vorbei. Aber mir fiel auf, daß sie aufgehört hatte, die erste Silbe von »Darling« so theatralisch zu dehnen wie früher, und daß die Küsse nicht mehr so schmetterlingshaft und voller Puder waren.

»Du siehst phantastisch aus«, sagte ich vorsichtig. Es war schon vorgekommen, daß Vi in Depressionen verfallen war, weil man ihr ein Kompliment gemacht hatte, das ihr, aus welchen Gründen auch immer, mißfiel.

»Ich bin ja auch auf dem Gesundheitstrip, Mann«, sagte sie und machte auf ihren hohen Absätzen kehrt. Ihre Beine waren schrecklich dünn in den Blue-Jeans, und ihren Oberarm hätte ich mit Daumen und Zeigefinger umspannen können. »Sie ist daran schuld.« Sie zeigte auf Fiona. Paß auf, dachte ich, jetzt geht's los. Eifersüchtige Schreie – und schließlich wieder die Tabletten.

Aber Fiona zwinkerte ihr zu, kam herüber und schob sich zwischen uns. Dann legte sie die Arme um unsere Schultern und führte uns ins Haus.

So, wie Vi Fiona ansah, hatte ich sie noch nie jemanden anblicken sehen. Es war der Blick eines Kindes, der besagte, daß sie sich nach Anerkennung sehne; sie gäbe sich doch soviel Mühe, und könne Fiona das nicht bitte einmal bemerken? Fiona lächelte Vi zu, ein besonderes, von innen kommendes Lächeln. Und Vi sah glücklich aus; meiner Erinnerung nach war es das erste Mal, daß ich Vi glücklich gesehen hatte.

Vielleicht lag es aber auch daran, daß ich jetzt wirklich mehr auf diese Dinge achtete.

Die Stille im Haus war fast körperlich spürbar. Wir sprachen nicht viel. Vi schien ihre Rolle als »Mammi« völlig vergessen zu haben. Sie las ein Buch: etwas, das ich sie nie hatte tun sehen, soweit ich mich entsinnen konnte. Ich duschte und schabte den Bart von meinem Gesicht. Die Narbe auf dem rechten Backenknochen war eine lange, tiefe, mit Schorf bedeckte Furche. Sie hätte längst genäht werden müssen. Man sah ihr an, daß sie von einem Messer herrührte; keine Narbe also, die auf einen potentiellen Klienten vertrauenerweckend wirken würde. Anwälte haben solche Narben nicht.

Anwalt oder nicht, ich mußte das Büro anrufen. Als Cyril antwortete, klang es etwas kurzatmig: »Betrifft die Schadensersatzforderung von Mrs. Sullivan«, sagte er. »Wir haben eine Abschlagszahlung von einhunderttausend Pfund erhalten. Von der Bach AG, Rotterdam.«

»Irgendwelche Bedingungen?«

»Keine Publicity.«

»Überweisen Sie das Geld an folgende Adresse«, sagte ich und gab sie ihm.

»Ich schicke noch einige wichtige Dinge, die Ihre sofortige Aufmerksamkeit erfordern«, sagte er.

»Tun Sie das«, sagte ich. »Und schicken Sie auch gleich Ihr Kündigungsschreiben mit.«

»Kündigung?« fragte er. Zum ersten Mal, seit ich ihn kannte, schien er überrascht.

»Ich schließe die Kanzlei«, sagte ich. »Und ziehe nach Schottland.«

Schweigen.

»Leben Sie wohl, Cyril«, sagte ich. »Besuchen Sie mich mal.«

Ich legte den Hörer auf und verbannte die Orchard Street und die verpfuschten Leben anderer Leute aus meinen Gedanken.

Fiona kam herunter, um nach der *Green Dolphin* zu sehen, die sanft schaukelnd in der Mitte der Bucht an der Boje lag. Die Erschöpfung hatte mein Bewußtsein gedehnt wie einen Kaugummi. Ich hatte ein Gefühl, als ob ich unter Drogen stünde; allerdings war mein Geist nicht betäubt, sondern geschärft, so daß mir alles in einem neuen Licht erschien. Wir gingen mit verschränkten Händen, wie ein Liebespaar, in den Park. Der schwarze Torf, den die Detonation freigelegt hatte, war inzwischen von Unkraut begrünt.

Das Abendessen bereiteten wir alle gemeinsam. Wir alberten in der Küche herum und bewarfen uns mit grünen Bohnen. Charlie Agutter rief an und sagte, er würde die Crew für die Drei-Berge-Regatta morgen rüberbringen. Es war wie im Urlaub. Vi hantierte mit einer Fröhlichkeit herum, die ich ihr nie zugetraut hätte. Fiona und ich lachten einer über des anderen Späße, lehnten uns aneinander und waren wie Pütt un' Pann. Als schwämmen wir in einem Zaubersee, in dem alles voll Wärme war und einen fröhlich machte. Ich hatte überhaupt nicht mehr gewußt, was Lachen war außer dem Geräusch, mit dem ich mir weismachen wollte, daß die Dinge gar nicht so schlimm standen, wie ich mit Recht vermutete.

Mit Rücksicht auf Vi tranken wir zum Abendessen Wasser. Wir beide, Fiona und ich, unterhielten uns nur mit Vi, denn das, was zwischen uns geschah, war so stark, daß wir keine Worte brauchten. Vi kicherte viel und aß eine für ihre Verhältnisse riesige Portion Wildragout und auch von den Langusten, die Hector in seinen Körben gefangen hatte.

Nach dem Essen sagte sie: »Ich gehe jetzt zu Bett.«

Es war halb zehn. Die Vi, die ich kannte, ging nie vor drei Uhr morgens zu Bett. »Das ist doch nicht möglich«, sagte ich.

»Das ist sehr wohl möglich«, lächelte sie. Es war eine neue Art Lächeln, als blicke sie nach außen, nicht mehr auf das, was in ihrem Kopf geschah. »Ich halt' euch doch nur davon ab, übereinander herzufallen.« Früher hätte sie das gesagt, um zu verletzen. Jetzt klang es fast wehmütig.

Wir sahen uns an und lachten, weil sie recht hatte und wir es nicht abstreiten konnten. Wir wünschten ihr gute Nacht. Ihre hohen Hacken klapperten die Stufen hinauf. Wir saßen uns gegenüber, gefangen in einem Zustand der Entrücktheit. Aber nicht sehr lange. Nach ein paar Minuten gingen auch wir nach oben.

Das Bett war groß und hatte ein solides Messinggestell, das im rötlichen Licht der untergehenden Sonne funkelte. Das Zimmer besaß Fenster nach drei Seiten und die lange anhaltende Wärme eines Raumes, der den ganzen Tag Sonne hatte. Wir zogen uns schnell, fast schüchtern aus, jeder auf einer Seite des Bettes. Sie sagte: »Ich wollte dich schon, als wir tauchen gingen. Das erste Mal.«

Sie hatte volle Brüste und einen flachen Bauch. »Ich auch«, sagte ich. Das war weder beredt noch gute Grammatik, hatte aber den Vorzug, wahr zu sein.

Sie lächelte ihr unendlich verständnisvolles Lächeln. Ich legte einen Arm um ihre schmale Taille und zog sie an mich. Ihre Hände umfaßten meinen Kopf, und wir küßten uns lange und zärtlich; mir kam es wie eine Ewigkeit vor. Ihr Atem fuhr heiß über mein Gesicht.

»Jetzt«, sagte sie. Zum Teil war es ein Wort, zum Teil auch ein Laut, den ein Tier hätte ausstoßen können.

Wir nahmen uns gegenseitig, gut und ohne Hast, und liebten uns eine lange Zeit, während sich der Nachtwind erhob und die Blätter draußen rascheln ließ – ein Rascheln, das einging in das Geräusch unseres Atems und das heiße Pochen des Blutes.

Es wurde dunkel. Wir lagen Seite an Seite, und Fiona

tastete über mein Gesicht wie eine Blinde. Bei der Narbe hielt sie inne und seufzte einmal tief auf. Es war der erste unglückliche Laut, den ich von ihr gehört hatte, seit ich zurück war.

Ich folgte mit den Fingerspitzen dem sanften Schwung ihrer Hüfte. Sie drängte sich näher an mich heran. Ich spürte ihren heißen Atem und ihre Lippen, die langsam über meinen Hals wanderten. Ich wollte nicht, daß sie sich unglücklich fühlte, besonders jetzt nicht. Deshalb hatte ich ihr auch nicht erzählt, wer wirklich hinter dem Mord an Ewan steckte oder was ich morgen früh vorhatte.

»Bleib bei mir«, bat sie.

»Natürlich.«

»Immer.«

»Du auch.«

Sehr viel später schliefen wir dann ein.

Ich schlief wie ein Toter, tief unten im Schoß der Dunkelheit. Als ich irgendwann langsam erwachte, war es, als stiege ich durch warmes, dunkles Wasser an die Oberfläche. Es war hell, als ich schließlich die Augen aufmachte. Die Sonne strahlte ins Fenster und lag breit auf dem bunten amerikanischen Flickenteppich, der den Boden bedeckte. Das Bett neben mir war leer.

Ich setzte mich auf, zog eine Hose an und stolperte in die Küche hinunter. Sie war aufgeräumt, das Frühstück lange vorbei. Nach meiner Uhr war es zehn. Ein Geräusch vor dem Fenster ließ mich aufsehen: Vi, die in den Rabatten Unkraut jätete.

Vi beim Unkrautjäten? Fiona, dachte ich, du bist ein Genie. Ich fühlte mich über die Maßen glücklich. Pfeifend schob ich das Fenster hoch. »Kaffee?« fragte ich.

Sie sah hoch. Ihr Gesicht war von der Arbeit und der frischen Luft gerötet. »Noch nicht«, sagte sie. »Danke.« Und sie lächelte wieder, ein Lächeln ohne jegliche Bosheit oder Falschheit. »Überrascht?« fragte sie.

Ich wollte ihr sagen, wie erstaunlich ich es fand, daß sie schon vor dem Mittagessen aufgestanden war, und noch viel erstaunlicher, daß sie ihre zwei Zoll langen Fingernägel abgeschnitten hatte, um den Boden nach Unkrautwurzeln zu durchwühlen. Früher einmal hätte ich ihr das auch so gesagt, aber jetzt sagte ich nur: »Natürlich.« Eine Pause entstand. Ich spürte, daß sie auf eine spitze Bemerkung wartete wie auf einen Schlag. Frazer, du verdammter Mistkerl, dachte ich. »Du siehst sehr gut aus«, sagte ich.

»Ich fühle mich auch wohl hier«, sagte sie. »Fiona ist schon ein erstaunlicher Mensch.«

»Wo ist sie?«

»Weggefahren.«

»Mit Hector?«

»Nein«, sagte sie. »Allein. Sie hat Hectors kleines Boot genommen. Irgend jemand hat angerufen.«

»Ach ja?« Es gab nicht viel, was Vi nicht mitbekam.

»Vom Steinbruch«, sagte sie. »Ich glaube, es war jemand, der Lisbeth heißt.«

Die Vögel verstummten. Das Rascheln der Eukalyptusblätter wirkte plötzlich kalt und unheilvoll. »Was wollte sie denn?«

Vis Gesicht verlor seine Offenheit. Ich fühlte, wie Unruhe und Angst von ihr Besitz ergriffen. »Dich«, sagte sie. »Sie wollte dich sehen. Fiona sagte, sie würde es dir ausrichten. Dann sagte sie zu mir, daß du müde wärst und sie dich schlafen lassen möchte; sie würde an deiner Stelle hinfahren.« Vi hielt inne. Die Anspannung ließ die Fältchen um ihre Augen wieder sichtbar werden. Ihre großen schwarzen Pupillen schienen sich an meinem Gesicht festsaugen zu wollen. »Stimmt was nicht?«

Es gelang mir, äußerlich gelassen und ruhig zu bleiben. »Nein«, sagte ich. »Es ist alles in Ordnung.«

Aus Hectors Garage kam metallisches Hämmern. »Bleib hier«, sagte ich. »Verschiedene Leute kommen zur Regatta her. Hector wird sich um alles kümmern. Ich muß kurz noch mal mit dem Boot weg.«

Sie lächelte. Es war ein schwaches Lächeln, aber doch zumindest ein Lächeln. »Okay«, sagte sie. Als ich ihr den Rücken kehrte, hörte ich hinter mir das Klingen ihrer Grabgabel an den Fliesen der Beetbegrenzung.

Sobald ich außer Sicht war, begann ich zu rennen.

32

Der Motor der *Green Dolphin* startete sofort. Ich schob den Gashebel ganz nach vorn, nahm Kurs auf die Enge, schaltete die Selbststeueranlage ein und rannte übers Kajütdeck, um die Persenning des Großsegels abzunehmen.

In der Enge bekam ich Wind zu fassen, als Überbleibsel eines Tiefs, das fünfhundert Meilen von den Hebriden entfernt nach Nordosten wanderte. Er füllte das Großsegel und ließ die *Dolphin* nach Steuerbord krängen. Sicherheitsapostel hätten bestimmt gesagt, daß sie für einen Einhandsegler zuviel Tuch führte, aber im Augenblick kam es mir nur darauf an, so schnell wie möglich hinzukommen.

Es ging eine lange, langsame Dünung nach dem Sturm, der die *Marius B.* auf Grund gesetzt hatte. Sie war nicht hoch genug, um die *Dolphin* aufzuhalten oder ihre Fahrt zu beeinträchtigen. Sie lief wie in einem langsamen Galopp darüber hinweg, wobei sie eine weiße Spur in das tiefe Blaugrün pflügte. Draußen hinter Ardnamurchan sah ich einen dunklen Fleck: einen Schwimmkran, der bei Enzo Smiths Privatdeponie arbeitete. Auch eine Menge anderer Segel waren zu sehen, einige von ihnen hatten die beige Farbe von Kevlarsegeln. Die Drei-Berge-Regatta stand kurz bevor, die *Green Dolphin* war gemeldet und sollte eigentlich teilnehmen, zumindest aber trainieren wie die anderen.

Doch drüben im Steinbruch geschahen jetzt Dinge, die es mir schwer machten, Regatten ernst zu nehmen.

Zwei Schiffe lagen am Kai des Steinbruchs: große Schiffe, beide hatten ungefähr 40 000 Tonnen. Mit einem leichten Frösteln sah ich Hectors Boot am Steg vertäut liegen. Ich machte dahinter fest und rannte an Land. Obwohl mitten in der Woche, waren die Förderbänder außer Betrieb.

Im Büro war ein verschlafener Mann damit beschäftigt, ein Sandwich zu essen und den »Daily Record« zu lesen. Ein UKW-Funkgerät, eingestellt auf Kanal 16, leuchtete grün in einer Ecke. Lisbeths Schreibtisch hinter ihm war leer. »Wir haben Betriebsferien«, sagte er überrascht, mich zu sehen.

»Wo ist Miss Vandekaa?« fragte ich.

Der Mann schwenkte sein Sandwich in Richtung der Steinbruchterrassen, die vor dem Fenster in die Höhe stiegen. »Ich hab' sie nicht gesehen«, sagte er. »Sie hat sich von da oben nur über Sprechfunk gemeldet. Die andere Frau ist ihr nachgegangen.«

»Welche andere Frau?«

»Fiona Buchan aus Kinlochbeag.«

»Wie?«

»Was meinen Sie damit - wie?« Er biß ein Stück von seinem Sandwich ab. »Auf ihren zwei Beinen, wie sonst?«

Ich nickte. Vor dem Fenster stand ein Land-Rover. Wie ich von hier aus sehen konnte, steckte der Schlüssel. »Ich werde sie finden.«

»Seien Sie vorsichtig«, sagte der Mann mit vollem Mund. »Irgend jemand ballert wie wild dort oben herum.«

»Es wird geschossen?«

»Irgendein Blödmann hat hier die Jagd gepachtet«, sagte

er. »Der Kerl spinnt. Die Kugeln fliegen überall durch die Gegend. Für Rotwild ist es noch zu früh, aber ich bezweifle, daß das nur ein Übungsschießen ist.«

Er sah so aus, als wolle er mir noch mehr erzählen, aber ich stürmte hinaus und sprang in den Land-Rover. Er gehörte Lisbeth; ich roch ihr Parfüm und sah ihre Kletterausrüstung auf dem Rücksitz. Hinter dem Barackenfenster konnte ich das Gesicht des Mannes erkennen, wie er mir mit offenem Mund nachstarrte.

Der Land-Rover startete beim zweiten Versuch. Ich schaltete in den Vierradantrieb und jagte über die schlammigen Serpentinen, die zu den Terrassen hinaufführten. Es war möglich, daß mich Lisbeth nur sehen wollte, um mit mir über das Wetter zu plaudern. Möglich, aber absolut unwahrscheinlich. Sie würde im Moment nur daran denken, ihre Haut zu retten, und um ihre Haut zu retten, mußte sie mir einiges erklären.

Ich wollte mehr Gas geben, aber der Hebel war bereits bis zum Boden durchgetreten. Mir war ein Gedanke gekommen, so schlimm, daß ich ihn mir gar nicht weiter ausmalen wollte. Er hatte mit Schweigen zu tun.

Der Land-Rover röhrte die letzte Rampe hinauf. Vor mir ging der von Menschenhand geschändete Berg in den mit Heidekraut bewachsenen, ursprünglichen Fels über. Ungefähr vierhundert Meter entfernt stand jemand bei den Maschinen am Rand der trichterförmigen Senke, die zum Schüttloch hinunterführte. Ich fuhr hin. Es war Fiona. Einige Strähnen ihres dunklen Haars klebten ihr an der schweißfeuchten Stirn. Als sie mich sah, lächelte sie. Es war ein kurzes Lächeln, aber es machte die Erinnerung an letzte Nacht wieder lebendig.

»Wo ist Lisbeth?« fragte ich.

»Das wissen die Götter«, antwortete sie. »Ich hab' mich schon überall umgesehen.«

»Steig ein«, sagte ich. Die Leere hier oben war bedrückend.

Das Drängen in meiner Stimme wunderte sie, das sah ich ihrem Gesicht an. Die Sonne hatte ihre Sommersprossen hervorgelockt und ließ das Grün ihrer Augen funkeln. Sie machte einen Schritt auf mich zu.

Von irgendwoher, weiter landeinwärts, kam ein peitschender Knall. Fionas Gesicht wurde schlaff, ihre Augen und ihr Mund öffneten sich weit. Ohne einen Laut fiel sie vornüber in den Schlamm.

Die Schreie der Möwen klangen dünn und einsam. Bienen summten in einer kleinen Heidekrautinsel. Fiona lag reglos am Boden.

Irgendein Blödmann hatte hier die Jagd gepachtet.

Ich warf mich neben sie auf die Erde, den Kopf neben dem ihren. Ihre Haut war ganz weiß. Ich sagte ihren Namen. Sie antwortete mit einem kleinen Laut, einem erschreckend schwachen Laut. Ich legte meine rechte Hand auf ihren Rücken. Unterhalb des rechten Schulterblatts war ein Loch in ihrem Pullover. In der blauen Wolle breitete sich ein rötlich-schwarzer Fleck aus, der in der Sonne glänzte.

Über uns knallte es erneut. Der Kühler des Land-Rovers stieß ein langes, ärgerliches Zischen aus und hüllte sich in Wasserdampf.

Irgendein Blödmann . . .

In meinem Kopf ging alles durcheinander. Fiona entglitt mir, trieb davon. Wir hatten uns gefunden, und jetzt entfernte sie sich und ging dem Tod entgegen. Übungsschießen? Ich versuchte mich zu erinnern, was auf der rechten Körperhälfte unter dem Schulterblatt lag: Rippen, Lungen. Große Arterien, die zum Herzen führen. Eine schlimme, gefährliche Wunde. O Jesus, laß' nicht zu, daß sie stirbt.

Der Nebel in meinem Kopf lichtete sich. Ich lag neben ihr, ohne mich zu rühren, exponiert in dem grauen Kessel aus Stein und Schlamm. In Kinlochbeag war Vi sicher noch beim

Jäten. Charlie Agutter und die Crew waren inzwischen gelandet und unterwegs vom Flughafen, heiß auf die Regatta.

Und Fiona lag sterbend auf diesem Granitberg.

Tu was, dachte ich. Irgend jemand muß doch was tun!

Aber hier gab es nur mich und Fiona und das ganz normale Bedürfnis, bei dem Menschen zu sein, den man liebt. Und das Entsetzen, den geliebten Menschen verbluten zu sehen.

»Fiona«, sagte ich. Ihr Auge war ganz nah. Die Wimpern bewegten sich zitternd auf und ab, als wolle sie mit mir flirten. Die Pupille war ein schwarzer Abgrund in der graugrünen Iris. »Hoppla«, sagte sie mit schwacher Stimme, so hingehaucht, daß ich sie kaum hören konnte. Ich merkte plötzlich, daß ich lächelte. Sie lag im Sterben, aber sie wollte mich aufheitern. Ich würde sie nicht sterben lassen.

»Ich schaff' dich hier weg«, sagte ich.

Die Andeutung eines Lächelns huschte über ihr Gesicht. Ich lächelte zurück. Ihre Augen schlossen sich wieder, ein Blutfaden rann ihr aus dem Mundwinkel. Lunge, dachte ich.

Ich zitterte und hatte einen dicken Kloß in der Kehle. Wut war dafür verantwortlich, kindliche Wut. Ich lag mit dem Gesicht im Dreck und dachte: Werd' erwachsen, Frazer. Denk nach.

Also dachte ich nach, hob den Kopf und sah mich um.

Wir lagen am westlichen Rand der runden Senke, die zum Schüttloch hinabführte. Die Schüsse kamen von Osten. Hinter dem Rand der Senke erhob sich dort eine Folge von Bergrücken, blaß und in Dunst gehüllt wie eine chinesische Malerei. Der am nächsten gelegene Bergrücken war vierhundert Meter entfernt, der folgende lag zweihundert Meter weiter zurück. Am Rand der Senke war niemand zu sehen. Die Schüsse kamen also von den Bergrücken. Wahrscheinlich vom ersten; möglicherweise vom zweiten, wenn der Schütze ein Zielfernrohr verwendete.

Wir mußten also so weit die Senke hinunterrutschen, bis

die Bergrücken hinter ihrem Rand verschwanden; bis uns der Heckenschütze nicht mehr sehen konnte und wir seine Kugeln nicht mehr zu fürchten brauchten.

»Kannst du dich bewegen?« fragte ich.

Sie reagierte überhaupt nicht.

Ich holte ein paar Mal tief Luft, um das flaue Gefühl im Magen zu vertreiben. Dann ging ich in die Hocke, ergriff Fiona an den Armen und schleppte sie zum Heck des Land-Rovers.

Dort konnten wir von den Bergrücken aus nicht gesehen werden. Vorsichtig hievte ich sie in den Wagen hinein und schob sie auf die Ladefläche. Sie atmete mit einem blubbernden Geräusch, das mir Angst machte. Schnell, damit ich gar nicht erst Zeit zum Nachdenken fand, rannte ich zur Fahrertür, öffnete sie und kletterte auf allen Vieren hinein, wobei ich aufpaßte, daß ich unterhalb der Fenster blieb.

Das war auch gut so, denn der Außenspiegel zersplitterte mit einem harten Knall und löste sich in Luft auf. Mit schweißnassen Händen drehte ich den Zündschlüssel herum. Der Motor startete sofort. Ich preßte die Kupplung mit einer Hand hinunter und schob den Ganghebel hinein. Vorsichtig gab ich mit der rechten Hand Gas und ließ die Kupplung mit meiner Linken kommen. Der Land-Rover ruckelte vorwärts.

Die Windschutzscheibe zerplatzte. Ich spürte einen stechenden Schmerz auf der rechten Wange, und als ich unwillkürlich hinfaßte, hatte ich Blut an der Hand. Ich konnte kein Blut mehr sehen, der Anblick machte mich wütend. Ich gab Gas, wobei ich das Lenkrad mit der Schulter festhielt. Mahlend und schaukelnd kroch der Wagen den Hang hinunter.

Ich hob den Kopf. Der erste Bergrücken stand nur noch knapp über dem Rand der Senke. Gut, dachte ich, da ist er –

Eine weitere Kugel schlug in den Motor ein. Der Temperaturanzeiger war ganz oben im roten Bereich, und es roch verbrannt. Aber das machte nichts, weil der Bergrücken jetzt hinter dem Rand der Senke verschwand.

Überraschend quoll plötzlich eine dicke Rauchwolke unter der Motorhaube hervor. Der Motor gab seinen Geist auf. Es krachte erneut, und eine Kugel pfiff über uns hinweg. In sicherer Entfernung. Der Bergrücken war verschwunden. Ich saß einen Moment ganz still, sah der abziehenden Rauchwolke nach und überlegte, was ich als nächstes tun sollte.

Um zu Fuß nach unten zu kommen, mußte ich zunächst einmal das graue, schlammige Plateau überqueren, eine Strecke von zweihundert Metern unter dem stark vergrößernden Glasauge des Zielfernrohrs auf dem Bergrücken. Wenn er mich erwischte, mußte Fiona sterben. Das war also keine Lösung.

Es gab noch eine andere Möglichkeit. Sie lag nur dreißig Meter entfernt in der Mitte der Senke, neben einem Kran und einem großen, fahrbaren Steinbrecher: das Schüttloch.

Ich stieg aus und lief nach hinten. Fiona sah blaß aus. Ihr Atem war flach, der Puls kaum spürbar. Nach den Regeln der Ersten Hilfe hätte ich sie hier liegenlassen und Hilfe herbeiholen müssen. Aber bei diesen Regeln hatte man nicht an Leute mit Gewehren gedacht, die den Berg herabkommen konnten, um zu beenden, was sie angefangen hatten.

Ich arbeitete schnell. Der Schweiß lief mir herunter, und ich keuchte. Als erstes zog ich mein Hemd aus, riß es in Streifen und legte ihr einen Druckverband an. Dann schraubte ich ein sechs Fuß langes und drei Fuß breites Gitter vom Geländer des Steinbrechers ab. So vorsichtig ich konnte, transportierte ich Fiona vom Wagen auf das Gitter. Sie stöhnte, als ich sie mit der Windenleine des Land-Rovers festband; einmal unter den Armen, einmal um die Taille, einmal um die Beine. »Nicht aufgeben«, sagte ich. »Ich bringe dich nach Hause«, und lächelte ihr zu, obwohl mir die Angst den Mund austrocknete und die Knie zittern ließ. Ich bog die Seiten des Gitters über ihr zusammen, so daß sie praktisch in einem großen Rohr lag. Dann lief ich wieder zum Land-Rover zurück.

Lisbeths Kletterausrüstung lag in einem unordentlichen Haufen in einer Ecke, unter anderem drei dicke Leinenrollen und ein Sturzhelm. Ich zog die Leinen heraus und maß sie, wobei mir die Entfernung vom Daumen des ausgestreckten Armes bis zu meiner Nase als Metereinheit diente.

Es war eine gute, starke Leine, insgesamt dreihundertzwanzig Meter lang.

»Wir kriegen dich hier schon weg«, sagte ich zu Fiona.

Sie antwortete nicht. Ihr Gesicht war aschfahl, die umschatteten Augen lagen tief in den Höhlen. Ihre Schädelknochen zeichneten sich unter der Haut ab. Ich war von einer schrecklichen Ungeduld erfüllt. Wenn sie nicht bald ärztliche Hilfe bekam, würde sie sterben.

Ich setzte ihr Lisbeths Sturzhelm auf und schnallte ihn fest. Dann schob ich das Gitter an den Rand des Lochs. Er war glattgescheuert und poliert durch die Gesteinsbrocken, die der Steinbrecher ausgespien hatte, einhundert Tonnen pro Minute, acht Stunden am Tag, fünf Tage die Woche. Ich fand eine schön glatte Stelle und richtete das Gitter sorgfältig aus. Die Öffnung des Schachts schien flüsternd zu mir zu sprechen: Eintausend Fuß senkrecht nach unten, sagte sie. Da kann alles mögliche passieren. Ich ignorierte die Stimme, legte das Kletterseil einmal um die Vorderachse des Land-Rovers und befestigte das kurze Ende mit einer Hahnepot am Gitter über Fionas Kopf. Dann nahm ich das lange Ende in die rechte Hand und schob das Gitter mit der Linken langsam über den Rand in den schwarzen Schlund hinein.

Die Leine kam steif. Fiona pendelte, mit den Füßen nach unten, über dem Abgrund. Ihr Kopf war nach vorn gesunken. Bewußtlos. Im besten Fall bewußtlos. Den schlimmsten Fall verbannte ich aus meinen Gedanken und begann, die Leine langsam und stetig über den um die Achse des Land-Rovers gelegten Rundtörn wegzufieren.

Die von mir aufgeschossene Leine ging allmählich zu Ende. Ich fing an, mir Gedanken zu machen, ob sie wohl bis zum Boden reichen würde. Aber das war nur eine Sorge von vielen. Die schlimmste war, daß jetzt jeden Augenblick ein kleiner Kopf oben am Rand der Senke auftauchen konnte: ein Kopf mit einem gläsernen Auge und einem Mund, der kleine, schwere Bleikugeln ausspuckte. Und wenn das geschah, wenn er mich erwischte, dann würde mir die Leine aus den Händen gleiten, und Fiona, die jetzt im Schacht schwebte, würde wie ein Stein –

Die Leine wurde schlaff. Ich holte drei Fuß davon ein und ließ sie wieder laufen. Das Loch war dreihundert Meter tief, hatte Lisbeth gesagt. Ungefähr zwanzig Meter waren noch in dem Häufchen zu meinen Füßen übrig. Fiona war am Boden angelangt und nicht an irgendeinem Felsvorsprung hängengeblieben. Schnell legte ich zwei halbe Schläge vor den um die Achse des Land-Rovers genommenen Rundtörn. Dann führte ich die Leine zwischen meinen Beinen hindurch um die rechte Hüfte und über die linke Schulter, wie es mir Andy Cooper beigebracht hatte, als wir an einem Wochenende, kurz nachdem er mich wegen der Scheidung von seiner Frau aufgesucht hatte, die Avon-Schlucht hinuntergestiegen waren.

In der Schlucht war es einfach gewesen, aber dort war es auch nur fünfzig Fuß in die Tiefe gegangen, nicht tausend. Die Angst saß mir in den Eingeweiden, meine Knie schlotterten, und eine Gänsehaut kroch mir den Rücken hoch. Ich schalt mich einen feigen Hund, legte mich mit meinem Gewicht ins Seil und ging rückwärts über den Rand des Schüttlochs.

Ich schwang zur Seite, verlor den Halt und prallte seitlich gegen den Fels. Im nächsten Augenblick hing ich, mit dem

Kopf nach unten, über dem Abgrund. Meine rechte Schulter schrie vor Schmerz, als sie mein Gewicht auffing. Einen Moment hing ich nur an einer Hand, dann griff auch die andere wieder zu. Mit aller Mühe verhinderte ich, daß mir schlecht wurde. Wenn du's nicht schaffst, klettere ein Stück am Seil runter. Gewinne Mut und Selbstvertrauen zurück. Bei seiner Frau war Andy ein ziemlicher Versager gewesen, aber am Berg taugte er was. So kletterte ich also wie ein Affe ungefähr zehn Fuß Hand über Hand die Leine hinunter, bis ich nur noch die Kleinigkeit von neunhundertneunzig Fuß vor mir hatte. Dann schlang ich die Leine wie zuvor zwischen den Beinen durch um Hüfte und Schulter und ließ mich nach unten gleiten.

Andy hatte die Wand damals in großen, schwingenden Sätzen genommen wie ein Gibbon. Dagegen kam ich mir jetzt wie eine etwas zaghafte ältere Dame vor. Obwohl noch nicht lange in Betrieb, war schon genug Gestein ins Loch geschüttet worden, um die Seiten zu polieren. Auch eine Menge Wasser war schon von oben gekommen und hatte die Oberfläche glitschig gemacht. Beine ausstrecken, Gewicht mit der unteren Hand abfangen. Gehen!

Die Scheibe Tageslicht über mir schrumpfte zur Größe eines Mülltonnendeckels - einer kleinen Trommel - eines Tellers. Die Leine schnitt mir in Schulter und Oberschenkel.

Es gab auch einige Felsvorsprünge, auf denen sich kleine Bruchsteinhaufen gesammelt hatten. Ich merkte das erst, als ich nach einer Strecke von vierhundert Fuß den Knoten erreichte, mit dem ich die ersten beiden Leinen zusammengesteckt hatte. Dabei stieß ich einen dieser Haufen ungewollt hinunter, und er fiel mit lautem Rasseln und Getöse in den Abgrund. Mir blieb beinahe das Herz stehen. Fiona lag hilflos dort unten am Boden, und aus dieser Höhe war selbst ein kleiner Stein eine Gefahr.

Der Gedanke an den Boden ließ mich an meine momentane Lage denken. Die Knie wurden mir weich, meine Schuhe rutschten auf den schleimigen Algen aus. Ich kippte zur Seite und knallte mit dem Kopf gegen die Wand, so daß mir die Ohren klangen. Da hing ich wie eine Spinne an ihrem Faden. Kein Abseilen mehr, dachte ich, klettere einfach hinunter. Aber ich wußte auch, daß ich beim Klettern ins Rutschen kommen und die Kontrolle verlieren würde. Also hing ich nur da und atmete die Grabesluft des Schachtes, bis mein Herz wieder da war, wo es hingehörte, und mein lautes Keuchen sich soweit beruhigte, daß ich wieder einigermaßen klar denken konnte.

Und dann seilte ich mich weiter ab.

Es wurde dunkler; aber in dem Maß, wie es dunkler wurde, ging es auch leichter, weil ich in der Technik sicherer wurde. Als ich das nächste Mal nach oben sah, war die Schachtöffnung nur noch so groß wie eine Untertasse. Weiter, immer weiter abwärts.

Plötzlich war keine Wand mehr da.

Eben noch hatte ich Fels unter den Füßen gehabt. Jetzt pendelte ich wild in der Luft, weil ich keinen Halt mehr fand, und meine Hände brannten, weil ich mein Gewicht so nicht mehr halten konnte und ins Rutschen kam. Meine strampelnden Beine fanden schließlich die Leine. Meine Hände brannten wie Feuer, aber ich hatte leider keine anderen, und so krallte ich mich mit ihnen an der Leine fest. Einen Trost hatte ich jedoch: Ich wußte, daß sich das Loch unten zu einem großen, fünfzig Fuß hohen Raum erweiterte. Weswegen ich plötzlich keine Wand zum Abseilen mehr vorgefunden hatte.

Eine halbe Ewigkeit später berührten meine Füße den Boden. Ich ließ mir nicht einmal Zeit zum Durchatmen, sondern folgte gleich der am Boden liegenden Leine mit den Händen. Es kam nicht mehr Licht herein, als durch ein kleines Fenster in einen großen, kalten Keller fällt. Fionas

Gesicht war ein blasser Fleck auf dem dunklen Grau des Felsens. Ihre Haut war wärmer als der Fels, aber nur so eben.

Ich sagte ihren Namen. Meine Stimme dröhnte in dem kathedralenartigen Gewölbe.

Keine Antwort.

Ich beugte mich zu ihrem Gesicht hinunter. Innerhalb von vier Wochen hatten wir ein ganzes Leben gelebt, und wir waren erst am Anfang. Es durfte jetzt einfach nicht enden.

Es war auch nicht zu Ende. Sie atmete noch. Nachdem nun diese erste große Befürchtung durch Hoffnung verdrängt worden war, griff die nächste Furcht nach mir, eine, die mir schon auf dem ganzen Weg den Schacht hinunter auf den Schultern gehockt hatte. Ich packte das Gitter und zog es beiseite, hinein in die tiefere Dunkelheit am äußersten Rand des Gewölbes, fort von dem schwachen Lichtschein des Lochs.

Da geschah es auch schon.

In der Mitte des Raums krachte etwas auf den Boden, so daß das ganze Gewölbe dröhnend widerhallte. Die Luft füllte sich mit beißendem Staub. Weitere dröhnende Schläge folgten.

Aber wir waren jetzt nicht mehr in der Schußlinie. Ich ging nicht zurück, um nach oben zu sehen und eventuell einen Blick auf denjenigen zu werfen, der auf uns geschossen hatte und nun Steine in den Schacht fallen ließ.

Das hatte zwei Gründe. Zum einen wollte ich nicht das Risiko eingehen, einen Steinsplitter ins Auge zu bekommen. Zum anderen brauchte ich nicht mehr festzustellen, wer es war, selbst wenn ich sein Gesicht auf diese Entfernung hätte ausmachen können.

Es wäre völlig unnötig gewesen, denn ich wußte es bereits.

33

Der Kontrollraum lag fünfzig Meter weiter im Gang auf der rechten Seite. Er stand offen, denn es gab keine Kriminalität in Ardnabruais - wenn man von Mordversuchen einmal absah. Ich stürmte hinein, machte Licht und griff nach dem Telefon. Als er meine Stimme hörte, holte der Wachmann keuchend Luft, als habe ihm jemand ein Messer in den Leib gerammt.

Zehn Minuten später kam er mit einem Lieferwagen die schmale Fahrspur neben dem Förderband herangebraust. »Hubschrauber ist unterwegs«, sagte er. Seine Scheinwerfer beleuchteten das Kletterseil, das sich aus der Dunkelheit herabschlängelte wie ein Glockenstrang. Er starrte mich an. »Da können Sie doch unmöglich runtergekommen sein«, sagte er.

»Machen Sie schnell«, sagte ich. Ich konnte kaum sprechen. Schrecklich tiefe Schatten lagen auf Fionas Gesicht.

Vorsichtig hoben wir das Gitter mit ihr hoch und schoben es auf die Plattform des Lieferwagens. Ich kletterte hinterher, setzte mich neben sie und hielt ihre Hand. Sie war erschrekkend kalt. Dann fuhren wir langsam den schmalen, steinigen Weg zurück, eine ganze lange Meile. Die grob behauenen Felswände des Ganges warfen harte Schatten im gelblichen Licht der Scheinwerfer. Der Wachmann stellte mir über die Schulter hinweg Fragen, die ich nicht beantwortete, weil ich sie nur vage registrierte. Mein Magen war wie eingeschnürt, ein harter, schmerzender Knoten. Schneller, dachte ich.

Aber je schneller wir fuhren, desto mehr rüttelte der Wagen. Und je mehr der Wagen rüttelte, desto stärker wurde die Blutung. Und der Hubschrauber brauchte ja auch seine Zeit. Wir mußten nicht hetzen. Entweder starb Fiona, oder sie starb nicht. Ich konnte nichts mehr tun.

Außer daß ich mich bemühte, denjenigen zu stellen, der versucht hatte, sie umzubringen. Dem es gelungen war, Ewan umzubringen. Und diesen Mörder zu schnappen, bevor er noch einmal zuschlug.

Draußen machte mich die Helligkeit des Tages fast blind. Ich hüllte Fiona in Decken, nahm ihr den Schutzhelm ab und strich ihr das Haar glatt. »Kalt«, sagte sie.

»Du kommst gleich ins Krankenhaus«, sagte ich.

Sie lächelte. Es brach mir fast das Herz. Innerhalb einer Stunde war ihr Gesicht alt geworden und hatte für mich doch nichts von seiner unglaublichen Liebenswürdigkeit verloren. Hör' auf damit, sagte ich mir. Du wirst doch, verdammt noch mal, nicht anfangen zu heulen.

»Liebster«, sagte sie.

»Nicht sprechen«, sagte ich mit so fester Stimme, wie es mir nur möglich war.

Harter Bursche, Frazer. Fiona liegt im Sterben, und doch ist sie es, die versucht, dich aufzuheitern. »Rennen«, sagte sie. »Segle mit.« Ihre Augenlider senkten sich. Von weit oben in der Schlucht klang das dumpfe Schlagen der Rotorblätter eines Hubschraubers herunter. Er kam wie ein großer gelber Käfer über den Berg geflogen und erfüllte die ganze Umgebung mit seinem ohrenbetäubenden Rattern. Ein Arzt sprang heraus, untersuchte Fiona, nickte, als er den von mir angelegten Druckverband sah, und ersetzte ihn durch einen neuen. Zwei Männer in grünen Overalls legten sie mit schnellen, sicheren Bewegungen auf eine Tragbahre, bedeckten sie mit einer Daunendecke und schnallten sie fest. »Was meinen Sie?« fragte ich den Arzt.

Sein Lächeln vermochte die Düsternis seiner Augen nicht zu mildern. »Abwarten«, sagte er. »Abwarten.«

»Wie lange?«

»Hat eine Menge Blut verloren«, sagte er. »Ist im Schock. Unfall, nicht wahr?«

»Verirrte Kugel eines Jägers«, sagte ich.

Seine Brauen hoben sich. »Ziemlich früh im Jahr für so was.«

Einer der Männer in Grün meldete: »Okay, Doc.«

»Entschuldigen Sie mich«, sagte der Arzt.

»Wohin bringen Sie sie?« Der Pilot gab schon mehr Gas. Ich mußte schreien.

»Nach Inverness«, schrie er zurück, rannte unter den Drehflügeln durch und setzte dabei seinen Helm auf. Der Sea King hob ab, drehte auf dem Teller und flog, Nase nach unten, auf die dunklen Berge im Osten zu.

Nur noch das Schreien der Möwen durchbrach die Stille.

Der Wachmann sagte: »Wollen Sie nicht sehen, ob Sie den Verrückten mit dem Gewehr noch zu fassen kriegen?«

Ich schüttelte den Kopf. »Zu spät«, sagte ich.

»Wieso zu spät?«

Ich deutete auf die See. Ein schnelles Motorboot zog dort parallele Linien über die gekräuselte, schiefergraue Fläche und jagte auf die steilen Berge im Süden zu, die hinter dem winzigen grauen Klotz von Dunmurry Castle aufragten. »Da fährt er«, sagte ich.

Der Wachmann kniff die Augen zusammen und blinzelte in das grelle Licht. »Aber das ist doch Donald Stewart. Er geht sonst vorsichtiger mit Gewehren um, dieser Donald.«

»Vielleicht sind noch andere bei ihm.«

Ich ging langsam zum Ponton hinunter, wo Fiona Hectors Boot festgemacht hatte, aus dem sie frisch und gesund ausgestiegen war, während ich noch verschlafen hinterherfuhr und der Heckenschütze oben auf dem Bergrücken seine Taschen mit Patronen gefüllt hatte.

Ich ging an Bord der *Green Dolphin.* Der Wachmann warf die Leinen los. Ich brachte das Boot auf Südkurs, danach trank ich ein halbes Becherglas Whisky und beobachtete die Segel der vielen Boote, die sich in Richtung Ardnamurchan zusammenzogen. Wind aus westlicher Richtung, Stärke fünf, sagte der Wetterbericht. Tiefdruckgebiet weit draußen auf dem Atlantik.

Auch vor Dunmurry waren Segel zu sehen: zwei schnelle Yachten mit Kevlarbesegelung, die Doppeldreiecke von Prospers *Bonefish* und dazu Lundgrens *Asteroid.* In der frischen Brise, die den Himmel aufriß und blaue Sonnenflekken über das Wasser wandern ließ, tanzten die Boote über die Wellen.

Herrliches Wetter für eine Regatta. Selbst wenn man nicht bis zum Ende mitmachte.

Auf dem Kai in Kinlochbeag lag ein Haufen Seesäcke. Ich vertäute die *Dolphin* und rannte zum Haus. Charlie Agutters rostiger alter BMW stand in der Einfahrt. Charlie selbst kam mir aus dem Haus entgegen.

»Menschenskind«, sagte er. »Wo hast du dich bloß rumgetrieben?«

Ich hatte keine Lust, es ihm zu erzählen. »Wir sind spät dran«, sagte ich nur. »Boot liegt am Steg. Ich komme gleich nach.«

Die anderen Mitglieder der Crew waren jetzt ebenfalls herausgekommen: Scotto Scott, ein riesiger Neuseeländer, und James Dixon, ein schweigsamer Holzhändler und Bootsbauer aus Pulteney, der schon einmal die Round-the-Isles-Regatta in seinem Katamaran gewonnen hatte und sehr gern Berge hinaufrannte.

Vi kam hinter ihnen her. Sie wirkte weniger sicher als heute morgen – das war eine halbe Ewigkeit her. »Wo ist Fiona?« fragte sie.

Ich wollte es ihr nicht sagen, wollte es mir selbst nicht eingestehen. »Sie hatte einen Unfall«, sagte ich. »Und ist im Krankenhaus.«

Die Bräune schwand aus ihrem Gesicht. Sie sah plötzlich dünn, weiß und ängstlich aus: die alte Vi.

»Es wird schon wieder gut«, sagte ich. Die alte Methode: Sag' Vi nur irgend etwas, um sie zu beruhigen. »Wir rufen gleich mal an.«

»Du hättest mit ihr fahren sollen«, sagte Vi.

Ich nickte, ging in die Halle, griff mir das Telefon und rief im Krankenhaus an. Der Doktor sagte, Fiona würde gerade operiert. Sie wären dabei, eine Kugel aus ihrer rechten Lunge zu entfernen. Er wollte mir nicht sagen, welche Überlebenschancen sie hatte.

»Was soll ich bloß machen?« fragte Vi.

Es war eine allgemeine Frage, aber ich nahm sie ernst. »Hector wird sich um dich kümmern«, sagte ich. »Wir sind bald zurück.«

»Das dauert doch Tage«, stöhnte sie.

»So lange bestimmt nicht«, sagte ich.

»Wie kannst du jetzt segeln gehen?« fragte sie. »Ich brauche dich.« Gerissenheit zeigte sich in ihren Augen. »Fiona braucht dich.«

Ich sagte: »Fiona braucht Ärzte. Und wenn sie auf dem Weg der Besserung ist, wird sie dich brauchen.«

»Mich? Warum?« fragte Vi. Es war eine völlig neue Idee für sie.

»Ich muß los«, sagte ich.

»Viel Spaß.« Sie sah nachdenklich und verblüfft aus.

Ich rannte zum Steg hinunter. Der Motor der *Green Dolphin* lief bereits, die Segel waren klar zum Setzen. Charlie sah ungeduldig auf seine Uhr. Ich warf die Festmacher los, drückte den Bug ab und sprang an Bord. Wasser brodelte über dem Ruder, als Charlie Kurs auf die Enge nahm.

Die Tide war gekentert. Der starke Ebbstrom riß uns förmlich in die Bucht hinaus. Die Segel gingen mit einer Geschwindigkeit und Gleichmäßigkeit hoch, die für einen bescheiden gewordenen Einhandsegler atemberaubend war. Der Wind kam aus westlicher Richtung. Die *Green Dolphin* legte sich auf die Seite, spuckte Wasser unter ihrem Bug hervor und hämmerte am Horngate vorbei auf die winzigen Segel zu, die vor Ardnamurchan in der Sonne leuchteten.

Scotto machte Sandwiches mit Corned-beef und Chili. Wir saßen an der Luvreling und kauten. »Wir kommen zu spät zum Start«, sagte ich.

Niemand sagte etwas dazu, denn jeder wußte es. Charlie sagte: »Nach der Voraussage bekommen wir Stärke sechs bis sieben aus westlichen Richtungen.«

»Vielleicht holen wir sie noch ein«, meinte ich.

Wir waren schon auf dem besten Weg dazu. Startzeit war sechs Uhr abends, zwei Stunden, nachdem die Ebbe eingesetzt hatte. Die Startlinie lag vor dem weißen Turm des Ardnamurchan-Feuers. Die Segel der hinter der Linie kreuzenden Yachten wurden langsam größer. Prosper war da, die zwei identischen Dreiecke seiner Segel standen hart am Wind, langsam seewärts laufend. Ebenso Lundgren, dessen Yacht wartend im Wind lag.

Charlie drückte die Knöpfe der Anzeige am Ruder. Die genaue Zeit war 17.35 Uhr. »So kommen wir wenigstens nicht ins Getümmel«, sagte er.

Ardnamurchan wuchs an Backbord aus dem Wasser. Unser Log meldete neun Knoten.

»Sie wird noch besser laufen, wenn wir erst mal raum achterlich segeln«, meinte Charlie.

Die Landspitze von Ardnamurchan wurde an Backbord sichtbar; die schwarze Dünung zerschlug sich an den Felsen zu Sahne. Ein weißes Rauchwölkchen kam aus der Mündung des vorderen Geschützes der grauen Fregatte, die vor der Landspitze lag; kurz darauf erreichte uns der dumpfe, vom Wind gedämpfte Knall des Schusses.

»Da ziehen sie hin«, sagte Charlie.

Wir fielen etwas ab, um dicht unter der Landspitze durchlaufen zu können. Scotto trottete in seiner typischen, gebückten Haltung nach vorn und zog den großen, asymmetrischen Reacher hoch. Dixon stand am Ruder; er war ein guter Steuermann auf Katamaranen, und die *Dolphin* hatte viel mit einem Kat gemeinsam. Die Zahlen auf dem Geschwindigkeitsmesser gingen auf zehn und zwölf, und das Kielwasser rauschte brodelnd achteraus.

»Läuft gut«, sagte Charlie lakonisch.

Ich ging nach unten, nahm das UKW-Mikrophon vom Haken und rief die Skye-Funkstation. Sie verbanden mich mit dem Krankenhaus. Fiona sei jetzt aus dem OP, sagte der Arzt, und es ginge ihr so gut, wie zu erwarten sei. Nein, er könne mir immer noch nicht sagen, wie ihre Chancen standen. Ich beendete das Gespräch, stieg den Niedergang hinauf, steckte den Kopf hinaus und starrte auf die anderen Segel.

Charlie beobachtete mich mit seinen tiefliegenden Augen.

»Wer ist es?« fragte er.

»Du hast sie kennengelernt«, sagte ich. »Fiona.«

»Was ist passiert?«

»Unfall.« Ich mochte nicht darüber reden. Ich wollte die Boote da vorn einholen und sie schlagen. Und dann wollte ich ein langes Gespräch mit dem Managing Director der Mount Pleasure Forwarding und Monoco Shipping Company führen.

Charlie nickte und zupfte an der Schot des Reachers. Ich sagte: »Ich übernehme den Ben-Nevis-Lauf. Paßt euch das?«

Dixon grinste. »Ich bin entzückt«, sagte er.

Zusammen mit Charlie sah ich mir die Karte an, die auf dem Tisch festgeklemmt war, damit wir verfolgen konnten, wie die *Dolphin* vorankam. Bei dieser Geschwindigkeit würden wir durch den gesamten Sound of Mull Ebbe haben und vor Lissmore Island die Flut erwischen. Die würde uns dann durch den Loch Linnhe bis Fort William am Fuß des Ben Nevis mitnehmen.

»Der Wind scheint sich zu halten«, sagte Charlie. »Noch sieben Stunden.«

»Acht«, sagte ich.

Er zuckte die Schultern. »Ist schließlich dein Boot«, sagte er. »Hast du was zu trinken?«

Ich holte eine Flasche Famous Grouse aus dem Schapp und verteilte Gläser. Wir tranken. Dann ging ich unter Deck und legte mich auf die Koje, versuchte auszuruhen und die Schmerzen etwas abklingen zu lassen, die das Kletterseil verursacht hatte. Nach einer Weile schlief ich ein.

34

Ich erwachte. Jemand rüttelte an meiner Schulter. Es war dunkel, und durch das Bullauge fiel das Licht von Natriumdampflampen. Regentropfen perlten auf der Plexiglasscheibe.

»Kaffee«, sagte Scotto. »Wir ankern in zehn Minuten.«

Der Kaffee war stark gezuckert und brachte meinen Kreislauf in Schwung. Ich zog Skileggings an, darüber Shorts, ein ärmelloses Unterhemd und ein warmes Sweatshirt. Zusätzliche Kleidungsstücke kamen in den Rucksack, dazu kohlehydratreiche Sandwiches, Orangensaft, Wasser und Traubenzucker. Die Schuhe schnürte ich sehr sorgfältig, denn sie hatten einen langen Weg vor sich.

Der Anker fiel, und ich ging an Deck. Ich sah einige andere Yachten, die schon vor uns angekommen waren: vier Mehrrumpfboote und die schnellsten der Einrümpfer. *Asteroid* natürlich, auch die *Bonefish.* Zwei Drittel der Flotte hatten wir, meiner Schätzung nach, schon hinter uns gelassen.

»Beiboot ist klar«, meldete Charlie.

Ich sagte: »Würdest du bitte im Krankenhaus von Inverness anrufen?« Ich überlegte einen Moment. »Und wenn du gute Nachrichten hast, kannst du die Nationale im Masttopp setzen.«

Er nickte.

Ich stieg ins Beiboot. Nach den Regattaregeln durfte kein Motor benutzt werden, also ruderte ich an den steinigen Strand, eine gute Lockerungsübung. Am Strand winkte ein Funktionär mit einer Taschenlampe. »Auf dem Weg durch die Stadt folgen Sie den Anweisungen der Ordner«, sagte er mit starkem Aberdeener Akzent. »Dann wählen Sie Ihre eigene Route. Sieben sind vor Ihnen. Ein Ordner ist auf dem Gipfel. Hals und Beinbruch.«

»Danke«, sagte ich und trabte los.

Ich ging es sachte an, in einem gemächlichen Trott, um die Muskeln warm werden zu lassen und mich an das Gewicht des Rucksacks zu gewöhnen. Das Gelände stieg langsam an, während ich an den regennassen Häusern von Fort William vorbeilief und den Nevis überquerte.

Am Himmel zeigte sich ein schwacher grauer Schimmer: zwei Stunden nach Mitternacht, die ersten Anzeichen der Morgendämmerung.

Ich kam an drei Ordnern vorbei. Der vierte sagte: »Ein Läufer liegt vielleicht eine Minute vor Ihnen, der davor nochmals zehn Minuten.« Ich spürte jetzt die Muskeln in meinen Beinen, die mich gegen die Schwerkraft den Berg hinaufschoben. Ich legte etwas Tempo zu und begann richtig zu laufen. Der Pfad zweigte nach links ab und führte schräg über einen steilen Hang. Vor mir, in dem schwachen Licht nur undeutlich zu erkennen, lief eine kleine dunkle Gestalt.

Ich rannte hinter ihr her, so daß lose Steinchen rechts und links zur Seite flogen. Schon bevor ich ihn erreichte, konnte ich ihn atmen hören, ein hartes, schweres Keuchen.

Er gab einen grunzenden Laut von sich, als ich heran war. Sein Haar war militärisch kurz geschnitten, und er trug einen kleinen Schnurrbart. Ich hatte ihn nie zuvor gesehen; auch sein Laufstil hatte etwas Verbissenes, Militärisches an sich. Ich lief schnell an ihm vorbei und merkte, wie die Anstrengung meinen Pulsschlag hochtrieb.. Verdammter Idiot, würde er denken, macht sich kaputt, bevor er noch halb oben ist.

Damit hatte er natürlich recht. Aber er konnte nicht wissen, daß ich nicht deswegen so schnell lief, weil ich als erster oben ankommen wollte.

Ich lief weiter. Es wurde allmählich heller und begann zu regnen. Der Pfad wurde steiler. Oberhalb und zur Linken stießen Felsspitzen durch das Heidekraut, das den Boden bedeckte. Zur Rechten fiel das Tal eintausend Fuß zum Fluß ab. Die großen, vorn an den Oberschenkeln liegenden Muskeln schmerzten jetzt von dem ständigen Aufwärtslaufen. Ich kümmerte mich nicht darum und rannte weiter. Nebelschwaden zogen vorbei, die Wolkendecke lag bei zweitausend Fuß. Der Pfad bog scharf nach rechts ab und wurde ebener; links wurde eine Wasserfläche sichtbar. Dahinter knickte er nach links ab und begann wieder anzusteigen. Ich platschte durch einen Bach. Zweihundert Fuß über mir verschwand der Berghang wie in dichter Watte.

Es war ein trostloser, grüner, einsamer Ort. Die einzigen Geräusche waren das Seufzen des Windes, das Krächzen eines Raben irgendwo im Nebel und mein keuchender Atem.

Ich lief jetzt am Fuß einer Felswand entlang. Ein kleines Geräusch über mir ließ mich hochblicken. Ich sah nur irgendein dunkles Objekt herabstürzen und preßte mich instinktiv eng an die Wand. Eine Masse kleinerer und größerer Felsbrocken polterte krachend auf den Pfad, wo ich eben noch gewesen war.

Ein oder zwei Sekunden lang stand ich völlig reglos und starrte auf die Steine. Dann rannte ich weiter, bis die Felswand aufhörte, sich gewissermaßen zurücklehnte und in einen steilen Hang überging, der mit Gras, Heidekraut und

Felsbrocken bedeckt war. Hier blieb ich einen Moment stehen und sah den Hang hinauf. Die Tatsache, daß mein Herz hämmerte wie verrückt, war nur teilweise darauf zurückzuführen, daß ich schon vier Meilen bergauf gerannt war.

Ein zerfetzter Nebelschleier trieb über den grünen Hang. Als der Wind hineinfaßte, bauschte er sich und riß auseinander. Der Ben Nevis lag unverhüllt vor mir. Über seine Flanke trabte eine kleine dunkle Gestalt. Ich sah den blassen Fleck seines Gesichts, als er nach unten blickte. Dann begann er wieder zu rennen.

Ich lief hinterher, mit voller Kraft den Hang hinauf. Er war so steil, daß es nötig war, meine Hände zu benutzen – und das tat ich auch. Der Nebel senkte sich wieder. Ich lief weiter, bis ich an einer Felsnase vorbei war, die ich von unten gesehen hatte. Danach hielt ich mich nach rechts, quer zum Hang, und lief über Geröllflächen in die Richtung, in der ich ihn hatte verschwinden sehen.

Der Wind blies mir ins Gesicht. Die Nebelschwaden verschoben sich wieder. Ich sah ihn etwa hundert Meter entfernt unter mir, wie er auf eine Felsterrasse zulief, die aus dem Hang ragte. Er spähte in die falsche Richtung. Ich warf mich ins Heidekraut, das hoch genug war, um mich zu verbergen. Auch als er sich umdrehte, sah er mich nicht, sondern lief weiter auf die Felsterrasse zu.

Wieder kam der Nebel herunter. Ich rannte, so schnell ich konnte, schräg nach unten. Aus der grauen Suppe tauchte Fels auf. Eine Heidekrautwurzel ließ mich stolpern und der Länge nach am Anfang der Felsterrasse hinschlagen. Meine tastende Hand berührte einen Stein. Meine Finger schlossen sich um ihn.

Der Wind seufzte in den Felsen, sonst war alles still. Ich holte tief Luft und hielt den Atem an.

Stille.

Stille mit Atemgeräuschen: dem rauhen Atem eines kräftigen, gesunden Mannes, der den Berg hinaufgelaufen war und um sein Leben bangte. Um mehr als sein Leben.

Ich atmete leise aus. »Ende der Vorstellung, Prosper«, sagte ich.

Eine Stimme im Nebel sagte: »Ah.« Sie kam direkt von vorn, vom äußersten Ende der Felsterrasse. Sie klang etwas atemlos, aber sonst so ungezwungen, als habe er gerade nur ein Tennisspiel verloren zwischen den hohen weißen Mauern, die den Garten seines Vaters auf Martinique umgaben, in dem die Blüten der Bougainvillea leuchteten und die Luft vom Duft des roten Jasmins erfüllt war. Das große weiße Haus, oben über den Terrassen, sah aus seinen vielen Fenstern auf die Bananen- und Ananasplantagen hinunter, in die der Regenwald immer wieder einzudringen versuchte. Das große weiße Haus: Mont Plaisir.

»Mount Pleasure«, sagte ich.

Eine Brise trieb den Nebel davon. Prosper saß auf einem großen Felsbrocken in seiner schwarzen Laufhose, die Augenbrauen komödiantenhaft hochgezogen, die Zähne wie eine weiße Mondsichel in seinem Milchkaffeegesicht, hinter sich den Abgrund. Mein alter Freund Prosper.

»Warum, zum Teufel, hast du's getan?« fragte ich.

»Sie verstehen es, jemanden für sich einzuspannen«, sagte er. »Diese Leute mit den italienischen Namen.«

»Während der Dreharbeiten zu ›Charly Running‹ hast du zusammen mit Kurt Mancini Kokain in die Vereinigten Staaten geschmuggelt«, sagte ich. «Er hat dich mit Enzo Smith zusammengebracht. Du hast dann eine Gesellschaft gegründet und ihr zwei alte Schiffe aus dem Besitz deines Vaters verkauft. Enzo Smith hat den Giftmüll übernommen, und du hast die Fässer übermalt, verschifft und beseitigt. Du kennst dich hier ja aus. Warum hast du's nur getan?«

Er strich sich mit seinen großen braunen Händen durchs Haar und hob die Schultern: dieses lässige Achzelzucken des

Kreolen, das schon seine Lehrer auf der Schule in Rage zu bringen pflegte. »Ich hatte ein kleines Problem mit einem Kasino, das Verwandten von Kurt gehörte«, sagte er. »Ich schuldete ihnen Geld. Sie sagten: Mach eine Reederei auf, kauf ein Schiff. David Lundgren braucht Material und Vorräte für seinen Steinbruch. Er hatte sich irgendwie in Kurt verliebt, hatte ihn gern um sich, du weißt schon. Sah alles ganz prima aus. Ich bot ihm gute Frachtraten, kein Problem. Das übrige war ein kleiner Nebenverdienst.«

»Zwanzigtausend Pfund pro Woche«, sagte ich. »Wenn die Fässer kaputtgegangen wären, hätten sie alles in der See bis hinaus nach Skye vergiftet.«

»Es war ja nur eine vorübergehende Sache«, sagte er. »Ein Provisorium. Ich hätte die Container schon zur rechten Zeit entdeckt, verstehst du? Hätte sie geborgen. Prosper der Held. Und jemand anderer hätte sie dann entsorgt.«

»Das ist doch Blödsinn«, sagte ich.

Sein Lächeln wurde noch breiter. »Na ja, vielleicht«, sagte er. »Du weißt ja, wie's geht. Du hast eine Idee, dann überlegst du dir's anders. Vielleicht hätt' ich sie doch da liegen lassen.«

»Was Jimmy Sullivan betrifft«, sagte ich, »kannst du es dir nicht mehr anders überlegen. Bei Ewan auch nicht.«

»Das mit Jimmy war eine Fehlentscheidung des Personals«, sagte er. »Pauwels ist dafür verantwortlich. Wirklich zu dumm.« Prosper sah aus wie ein Mann, der einen administrativen Fehler bedauert. Ich dachte an die Sullivankinder und fühlte, wie der Zorn in mir hochstieg und mir das Atmen schwer machte. Mich zur Ruhe zwingend, sagte ich: »Aber du bist es gewesen, der nach der Regatta die Bombe in Ewans Schuppen gelegt hat.«

Sein Lächeln bröckelte etwas ab. Beharrlich blieb ich beim Thema: »Du warst es auch, der mich im Fischkäfig beinahe ersäuft hätte. Natürlich hast du nur versucht, mich abzuschrecken. Und du hast Lisbeth bestochen, damit sie sagte, du wärst die ganze Zeit bei ihr gewesen.«

Plötzlich sah er gekränkt aus und zog einen Schmollmund. »Diese Bemerkung ist typisch für einen Rechtsanwalt«, sagte er. »Ich hatte überhaupt nicht nötig, sie zu bestechen. Ich spielte ihr nur ein bißchen Beethoven vor und zeigte ihr meine Doppelkoje. Harry, ich verliere allmählich die Geduld mit dir. Offen gesagt, du hast uns viel Ärger gemacht. Aber weil du mein alter Kumpel bist, war ich nett zu dir. Alle anderen haben gesagt, leg den Kerl um. Aber ich hab' geantwortet: Ich bin mit ihm zur Schule gegangen. Da spielt sich nichts ab.«

Es war zu spät, um an den alten Teamgeist zu appellieren. »Als du dachtest, ich käme der Wahrheit zu nahe, bist du zu Davinas kleinem Freund Giulio gegangen und hast dort Eric, seinen hauseigenen Drogenverteiler, kennengelernt. Und dann hast du Eric mit Vi zusammengebracht, weil du wußtest, was Vi tun würde, und daß ich mich dann sofort um sie kümmern müßte. Du bist ein dreckiger kleiner Scheißkerl, Prosper.«

Er runzelte die Stirn. »Ich weiß, woran es liegt«, sagte er. »Du hast deinen Biß verloren, wie ich schon sagte. Es liegt an dieser verdammten Fiona. Schade.« Er steckte die Hand in die Tasche und zog sie wieder heraus. Ich hörte ein hartes, metallisches Klicken, und eine sechs Zoll lange Klinge erschien in seiner Rechten. »Aber sie ist tot und kann niemandem mehr erzählen, was du ihr erzählt hast.«

»Fiona ist nicht tot«, sagte ich.

Seine Augen verengten sich ein wenig. »Unsinn.«

»Keineswegs«, sagte ich. »Wenn du von diesem Berg runterkommst, wirst du glauben, du wärst in einen Flugzeugpropeller gelaufen. Fiona weiß alles. Wie ich schon sagte, Prosper: Ende der Vorstellung.«

Er lächelte sein breites, karibisches Lächeln, das gleiche, das er aufgesetzt hatte, als wir im Alter von zehn Jahren im

Red Lion in Salisbury zum Tee eingeladen waren und er gerade die letzten drei Stück Kuchen von der Platte stiebitzt hatte. »Tut mir leid, alter Junge, ich glaube dir nicht. Wenn Prosper schießt, trifft er auch.«

Eine große Stille breitete sich aus, nur unterbrochen vom Krächzen des Raben, der zu unseren Köpfen im Nebel kreiste. Ich ging einen Schritt zurück. Aber der Hang war zu steil, um schnell entkommen zu können. Und Prosper und ich hatten mal einen Monat am Strand der Grenadinen damit verbracht, uns mit Messern vertraut zu machen. Wir konnten beide mit Messern sehr gut umgehen.

»Komm«, sagte Prosper. »Du lernst jetzt fliegen.«

Ich schüttelte den Kopf.

Er zuckte nur die Schultern und drehte das Messer in seiner Hand um. Seine braunen Finger packten die Klinge, wie es ein Messerwerfer im Zirkus tut. Die Muskeln in seinem Gesicht spannten sich; so hatte er immer ausgesehen, bevor er beim Tennis einen Aufschlag machte, als wir noch in der Schule um ein Eis spielten, mein Freund Prosper und ich.

Ich ließ mich platt ins Heidekraut fallen. Das Messer zischte über meinen Kopf hinweg und schlug gegen einen Felsbrokken. Prosper stand mit leeren Händen vor mir.

Ich aber stand nicht mit leeren Händen da.

Ich hatte meinen Zorn. Und ich hatte den Stein, den ich ergriffen hatte, als ich hingefallen war. Ich warf den Stein nach ihm. Er traf ihn voll ins Gesicht, mit einem dumpfen, scheußlichen Ton. Er senkte den Kopf und preßte die Hände vor die Augen. Ich lief auf ihn zu und schlug ihm so hart ich konnte auf diese Hände. Der Schlag riß ihn hoch. Er stolperte zurück, fiel über einen Stein und kam ins Rollen. Er rollte bis an den Rand der großen Felsterrasse und rutschte hinunter. Er nahm die Hände vom Gesicht, weil er die Finger jetzt brauchte, um sich am Rand der steinernen Stufe festzukrallen.

Es gab aber nichts zum Festkrallen.

Er sah zu mir hoch, langsam, Augenbrauen hochgezogen - sein Clownsgesicht. Er lächelte breit. Der alte Prosper. Seine Finger kamen jetzt ins Rutschen. Prosper, mein alter, alter Freund, rutschte über den Rand. Ich wandte ihm den Rücken zu.

Hinter mir hörte ich ein leises Kratzen - ein schreckliches Geräusch. Dann sagte er: »Ah, komm schon, Harry.«

Dann noch ein verzweifeltes Kratzen und ein tiefer Atemzug.

Als ich mich umdrehte, war er nicht mehr da.

Die Felsterrasse war etwa hundert Fuß hoch. Prosper lag unten zwischen Felsbrocken auf dem Bauch und rührte sich nicht. Nebel driftete heran und verbarg ihn vor meinen Blikken.

Hinter ihm, in der Ferne, rissen die Wolken auf; der Loch Linnhe lag da wie eine große Wasserstraße, die durch Ebenen und Berge zur See hinausführt. Ich rutschte den Hang hinunter und ging wie ein alter Mann das Tal hinab nach Fort William. Dort benachrichtigte ich die Polizei und erzählte ihr von dem Toten oben am Berg. Dann ging ich widerstrebend zum Kai hinunter.

Die *Green Dolphin* ritt stolz an ihrem Anker in der blauen Bucht. Im Masttopp wehte, entgegen der Etikette, die Nationale. Ich nahm das Beiboot, kletterte hinein und ruderte hinaus auf das klare Wasser.

Spannung pur aus der Welt des Hochseesegelns

»Fans maritimer Thriller lauern auf jeden neuen Sam Llewellyn«

TODAY

Als Requiem ein Shanty
3-548-24727-X

Den Fischen zum Fraße
3-548-23960-9

Ein Leichentuch aus Gischt
3-548-24531-5

Ein Sarg mit Segeln
3-548-23647-2

Im Sog des Verderbens
3-548-25325-3

In Neptuns tiefstem Keller
3-548-23235-3 = ohne Limit

Laß das Riff ihn töten
3-548-22067-3

Roulette mit dem Teufel
3-548-24201-4

Schuß in die Sonne
3-548-22417-2

Tödliches Watt
3-548-24607-9
3-548-25229-X (SA)

Mar. 21

Econ | Ullstein | List